纽约，我来了！

[美] 弗兰克·迈考特 著 张敏 译

南海出版公司

新经典文化股份有限公司
www.readinglife.com
出　品

谨以此书献给

我的女儿玛吉，为她那体贴而敏锐的心灵

和

我的妻子埃伦，为她来到我的身边

那就是你们现在的梦。

小时候在爱尔兰，母亲就这么对我们说；现在这个梦想我们已经实现了。我老是梦见自己乘船驶入纽约港，眼前的摩天大楼让我望而生畏。要是告诉弟弟们，他们会忌妒我在美国度过的这一夜，然后便声称他们也做了同样的梦。他们知道这样可以吸引别人的注意力，尽管我会跟他们争辩，告诉他们我是老大，那是我的梦，他们最好不要插手，不然会有麻烦。他们告诉我，我没有权利独占那个梦，每个人都可以在夜深人静的时候梦到美国，对此，我无能为力。我对他们说，我可以阻止他们，让他们整夜睡不着觉，根本做不了梦。迈克尔只有六岁，一想到我从一个人这儿跑到另一个人那儿，试图阻止他们做关于纽约摩天大楼的梦，就笑了。马拉奇说我不能阻止他做梦，因为他出生在布鲁克林区，可以整晚梦到美国，要是喜欢，他可以做一整天的梦。我向母亲呼吁，告诉她，全家人都侵占了我的梦，这不公平。她说，啊，看在上帝的分上，喝杯茶，上学去吧，不要拿你的梦来折磨我们了。我弟弟阿非只有两岁，正在学说话，在桌子上砰砰敲着勺子，反复喊着：折嘛人的梦，折嘛人的梦。大家都笑了。我知道可以在任何时候和他分享我的梦。那么，为什么不是和迈克尔？为什么不是和马拉奇呢？

1

一九四九年十月，“爱尔兰橡树”号内燃机船驶离科克港，本应在一星期后到达纽约市。然而出海刚两天，我们就被告知船正驶向加拿大的蒙特利尔。我对大副说我只有五十美元，爱尔兰船运公司能替我支付从蒙特利尔到纽约的火车票钱吗？他说：不，公司对此不负责。他说货船是公海上的妓女，可以为任何人做任何事。你可以说货船就像墨菲的灵魂狗，会陪任何一个流浪汉走上一段路。

两天后，爱尔兰船运公司改变了主意，告诉我们一个好消息：驶往纽约市。但是又过了两天，船长被告知：驶往奥尔巴尼。

大副跟我说奥尔巴尼是哈德逊河上游的一座城市，是纽约州的首府。他说奥尔巴尼拥有利默里克的所有魅力，哈哈，那是个养老的好去处，却不是结婚养孩子的地方。他是都柏林人，知道我从利默里克来。当他嘲讽利默里克时，我不知道该怎么办。我想用机敏的话语击败他，可我照镜子看了看自己的模样：长满丘疹的脸、疼痛的双眼，还有糟糕的牙齿。我知道自己永远不会勇敢地面对任何人，特别是一个穿着制服、将来会拥有自己的轮船的大副。我对自己说：为什么要在意别人怎么谈论利默里克呢？在那儿，我拥有的只是痛苦。

后来就发生了那件奇怪的事。十月美丽的阳光下，我坐在甲板的躺椅上，努力幻想着纽约的样子，湛蓝色的大西洋环绕四周。我要去看看第五大道或者中央公园或者格林威治村，在那儿每个人都长得像电影明星，有着深褐色的皮肤，洁白的牙齿闪闪发亮。但是利默里克将我推回到过去。我没有在第五大道和深褐色皮肤、闪亮牙齿们闲庭信步，而是回到了利默里克的街巷：女人将披巾裹到肩上，站在门旁闲聊天；孩子们玩耍、嬉笑，哭着找妈妈，脏兮兮的脸上沾满面包屑和果酱。我看到人们参加周日上午的弥撒，当某个饿得全身疲软的人从长椅上倒下，不得不被教堂后面的男人们抬出去时，窃窃私语声就会传遍整个教堂。那些男人对众人说：让开，让开，看在上帝的分上，你们难道没看见她喘不过气来了吗？我想成为那么一个叫大家让开的人，因为那样就有权待在教堂外面，直到弥撒结束，然后还可以到小酒馆去，而这就是要和男人们站在后面的原因。不喝酒的男人总是笔直地跪在圣坛边，显示他们是多么好，又是多么不在意世界末日来临之前酒馆是否关闭。他们比任何人都了解弥撒的应答。他们祝福自己，一会儿站一会儿跪，在祈祷时不停地叹息，好像比其他教徒更深刻地体会到上帝的痛苦。有些人彻底戒了酒，可他们是最坏的，总是宣讲酒的害处，瞧不起那些依赖于酒精的人，好像他们走在通往天堂的正道上。每个人都知道讲坛上的神甫很少谴责酒或喝酒者，而他们的行为却好像上帝会抛弃喝酒者似的。想喝酒的男人们待在教堂后部，一听到神甫说“礼毕，会众散去，走吧，解散了”，他们就作好溜出门的准备。他们待在后面是因为口干舌燥，而且觉得自己太卑微了，不能和那些严肃的人在一起。我待在门边，可以听到他们小声议论那乏味的弥撒，但如果你不去，就是道德犯罪，尽管你不清楚和旁边的人开玩笑说“这个神甫不快点你就会当场渴死”是不是更严重的道德犯罪。如果怀特神甫出来布道，他们就会坐立不安，不停呻吟：世界上最乏味的布道。而怀特神甫双眼转向天堂，宣布我们都在劫难逃，除非改正错误，把全部身心都献给圣母马利亚。我的姨父帕·基廷会说：

如果圣母马利亚给我一杯可爱的奶油黑啤酒，我就会把全部身心都献给她。他的话让男人们发出阵阵窃笑。我想和已经长大成人、穿着长裤的帕·基廷姨父一起，和那些口干舌燥的男人站在一起窃笑。

我坐在甲板的躺椅上，脑海里浮现出自己骑车沿着利默里克市到乡村送电报的情形。我看见自己一大早骑行在乡村公路上。雾气从田野里升起，奶牛时不时冲我哞哞几声，狗朝我跑来，我用石头将它们赶跑。我听见农舍里婴儿哭着叫妈妈，农夫们挤完奶后将奶牛赶回田里。

躺在甲板躺椅上，湛蓝色的大西洋环绕着我。前面就是纽约，我梦想的城市，我可以拥有深褐色皮肤、令人目眩的洁白牙齿的地方。可是我开始暗自落泪。我不知道自己到底是怎么了，竟然会怀念利默里克，那座有着灰色记忆的城市，那座我梦想着要逃离的城市。我听到了母亲的警告：你熟悉的魔鬼比你不熟悉的魔鬼强。

船上原定有十四名乘客，但有一人取消了行程，因此我们只好带着不吉利的数字出发。出海的第一个晚上，船长在晚餐时起立欢迎我们。他笑着说，虽然他对乘客的数字并不迷信，但是既然我们当中有一位神甫，如果尊敬的阁下能祈祷我们免遭危难，那就再好不过了。神甫是个胖乎乎的小个儿男人，出生在爱尔兰，但在洛杉矶堂区待得太久了，没有一点爱尔兰口音。他站起来祈神保佑时，有四名乘客将手放在大腿上。那动作告诉我，他们是新教徒。我母亲曾经说过：新教徒矜持的样子，让你可以在一英里之外就发现他们。神甫请上帝用怜悯和爱俯视我们；在风暴频仍的海上，无论发生什么事，我们都准备好永远投入他神圣的怀抱。一名上了年纪的新教徒伸出手，想要握住妻子的手。她笑了笑，冲他摇了摇头。他也笑了笑，好像在说：别担心。

晚餐时，神甫坐在我旁边。他小声说那两个上了年纪的新教徒在肯塔基州饲养纯种赛马，很有钱。如果我还有点常识，就该对他们表示友善。世事难料。

我想问对饲养赛马的有钱的新教徒表示友善的好方法是什么，但是我不能问，因为担心神甫会认为我是个傻瓜。我听到新教徒们说爱尔兰人是那么迷人，他们的孩子是那么可爱，以至于你几乎注意不到他们是多么贫穷。我知道，如果想和有钱的新教徒交谈，就得微笑，就得露出我那糟糕的牙齿，那就完了。等我在美国赚到钱，一定冲到牙医那儿将我的微笑修缮一番。你可以从杂志和电影上见到微笑是怎样攻城略地，让女孩发狂的。如果没有那种微笑，我还不如回到利默里克，找一份在邮局的黑暗后屋里分拣信件的工作。在那儿，他们不关心你是否有牙齿。

睡觉前，服务员在娱乐室提供茶水和饼干。神甫说：我要杯双份的苏格兰威士忌。忘了茶吧，迈克尔，威士忌有助我入睡。他喝着威士忌，又小声问我：你和那有钱的肯塔基人谈过了吗？

没有。

该死！你怎么搞的？你不想在世上取得成功吗？

想。

那么，你为什么不跟那有钱的肯塔基人谈谈呢？他们也许会喜欢你，给你一份马夫之类的活儿。你的地位会得到提升，而不用去纽约。那里是犯罪的发源地，邪恶的渊薮，天主教徒得日夜抗争才能保持信仰。所以，为什么你不跟那有钱的肯塔基人谈谈，让自己有所成就呢？

无论什么时候，只要提到有钱的肯塔基人，他总是会窃窃私语，而我却不知道该说些什么。如果弟弟马拉奇在，他就会径直走到那有钱人跟前，让他们着迷。他们也许会收养他，留给他上百万美元，还有马厩、赛马、一幢大房子和打扫房子的女佣。我这辈子从来没有和有钱人说过话，除了说过：夫人，电报。而后我会被告知绕到佣人专用门：这里是前门，你不知道吗？

这就是我想跟神甫说的话，可我不知道怎么跟他说。我对神甫所有的认识就是他们用拉丁语讲弥撒和其他事情。他们听我用英语忏悔我的罪孽，代表我们的主，就是上帝，用拉丁语宽恕我。当神甫一定是件很奇怪的事：早上醒来躺在床上，知道自己有权根据心情决定是否宽恕别人。当你懂得拉丁语并能宽恕罪孽时，你就很有权，而人们也就难以和你交谈，因为你知道世上黑暗的秘密。和神甫交谈就像和上帝本人交谈一样。如果你说错了话那就死定了。

船上没有一个人能告诉我，怎样和有钱的新教徒，以及要求严格的神甫交谈。我姨父帕·基廷能告诉我，可他远在利默里克。在那儿，他把任何事情都搅得一团糟。如果在这儿，他一定会拒绝和有钱人谈话，还会叫神甫去亲吻他那高贵的爱尔兰屁股。我希望自己也能那样，但是当你的牙齿和眼睛都被毁了，你永远都不知道该说什么或做什么了。

船上的图书室有一本《罪与罚》。我想这也许是本很好的推理小说，尽管里面全是些让人看不懂的俄国名字。我坐在躺椅上翻看，这个故事让我感到很奇怪。讲的是一位名叫拉斯柯尔尼科夫的俄国学生杀死了一名放债的老妇人，然后努力让自己相信，他有权拥有老妇人的钱，因为她对世界无益，而她的钱可以支付他上大学的费用，这样他就能成为一名律师，替像他这样为钱杀死老妇人的人辩护。这故事让我感到很奇怪，在利默里克，我曾经有过一份为有钱的放债老妇人菲奴肯太太写威胁信的活儿。当她坐在椅子上死去后，我拿了她的一些钱，用来支付到美国的费用。我没有杀死菲奴肯太太，但是拿了她的钱，这让我觉得自己几乎和拉斯柯尔尼科夫一样坏。如果我现在死去，他一定会是我在地狱里遇到的第一个人。我可以向神甫忏悔，以拯救自己的灵魂，即使神甫一旦宽恕了你，就应该忘掉你的罪孽，即使他会因此而控制我，会用奇怪的眼神看着我，让我去诱哄那有钱的肯塔基人。

我看着看着就睡着了。一名水手叫醒了我：先生，你的书被雨淋湿了。

先生。我来自利默里克的街巷，可是一个满头灰发的人却称呼我为先生，尽管按照规定他不应该和我说话。大副告诉过我，水手除了说声“你好”或“晚安”以外，绝不允许和乘客说话。他说这名满头灰发的特殊水手曾经是“伊丽莎白女王”号的船长，但是被发现和一名头等舱的乘客待在她的船舱里，所以被解雇了。他们的行为引发了一场忏悔。这个人名叫欧文。他把所有的时间都花在看书上，显得与众不同。当船靠岸，他会带着一本书上岸，在咖啡馆里阅读，而其他船员则喝得酩酊大醉，得由出租车拖回船上。我们的船长对欧文很敬重，甚至把欧文叫到他的船舱里一起喝茶，谈论在英国驱逐舰上共同服役的日子。那艘驱逐舰被鱼雷击中，他们俩抓着救生筏在大西洋上漂浮，浑身发冷地谈论着回到爱尔兰后的日子。他们要好好地喝上一顿，要吃山一样多的熏肉和卷心菜。

第二天，欧文和我交谈。他说知道自己没有遵守规定，但还是忍不住要和这艘船上任何一位读《罪与罚》的人说话。船员中无疑有些名副其实的读者，但他们读的不外乎埃德加·华莱士[①]或者赞恩·格雷[②]。若能和人谈谈陀思妥耶夫斯基，他愿意付出任何代价。他想知道我是否看过《群魔》或者《卡拉马佐夫兄弟》。当我说从来没听说过的时候，他显得很伤心，建议我一到纽约就冲到书店买些陀思妥耶夫斯基的书，那样就不会再孤独了。他说不论看陀思妥耶夫斯基的哪一本书，他都会给你一些值得回味的东西，你再也找不到这样的便宜货了。这就是欧文跟我说的话，尽管我不明白他在说些什么。

神甫来到甲板上，欧文走开了。神甫说：你在跟那人说话吗？我知道你在和他说话。嗯，我跟你说，他不是个好伙伴。你明白，是吧？我听说了他所有的事。他顶着一头灰发，这么一大把年纪了还在擦洗甲板。很奇怪，你竟然会和一个毫无道德的普通水手说话，可是我让

①埃德加·华莱士（1875－1932），英国小说家、剧作家、记者。
②赞恩·格雷（1872－1939），美国作家。

你和有钱的肯塔基新教徒说话，你却连一分钟时间也没有。

我们只是在讨论陀思妥耶夫斯基。

陀思妥耶夫斯基，是的，那会给你在纽约带来很多好处。你看不到多少需要了解陀思妥耶夫斯基的招聘广告。没办法让你和有钱的肯塔基人交谈，你却在这儿一坐就是几个小时，和水手们废话连篇。离老水手远点，你知道他们都是些什么东西。跟那些对你有用的人交谈吧。看看圣徒的人生故事吧。

沿哈德逊河靠新泽西州的这一侧，上百艘船密密麻麻地停靠在一起。水手欧文说，那都是战时和战后给欧洲运送给养的自由轮。想到它们总有一天会被拖到造船厂拆解，真是让人感到伤心。但世界就是这样，他说，轮船的寿命比妓女的呻吟还要短。

2

神甫问有没有人来接我。我告诉他没有。他说我可以和他一起坐火车到纽约，他会照顾我。船靠岸后，我们坐出租车来到奥尔巴尼巨大的中央车站。等火车时，我们喝了用大厚杯装的咖啡，吃了用厚盘子盛的派。这是我第一次吃柠檬蛋白派。如果在美国，人们总这样吃饭，我就不会再挨饿了。我会很好，很胖，就像他们在利默里克说的那样。孤独时，我有陀思妥耶夫斯基；饥饿时，我有派。

美国的火车和爱尔兰的不一样。在爱尔兰的火车上，你和五位乘客分享一个车厢。而这列火车车厢很长，里面太拥挤了，坐了好几十人，还有些人得站着。我们一上车就有人给神甫让座。他说谢谢，并指了指旁边的座位。当我坐下来的时候，让座的人们好像并不开心，因为他们一眼就能看出我什么也不是。

车厢的远处，人们在唱歌、嬉笑，喊着要开罐器。神甫说他们是回家过周末的大学生，开罐器就是用来开听装啤酒的工具，也许他们是好孩子，但不应该喝那么多酒，希望我到纽约后不会变成那样。他说我应该将自己置于圣母马利亚的保护之下，请她向她的儿子求情，让我保持纯洁、节制，并且不变坏。他会在洛杉矶为我祈祷，会在十二月八日圣母无沾成胎节那天为我做特别的弥撒。我想问他为什么选那一天，但我什么也没说，怕他又用有钱的肯塔基人来烦我。

他告诉我这些事，可我却梦想着在美国某个地方、在电影里的某个大学里成为一名大学生的样子。那里总是有白色的教堂尖塔，没有属于新教徒的十字架。男孩和女孩在校园里漫步，手里拿着大部头的书，互相微笑着，牙齿像雪一样白。

到达纽约中央车站后，我不知道该往何处去。母亲说过我可以去找一位叫丹·麦克阿杜雷的老朋友。神甫告诉我怎样用电话，但是丹那儿没人接听。好吧，神甫说，我不能把你一个人扔在中央车站。他对出租车司机说，我们去纽约人酒店。

我们把包拿进一个只有一张床的房间。神甫说，放下包，我们到楼下的咖啡店吃点东西，你喜欢汉堡包吗?

我不知道。我这辈子从来没有吃过汉堡包。

他转了转眼睛，让女招待给我一份带薯条的汉堡包。汉堡包要烤透，因为我是爱尔兰人，而我们对任何东西都蒸煮过度。爱尔兰人对蔬菜的所作所为真是奇耻大辱。如果你能猜出爱尔兰餐馆里的蔬菜是什么，就可以获得门票对号奖。女招待笑着说她明白，她母亲就是爱尔兰人，是世上最糟糕的厨师。她丈夫是意大利人，真的通晓厨艺，可是她在战争中失去了他。

瓦乌。她就是这么说的。其实说的是“战争”，但她和所有不喜欢发词尾 r 音的美国人没什么两样。他们说“鸦叫声”而不是“汽车”，你真搞不懂他们为什么不能按照上帝创造的发音方式去念单词。①

我喜欢柠檬蛋白派，但是不喜欢美国人遗漏词尾 r 音的说话方式。

吃汉堡包的时候，神甫说，我得和他一起过夜，明天我们再看看怎么办。在神甫面前脱衣服是件奇怪的事。我不知道该不该双膝跪地，

---

①在英文中，战争一词（war）如果不发词尾的 r 音就变成了 waw，汽车（car）如果不发词尾的 r 音就变成了鸦叫声（caw）。

假装祈祷。他说，如果我愿意，可以去冲个澡。这是我这辈子第一次用那么多热水冲澡。洗浴用品也不缺，一块香皂洗身子，一瓶洗发液洗头发。

洗完澡后，我用挂在浴缸上的厚毛巾擦干身子。回屋之前，我穿上了内衣内裤。神甫正躺在床上和人通电话，一条毛巾裹着他那胖肚子。他放下电话，瞪着我：我的天，你是从哪儿弄来的这长内裤？

利默里克的罗奇商店。

如果你把长内裤挂到酒店窗外，人们就会举手投降。一点建议，不要让美国人见到你穿这种长内裤，他们会认为你刚从埃利斯岛上下来。要穿三角裤，你知道什么是三角裤吗？

我不知道。

不管怎样，你需要三角裤。像你这样的孩子应该穿三角裤。你现在是在美国。好了，跳上床吧。这让我很困惑，因为没有要做祈祷的迹象，而我认为这是神甫要做的最重要的事。他下床，进了浴室，但是没过一会儿，又探出脑袋来，问我是否擦过身子。

我擦过了。

你的毛巾没动过，你用什么擦的身子？

浴缸旁边的那块毛巾。

什么？那不是毛巾，那是浴室地垫，是让你洗完澡后站在上面的。

我能从书桌上的镜子中看到自己的模样，脸色发红，不知该向神甫说声对不起，还是保持沉默。在美国的第一晚就犯了错，真不知道该怎么办，但是相信不久之后，我会是个正常的美国佬，做什么都不会犯错。我会自己点汉堡包，要薯条，和女招待开玩笑，也绝不会用浴室地垫擦身子。有朝一日，我在说“战争”和“汽车”时会不发结尾的r，但如果回利默里克就不会那么做了。如果带着美国口音回到利默里克，他们会说我是在装腔作势，像所有美国佬一样有个大屁股。

神甫身上裹着毛巾从浴室里出来，用手拍打着脸，空气中有股香水的味道。他说再没有比须后润肤露更提神的了。如果我喜欢，也可以搽一些，那东西就在浴室里。我不知道该说什么，也不知道该做什么。是说“不，谢谢”呢，还是应该下床走到浴室，抹一些须后润肤露呢？我在利默里克从没听说过有人在剃完胡子后往脸上抹东西，但我想美国不一样。我后悔没有找一本讲解如何与神甫在酒店共度纽约第一夜的书。在酒店里，你时时刻刻都会因干蠢事而出丑。他说：啊？我说：噢，不，谢谢。他说：你自便吧。我不和有钱的肯塔基人说话时，就能看出他有点不耐烦。他可以轻而易举地叫我走开，那样我就得带着自己棕色的小提箱露宿纽约街头，不知道何去何从。我不想冒那种风险，因此对他说，我还是想抹点。他摇了摇头，让我去抹了。

从浴室的镜子里，我看见自己正在往身上抹须后润肤露。我冲自己摇了摇头，如果这就是美国的生活方式，那我真后悔离开爱尔兰。神甫责怪你不和有钱的肯塔基新教徒友好相处，对浴室地垫一无所知，穿那样的内衣裤，还怀疑须后润肤露。即使没发生这一切，能来到这儿也已经很不易了。

神甫已经上床了。我从浴室里出来的时候，他对我说：好吧，上床吧，明天还有漫长的一天呢。

他掀起被子让我进来。看到他一丝不挂，我吃了一惊。他说晚安，然后关灯，开始打呼噜，入睡前甚至没有说声“万福马利亚”，也没有祈祷。我一直认为神甫睡觉前会跪上几个小时做祈祷。这个人一定天恩眷顾，而且对死亡毫无畏惧。我不知道是否所有的神甫都像他那样，在床上一丝不挂。和一个一丝不挂打着呼噜的神甫同床共眠，想入睡也难。我不知道教皇本人是否也这样上床睡觉，还是叫一名修女送来带有教皇绶带和徽章的睡衣。他又是如何脱掉身上的那件白色长袍的？是从头上脱掉呢，还是让长袍滑落在地，然后一步跨出去？上了年纪的教皇恐怕无法自己将长袍从头上脱掉，也许会叫一名经过的红衣主教来帮忙，除非那名红衣主教自己也上了岁数，不得不叫来一名修女，除非教皇在白袍底下什么也没穿。红衣主教知道教皇的白袍，世上没有一名红衣主教不知道教皇穿什么，因为他们自己都想当教皇，巴不得这位教皇早日归天。如果修女被叫进来，她就得将白袍送到梵蒂冈热气腾腾的洗衣房去洗。其他修女和见习修女们唱着圣歌，感谢上帝让她们获得为教皇和红衣主教团洗衣服（内衣裤除外）的特权。内衣裤由双目失明、不会因手里拿的东西而产生罪恶念头的老修女们来洗。我手里拿着的东西是不应该在床上当着神甫的面拿的。我平生第一次抑制住罪恶的诱惑，转身朝向自己这一边，开始睡觉。

第二天，神甫在报纸上找到一间备有家具的出租屋的广告，租金为一星期六美元。他想知道我在找到工作前是否有能力支付租金。我们来到东第六十八大街，房东奥斯丁夫人带我上楼去看房间。房间位于楼道尽头，用隔板和门隔开，有一扇临街的窗户。床、一个带镜子的小衣柜和一张桌子将屋子塞得满满的。伸开双臂，我就能碰到两边的墙壁。奥斯丁夫人说这是间不错的屋子，我很走运，它没有被人抢先一步租了。她是瑞典人，说能看出来我是爱尔兰人，希望我不要喝酒。如果喝酒，无论喝醉与否，我都不能带女孩到房间里来。不能有女孩，不能有食物，不能有酒。蟑螂在一英里之外就能闻到食物的味道，一旦它们进来，你永远无法赶走。她说：当然，你在爱尔兰是绝不会见到蟑螂的，那儿没有食物，只能喝酒。蟑螂要么饿死，要么变成酒鬼。不用说什么，我知道。我姐姐嫁给了一个爱尔兰人，这是她做的最糟糕的事。爱尔兰男人是很棒的约会对象，但不能嫁给他们。

她收下了六美元，说还需要六美元做押金，然后给了我收据，告诉我当天什么时候搬进来都行。她相信我，因为我是和那位不错的神甫一起来的，尽管她不是天主教徒，尽管她姐姐嫁给一个爱尔兰天主教徒就够了。上帝帮帮她，她正为此遭罪呢。

神甫叫了一辆出租车将我们送到巴尔的摩酒店。穿过酒店门前的马路，就是中央车站。他说这家酒店很有名，我们要去民主党总部，如果他们不能帮一个爱尔兰孩子找到工作，就没有人能了。

楼道里，有个人从我们身边经过。神甫小声说：知道他是谁吗？

我不知道。

你当然不知道，如果不知道毛巾和浴室地垫的区别，你怎么能知道他是来自布朗克斯区的伟大的博斯·弗林，全美仅次于杜鲁门总统的最有权势的人！

伟大的博斯按下电梯按钮。在等电梯的时候，他将一根手指插进鼻孔挖了挖，看了看指尖上的东西，将它弹到地毯上。我母亲将那动作称为挖金子。在美国就是这样。我想告诉神甫，我相信德·瓦勒拉[①]绝不会这样掏鼻孔，人们也绝不会发现利默里克的主教一丝不挂地上床睡觉。我想告诉神甫我对世界的总体看法：上帝折磨你，让你的眼睛和牙齿坏掉。但是我不能这么说，我担心他会没完没了地讲有钱的肯塔基新教徒，讲我如何错过了一生中的好机会。

神甫和民主党总部办公桌旁的一名妇女说了些话，她拿起电话，对着话筒说：这儿有个孩子……刚下船……你有高中文凭吗？……没，没有文凭……好的，你有什么期望？……旧国还是个穷国……好吧，我送他过去。

我得在星期一早上到二十二楼的凯里先生那儿报到，他会安排我在巴尔的摩酒店工作。刚下船就找到工作，我难道不是个幸运的孩子吗？她就是这么说的。神甫告诉她：这是个伟大的国家，爱尔兰人的一切都得益于民主党，莫林。如果这孩子能投票，你就又为民主党争取到了一张选票。哈，哈，哈。

神甫叫我回酒店，他过一会儿和我一起吃晚饭。告诉我可以步

①德·瓦勒拉（1882－1975），1959年至1973年任爱尔兰总统。

行回去，东西向的马路叫大街，南北向的叫大道。我不会有麻烦的。穿过第四十二大街来到第八大道，一直往南，我就能到达纽约人酒店。我可以看看报，看看书，或者冲个澡，如果我答应远离浴室地垫的话。哈，哈。他说，如果我们运气好，也许会遇到伟大的杰克·登姆普西[①]。我对他说，我情愿遇到乔·路易斯[②]。他训斥我说：你最好学会跟着自己人。

晚上，登姆普西酒吧的服务生笑着对神甫说：杰克不在这儿，神甫，他到园子里去考查一名新泽西州的中量级选手了。

园子。泽西。这是我在纽约的第一天，人们就已经像我在利默里克看的电影里那些匪徒们一样说话了。

神甫说，我这位小朋友从旧国来，他想见乔·路易斯，然后笑了。服务生也笑了，说：啊，新移民才会这么说，神甫。别担心，在这个国家待上六个月，再看到黑鬼，他就会拼命跑的。要点什么，神甫？晚饭前来点小东西？

我要双份的干马提尼酒，不加冰，加削成卷儿的柠檬皮。

新移民呢？

他要……嘿，你要点什么？

请来一杯啤酒。

你十八了吗，小子？

十九。

看上去不像，但只要你和神甫在一起，就一点问题也没有。是吧，神甫？

是的，我会看着他的。他在纽约一个人也不认识。我会在走之前把他安顿好。

神甫喝完了双份的马提尼酒，又要了一份就着牛排喝。他对我说，

①杰克·登姆普西（1895－1983），美国职业拳击运动员。

②乔·路易斯（1914－1981），美国职业拳击运动员。

我应该考虑当一名神甫。他会帮我在洛杉矶找份工作。那样，我会过上舒适的生活。寡妇们去世后会把所有的东西都留给我，包括她们的女儿。哈，哈，这就是该死的马提尼酒。抱歉，说脏话了。他吃了大半牛排后，让服务生上两个冰激凌苹果派还要一杯双份轩尼诗酒将牛排送下。结果，他只吃了冰激凌，喝了半杯轩尼诗酒，就睡着了。下巴垂在胸口，一上一下地晃动着。

服务生没了笑容。该死！他还没付钱呢。他那该死的钱包在哪儿？把口袋翻过来，小子。把它递给我。

我不能抢劫神甫。

你不是在抢劫。他得付该死的饭钱。你需要辆出租车送他回家。

两名服务生帮着他上了出租车，纽约人酒店的两名年轻服务生又把他拖过大厅，拉上电梯，再把他扔在床上。他们对我说：一块钱的小费就够了，一人一块，小子。

他们走后，我不知道该怎么对付一个喝醉了酒的神甫。我按照电影里的做法把他的鞋子脱了，但是他坐起来，跑到浴室吐了很久。出来时，他拽着自己的衣服，把领圈、衬衫、裤子、内衣裤扔到地上，然后仰面瘫倒在床上。看得出他很兴奋，双手放在自己身上。到我这儿来，他说。我后退了几步：噢，不，神甫。他滚下床，嘴角流着口水，身上带着酒和呕吐物的恶臭。他试图抓住我的手，放到他身上。我退得更远了。我退出门，退到走廊上，而他站在门口。这个胖胖的小个子神甫冲着我喊：哦，回来，孩子，回来吧，这都是喝酒惹的，上帝，对不起。

但电梯门是开着的，我不能对里面那些正看着我的正派人士说，我改变主意了，要回到这个神甫身边。他最初想让我对有钱的肯塔基新教徒态度友善，这样就可以得到一份扫马厩的工作，可现在却向我摇晃他的阳具。这显然是一种不可饶恕的大罪。倒不是我自己受天恩眷顾，不，我没有，只是期待着神甫树立一个好榜样，而不是在我到美国的第二个晚上大出洋相。我不得不走进电梯，假装听不见神甫在房门口光着身子流着口水叫喊。

酒店一楼有一个打扮得像海军上将的人。他说：先生，要出租车吗？我告诉他：不，谢谢。他说：你从哪儿来？哦，利默里克。我从罗斯康芒郡来，到这儿四年了。

我只好问这个罗斯康芒郡人，怎样才能到东第六十八大街。他告诉我沿着第三十四街向东走。那条街很宽，照明也很好。一直走到第三大道。我可以坐高架铁。如果精力充沛，也可以一路走到那条大街。他对我说：祝你好运，跟着自己人，小心波多黎各人，他们身上都带着刀，这是大家都知道的，而且他们性情急躁。沿着人行道的边儿在路灯下走，要不然，他们会从黑黑的门洞里捅你。

第二天早上，神甫给奥斯丁夫人打来电话，说我该过去拿我的小提箱。我到了酒店的房间门口，他说：进来，门没关。他穿着黑西服，背对着我，坐在床的那一边。我的小提箱就在门边。把它拿走吧，他说，我要到弗吉尼亚州的一所静修院待几个月。我不想看见你，也不想再见到你，因为昨晚发生的事太可怕了。如果你动动脑子，和那有钱的肯塔基新教徒走，那事儿就不会发生了。再见。

对着情绪不佳、背对着你、将一切都归罪于你的神甫，我真不知道该说什么。我只能提上自己的小提箱坐着电梯下楼，不明白这样一个宽恕他人罪孽的人，怎么会在自己犯了罪孽后却来责备我。要是我做了那样的事儿，喝醉了酒还让人把手放到我身上，我会说是我干的。没别的，就是我干的。他怎么能因为我拒绝和有钱的肯塔基新教徒说话，就责备我呢？也许神甫就是那样接受培训的。也许在自己也想犯些罪孽时，却要日复一日地倾听他人的罪孽真是挺不容易的。喝了点酒，曾经听过的那些罪孽在体内膨胀，你就和常人没什么两样了。我知道自己永远不可能成为一名整天聆听那些罪孽的神甫。我会经常处于亢奋状态，被主教送上驶往弗吉尼亚州静修院的轮船时，一定已经精疲力竭了。

3

我是爱尔兰人，在纽约举目无亲，正沿着第三大道向前走，列车在头顶的高架铁道上哐啷哐啷地行进。这时，我很欣慰地发现几乎每个街区都有爱尔兰酒吧：科斯特洛酒吧、巧言石酒吧、巧言玫瑰酒吧、P.J. 克拉克酒吧、布兰夫尼酒吧、利特里姆屋酒吧、斯莱戈小屋酒吧、香农酒吧、爱尔兰三十二郡酒吧、全爱尔兰酒吧。满十六岁的前一天，我在利默里克喝了平生第一杯酒，结果吐了。父亲因为喝酒几乎毁了我们这个家和他自己，可我在纽约很孤独，被自动唱机里唱着“戈尔韦湾”的平·克罗斯贝[①]和在爱尔兰绝不会见到的闪烁的绿色三叶草[②]图案吸引，走进了酒吧。

科斯特洛酒吧吧台的尽头，有个满脸怒气的人正在对客人说：我才不管你是不是拥有十个博士学位。我对塞缪尔·约翰逊[③]的了解比你对自己双手的了解还多。如果你举止不妥，就滚到街上去。我的话到此为止。

那客人说：但是——

---

①平·克罗斯贝（1904－1977），美国歌手、演员。

②爱尔兰国花。

③塞缪尔·约翰逊（1709－1784），英国作家、诗人、小说家、文学评论家、词典编纂家。

出去！那个生气的人说。出去，这儿不卖酒给你了。

那客人拍了拍帽子，昂首阔步地走出了酒吧。那个生气的人转身冲着我。你，你十八了吗？

是的，先生，我十九了。

我怎么知道呢？

我有护照，先生。

一个爱尔兰人拿着本美国护照做什么？

我生在这儿，先生。

他允许我喝两杯十五美分的啤酒，告诉我，最好到图书馆去，而不是像其他可怜的爱尔兰人那样在酒吧间里虚度时光。他告诉我，约翰逊博士每天喝四十杯茶，到最后头脑都很清醒。我问他谁是约翰逊博士。他惊讶地看着我，将我的杯子拿走，对我说：出了这酒吧，沿第四十二街向西走，直到第五大道，你就会看见两个巨大的石狮子。沿着石狮子间的台阶向上走，给自己办张图书卡。不要像其他刚下船、喝得糊里糊涂的爱尔兰乡巴佬一样成了傻子。读读你的约翰逊，读读你的蒲柏[①]，远离那些爱做白日梦的爱尔兰人。我想问他怎么看待陀思妥耶夫斯基，可他手指向门外：在你看完《诗人列传》之前不要回到这儿来。快点，出去。

那是十月里温暖的一天。除了他让我做的事儿，我无事可干。一路溜达着来到有石狮子的第五大道又有何妨呢？图书管理员态度很友善。当然，我可以拥有一张图书卡。真高兴见到年轻的移民利用图书馆。如果我愿意，可以借四本书，只要能在规定的时间内归还。我问他们是否有一本塞缪尔·约翰逊写的《诗人列传》。他们说：哎呀！你看约翰逊的书哪！我想告诉他们，我从来没看过约翰逊的书，又不想让他们不再崇拜我。他们对我说：不要紧张，你可以四处走走，到三层的

①亚历山大·蒲柏（1688－1744），18 世纪英国诗人。

主阅览室看看。他们一点也不像爱尔兰的图书管理员。那些人时刻警惕着，防止图书被像我这样的人偷窃。

南北走向的主阅览室让我觉得双脚无力。我不知道是那两杯啤酒，还是自己到纽约第二天的激动心情的缘故。但看着绵延几英里的书架，明白到这个世纪末都不可能看完那些书时，我几乎落泪了。有许多擦得锃亮的桌子，各种各样的人坐在那儿。只要愿意，他们可以一周七天在那儿看书，没有人打搅他们，除非睡着了打呼噜。有英国、爱尔兰、美国图书区，文学、历史、宗教分门别类。一想到可以在喜欢的任何时间来这儿，只要不打呼噜就可以看任何书，想看多长时间就看多长时间，我就满心激动。

我胳膊下夹着四本书溜达回科斯特洛酒吧，想向那个生气的人显示一下《诗人列传》，可他不在。酒吧男招待说，喋喋不休谈论约翰逊的一定是蒂姆·科斯特洛先生。正说着，那个生气的人从厨房里出来，说：你回来了。

我有《诗人列传》了，科斯特洛先生。

你把《诗人列传》夹在腋下，年轻人。但是你没有记在脑子里，所以，回家看书吧。

那是个星期四。星期一开始工作前，我无事可做。因为没有椅子，我坐在那间出租屋的床上看书，一直到奥斯丁夫人在十一点时敲门，告诉我她不是百万富翁。租房合同规定十一点关灯，以减少她的电费开支。我关了灯，躺在床上听纽约的声音。人们说着笑着。我不知道自己是否会成为这个城市的一分子，在外面谈笑风生。

又有敲门声。一个满头红发、爱尔兰口音的年轻人告诉我，他叫汤姆·克利福德，问我是否愿意去喝杯啤酒。他在东区的一幢大楼里工作，得在一小时内赶到那儿。不，他不去爱尔兰酒吧，不想和爱尔兰人有任何关系，因此我们走到第八十六大街的莱茵兰德酒吧。在那儿，汤姆告诉我他如何在美国出生，如何被带到爱尔兰的科克市，如何想尽快离开那儿所以参加了美军，又如何在德国度过三年美好的时光。在那三年里，你可以为了一条香烟或者一磅咖啡和人上床。莱茵兰德酒吧后面有舞池和乐队。汤姆请一张桌子旁的一个女孩跳舞，然后对我说：来吧，请她的朋友跳舞。

但是，我不知道怎么跳，也不知道怎么请女孩跳舞。我对女孩一无所知。在利默里克长大，我怎么可能知道这些呢？汤姆请另一个女孩和我跳舞。那女孩领着我来到舞池，我却不知道该怎么办。汤姆正在轻快地行进着，旋转着，而我怀里搂着女孩，却不知道该向后还是向前。她说我踩了她的鞋子，我赶紧道歉，她说：噢，别在意。我并不想笨拙地四处挪动。她回到自己的桌旁。我满脸通红地跟着她，不知道该坐到她旁边，还是回到吧台那儿，直到她说：你把啤酒落在吧台上了。我很高兴有个借口可以离开，否则我不知道该说些什么。如果告诉她我花好几个小时看约翰逊的《诗人列传》或者第四十二大街图书馆让我兴奋，她一定不会感兴趣。或许我应该到图书馆找本如何和女孩交谈的书，或者问问那个会跳舞、会说笑、会和女孩聊天的汤姆。他回到吧台，说要请病假，也就是说不去上班了。那个女孩喜欢他，愿意跟他回家。他小声告诉我，或许会做爱，也就是和她上床。唯一的问题是另一个女孩。他叫她“我的女孩”。去吧，他说，问问她愿不愿意跟你回家，我们坐到她们那张桌子边去吧，你可以问问她。

啤酒在体内发挥作用，我觉得自己勇敢些了，就算坐到女孩桌旁跟她们说说蒂姆·科斯特洛和塞缪尔·约翰逊博士，也不觉得害羞了。汤姆用胳膊肘轻轻推了推我，小声说：看在上帝的分上，不要说塞缪尔·约翰逊之类的事儿，就请她回家。当我看着她的时候，眼前出现了两个人影。我不知道该请哪一个回家。但是盯着两个人中间看，我就看到了一个人，我要邀请的人。

回家？她说，别开玩笑了。一阵笑声。我是个秘书，一个私人秘书，而你甚至连高中文凭都没有。你最近照没照过镜子？她笑了笑，我的脸又红了。汤姆喝了一大杯啤酒，而我知道自己对这些女孩而言一无是处。因此我走了，沿着第三大道向南走。诧异地看着商店橱窗里自己的影子，我很失望。

4

星期一早上，老板凯里先生让我做勤杂工。这是一份很重要的工作。我要在大堂里除尘、扫地、倒烟灰缸，而人们就是通过大堂来评判一家酒店的。他说我们拥有这个国家最好的大堂。它叫棕榈庭，举世闻名。有身份的人都知道棕榈庭和巴尔的摩大钟。看在上帝的分上，书里和短篇小说里都提到过它。斯科特·菲茨杰拉德之类的人都到过这儿。重要人物都说：我们在巴尔的摩酒店的大钟下见面。要是他们进来而酒店却满是灰尘，垃圾遍地，那该多么糟糕啊。我的工作就是保持巴尔的摩酒店的声望。我要打扫卫生，不能和客人说话，甚至不能看他们。如果他们跟我说话，我只能说：是，先生 / 女士，或者，不，先生 / 女士，然后继续工作。凯里先生说我应该是个隐形人，说到这儿，他笑了。想想看，嗯，你是个打扫大堂的隐形人。他说这是份重要工作，如果不是在那个加州神甫的请求下由民主党派来的，我绝不会得到。前一个干这活儿的小伙子就是因为在大钟下和女大学生攀谈而被解雇的，但他是个意大利人，你又能指望什么呢？他告诉我：要机灵、小心，要记得每天洗澡。这是美国。要头脑清醒，跟着自己人。不要和爱尔兰人误入歧途，少喝点酒。一年之内，我就可能升到行李搬运工或者餐厅勤杂工的职位，可以有小费，说不准还会升为服务生。到那时，就不用再担心什么了。他说在美国什么事都是可能的，看看我，我就有四套西服。

大堂服务生的头儿被称作服务生总管。他对我说只要清理所有掉到地板上的东西就行了。不能碰桌上的任何东西，如果钱或珠宝之类的掉到地上，得交给他——服务生总管本人。他决定该怎么处理。如果烟灰缸满了，得等餐厅勤杂工或服务生来叫我才能倒。有时候，烟灰缸里有些需要看管的东西。一位女士或许会因为耳朵疼而摘了耳环，却忘了自己将它放到烟灰缸里了。有些耳环值好几千美金，而我刚下船不会知道这些事。保管所有的耳环并将它们归还耳朵疼的女士是服务生总管的工作。

有两个服务生在大堂工作。他们来回穿梭，撞到一起，用希腊语互相吆喝。他们叫我：你，爱尔兰人，过来，打扫干净，打扫干净，把这该死的烟灰缸倒了，把垃圾拿走，快点，快点，磨磨蹭蹭的，你喝醉了还是怎么着？他们在一群星期四和星期五涌进酒店的大学生面前冲我大喊大叫。我不介意希腊人冲我大喊大叫，如果不在优秀的女大学生面前的话。她们甩甩头发，微笑时露出只有在美国才能见到的洁白而完美的牙齿，每个人都有晒成棕褐色的电影明星般的大腿。男生们留着惹人注目的平头，有着洁白完美的牙齿和美式橄榄球运动员的肩膀，潇洒自如地和女生交往，交谈，欢笑。女生们摘掉眼镜，双眸发亮，冲着男生微笑。他们可能和我年纪相仿，而我却穿梭其间，因为自己的制服、手中的簸箕和笤帚而羞愧难当。我希望自己是个隐形人，但当服务生用希腊语、英语和介乎其间的某种语言冲我大喊大叫，或者餐厅勤杂工指责我没经允许就把有东西的烟灰缸倒了的时候，我就不可能是个隐形人了。

有时候，我不知道该做什么或说什么。一个留着平头的男大学生说：你现在能否不打扫这里？我正在和这位女士谈话呢。如果那个女生看看我，然后转过头去，我就会觉得自己脸发红。我不知道为什么会这样。有时候，女大学生会笑着向我打招呼，“嘿”，我却不知道该说些什么。酒店里地位比我高的人告诉我，不该和客人说一句话，尽管我压根不知道该怎么说“嘿”，我们在利默里克从来不说这个词。如果我这么说了，就可能丢了这份新工作，流落街头，没有神甫会为我再找另一份工作了。我想说“嘿”，想成为那个可爱世界的一分子，哪怕一分钟也好，只是平头男生可能会认为我是在傻兮兮地盯着他的女友，会向服务生总管告发我。今晚回家，我可以坐在床上，练习微笑着说“嘿”。如果坚持练习，我一定会掌握。但是我不能微笑着这么说，如果我咧开大嘴，会把巴尔的摩酒店大钟下招人喜欢的女孩们吓得魂不附体。

有些时候，女孩们会脱掉外套。她们身穿毛衣和短上衣的样子是那么容易引人犯罪，我不得不把自己锁在厕所的隔间里手淫。我得注意不弄出声音来，以防波多黎各餐厅勤杂工或者希腊服务生发现。他们会跑到服务生总管那儿告发，说大堂的勤杂工正在厕所里手淫。

5

第六十八大街剧场外贴了张海报，上面写着:《哈姆雷特》，劳伦斯·奥利弗主演，下周上映。我正计划着带瓶干姜水和一块酒店面包房做的柠檬蛋白派出来玩一个晚上，好好款待一下自己。那柠檬蛋白派很像我在奥尔巴尼和神甫一起吃的那种，那是我这辈子吃过的最美味的东西。在剧场里，我会在屏幕上看到哈姆雷特折磨自己和每一个人，将会体会着干姜水的酸味和蛋白派的甜味在嘴里碰撞。去剧场之前，我会坐在自己的屋子里看《哈姆雷特》，好弄清楚他们用那古英语说了些什么。我从爱尔兰带来的唯一的书是在奥马霍尼书店花十三先令六便士（我在邮局送电报半周的薪水）买的《莎士比亚作品全集》。哈姆雷特在母亲和叔叔克劳迪亚斯发生不正当关系时不得不忍受一切。在利默里克，我母亲也和她的表哥拉曼·格里芬发生了不正当关系。这使得我对《哈姆雷特》情有独钟。我能理解哈姆雷特冲着母亲发火，就像我第一次喝完酒醉醺醺地回家扇了母亲一巴掌那样。到死我都会后悔自己那么做，可我仍然希望有朝一日能回到利默里克，在小酒馆里找到拉曼·格里芬，把他叫到外面，大打出手，直到他讨饶为止。我知道这么说说没有用，等我回到利默里克，拉曼·格里芬一定已经死于酗酒了。在我为他祈祷或点燃蜡烛之前，他早已身在地狱了。上帝说我们应该宽恕敌人，甘受侮辱。不，即使上帝重回世界，命令我宽恕拉曼·格里芬，我也不会那么做，否则我将受到处罚，脖子拴上一块磨石被扔进大海（我最害怕的事）。我会说：对不起，上帝，我决不会宽恕那个人对我母亲和我们家所做的一切。在虚构的故事里，哈姆雷特都没有在赫尔辛格宽恕他人，那么，现实生活中的我为什么要宽恕？

上一次去第六十八大街剧场时，引座员不让我拿着好时巧克力进去，说不能带食物或饮料入场，得在外面把它消费完才能进去。消费。他不说吃。世上让我困惑的一件事就是引座员和穿制服的人总喜欢用大词儿。第六十八大街剧场一点也不像利默里克的抒情诗电影院。在那儿，如果够幽默，你可以带鱼和薯片或者一顿猪腿大餐和一瓶浓烈的黑啤酒进去。而那晚，我不得不站在外面大口大口地吞吃巧克力。引座员则对我怒目而视，不关心我正错过"马克斯兄弟"的精彩表演。现在，我得把从爱尔兰带来的黑雨衣搭在胳膊上，引座员不会发现藏在口袋里的装着柠檬蛋白派和干姜水瓶的袋子。

电影一开演，我就开始吃派。但是盒子发出窸窸窣窣的声音，人们对我说：嘘，我们正看电影呢！我知道他们不是看盗匪片或音乐剧的普通人。他们可能是大学毕业、住在派克大街并熟悉《哈姆雷特》每一句台词的人，说"电影"这个词时从来不用 movies 而只用 films[①]。可我不可能不发出一点声音就把盒子打开，而我正饿得直流口水。我不知道该怎么办。旁边的一个男子说"嘿"，然后把他的雨衣搭到我腿上。他的手在雨衣下移动。他说：打搅你了吗？我不知道该说什么。有个声音叫我拿起派离开。我跟他说对不起，然后从他身旁走过，沿着过道走出放映厅，来到男厕所。在那儿，没有住在派克大街的人嘘我，我可以从容地打开盒子。错过一段《哈姆雷特》，我觉得很遗憾，但他

① movie 为美式英语，film 为英式英语。

们在屏幕上也只是围着个幽灵跳来跳去，为了个幽灵大喊大叫。

男厕所里没有人，但我不想被人发现在吃派，所以就坐在隔间的马桶上狼吞虎咽。这样，我可以回去接着看《哈姆雷特》，只要不坐在那个腿上搭件雨衣、手动来动去的男子旁边就行。派让人口干，我想好好喝点干姜水了，这才意识到得有个开瓶器才行。去找引座员没用，因为他们总是吼着：即使你们从派克大街来，也不应该带食品或饮料进来。我把派放到地上，想把瓶子放到洗手池边，用手背狠狠地敲一下，盖子就该开了。但我一敲，瓶颈碎了，干姜水一下子喷到我脸上。瓶子割破了我的手，洗手池上血迹斑斑。地上的派沾满了血和干姜水。我伤心不已，闹出了这么多麻烦，还能回去看《哈姆雷特》吗？就在这时，一个一脸绝望的灰发男子冲了进来，几乎撞到我身上，一脚踩在装着派的盒子上，把它踩得稀巴烂。他站在小便池旁喋喋不休地说开了，试图将黏在鞋上的盒子甩开，还怒气冲冲地冲我吼道：妈的，妈的，见鬼，见鬼。他站到一旁，甩了甩腿。装着派的盒子从他的鞋底飞了出去，打到墙上。盒子和派都摔烂了，没法吃了。那个人说：这儿到底怎么了？我不知道该怎么跟他说，似乎说来话长，得从我几星期前如何兴冲冲地想看《哈姆雷特》讲到我如何觉得同时这么做——吃着派、喝着干姜水、看着《哈姆雷特》、听着令人愉快的台词——是如此美妙，以至于一天都没吃东西。那个人两条腿轮流甩着，跟我说厕所不是他妈的饭店，我不该他妈的在公共厕所吃喝，最好从这儿滚出去。我知道他心情不佳，对他说我在开干姜水瓶时出了点意外。他说：你没听说过开瓶器吗？还是你刚从他妈的船上下来？他离开了厕所。我正用卫生纸包扎伤口的时候，引座员进来了，说有一个观众向他投诉我在厕所里的所作所为。他像那个灰发男子一样，说着他妈的，见鬼。我向他解释刚才发生的事情后，他说：滚出去。我说我花钱看《哈姆雷特》，到厕所里来是为了不打搅周围那些对《哈姆雷特》了如指掌、住在派克大街的人。但是他说：我才不管呢，在我叫经理或警察之前离开这儿，他们一定对这个地方的血迹感兴趣。

然后，他指着我那挂在洗手池边的黑雨衣说：把那该死的雨衣拿走。万里无云的天气带着雨衣干什么？我们知道雨衣这个把戏，知道整个雨衣帮，我们都看着呢，对你的小鬼把戏一清二楚。坐在那儿，看似无辜，可接下来你的手就会在无辜的孩子身上动来动去。所以，在我叫警察之前，把你的雨衣拿走，伙计。你这该死的变态。

我拿着还剩了点干姜水的破瓶子，沿着第六十八大街往回走，坐在住所前的台阶上。奥斯丁夫人从地下室的窗户向外喊：坐在台阶上不会有吃的喝的；蟑螂会四处爬；人们会说我们是一群不关心吃喝和睡觉场所的波多黎各人。

街上没有一个可以坐的地方，女房东都盯着呢。我只有到东河边的公园逛逛，想想美国的生活怎么那么艰难和复杂，以至于带柠檬蛋白派和干姜水看《哈姆雷特》都有问题，除此之外，我无事可做。

6

在纽约，最影响我起床干活的就是双眼感染严重，我甚至得用大拇指和食指将眼睑扒开，恨不得抠掉那硬硬的黄眼屎，但如果这样做，眼睫毛也会被弄掉，眼睑会又红又疼，比以前更糟糕。可以站在淋浴喷头下，让热水冲洗双眼，直到感觉双眼既暖和又干净，可它们还是红得扎眼。我试图用冰冷的水消除红肿，但一直没能见效，冷水只会让眼球疼。眼球不疼的时候走进巴尔的摩酒店大堂就够糟糕了，更别说眼球疼的时候了。

如果眼睛不发炎不红也没有黄眼屎，我可以忍受眼球的疼痛。至少人们不会目不转睛地看着我，好像看着个麻风病人。

穿着勤杂工的黑色制服在棕榈庭走来走去就够丢人的了，这意味着在世人眼中，我仅比波多黎各洗碗工级别高一点，就连行李搬运工的制服上都有少许金饰品，而看门人看上去就像海军上将。工会商店服务员埃迪·吉利根说我应该庆幸自己是爱尔兰人，否则就得到下面厨房和“湿背”[1]们共处了。这是个新词,“湿背”。从他说这个词的神情来看，他不喜欢波多黎各人。他告诉我凯里先生很照顾自己人，所

① spics，指美国的墨西哥裔人。

以我是个穿制服的勤杂工，而不是系着围裙整天在下面和波多黎各人一起唱歌、喊着“看哪，看哪”的洗碗工。我想问他，洗碗时唱歌，觉得好玩儿时喊“看哪，看哪”有什么不对。但我对问问题很谨慎，担心自己犯傻。至少波多黎各人在下面敲着锅碗瓢盆唱歌，陶醉在自己的音乐中。他们还在厨房里跳舞，直到领班叫他们停下来。有时候，我到下面厨房去，他们会给我一些残羹剩菜，叫我弗兰基：弗兰基，爱尔兰男孩，我们教你西班牙语。埃迪·吉利根说我一星期比洗碗工多挣两美元五十美分，有获得提升的机会。可他们永远不会有，因为他们不想学英语、赚够钱回到波多黎各、坐在树下喝啤酒、拥有一个大家庭，他们只擅长喝酒骂人，直到妻子精疲力竭，死在他们前头。他们的孩子在街上撒野，时刻准备着到纽约来洗碗，又重复一遍该死的人生。如果他们找不到工作，我们就得支援他们，你和我。这样，他们就可以坐在东哈莱姆区的门廊里弹该死的吉他，从纸袋里掏出啤酒来喝。那就是“湿背”们，孩子。你可千万记住。离厨房远点，因为他们想都不想就会在你的咖啡里撒尿。他说曾亲眼见过他们在咖啡壶里撒尿，而那咖啡壶是要送到为“大英帝国的女儿”这家慈善机构召开的盛大午宴上的。那些大英帝国的女儿们永远都不会想到她们喝了波多黎各人的尿。

埃迪先是微笑，然后大笑，最后被烟呛到，因为他是爱尔兰裔美国人。他认为波多黎各人对大英帝国女儿们的所作所为很了不起。现在他称他们为波多黎各人，而不是“湿背”，因为他们采取了爱尔兰人应该先想到的爱国行动。明年，他也会在咖啡壶里撒尿。看到那些大英帝国的女儿们喝着掺了波多黎各人和爱尔兰人的尿的咖啡，他都要笑死了。他说很遗憾，大英帝国的女儿们永远都不会知道这一切。他想爬到十九层舞厅的阳台上，公开宣布：大英帝国的女儿们，你们刚才喝的是掺了西班牙人和爱尔兰人尿的咖啡。在你们对爱尔兰人作威作福八百年后，那种滋味怎么样啊？哦，那一定是个滑稽可笑的场面：那些大英帝国的女儿们互相搀扶着，在舞厅里吐得一塌糊涂，而爱尔兰爱国者们神情严肃地在他们的坟墓里跳着吉格舞。那一定很好玩，埃迪说，真的，那一定很好玩。

现在，埃迪说波多黎各人也许根本就没有那么坏。他不希望他们娶自己的女儿，也不希望他们搬到自己家附近住，但是你得承认他们有音乐天赋，输送了许多优秀的棒球选手。你得承认这些。你下到厨房里，就会发现他们总是像孩子般快乐。他说：他们像黑人，对什么都无所谓。不像爱尔兰人，我们对什么都有所谓。

大堂里，最糟糕的日子就是星期四和星期五，这两天男孩和女孩彼此见面、喝酒谈笑。他们的脑海里除了大学和浪漫故事（夏天航海，冬天滑雪，结婚，将来孩子也会来巴尔的摩酒店做同样的事），就没有其他东西。我知道，他们甚至没有看见身穿勤杂工制服、手拿簸箕和笤帚的我。我很高兴他们没看见，因为有些日子我的眼睛红得厉害，看上去血乎乎的。而我很害怕有女孩说：请问，洗手间在哪儿？你很难用笤帚指着方向，却将头扭到一边说：过了电梯就是。我试过这样和一个女孩说话，但她向服务生总管投诉，说我很无礼。现在，我得正视每一个问问题的人。当他们盯着我看时，我的脸红得很厉害，和眼睛一样红。有时候，脸红纯粹是因为生气。我很想冲那些盯着我看的人大吼一声，但是如果那样，我就会被当场开除。

他们不应该盯着我看。父母花钱让他们接受教育，他们应该懂得更多。如果无知到要盯着刚下船、眼睛红红的人看，那些教育又有什么用？我本以为教授们会站在学生面前告诉他们，如果到巴尔的摩或任何一家酒店的大堂，都不应该盯着红眼睛或只有一条腿或有任何缺陷的人看。

但是，女孩们还是盯着我看。男孩们看我的表情更恶劣。他们微笑着，推搡着，传递着一些让大家发笑的话。我真想用簸箕和笤帚打他们的头，直到鲜血喷涌而出，他们乞求我住手，并保证再也不议论别人红肿的眼睛。

有一天，一个女大学生一声尖叫。服务生总管冲了过来。她哭了，总管动了动她面前桌子上的东西，看了看桌子下面，然后摇了摇头。他隔着大堂喊道：迈考特，马上过来。你收拾过这张桌子吗？

我想是的。

你想是的？该死！对不起，小姐。你不知道吗？

我知道，先生。

你拿了一张餐巾纸？

我打扫干净了。我把烟灰缸倒了。

在这儿的一张餐巾纸，你拿了吗？

我不知道。

好吧，让我告诉你，迈考特，这位年轻女士是在我们酒店租了一个大场子的交通俱乐部主席的女儿。她有一张餐巾纸，上面写着一个普林斯顿男孩的电话号码。如果找不到那张纸，你的屁股就要当心了。对不起，小姐。你把那些垃圾扔哪儿去了？

倒进厨房边的大垃圾桶了。

好吧。快去找那张餐巾纸。找不到就别回来。

丢了餐巾纸的女生呜咽着告诉我，她的父亲在这儿很有影响力。如果我找不到那张餐巾纸，她就不活了。她的朋友们看着我，我觉得自己的脸和眼睛都火辣辣的。

总管又在斥责：快去找，迈考特，然后回来汇报。

厨房边的垃圾桶里堆满了垃圾。我不知道怎样才能从那一堆咖啡渣、面包屑、鱼骨头、鸡蛋壳、葡萄皮里找到一张小纸条。我跪在地上，拿着厨房里的叉子扒拉着、分拣着。波多黎各人正在厨房里唱歌、大笑、敲罐子，这让我弄不明白自己跪在地上干什么。

所以，我站了起来，走进厨房。波多黎各人冲我喊道：弗兰基，

弗兰基，爱尔兰男孩，我们教你西班牙语。我没理他们，找到一张干净的餐巾纸，在上面胡乱写了个电话号码，沾了沾咖啡，把它交给了服务生总管。服务生总管交给女孩。女孩的朋友在她周围欢呼。她谢了谢服务生总管，还给了他小费，整整一美元。而我唯一的遗憾就是她拨打那个电话号码的时候我不在场。

7

母亲来了封信，说家里的日子不好过，知道我的薪水不丰厚，每星期能有十美元，她已经很感激了，但能不能再省个几美元为迈克尔和阿非买双鞋子？她找了份照看老人的活儿，原以为可以撑到新年，这样就有几先令可以买鞋子和圣诞晚餐（火腿或者其他体面一点的东西）了，可那老人却出人意料地死了，真是让人失望之极。她说病人不应该在明知自己遭受病痛折磨时雇人来照看自己，给人工作的幻想。现在除了我寄去的钱，家里已经没有进项了。看来，可怜的迈克尔在明年满十四岁时就得辍学去找工作了。真丢人哪！她想知道，半数的爱尔兰儿童衣不蔽体地在街道、田野和小巷里游荡，我们和英国人打仗难道就是为了这个吗？

我在巴尔的摩酒店挣了三十二美元。扣除社会保险金和个人所得税后，我的收入才二十六美元多点儿。交完房租，还剩二十美元。我已经从中拿出十美元寄给了母亲，自己留了十美元当伙食费和下雨时的地铁费。其他时间，我都步行上班，节省几个钱。我会时不时地疯狂一把，到第六十八大街剧场看场电影，带一块好时巧克力或两根香蕉（世界上最便宜的食物）偷偷溜进去。有时候，在我剥香蕉的时候，那些住在派克大街、嗅觉灵敏的人们会吸吸鼻子，交头接耳：我闻到的是香蕉吗？接下来，他们就会威胁向管理人员投诉。

但我已经不再关心这个，即使他们向引座员投诉，我也不会再躲在男厕所里偷偷摸摸地吃香蕉。我会去位于巴尔的摩酒店的民主党总部，对他们说我是个有爱尔兰口音的美国公民，为什么在看加里·库珀的电影时因为吃了根香蕉就受折磨？

爱尔兰的冬天也许就要来了，但这儿更冷。我从爱尔兰带来的衣服不足以抵挡纽约的冬天。埃迪·吉利根说如果我只有这些衣服穿着上街，那就活不到二十岁。如果我不是那么好面子，就可以到西区那个救世军大仓库去，花几个美元能弄到所有的冬装。一定要弄些让我看上去像美国人的衣服，而不像种卷心菜的农夫、来自沼泽地区的爱尔兰人的东西。

但是，我还不能到救世军那儿去，我得给母亲寄十五美元的海外汇票。我还担心，如果巴尔的摩酒店厨房里的波多黎各人发现我的眼病，我就不能从他们那儿得到残羹剩菜了。

埃迪·吉利根听说了一些关于我眼睛的闲话，被叫到人事部，因为他是商店服务员。他们对他说，迈考特绝不能再靠近厨房，以免接触到毛巾什么的，别让波多黎各洗碗工和意大利厨师传染上结膜炎或者我的其他毛病而变成半瞎。我还能继续留在工作岗位上，唯一的原因就是我是民主党派来的。他们花了很多钱在酒店租了大办公室。埃迪说，凯里先生或许是个固执而难对付的老板，但他为自己人说话。他对人事部讲了事情的来龙去脉，告诉他们，只要一解雇那个眼睛不好的孩子，民主党就会知道，而巴尔的摩酒店的末日也就到了。他们会看到一场由该死的酒店工会发动的罢工。不再有客房服务，不再有电梯。埃迪说：胖杂种们就得自个儿走上楼梯了，女服务员们也不会在浴室里摆放卫生纸。想象一下：又老又胖的杂种困在厕所里，没东西擦屁股，而这都是因为你的眼睛不好，孩子。

我们要上街，埃迪说，整个该死的工会。我们要关闭这座城市的每一家酒店。但是我告诉你，他们给了我一个住在莱克星顿大道的眼科医生的名字。你到他那儿看看，一星期后回来汇报。

医生的办公室在一幢老楼里，要往上爬四段楼梯。孩子们在哭泣，收音机里放着：

男孩和女孩在一起
我和玛米·奥罗克
我们畅游灯的奇异世界
就在纽约的人行道上

医生对我说：进来，坐到这把椅子上。你的眼睛怎么啦？来这儿配眼镜吗？

我有点感染，医生。

上帝，是的，是有些感染。这样有多长时间了？

九年了，医生。我十一岁时去过爱尔兰的眼科医院。

他用一根小木条拨弄我的眼睛，又用棉签擦了擦。棉签粘到眼睑上，搞得我不停地眨眼睛。他叫我不要眨。如果我坐在那儿像个疯子似的眨眼睛，那能指望他怎么检查呢？但我忍不住要眨眼睛。他越是拨弄，越是用棉签擦，我越是眨得厉害。他气得将棉签扔出了窗外，然后拉开桌子的抽屉，骂骂咧咧的，又使劲关上。他找到一小瓶威士忌和一根雪茄。那些东西让他心情大好，坐在桌旁笑了起来。

还眨眼睛呢，嗯？好吧，孩子。我看了三十七年的眼睛，还从来没见过这样的事儿。你是哪儿的人，墨西哥还是什么地方？

不，我是爱尔兰人，医生。

爱尔兰没有你这种病。这不是结膜炎。我知道结膜炎。这是一种别的病。我可以告诉你，你还能保住眼睛真是万幸。我在从太平洋、新几内亚等地方回来的人身上见过你这种病。你到过新几内亚吗?

没有，医生。

现在你要把头发剃光。和从新几内亚来的人一样，你的头上有种有传染性的头皮屑。这种头皮屑掉到你的眼睛里了。头发得剃光，而且每天得用药皂擦洗头皮，直到头皮发亮，有刺痛感，然后回来见我。一共十美元，孩子。

药皂是两美元。第三大道的意大利理发师又收了我两美元，外加剪头发和刮头皮的小费。他对我说，将一头漂亮的头发剃掉是让人伤心的奇耻大辱。如果他有那么一头漂亮头发，他们得把他的头砍了才能这么办。除了“擦又亮”牌鞋油外，那些医生啥也不懂。但如果这就是我想要的，他又能向谁抗议呢?

他举起一面镜子，让我看自己那光秃秃的后脑勺。我为自己的光脑袋、红眼睛、粉刺、坏牙齿而深感羞愧，浑身无力。如果有人在莱克星顿大道看我一眼，我就会把他推到车流中，我后悔来到美国。由于我的眼睛，美国威胁要解雇我，还让我光着脑袋走在纽约的大街上。

当然，他们在大街上盯着我看。我想用威胁的目光回敬，但眼睛上沾满黄眼屎,还夹杂着棉花絮。我几乎成了个瞎子,没法盯着他们看，只得前后寻找行人最少的小路，在城市里曲折前行。最好的街道是第三大道：高架铁在头顶上哐啷哐啷地行进，到处都是人；酒吧里人们各怀心事，无暇他顾，也不盯着过往的红眼睛看。从银行和服装店里出来的人总是盯着人看，而酒吧里的人只关心他们的酒，根本不在意你走在大街上是否双目失明。

当然，奥斯丁夫人从地下室的窗户呆呆地往外张望。我一到前门，她就冲上楼梯问我的头是怎么回事儿。出事故了吗？遭火灾了，还是别的什么？我想冲她怒吼：这看上去像该死的火灾吗？但是我对她说，我的头发只是在酒店厨房被火烧了一下，理发师说最好全部剃掉，让头发重新长起来。我不得不对奥斯丁夫人有礼貌，担心她会让我卷铺盖滚蛋。那样的话，我就得在星期六拎着个棕色小提箱、光着个脑袋、带着仅有的三美元财产露宿街头。她说：好吧，你还年轻。然后她就下楼了。我只能躺在床上，听着街上的人说笑。虽然听了酒店和医生的要求，但我不知道自己星期一早上怎样光着脑袋去上班。

我走到镜子前，白白的头皮吓了自己一跳。我希望能一直待在这儿，直到头发长出来，但是我饿了。奥斯丁夫人不允许在房间里吃饭喝水。夜幕一降临，我就上街买了一个小甜圆面包和一品脱牛奶，然后用大版的星期日《时代周刊》遮住，不让奥斯丁夫人看见。现在，我还有不到两美元，得撑到下个星期五，可今天才星期六。如果她阻止我，我就说：医生说我得了新几内亚病，理发师又将我的头剃得光光的，我为什么不应该吃个小甜圆面包，喝一品脱牛奶呢？电影里，他们挥舞着星条旗，将手搁在胸前，向全世界宣布这是自由者的土地、勇敢者的家园。对于这些场景，我很是疑惑——你清楚，你甚至不能带着柠檬蛋白派、干姜水或香蕉去看《哈姆雷特》，不能带着食品或饮料进入奥斯丁夫人的出租屋。

但是奥斯丁夫人没有出现。当你不在意的时候，女房东从来不会出现。

我得到浴室用温水和卫生纸清洗眼睛，然后才能看《时代周刊》。躺在床上看报纸，吃着小甜圆面包，喝着牛奶，感觉很爽，直到奥斯丁夫人在楼下喊，抱怨她的电费飞涨，要我行行好把灯关了，她不是百万富婆。

一关灯，我就想起该往头皮上抹药膏，但随后意识到如果躺下，药膏会沾到枕头上，奥斯丁夫人又该冲我发火了。只能坐起来，将脑袋靠在铁床架上，即使有零星的药膏沾到床架上，也能擦干净。可床架上有小涡卷形图案和花朵，凸出的花瓣让人无法像样地睡上一觉。我只能下床睡到地板上，这样奥斯丁夫人就没有什么可抱怨的了。

星期一早上，签到卡上有张纸条，要我到十九层报到。埃迪·吉利根说这不是个人问题，但他们不想让我红着双眼，现在又光着脑袋待在大堂里。众所周知，那些突然没了头发的人将不久于世。即便你站在大堂中央，宣布这是理发师干的，大家也都会往最坏处想。他们在人事部门说：红眼睛、秃脑袋，两个加在一起，你在大堂里接触客人，问题可就大了。等头发长出来，眼睛好了，我也许会回到大堂，有朝一日也许能当个餐厅勤杂工。我会赚很多的小费，可以让利默里克的家人生活得排场一些，但不是现在，不是顶着这个脑袋，带着这双眼睛。

8

埃迪·吉利根和他弟弟乔伊一起在十九层上班。我们的工作就是为重大聚会、客房会议、舞厅宴会和婚礼作准备。乔伊没多大用处，因为他的手和手指像机器人一样笨拙。他一只手握着把长柄扫帚，另一只手夹着根香烟，四处溜达，假装很忙碌的样子，但大多数时间都待在厕所里，或者和地毯工迪格·姆恩一起抽烟。迪格·姆恩声称自己是黑脚族印第安人，铺地毯比任何一个美国人都快，都牢固，除非心情不好。那时候就要当心了，因为他不会忘记族人的苦难。说起族人的苦难，他唯一的倾诉对象就是乔伊·吉利根，因为乔伊正遭受着关节炎的折磨。迪格说乔伊能理解他。当关节炎带来巨大的痛苦，让你几乎不能擦屁股时，你就会理解各种苦难了。迪格就是这么说的。不用一层一层铺地毯或者撤地毯时，他就盘腿坐在地毯间的地上，和乔伊一起受苦。一个忍受过去的苦难，另一个忍受关节炎之苦。没有人会打搅迪格和乔伊，巴尔的摩酒店的每一个人都知道他们的痛苦。白天，他们可以待在地毯间里或者到街对面的麦克安酒吧放松一下。凯里先生的胃不好。上午和下午巡视时，他得忍受妻子做的早饭和午饭的折磨。他对埃迪说他妻子是个漂亮女人，是自己唯一爱着的女人，但她正在慢慢地谋害他。她的腿因为风湿而肿胀，身材也不好了。埃迪对凯里先生说，他自己的妻子在四次流产后身材也不好了，现在还患上了让医生担忧的血液感染。我们为“美国－爱尔兰历史协会”年会作准备的那个早上，埃迪和凯里先生站在十九层舞厅的入口。埃迪抽着烟。凯里先生穿着双排扣西服，褶裥打得很巧妙，让人以为他没什么肚子。他拍打着肚子以减轻痛苦。埃迪对凯里先生说，他从来都不抽烟，直到在奥马哈海滩[1]挨了一枪。一些可恶的家伙，对不起，凯里先生，说脏话了，趁他躺在那儿等急救员的时候往他嘴里塞了根烟。他抽了一口，这大大减轻了肠子流到奥马哈海滩上的痛苦，从那以后，他就抽上了烟，再也无法戒掉。试过，上帝知道，但是戒不掉。这时，迪格·姆恩肩膀上扛了块巨大的地毯溜达过来，对埃迪说该对他的弟弟乔伊做些什么了。那个狗娘养的可怜家伙受的难比七个印第安部落受的还多。在该死的太平洋当步兵期间，迪格被日本佬扔的各种东西（疟疾等等）击中。自那以后，他就对苦难有所了解了。埃迪说：是的，是的，他了解乔伊。他很抱歉，乔伊毕竟是他弟弟，但他也有自己的苦恼：妻子、她的流产和血液感染，还有他自己因为没放回原位而变得一团糟的肠子。乔伊将酒和各种止痛片混在一起喝的做法，很让他担心。凯里先生打了个嗝，哼了一声。迪格说：你还在吃屎哪？迪格不怕凯里先生，也不怕其他人。当你是个伟大的地毯工时，事情就是这样了。可以和任何人说想说的话，如果他们把你解雇，康莫德酒店、罗斯福酒店，上帝，是的，甚至华道夫－阿斯多里亚酒店总有份工作等着你。这些酒店一直想将迪格挖走。有些日子，他受不了族人遭受的苦难，拒绝铺任何地毯。而凯里先生没有解雇他，他说：好吧，没了我们印第安人，白人就没法过日子。白人需要易洛魁人[2]在摩天大楼的六十层上沿着钢梁跳舞。白人需要黑脚族人铺好地毯。每次迪格听到凯里先生打嗝，就叫他不要吃屎了，好好地喝顿啤酒，因为啤酒从

①第二次世界大战的诺曼底战役中，盟军四个主要登陆地点之一的代号。

②北美洲印第安人的一支。

来不会让人伤脑筋。是凯里夫人的三明治让凯里先生难受的。迪格对凯里先生说，他有一套关于女人的理论，她们就像交配后咬掉雄蜘蛛该死的脑袋的黑寡妇蜘蛛。女人不关心男人，一旦她们过了生育年龄，男人就一无是处了，除非她们骑在马上攻击另一个部落。埃迪·吉利根说，你骑着马沿麦迪逊大道攻击另一个部落，看上去真他妈的傻。迪格说他就是这个意思，一个人来到世上就是为了在脸上涂上颜料、骑马、投梭镖、杀死另一个部落的人。埃迪说:呀，胡说。迪格说:呀，胡说，信你才怪呢，你在干吗，埃迪？一辈子在这里准备晚饭和婚礼吗？这是男人的生存方式吗？埃迪耸了耸肩，一口接一口地抽烟。迪格突然转身走开，撞到地毯边上的埃迪和凯里先生，将他俩撞出五英尺远，撞到了舞厅。

这是个意外，没有人说什么，但我还是很钦佩迪格的处世方式，像我在利默里克的帕特舅舅一样，对什么都不在乎，仅仅因为没有人能像他那样铺地毯。我希望自己能像迪格那样，但不是铺地毯。我痛恨地毯。

我要是有钱，就会买个手电筒，看书看到天亮。在美国，手电筒不叫 torch 而叫 flashlight；饼干不叫 biscuit，而叫 cookie；小圆面包不叫 bun，而叫 roll；甜食不叫 confectionery，而叫 pastry；肉末不叫 minced meat，而叫 ground；男人穿的裤子叫 pants，而不是 trousers。他们甚至说这条裤腿要比另一条裤腿短，这太傻了。当我听到他们说“裤腿”的时候，感觉呼吸在加快。电梯叫 elevator，而不是 lift。如果想上厕所，不说 WC 或者 lavatory，得说 bathroom，即便那儿没有浴室的标记。在美国，没有人死亡，他们去世或者过世。死了以后，称为遗骸的遗体被送到殡仪馆，而人们只是站在四周看着遗体，没有人唱歌或讲故事或喝酒，然后遗体被装进棺材运走下葬。他们不喜欢称棺材为 coffin，而叫 casket；也不喜欢将下葬说成 buried，而用 inferred

这个词。他们说墓地不用 graveyard，cemetery 听上去就好多了。

我要是有钱，就会买顶帽子再出门。我不能光着脑袋在曼哈顿大街上溜达，人们可能会以为是一副骨瘦如柴的肩膀顶着一个雪球。一星期后，当头发染黑头皮，我就能再次出门了。对此，奥斯丁夫人也无能为力。躺在床上想着那些没人能干涉的事儿，我很是开心。这就是奥哈洛伦校长曾在利默里克的学校对我们讲过的：大脑是你们的宝库，世界上没有人能干涉得了它。

纽约是我梦想的城市，但是现在我身在纽约，梦想却已消失，这根本就不是我期望的。我从来没有想过会在酒店大堂里跟在人们后面打扫卫生，在厕所里刷马桶。我怎么能写信告诉母亲或利默里克的任何人，我在这个富裕国度的生活方式呢？两美元过一个星期，光头，眼睛疼，还有一个不让我开灯的女房东。我怎么能告诉他们，酒店担心波多黎各人可能感染上我的新几内亚病而不让我靠近厨房拿残羹剩饭，我不得不每天吃香蕉这种世界上最便宜的食物呢？他们不会相信我，会说别傻了，会大笑，因为他们只会看看电影，了解美国人如何富裕：美国人会胡乱扒拉食物，盘子上还剩些东西就推到一边。他们甚至很难为电影《愤怒的葡萄》里贫穷的美国人感到难过，所有的庄稼都旱死了，他们不得不搬到加州去，可至少他们是干爽温暖的。我姨父帕·基廷曾经说过：如果爱尔兰有个加州，全国的人都会蜂拥而去。他们吃掉很多橘子，还整天游泳。在爱尔兰，很难相信美国有穷人，因为人们见过爱尔兰人从美国回来时的样子。他们被称为归国的美国佬，穿着紧绷绷的裤子，裤子的颜色是你在爱尔兰从未见过的：蓝色、粉色、浅绿色，甚至是暗红色。他们肥肥的屁股在奥康纳大街上来回晃动，你在一英里之外就能发现。他们显出很有钱的样子，带着鼻音谈论他们的冰箱和汽车。如果走进酒馆，他们就会点没人听说过的美国酒——鸡尾酒，如果你不介意的话。可要在利默里克的酒馆点这个，酒保就会煞煞他的气焰，提醒他是怎么光着屁股到美国去的。别在这儿摆架子，爱尔兰人，在你的鼻涕挂到膝盖上的时候，我就认识你了。人们也总能发现真正的美国佬：身穿浅色衣服，大屁股；微笑着观光游览，还给衣衫褴褛的孩子几个便士。真正的美国佬不摆架子，他们来自一个什么都不缺的国家，用不着摆架子。

即使奥斯丁夫人不让开灯，我依旧可以坐在床上或者躺下，也可以决定待在屋里还是出去。今晚，因为光头，我不会出去。我也不介意在屋子里待着，我可以待在这儿将自己的想法变成一部关于利默里克的电影。这是我躺在屋子里的伟大发现：如果因为眼睛或者奥斯丁夫人抱怨开灯而无法看书，我可以在脑海里放映各种电影。如果这里是午夜，利默里克就是早上五点。我可以想象母亲和弟弟们还在睡觉，那条叫幸运的狗正冲着世界狂吠，我舅舅帕特·西恩头天晚上喝了酒，在床上打呼噜，因为吃了太多的鱼和薯片在不停地放屁。

我可以在利默里克城中到处游荡，看着人们拖着沉重的脚步穿过街道，去参加首个周日弥撒。我可以进出教堂、商店、酒馆、墓地，看着人们入睡或在城市之家的医院里痛苦呻吟。在脑海中回到利默里克是件奇妙的事儿，尽管这让我泪流满面。经过贫民区的小巷，查看他们的屋子，听到婴儿啼哭，看到女人们试图生火用水壶烧水、准备早饭的茶和面包，这叫人难以忍受。孩子们不得不起床上学或参加弥撒时浑身颤抖的样子，让人不忍心看下去。屋子里没有暖气，不像我们在纽约，早上六点暖气管就哗哗作响。我想把利默里克的街巷搬空，把所有的穷人都带到美国，安置到有暖气的屋子里，给他们保暖的衣服和鞋子，用粥和香肠把他们的肚子塞饱。总有一天，我会挣到上百万美元，我会把穷人带到美国，再把屁股肥肥的他们送回利默里克，让他们穿着浅色衣服在奥康纳大街上来回晃荡。

我可以在床上做任何我喜欢的事情，任何事情。我可以梦到利默里克或者手淫，即使是罪孽，奥斯丁夫人也绝不会知道。没有人会知道，除非我自己坦白，那样的话，我就死定了。

头上还有头发但身上却没钱的晚上，我可以在曼哈顿四处走走。这我一点也不介意，因为街道和第六十八大街剧场里的任何一部电影一样精彩。总是有消防车、救护车或者警车尖叫着拐过街角。有时候它们一块儿呼啸而来，你就知道发生火灾了。人们总是看着消防车放慢车速，告诉你它们要去哪个街区，上哪儿寻找烟雾和火焰。如果有人站在窗口准备往下跳，就更刺激了。救护车会闪着灯等待，警察会让所有人都退后。这是纽约警察的主要工作：叫所有人都退后。他们拿枪持棒，很强大，但真正的英雄是消防员，尤其是他们爬上梯子从窗户救出一个孩子的时候。他们也可能救出一个拄着拐杖、只穿了一件睡衣的老人，但如果救出的是一个吮着大拇指、将长着鬈发的头靠在消防员宽阔肩膀上的孩子，就不一样了。那时候，我们就会欢呼，相互望望，知道我们在为同一件事高兴。

就是这件事促使我们第二天翻看《每日新闻》，看看自己是否有机会和那勇敢的消防员，以及鬈发的孩子一起出现在照片上。

9

奥斯丁夫人告诉我，她那位嫁给爱尔兰人的妹妹汉娜将在圣诞节期间来，之后她们前往她位于布鲁克林区的家。汉娜想见见我。我们一起吃三明治，喝圣诞酒。那样汉娜会暂时忘掉她和那位疯狂的爱尔兰人之间的烦恼。奥斯丁夫人也搞不懂汉娜为什么想跟我这样又一个爱尔兰人一起度过平安夜，但她一直有点古怪。或许她终究还是喜欢爱尔兰人的。你相信吗，二十年前在瑞典，她们的母亲就警告过她们，离爱尔兰人和犹太人远点儿，和本民族的人结婚。奥斯丁夫人不介意告诉我，她丈夫尤金有一半瑞典血统和一半匈牙利血统。尽管他好吃，但终生滴酒不沾，而这却最终要了他的命，去世时人胖得像座房子。她不做饭时，他就洗劫冰箱。他们买了台电视机后，他的末日就到了。他坐在电视机前吃呀喝呀，极为关心世界局势，以至于心脏停止了跳动。她想他。一起生活了二十三年，特别是他们又没有孩子，这对她来说真是太难了。她妹妹汉娜有五个孩子，因为那个爱尔兰人从来不让她一个人待着。一两杯酒下肚，他就跳到她身上，典型的爱尔兰天主教徒的做派。尤金可不那样，他尊重她。无论如何，奥斯丁夫人都希望在平安夜下班后见到我。

那一天，凯里先生邀请酒店勤杂工和四个女服务生主管到他的办公室喝点圣诞酒。办公室有一瓶帕蒂牌爱尔兰威士忌和一瓶迪格·姆恩碰都不碰的四玫瑰酒。他搞不懂为什么明明可以喝爱尔兰出产的最棒的威士忌，还会有人愿意喝四玫瑰酒这种尿一样的东西。凯里先生顺着双排扣西服拍拍肚子说，对他来说，这都一样。他什么也不能喝，那会要他的命。但为了祝福圣诞快乐，他还是会喝一点的。谁能知道明年会是个什么样子呢？

乔伊·吉利根一整天拿着屁股口袋里那个不知道装着什么的瓶子喝，这时正咧着嘴笑呢。因为关节炎，他走起路来时不时会趔趄，这让他不能总是笑。凯里先生对他说：到这儿来，乔伊，坐到我的位子上。乔伊试着坐下时，大声呻吟了一声，脸上还挂着泪珠。女服务生主管海因斯夫人走到他跟前，将他的头搂到自己胸前，拍拍他，轻轻摇着说：哦，可怜的乔伊，可怜的乔伊。你在战时为美国付出了那么多，我不明白仁慈的上帝怎么会把你的骨头给扭伤了呢？迪格·姆恩说：该死的太平洋，那个让乔伊得关节炎的地方。人类已知的该死的疾病，那儿都有。记住，乔伊，是该死的日本佬让你得了关节炎，就像他们让我得疟疾一样。从那以后，我们就不一样了。乔伊，你和我。

凯里先生说：不要生气，注意点言辞，这儿还有女士在呢。迪格说：好吧，凯里先生。为此，我敬重你。今天是圣诞节，所以没关系。海因斯夫人说：这就对了。今天是圣诞节，必须彼此相爱，宽恕我们的敌人。迪格说：宽恕个屁。我不宽恕白人，不宽恕日本佬，但我宽恕你，乔伊。你得了那该死的关节炎，比十个印第安部落受的苦还要多。当他抓住乔伊的手要握一握时，乔伊疼得直叫。凯里先生说：迪格，迪格。海因斯夫人说：看在上帝的分上，你能尊重一下乔伊的关节炎吗？迪格说：对不起，夫人，我最尊重乔伊的关节炎了。为了证明这一点，他拿起一大杯帕蒂牌威士忌送到乔伊的嘴边。

埃迪手里拿着杯子站在角落里。我不明白为什么在全世界都担心他弟弟时，他却面无表情，一言不发。我知道他有自己的烦恼——妻子的血液感染，但不明白他为什么不愿和弟弟站得近一点。

杰里·克里斯克小声说：我们得离这群疯子远点，去喝啤酒吧。因为母亲身处困境，我不想到酒吧乱花钱，但今天是圣诞节。刚才喝了点威士忌，让我对自己和这个世界感觉良好。为什么我不应该对自己好一点呢？这是我平生第一次像个男人一样喝威士忌。既然和杰里一起到了酒吧，我可以说说话，不用担心眼睛或别的事。现在，我就可以问问杰里为什么埃迪·吉利根对他弟弟那么冷淡。

女人，杰里说。埃迪应征入伍时和一个女孩订了婚，但在他走后，她和乔伊恋爱了。她把订婚戒指还给埃迪的时候，他都疯了，说一见到乔伊就杀了他。但是埃迪被派到了欧洲，乔伊被派到了太平洋，忙于杀其他人。他们不在家的时候，乔伊的妻子，也就是埃迪要娶的那个女人开始酗酒，使得乔伊的生活像地狱般糟糕。埃迪说这是对那个狗娘养的偷他老婆的家伙的惩罚。他自己在部队里遇到了一个很好的意大利女孩，一个陆军妇女队队员，但有血液感染。你也许会认为整个吉利根家族都遭到了诅咒。

杰里说，他认为爱尔兰母亲都是对的。应该和自己人，和爱尔兰天主教徒结婚。这样就可以保证她们既不是酒鬼，也不是有血液感染病的意大利人。

说这话的时候，他笑了笑，但满脸严肃。我什么也没说，因为知道自己不想和爱尔兰天主教徒结婚，不想后半生拖着孩子去忏悔和领圣餐，不想在每一次见到神甫时说：是的，神甫，哦，的确是，神甫。

杰里想在酒吧再喝些啤酒。我告诉他，我得去看望奥斯丁夫人和她妹妹汉娜，他变得怒气冲冲——可以在爱尔兰三十二郡酒吧跟来自梅欧郡和凯里郡的女孩一起共度美好时光，你为什么愿意和两个至少四十岁的瑞典老女人一起过平安夜？为什么？

我没法回答他，因为我不知道自己该去哪儿，也不知道该做什么。这就是你到美国后要面临的，一个决定接着另一个决定。在利默里克，我知道自己该做什么，也知道该怎么回答问题，但这是我在纽约度过的第一个平安夜。一边是杰里·克里斯克、爱尔兰三十二郡酒吧、和梅欧郡凯里郡女孩共度的美好时光；另一边是两个瑞典老女人，一个总呆呆地凝视窗外，以防我偷带食物或饮料，另一个对爱尔兰丈夫不满意，谁知道她跳起来会是什么样。我夹在中间，不知道该怎么办。不去奥斯丁夫人那儿，她可能会对我大发雷霆，叫我滚蛋。那样我就得在平安夜，拎着棕色小提箱，怀揣着在寄钱回家、付完房租、现在又不分青红皂白买啤酒后仅剩的几美元露宿街头。这样，我就没有能力支付爱尔兰女人整晚的啤酒钱。这些杰里能理解，也让他不再生气。他知道钱是得寄回家的。他说，圣诞快乐，然后笑了笑：我知道你今晚会和那两个瑞典老女孩玩得很开心。酒保竖着耳朵在听，他说：参加瑞典人的聚会，你得小心点。他们会让你喝本族酒，格拉格甜酒。你要是喝了，就分不清平安夜和圣母无沾成胎节了。那东西又黑又稠，得身强力壮才能喝。他们让你就着它吃各种各样的鱼：生鱼、咸鱼、熏鱼，任何你不会拿来喂猫的鱼，瑞典人喝格拉格甜酒。那种酒让他们变得很疯狂，还以为自己成了北欧海盗呢。

杰里说，他不知道瑞典人是北欧海盗，丹麦人才是。

才不是呢，酒保说，所有北方人都是北欧海盗。只要能见到冰的地方，就能见到北欧海盗。

杰里说，可真是见识不凡啊。酒保说，我可以给你讲一两个故事。

杰里又要了杯啤酒为我送行。我喝了，尽管不知道在凯里先生的办公室喝了两大杯威士忌，现在又和杰里喝了四杯啤酒后，自己会是个什么样子。如果酒保的预言是对的，我不知道该如何面对这个充满格拉格甜酒和各种鱼的夜晚。

我们沿第三大道向北，唱着“不要搪塞我”，人们从身旁匆匆而过，为圣诞节而疯狂，狠狠地瞪我们。到处都是跳动着的圣诞节彩灯，可布鲁明黛尔百货公司外的彩灯闪得太厉害了，我不得不抓住一根第三大道高架铁的柱墩，吐了起来。杰里用拳头顶住我的肚子。都吐出来，他说，你得有肚子喝格拉格甜酒。明天你就是另外一个人了。他说着“格拉格甜酒，格拉格甜酒，格拉格甜酒”，然后笑了，笑得那么厉害，几乎被汽车撞到。一个警察让我们走开，说作为尊重救世主生日的爱尔兰孩子，我们应该为自己感到羞愧，该死的。

第六十七大街有个小饭馆。杰里说，在见瑞典人之前，我应该喝杯咖啡清醒一下。他付钱。我们在柜台前坐下。他告诉我，他不打算下半辈子像奴隶一样在巴尔的摩酒店干活，也不打算落得为美国而战的吉利根兄弟那样的结局。他们到底得到了些什么呢？关节炎、血液感染和酗酒的妻子，这就是他们得到的。噢，不，杰里要在阵亡将士纪念日[①]那天前往卡茨基尔山[②]，五月末，爱尔兰的阿尔卑斯山[③]。那儿会有很多活儿：为就餐的顾客服务，打扫卫生，各种活儿都有，而且小费也不错。那儿也有犹太人，但他们给小费不是很积极，因为他们提前将所有的钱付清了，不需要带现金。爱尔兰人喝酒，钱掉在桌子或地板上，打扫卫生的时候，就是你的了。有时候，他们会回来抗议，但你什么也没看见，什么也不知道，雇主付钱只是要你打扫卫生。当然，他们不相信你，会说你撒谎，骂你，但他们也只能再到别的地方花钱。卡茨基尔山上有很多女孩。有些地方有露天舞会，你只需要领着你的玛丽跳华尔兹，一直跳到树林里，还没明白怎么回事，你就犯下了不可饶恕的大罪。爱尔兰女孩到卡茨基尔山后就迷上了这种舞会。她们在施拉夫餐厅那种高级场所穿着黑色小裙系着白色小围裙干活：噢，是的，夫人；噢，的确是，夫人；土豆泥有点结块吗，夫人？她们在城市里一点希望也没有，但被带上山后，就像猫一样，有了，怀孕了。在她们明白自己是被什么东西击中之前，一打又一打的肖恩和凯文就

---

①五月最后一个星期一。

②位于美国纽约州东南部。

③指纽约州达勒姆市。

在神甫的怒视下和女孩哥哥们的威胁声中拖着屁股来到了教堂。

我很想整晚坐在那个小饭馆里，听杰里讲卡茨基尔山上的女孩，但老板说今天是平安夜，出于对基督教顾客的尊重，要打烊了，尽管他是希腊人，这真的不是他的圣诞节。杰里想知道这怎么就不是他的圣诞节了，只要往窗外看看就能明白。但希腊人说：我们不一样。

对于从来不为这类事争辩的杰里来说，这就够了。再来一杯啤酒，梦想着在卡茨基尔山的美好时光，不去和希腊人争辩圣诞节的事，这种看待生活的方式正是我喜欢他的原因。我希望能像他那样，但脑海深处总是有块乌云：等着和我一起喝格拉格甜酒的瑞典女人，或者母亲对几美元表示感谢的信。迈克尔和阿非会有鞋子了。在上帝和圣母马利亚的帮助下，我们在圣诞节会有一只不错的鹅。她从来不说自己需要鞋。我一想到这个，脑海深处就出现一块乌云。我希望能有个小隔间,可以让我溜进去释放这些乌云,但是没有。我不得不另想个办法，或者停止收集乌云。

希腊人说：晚安，先生们。我们能带些甜甜圈吗？带吧，他说，要不我就扔了。杰里说要吃个甜甜圈，好有力气走到爱尔兰三十二郡酒吧，再吃顿咸牛肉加卷心菜和粉白土豆。希腊人往袋子里装甜甜圈和甜食，对我说，我看上去像是个能体面用餐的人，所以拿着袋子。

杰里在第六十八大街对我说晚安，我希望能和他一起走。这一整天搞得我晕头转向，可还没完，瑞典人搅着格拉格甜酒，切着生鱼片，还在那儿等着呢。这么一想，我又在街上吐了起来。那些为圣诞节疯狂的行人发出厌恶的声音，从我身边走开，告诉小孩子：不要看那个恶心的家伙，他喝醉了。我想对他们说：请不要教唆小孩子厌恶我，这不是我的习惯。我的脑海深处有很多乌云，我的母亲至少有只鹅，但她需要鞋子。

但是，和那些手里牵着孩子、拿着大包小包、满脑子响着圣诞颂歌的人说这些，一点用也没有，因为他们要回家，回到明亮的公寓里。

他们知道神在天堂司宇宙，世上一切皆太平，正如一位诗人所说。[①]

奥斯丁夫人打开门：噢，看哪，汉娜，迈考特先生为我们买了一整袋甜甜圈和甜食。汉娜在沙发上微微挥了挥手，说：好极了，你从来不知道什么时候需要一袋甜甜圈。我一直以为爱尔兰人会带瓶酒来，但你不一样。给这男孩来杯酒，斯蒂芬妮。

汉娜在喝红酒，可奥斯丁夫人冲着桌子上的一只碗走去，用勺子舀了些黑东西倒到杯子里。格拉格甜酒。我的胃又开始翻腾，不得不强忍着。

坐下，汉娜说，我跟你说点事，爱尔兰男孩。我一点都不在乎你们爱尔兰人。你也许不错，我姐姐说你不错，你带来不错的甜甜圈，但是在骨子里，你就是个讨厌的家伙。

好了，汉娜，奥斯丁夫人说。

好了，汉娜，好了才怪呢。除了喝酒，你们这些人对世界都做了什么？斯蒂芬妮，给他些鱼，不错的瑞典食品。圆脸蛋的爱尔兰人，让我恶心，你这个小爱尔兰人。哈，哈，你听说过那里的诗吗？

她喋喋不休地说着她的诗。我一只手拿着格拉格甜酒，奥斯丁夫人往我的另一只手里塞鱼。我不知道该怎么办。奥斯丁夫人也在喝格拉格甜酒，晃晃悠悠地从我身边走过，走到碗那儿，又走到汉娜坐的沙发。汉娜递过她的杯子又来了点红酒，咕噜一口喝了，瞪着我说：我嫁给那个爱尔兰人的时候，还是个孩子。十九岁。多少年前来着？上帝呀，二十二年。你呢，斯蒂芬妮？四十多年？将我的生命浪费在那个爱尔兰人身上。你在这儿干什么？谁让你来的？

奥斯丁夫人。

奥斯丁夫人。奥斯丁夫人。大点声，你这个小蠢货。喝了你的格拉格甜酒，大点声。

---

①指英国诗人罗伯特·勃朗宁的诗句。

奥斯丁夫人拿着装着格拉格甜酒的杯子晃到我跟前。来吧，尤金，我们上床吧。

噢，我不是尤金，奥斯丁夫人。

噢。

她转过身子，摇晃着进了另一个房间。汉娜又开始喋喋不休：看吧，她还是不知道自己是个寡妇。真希望我也是个该死的寡妇。

喝下去的格拉格甜酒让我的胃不舒服。我想冲到街上去，但门上有三道锁，还没等跑出去，我就在地下室的门厅里吐了。汉娜摇摇晃晃地从沙发上站起来，叫我到厨房拿拖把和肥皂，把这该死的脏东西清理掉。看在上帝的分上，你不知道今天是圣诞节吗？你就是这样对待你那仁慈的主人吗？

我拿着滴水的拖把走到门口，擦地，拧干，到厨房的水池冲洗，然后再来一遍。汉娜拍拍我的肩膀，亲吻我的耳朵，对我说我不是个太糟糕的爱尔兰人。从清理脏东西的样子可以看出，我的教养不错。她叫我不要客气，格拉格甜酒，鱼，甚至是我自己的甜甜圈，随便吃。但我把拖把放回原处，从汉娜身边走过，脑子里想着：打扫干净，就不用再听她或像她那样的人说话了。她冲我喊：你到哪儿去？你到底想到哪儿去？但我已经上了楼梯，走向自己的房间、自己的床。我可以躺在那儿听收音机里的圣诞颂歌。世界在周围旋转，我幻想着今后在美国的生活。如果给利默里克的任何一个人写信，告诉他们我在纽约度过的平安夜，他们一定会说是我编的，纽约一定是个疯人院。

早上，有人敲门，是戴着墨镜的奥斯丁夫人。汉娜站在楼梯下，也戴着墨镜。奥斯丁夫人说，听说我在她的公寓里发生了意外，但是没有人能责怪她或者她妹妹，因为她们提供了最好的瑞典式待客方式。如果我参加她们在某个州的小型聚会，就不会责怪她们了。真是糟透了，她们只是想要一个真正的基督教平安夜，只是想告诉你：迈考特先生，我们一点也不欣赏你的行为。是不是，汉娜？

汉娜咳嗽着抽烟，发出一阵低沉而沙哑的声音。

她们下楼回去。我想叫住奥斯丁夫人，看她可不可以从希腊人的袋子里给我留一个甜甜圈，昨晚吐完以后我饿坏了，但她们已经出门了。透过窗户，我看到她们将圣诞包裹装进汽车，然后驾车离开。

我可以一整天站在窗前，看着幸福的人们牵着孩子到教堂去。正如他们所说，在美国就是这样。或者坐在床上看《罪与罚》，看拉斯柯尔尼科夫最后的结局，但这会激起各种罪恶，而我没有力气去应对。不管怎样，这不是适合圣诞节看的书。我想上街到圣文森特·费勒大教堂参加圣餐仪式，但我已经好多年没有去忏悔了。我的灵魂就像奥斯丁夫人的格拉格甜酒那样黑。手牵孩子的幸福教徒一定会去圣文森特·费勒大教堂。如果跟着他们，一定能感受到圣诞节的氛围。

走进圣文森特·费勒大教堂是件高兴的事，那儿的弥撒跟利默里克或世界任何地方的没什么两样。在萨摩亚群岛或喀布尔举行的弥撒也一样。即便在利默里克他们不让我当辅祭，我还是会说父亲教我的拉丁语，不论走到何处，我都能和神甫应答。没人能挖空我头脑里的东西：烂熟于心的所有圣徒节日、做弥撒时讲的拉丁语、爱尔兰三十二个郡的主要城镇和物产、关于爱尔兰苦难的无数歌曲，还有奥利弗·哥尔德斯密斯[①]那首可爱的诗——《荒村》。他们可以将我投入监狱并扔掉钥匙，但绝不能阻止我梦想自己环绕利默里克、沿着香农河两岸闲逛的情景，也不能阻止我思考拉斯柯尔尼科夫和他的苦恼。

去圣文森特·费勒大教堂的人很像那些去第六十八大街看《哈姆雷特》的人，会用拉丁语应答，就像了解那部戏剧一样。他们共享祈祷书，一起唱圣歌，互相笑笑，因为知道女佣布丽吉特已经回到中央大道的厨房，为他们看着火鸡。他们的儿子和女儿看上去刚从学校回

①奥利弗·哥尔德斯密斯（1730－1774），英国18世纪杰出散文家、诗人、剧作家，生于爱尔兰。著有诗歌《荒村》、喜剧《委曲求全》、散文《世界公民》、小说《威克菲尔德的牧师》等。

来，朝长椅上也是从学校回来的人笑笑。他们有实力笑，因为有着闪闪发亮的牙齿，如果牙齿掉到雪里，就永远找不着了。

教堂很拥挤，有人站在后面。可我一直没吃东西，平安夜又喝了威士忌和格拉格甜酒，后来都吐了，身体很虚弱，我想找个座位。中间过道尽头的长椅边上有个空位。可我刚悄悄坐下，一个人就冲我扑过来。穿得一本正经，条纹裤子燕尾服，但眉头紧锁，低声说：你必须马上离开，这是常客的位置。快点，快点。我觉得自己脸红了，而那意味着眼睛更红。沿过道离开时，我知道全世界都在看着我，这个偷偷溜到幸福家庭坐的长椅上的人。他们的孩子刚从学校回来。

即便站在教堂后面也没有什么用。他们彼此相识，会给我脸色看，所以最好离开，累累罪孽上再添一项“圣诞节不参加弥撒”这不可饶恕的大罪。至少，上帝知道我试过了。不小心坐到中央大道的幸福家庭坐的长椅上，不是我的错。

现在我肚子空空如也，很饿，想放纵一下自己，到霍恩和哈达特自动售货餐厅好好撮一顿，但又不想在那儿被人看见，人们可能认为我就像那些一杯咖啡、一张旧报纸就一坐大半天的无家可归者。几个街区外有一家 Chock Full o’ Nuts 咖啡店。在那儿，我要了一杯豌豆汤、一个带果仁奶酪的葡萄干面包、一杯咖啡、一个带白糖的甜甜圈，还看了份别人留下的《美国人》杂志。

现在只是下午两点。所有的图书馆都关门了，我不知道该做些什么。手里牵着孩子的过往行人可能以为我无家可归，所以我昂着头，从一条街走到另一条街，好像急着赶火鸡宴似的。我希望能推开某一扇门，听到人们说：嘿，你好，弗兰克，你真准时。纽约大街上来来往往的人们认为这一切都理所当然。他们带着礼物，收到礼物，享受圣诞节大餐，绝不会知道有人在这个一年当中最神圣的日子从一条街走到另一条街。我希望自己能成为一名普通的纽约人：晚饭吃得饱饱的，伴着收音机里的圣诞颂歌和家人交谈。我不介意回到利默里克，和母亲、弟弟们，还有那只不错的鹅在一起，但是现在我在这个自己梦寐以求的城市，纽约。沿着这些连一只鸟也看不见的街道走了那么久以后，我已经筋疲力尽。

我无所事事，只有回到自己的房间，听收音机，看《罪与罚》，搞不懂为什么俄国人办事拖沓，想着想着就睡着了。你永远找不到一个纽约侦探会和拉斯柯尔尼科夫那样除了谋杀老妇人之外什么都谈的人一起四处闲逛。纽约侦探会抓住他，控告他，接下来就是辛辛监狱的电椅了。美国人都很忙碌，侦探没时间和那些他们认为犯了谋杀罪的人闲聊。

有人敲门,是奥斯丁夫人。迈考特先生,她说,你能下楼一会儿吗?

我不知道该说什么。在她妹妹昨晚那样说我，她今天早上那样奚落我之后，我想叫她亲我的屁股，但还是跟她下了楼。楼下的桌子上摆了各种各样的食物，她说这都是她从妹妹家带来的，还说她们担心我可能在这个美丽的日子里没地方可去或没东西可吃。她对今天早上对我说话的态度表示歉意，希望我能有个宽容的心态。

桌上有火鸡、馅料和各种土豆，白的、黄的，配上让所有东西都变得甜甜的越橘酱。这让我有了个宽容的心态。她给我倒了点格拉格甜酒，但她妹妹把它倒了。这样最好，那东西让所有人不舒服。

吃完后，她邀请我坐下看她新买的电视机。电视里放着关于基督的节目，内容是那么神圣，我都在扶手椅上睡着了。当我醒来的时候，她家壁炉上的钟正指向凌晨四点二十分。奥斯丁夫人在另一个房间里小声地哭泣：尤金，尤金。那证明你要是有个妹妹，就可以到她家吃圣诞晚餐，但如果没有了你的尤金，就和坐在自动售货餐厅里的人一样孤独。知道在利默里克的母亲和弟弟们有只鹅，这让我感到宽慰。明年，被提升为巴尔的摩酒店餐厅勤杂工时，我会给他们寄钱，让他们在利默里克溜达，用新鞋叫众人羡慕。

10

埃迪·吉利根叫我到更衣室去换便装，因为凯里先生的办公室来了个神甫，和我坐同一艘船来的美国，现在想带我去吃午饭。他说：你怎么脸红了？不过是个神甫，而你有顿免费的午餐。

我想说，我不愿为了一顿午餐而见这个神甫，但埃迪和凯里先生可能会有疑问。如果神甫说，来吃午饭吧，你就得去。酒店房间里发生了什么并不重要，即使那并非我的错。我决不能告诉埃迪和凯里先生那神甫如何对我进行性骚扰。他们绝不会相信。人们有时候说些关于神甫的事，例如他们很胖或者自命不凡或者很小气，但没有人相信神甫会在酒店房间里对你进行性骚扰，特别是像埃迪或凯里先生这种妻子有病、经常跑去忏悔以免在睡梦中死去的人。如果神甫能“水上行”，那些人是不会惊讶的。

为什么那个神甫不回洛杉矶？为什么要来打扰我？为什么在应该外出探访病人和将死之人的时候，却来带我去吃午饭？神甫就是做那些的呀。他到弗吉尼亚州的静修院请求宽恕已经四个月了。现在，他还在大陆的这一边，脑子里除了午饭什么也不想。

现在，埃迪来到更衣室我的身旁，告诉我那个神甫又有了个主意，要我到对面的麦克安餐厅去见他。

走进一家餐厅，然后在神甫对面坐下，而这个神甫正是四个月前对你进行性骚扰的家伙。这真是很困难。当他直直地看着你，握着你的手，抓着你的胳膊，引你慢慢入座的时候，你真不知道该说些什么。他说我气色不错，脸上有肉了，一定吃得很好。他说美国是个伟大的国家，如果给它一个机会。我想告诉他，他们如何不让波多黎各人再给我残羹剩饭，而我是如何厌倦香蕉。但我不想说太多，免得他认为我忘了纽约人酒店。我并没有对他怀恨在心。他没打人，也没让人挨饿。他的行为都是因为喝了酒，并不像逃离英格兰、留下妻儿挨饿的我父亲那样糟糕。但他的行为是不光彩的,因为他是个神甫。无论如何，他们都不应该杀人或者对他人性骚扰。

他的行为让我怀疑，是否还有其他周游世界、在酒店房间里对人性骚扰的神甫。

在餐厅里，他用灰色的大眼睛盯着我，脸洗得很干净，油光发亮。他穿着黑色西服，白色的领子闪闪发亮。他对我说，在永远回到洛杉矶之前，想在这儿停留一下。看得出在静修院待了四个月后，他很高兴能天恩眷顾，而我知道自己现在很难和这么个天恩眷顾的人一起吃汉堡包。当他盯着我的时候，我不知道该拿自己的眼睛怎么办，好像我是那个在酒店房间里对别人性骚扰的人。我希望能回视他，但我对神甫的了解就是他们在祭台、讲坛和黑暗的忏悔室里的样子。他也许认为我犯了各种各样的罪孽，而他是对的，但至少我不是神甫，也从来没有骚扰过任何人。

他对服务生说：是的，汉堡包就行。不，不，上帝，不，他不能喝啤酒。喝水吧。他的嘴不能再沾任何有酒精的东西了。他冲我笑笑，好像我应该明白他在说什么。服务生也笑了，好像是说，这难道不是一个圣徒般的神甫吗?

他告诉我，他到弗吉尼亚州向一个主教忏悔。虽然得到了宽恕，而且花了四个月的时间学习和祈祷，但他觉得还不够。他放弃了自己的堂区，打算剩下的日子里和洛杉矶贫困的墨西哥人和黑人在一起。他招手买单，跟我说不想再见到我。那太痛苦了，但是他会在弥撒中记起我。他说我应该留心那个爱尔兰诅咒，还有酒。每当受到诱惑要犯罪时，应该像他那样默念纯洁的圣母马利亚。祝你好运，上帝保佑你。去上夜校吧，然后他钻进一辆开往爱德怀德机场的出租车。

有几天，雨下得很大，我不得不花十美分坐地铁。我看见和自己年龄相仿的人，手里拿着书，背着印有“哥伦比亚大学”、“福德姆大学”、“纽约大学”、“城市学院”字样的书包。我想成为他们中的一员，一名学生。

我不想常年在巴尔的摩酒店为各种宴会、会议作准备，也不想做在棕榈庭打扫卫生的勤杂工，甚至不想成为可以拿到服务生小费的餐厅勤杂工。他们从那些喝着杜松子酒和奎宁水，谈论海明威、应该到哪儿吃晚饭，以及是否参加瓦奈萨在萨顿宫举办的聚会（去年那个真是无聊极了）的有钱学生那儿得到小费。

我不想在人们看我就像看一面墙似的地方当勤杂工。

我在地铁里见到大学生，梦想有朝一日也能像他们那样，带着自己的书本，听教授们讲课，戴着学位帽、穿着学位袍毕业，从事一份正经工作。我可以穿西服打领带，拎着公文包，每天晚上坐地铁回家，亲吻妻子，吃晚饭，和孩子们玩耍、看书，和妻子一起做爱达到高潮，然后睡觉。这样我就可以好好休息，第二天精神焕发。

我想成为地铁里的一名大学生，从手里的书上，就可以看出他们头脑里一定装着各种各样的知识。他们可以和你坐在一起，长时间讨论莎士比亚、塞缪尔·约翰逊和陀思妥耶夫斯基。如果我能上大学，保证一定也坐地铁，让人们看见我的书。这样，他们就会羡慕我，就会希望自己也能上大学。我会举起书本，显示我正在看费奥多·陀思妥耶夫斯基写的《罪与罚》。当一名学生、听教授们讲课、在图书馆看书、坐在校园的树下、讨论学习内容，除此之外什么也不做，这一定很愉快。

知道自己即将获得一个得以出人头地的学位，将要和一个有学位的女孩结婚，可以在余生坐在床上尽兴地闲聊重大事件，这一定很开心。

但是我不知道怎样才能获得大学学位。没有高中文凭，两只眼睛就像在雪地里撒尿冲出来的洞，像大家说的那样，我不知道如何在这世上出人头地。一些爱尔兰老人告诉我，努力工作没有错。很多人凭借自己脑门上的汗水和强壮的后背在美国获得了成功。清楚自己的社会阶层而不自高自大是件好事，他们告诉我，这就是为什么上帝将骄傲列在七大罪的首位。那样像我这样的年轻人就不会怀揣伟大理想下船来了。对于那些希望通过自己的双手和脑门上的汗水赚取正当收入却不自高自大的人来说，这个国家有很多工作。

第三大道那家小饭馆里的希腊人问我，替他打扫卫生的波多黎各人辞职了，我是否愿意每天早上来干一小时的活：六点钟到，扫地，拖地，洗厕所。我可以得到一个鸡蛋、一个小圆面包、一杯咖啡和两美元。这也许会变成一份永久性的工作，谁知道呢？他说他喜欢爱尔兰人，他们和希腊人一样，很久以前就是从希腊迁过去的，这是亨特学院的一位教授告诉他的。但是，当我在酒店和埃迪·吉利根说起这件事时，他说那个希腊人和教授都是傻瓜。爱尔兰人一直生活在他们的小岛上。希腊人知道个啥呀？如果什么都知道，他们就不会在餐厅里当厨子，用那谁也听不懂的语言唠叨个没完了。

希腊人每天早上给我饭吃，付给我两美元。这样加起来，我一星期就有十美元了。五美元给母亲和她的鞋子，五美元给自己，就能给自己买件像样的衣服了，不会看上去像刚下船的爱尔兰人。有了这些，我才不关心爱尔兰人是从哪儿来的呢。

汤姆·克利福德敲响我在奥斯丁夫人家的房门、说了句“我们离开这儿吧”之后，我有幸一星期能有几美元的额外收入。他说第三大道和第八十六大街交汇处，过了哈里帽店，有一间一个公寓那么大的大屋子出租。如果我们平摊房租，还是每星期付六美元，但不会有奥斯丁夫人监视我们的一举一动，还可以带进来任何喜欢的东西：食物、水、女孩。

是的，汤姆说，女孩。

新屋子有一个前门和一个后门，正对第三大道，正好可以看见高架铁从前面经过。我们冲乘客挥手，发现他们在晚上下班回家的路上不介意向我们挥手，但早上很少有人这么做，因为去上班的时候心情不好。

汤姆在一个公寓大楼里值夜班，就留我一个人在屋子里。这是我一生中第一次拥有自由的感觉：没有老板，没有奥斯丁夫人叫我关灯。我可以在附近走走，看看德国商店、咖啡馆和第三大道上的爱尔兰酒吧。在一些酒吧里有爱尔兰舞会，蓬卡车、无尾礼服、利特里姆屋、斯莱戈小屋。汤姆不参加爱尔兰舞会，想和德国女孩约会，因为他在德国度过了三年幸福时光，会说德语。他说爱尔兰人只配亲他的屁股。我不理解，每次听到爱尔兰音乐，我都要流泪，想站在香农河畔看天鹅。汤姆心情好的时候很容易和德国女孩或爱尔兰女孩说上话，但我很难和任何人说上话，因为我知道他们在注视我的眼睛。

汤姆在爱尔兰接受的教育比我好，如果愿意，他是可以上大学的。他说他更愿意赚钱，这就是他来美国的原因。他说我本来可以四处看看找一份收入体面的工作，却在巴尔的摩酒店干得累死累活，真是个傻瓜。

他说得没错。我痛恨在巴尔的摩酒店干活，痛恨每天早上替希腊人打扫卫生。当我清洗马桶时，我对自己很生气，那让我想起了自己曾经为了几便士，为了借表舅拉曼·格里芬的自行车而不得不替他倒便盆。我搞不懂为什么自己对马桶那么挑剔，本来可以用拖把刷一下就行，却要把它们擦得一尘不染。不，我得用很多洗涤剂把马桶擦得锃亮，就像人们要用它们吃饭似的。希腊人很开心，但他用怪异的眼神看着我，好像在说：很好，但是为什么呢？我告诉他，每星期十美元的额外收入和早餐是馈赠的礼物，我不想失去。随后，他想知道我最初是干什么的。一个不错的爱尔兰男孩，懂英语，很聪明，为什么在可以接受教育的时候却在擦马桶、当酒店勤杂工呢？要是他懂英语，他就可以在大学里学习伟大的希腊历史：柏拉图、苏格拉底，以及所有伟大的希腊作家。他是不会擦马桶的。任何懂英语的人都不应该擦马桶。

11

汤姆在无尾礼服舞厅和一个叫埃默的女孩跳舞。埃默是和哥哥利亚姆一起来的舞厅，利亚姆和汤姆去喝酒的时候，她就和我跳舞，尽管我不知道该怎么跳。我喜欢她，因为即使我踩到她的脚，避免撞到来自凯里郡、科克郡、梅欧郡和其他郡的男男女女而被她推着胳膊或后背往正确方向转，她都很宽容。我喜欢她，因为她很容易就笑，尽管有时候我觉得她是在嘲笑我笨拙的舞步。我二十岁了，这辈子从来没有带过女孩去跳舞、看电影，甚至没有请女孩喝过茶。现在，我得学着怎么做了。我甚至不知道该怎么和女孩交谈，因为家里除了母亲就没有一个女孩了。我在利默里克长大，星期日听神甫们大声斥责，反对跳舞，反对和女孩逛马路。我什么也不知道。

音乐结束了。汤姆和利亚姆在吧台那边不知为什么放声大笑。我不知道该和埃默说些什么，也不知道该对她怎么办。是站在舞厅中央等着下一首舞曲呢，还是应该带她到汤姆和利亚姆那儿去？如果站在这儿，就得和她说话，可我不知道该说些什么。如果领她到汤姆和利亚姆那儿去，她就会认为我不想和她在一起，这是世上最糟糕的事，我真的想和她在一起。我很紧张，心脏跳得像机关枪，几乎无法呼吸。希望汤姆能过来，这样我就可以和利亚姆一起笑；但又不想让汤姆来打断，因为我想和埃默在一起，可汤姆并不想。就在这时，音乐再次响起，是吉特巴之类的舞蹈，男人们把女孩在空中抛来抛去，让人做梦都不敢想。我很笨，不能将一只脚放在另一只脚前面。可现在，我得把手放在埃默身体的某个部位，跳吉特巴。我不知道该放在哪儿。她拿起我的手，领我来到汤姆和利亚姆大笑的地方。利亚姆说如果我在无尾礼服舞厅多待几个晚上，就会成为一个合格的弗雷德·阿斯泰尔①。他们都笑了，知道那永远都不可能。我脸红了，因为埃默看着我的样子表明她知道的要比利亚姆说的多，也许甚至知道我的心跳得很厉害，知道我呼吸急促。

没有高中文凭，我不知道该做些什么，一天天地过着日子，不知道该如何脱身，直到朝鲜爆发了一场小战争。我被告知，如果战争扩大，就得应征入伍。埃迪·吉利根说：不会有机会的。陆军一见你那长疮的眼睛就会把你送回家交给你妈妈。

但是中国人参战了。政府来了封信，说：祝贺你。我得到白厅街报到，看是否适合与中国人和朝鲜人作战。汤姆·克利福德说，如果要去，我该用盐把眼睛揉疼。医生检查眼睛时，我应该呻吟。埃迪·吉利根说，我应该抱怨头疼，眼睛疼。如果他们让我读表，就给他们读错。他说我不应该当个傻瓜。可以待在巴尔的摩酒店获得提升，为什么要让一群朝鲜人把我的屁股打飞？我可以去上夜校，看看眼睛，补补牙齿，长点肉。用不了几年，我就会像凯里先生那样，身穿双排扣西服，打扮光鲜。

我不能对埃迪或汤姆或其他任何人说，我是多么想双膝跪地，感谢毛泽东派他的军队到了朝鲜，将我从巴尔的摩酒店解放出来。

白厅街的军医根本就没看我的眼睛。他们叫我读墙上的图表，说：

①弗雷德·阿斯泰尔（1899－1987），美国电影史上最伟大的舞王。

好了。他们看了看我的耳朵，发出短促而尖利的声音。你听得见吗？很好。他们看了看我的嘴巴。上帝呀，他们说，你要做的第一件事就是去看牙医。从来没有人因为牙齿而被拒绝入伍。这是件好事，因为大多数到这儿来的人牙齿都像垃圾场一样。

他们让我们在屋子里排成队。一名军士和一名内科医生走了进来，对我们说：好了，小伙子们，脱下裤子，现在开始手淫。医生挨个检查我们的阴茎中是否有分泌物排出。军士冲着一个人吼道：你！你叫什么名字？

马尔多纳多，军士。

我看见的是硬起来的吗，马尔多纳多？

噢，不是，军士。我……啊……我……啊……

你兴奋吗，马尔多纳多？

我想看看马尔多纳多。但是如果不冲正前方看，军士就会冲你吼：你到底往哪儿看哪？谁让你看的？你们这帮该死的同性恋。后来，他对我们说：转身，弯腰，把它们露出来，我是说把你们的屁股露出来。医生坐在椅子上，而我们不得不弯腰露出屁股让医生检查。

我们排队站在精神科医生的小房间外。他问我是不是喜欢女孩。我脸红了，那是个愚蠢的问题。我说：是的，先生。

那你为什么脸红呢？

我不知道，先生。

但是比起男孩，你还是更喜欢女孩吧？

是的，先生。

好了，走吧。

我们被送到新泽西州基尔默营地参加迎新情况介绍，熟悉军事知识、制服和装备，还被剃光了头。他们说我们是群没用的废物，是这个营地迎来的最烂的新兵，是山姆大叔的耻辱，只能当刺刀靶子和炮灰。时刻牢记这些，你们这群拖着屁股中途退学的懒鬼。站直身子，听好了：抬头，挺胸，肩膀向后，吸起那肚子。妈的，小子。这是部队，不是他妈的美容院。噢，妞儿，你真美，周六晚上你做什么呀？

我被派到新泽西州迪克斯要塞，接受为期十六周的步兵基本训练。我们再次被告知：我们是废物，每天得嗨嗬嗨嗬嗨嗨嗨嗬地训练。到那儿站好队，士兵们。妈的，叫你们士兵真是要了我的命。你们这群军队屁股上该死的脓疱。站好队，要不然你们的肥屁股就会挨下士的靴子。嗨嗬，嗨嗬，快点，快点，齐步走，大声唱：

我在泽西城有个妞儿
她的乳头上有梅毒瘤
齐步走，数节拍
齐步走，数节拍
一、二、三、四
一、二、三、四

这是你的来复枪。你听我说，是你的来复枪，不是他妈的卡宾枪。这个叫卡宾枪。我会拿它塞你的屁股。你的来复枪，士兵，你的枪，明白吗？这是你的来复枪，你的M1，你的枪，你军旅生涯的女朋友。这是你睡觉带着的东西，你抱着这该死的枪就像抱着女人那样，不，像紧搂着女人那样。丢了这东西，你的屁股就要挨枪子儿。丢了这东西，你就会进该死的禁闭室。一支弄丢了的来复枪是一支能发出巨响、打烂别人屁股的来复枪。真有那样的事，妞儿，你就死了，你就他妈的死了。

训练我们的人也是刚入伍的新兵，只不过比我们早几个月而已，被称为训导教官。我们得叫他们下士，尽管他们和我们一样，也是列兵。他们冲我们大喊大叫，好像对我们有深仇大恨似的。如果还嘴，你就有麻烦了。他们告诉我们：你们的屁股就要挨枪子儿了，士兵。

在我那个排，有些人的父亲和兄弟参加过二战，对军队的情况了如指掌。他们说在军队摧毁并重塑你之前，你是不可能成为一名好士兵的。你们带着各种鬼主意来到军队，认为自己了不起，但军队已经有很长的历史了，从裘力斯·他妈的恺撒时起就有了。他们知道该怎么对付有个性的新兵蛋子。即使很积极地进来，军队也会将你们的积极性踢掉。积极或消极，对军队来说都不算什么，它会告诉你该想些什么，该感受些什么，该做些什么；它会告诉你什么时候拉屎、撒尿、放屁、挤你那些该死的小脓疱。如果你不喜欢，去给国会议员写信呀。写呀。一旦让我们知道，就会踢你的小白屁股，把你从迪克斯要塞的这一边踢到他妈的那一边去，而你就会哭着去找妈妈，找姐姐，找女朋友，还有隔壁街道的妓女。

熄灯之前，我躺在床铺上，听他们谈论姑娘，家人，妈妈做的饭，爸爸在战争中的所作所为，每个人都喝醉了的高中班级舞会，离开该死的军队后打算做些什么，如何迫不及待地来到戴比或苏或凯西的身边，如何上床做爱。妈的，我不要一个月都穿这该死的衣服。我要和我的妞儿、我哥哥的妞儿、任何妞儿上那该死的床，不会喘口气的。退伍的时候，给我份工作。我会开始做买卖，搬到长岛去住，每天晚上回家跟妻子说：宝贝，脱了短衬裤吧，我已经准备行动了。然后有孩子，耶！

好了，小伙子们，闭上你们肮脏的屁股。熄灯了，不要发出该死的声音，要不然我就立马罚你去帮厨。

下士走了以后，聊天又开始了。哦，五周基本训练之后的第一个周末，进城，找戴比、苏、凯西、任何人。

我希望自己能说些什么，例如我要在第一个周末到纽约喝个酩酊大醉。我希望自己能说些东西让大家笑笑，即使只是点点头表示我是他们中的一员也好。但我知道，如果我开口说话，他们就会说：好，听听这个爱尔兰人讲讲妞儿吧。要不然，他们中的一个人——汤普森会开始唱“当爱尔兰人的眼睛微笑时”，而他们就会哄堂大笑，因为他们知道我的眼睛。

在某种程度上，我并不介意这些，因为我可以在晚上洗完澡后浑身干干净净、舒舒服服地躺在床铺上。背着六十磅的背包，下士说那比法国雇佣军的背包还要重，跑步操练了一整天，我已经很累了。一天的武器使用训练，拆卸、组装、靶场射击；在铁丝网下爬行，机枪在头顶噼啪作响；爬绳、爬树、爬墙；冲着布袋子练刺杀，喊着“他妈的朝鲜人”（下士叫我们这么做的）；和戴着蓝色头盔代表敌军的其他连队在树林里摔跤；肩扛点五〇口径机枪跑上山；在泥地里爬行；背着六十磅的背包游泳；枕着背包、蚊子叮在脸上，躺在树林里睡上一个晚上。

没有野外训练的时候，我们就在大屋子里听讲座。讲座都是关于朝鲜人（北朝鲜人）如何危险，如何鬼鬼祟祟，而中国人甚至更坏。如果这个连有个中国人，那就不走运了。我父亲是德国人，伙计们，第二次世界大战时，“德国酸白菜”变成了“自由白菜”，他不得不忍受很多的脏话。这就是战争，伙计们，可见到你们这些人，一想到美国的未来，我的心都凉了。

有一些关于美国陆军光荣历史的电影，讲述这支军队抗击英国人、法国人、印第安人、墨西哥人、西班牙人、德国人、日本佬，而且从来没有输掉过一场战争，从来没有。记住这些，伙计们，从来没有输掉过一场该死的战争。

有一些电影是关于武器、战术和梅毒的。一部关于梅毒的影片叫《银色子弹》，讲述那些失去声音、奄奄一息的人们，告诉世人他们是多么的悲伤，和那些染病的外国女人约会是多么的愚蠢。现在，他们的阴茎就要掉了，却对此无能为力，只能乞求上帝的宽恕，乞求家人宽恕他们、让他们回家。爸爸和妈妈在阳台上抿着柠檬水，妹妹在后院秋千上笑着，查克，那个从大学回家的四分卫在帮着推秋千。

我们排的人躺在床铺上谈论《银色子弹》。汤普森说那他妈是部愚蠢的电影。你得是个真正的马屁股才能像那样染上梅毒。我们那些避孕套到底是做什么用的呢？是吧？迪·安杰洛，你上过大学吗？

迪·安杰洛说：你可得当心点。

汤普森说：你到底知道些啥呀，你这个该死的吃意大利面的意大利人！

迪·安杰洛说：再说一遍，汤普森，看我不把你扔出去。

汤普森笑笑：好吧，好吧。

接着说，汤普森，再说一遍。

不，你没准儿带着刀。你们意大利人都有刀。

没有刀，汤普森，只有我自己。

我不相信你，迪·安杰洛。

没有刀，汤普森。

好了。

整个排的人都很安静。我不知道为什么汤普森那种人可以那样和别人说话。那表明在这个国家，你总是别的什么东西，就是不可能成为一个美国人。

有一位正规军老下士叫邓菲，负责武器的分发和维修，浑身总是一股威士忌味道。大家都知道他早就应该被踢出军队了，但军士长托尔罩着他。托尔是个身材魁梧的黑人，肚子大得要用两根腰带才能围上，胖得到哪儿都得坐吉普车。他老是冲着我们吼叫，说受不了我们出现在他面前，我们是他不幸见到的最懒的傻大个。他对我们及全团人说，如果有人找邓菲下士麻烦，他就会赤手打断那个人的背。在我们刚开始手淫时，邓菲下士就已经在卡西诺山[①] 打德国佬了。

一天晚上，邓菲下士看见我用一根清洁棒上下捅来复枪的枪膛。

①意大利罗马东南附近山脉，1944 年曾在此发生二战著名的卡西诺山战役。

他从我手里夺过来复枪，叫我跟他到厕所去。他把来复枪拆开，将枪管浸到热肥皂水里。我想对他说，所有训导教官都警告过我们，绝不能让枪沾上水，得用亚麻籽油，水会让枪生锈，接下来枪就会在你手里腐烂卡壳。你又怎么能保护自己不受从山那边蜂拥而至的百万敌人的攻击呢？

邓菲下士说：胡扯。然后他用清洁棒一头的布条擦干枪管，顺着枪管看了看自己的大拇指指甲，将枪管递给我。我很惊讶地发现枪管里面亮闪闪的。我不知道该对他说些什么，不知道他为什么要帮我。我只能说：谢谢，军士。他对我说，我是个不错的孩子，还让我看他喜欢的书。

那是詹姆斯·T·法雷尔[1]的《斯塔兹·朗尼根的青年时代》，一本快要散架的简装书。邓菲下士要我用生命去保卫这本书。他一直在看这本书，詹姆斯·T·法雷尔是美国最伟大的作家，和新英格兰那些胡说八道的艺术家们不同。他是一位了解你和我的作家，孩子，他说。在完成基本训练之前，我可以留着这本书。但之后，我就得自己买一本了。

第二天，上校要来检查。吃过饭后，我们就被关在营房里洗枪、擦枪、将枪擦亮。熄灯之前，我们得站在床铺前，接受托尔军士长和两名正规军军士更为仔细的检查。他们什么事都要管，如果发现有不对的地方，我们就得做五十个俯卧撑，而托尔还要把脚踩在我们背上，嘴里哼着“轻轻摇荡，心爱的马车，来把我带回家乡”。

上校没有检查每一支来复枪，但看了看我的枪管后，他后退一步，对托尔军士长说：这来复枪真干净，军士。然后他问我：美利坚合众国的副总统是谁，士兵？

阿尔本·巴克利，长官。

很好。说说被投下第二枚原子弹的城市。

①詹姆斯·T·法雷尔（1904－1979），美国小说家，代表作有“斯塔兹·朗尼根三部曲”和《时间的面目》。

长崎，长官。

不错，军士，这是我们的人了。这来复枪真干净，士兵。

编队之后，一名军士告诉我，明天我就会成为上校的通信员，可以整天和司机一起坐他的车，为他开车门，敬礼，关车门，等待，敬礼，再开车门，敬礼，关车门。

如果我是个不错的通信员，不吊儿郎当，第二个星期就会有三天休假，从星期五晚上到星期一晚上。我就可以到纽约，喝个酩酊大醉。这名军士说在迪克斯要塞，没人不愿花五十美元成为上校的通信员。他们不明白为什么我就可以仅凭一根干净的来复枪枪管得到这个职位。我究竟是从哪儿学会那样清洗来复枪的？

上校早上有两个长会。除了和司机韦德·汉森下士坐在一起，听他说话，抱怨梵蒂冈统治整个世界外，我无所事事。他说，如果这个国家出现一个信仰天主教的总统，他就移民到芬兰，芬兰限定天主教徒的活动范围。他来自缅因州，是个公理会信徒，并为此感到骄傲，不能容忍其他宗教。他的第二个表妹嫁给了一个天主教徒，不得不离开缅因州，搬到波士顿。那儿到处都是将钱财交给喜欢小男孩的教皇和主教们的天主教徒。

这一天和上校一起待的时间不长，因为他午饭时喝醉了，把我们打发走了。汉森开车把他送到住处，然后叫我下车，不希望他的车里有个鱼头。他是个下士，我不知道该对他说些什么。但即便他是个列兵，我也不知道该说些什么，因为人们那样说话时，要理解是很困难的。

现在只有两点钟，到五点开饭之前，我没什么事，可以到军人服务社看杂志，听自动唱机里的托尼·贝内特唱“因为你，我的心里有首歌”。我梦想着那三天的休假，梦想着见到纽约的女孩埃默。我们出去吃饭，看电影，或许到一个爱尔兰舞厅，她在那儿教我舞步。那是个美梦，因为这个周末就是我的生日。我就要二十一岁了。

12

去拿三天休假证的那个星期五，我和等着拿普通周末休假证的人一起列队站在连队办公室外。一名训导下士斯尼德（他的真名是一个谁也不会念的波兰名字）对我说：嗨，士兵，把那烟头捡起来。

哦，但是我不抽烟，下士。

我没有问你他妈的是不是抽烟。捡起烟头。

豪伊·阿布拉莫维茨用胳膊肘轻轻推了推我，小声说：别犯傻了，捡起那该死的烟头。

斯尼德把手叉在腰上。嗯?

我没有扔烟头，下士，我不抽烟。

好吧，士兵，跟我来。

我跟着他进了连队办公室。他拿起我的休假证。现在，他说，我们到你的营房去，换上劳动服。

但是，下士，我有三天的休假证。我是上校的通信员。

我才不管你是不是擦过上校的屁股呢。穿上你的劳动服，快点!带上你的铁锹。

明天是我的生日，下士。

快点，士兵，要不然我就关你他妈的禁闭。

他让我正步走过站成一排的人们，冲他们挥了挥我的休假证，让他们对它说再见。他们笑着挥手，因为他们只能这样，不想惹麻烦。只有豪伊·阿布拉莫维茨摇了摇头，好像说他对这一切表示遗憾。

斯尼德让我正步走过阅兵场，再走到阅兵场后面树林的空地上。好了，笨蛋，挖。

挖？

对，给我好好挖一个三英尺深、两英尺宽的坑。干得越快，对你就越好。

那一定意味着我越快挖完，就能越早拿到休假证，然后离开。还有什么呢？连里的人都知道斯尼德很刻薄，因为他是巴克内尔大学的橄榄球大明星，想到费城鹰队打球，只是鹰队不要他。现在，他四处闲逛，让人挖坑。这不公平。我知道大家都是被逼着挖坑，把自己的休假证埋起来，然后再把它们挖出来。我不知道为什么我得干这个。我不停地跟自己说，如果这是个普通的周末休假证，我不介意，但是这是个三天的休假证，而且明天是我的生日。为什么我得干这个？但是对此，我无能为力，最好尽快挖好坑，将休假证埋起来，然后再将它挖出来。

我一边挖坑，一边想着：我要抓起小铁锹敲斯尼德的脑袋，敲得他头破血流。我一点也不介意替这个肥大的橄榄球运动员挖个坑。这就是我想做的。

他递给我休假证，叫我埋起来。铲完泥土，他叫我用铁锹将泥土拍实。干得漂亮点，他说。

我不知道一分钟之后就要将休假证挖出来，他为什么要叫我干得漂亮点。但是现在，他对我说：转过身，向前走。他叫我沿来时的路正步走回去，经过连队办公室。那些等着拿休假证的人都走了。我不知道今天他是不是满意了，那样他就可以到办公室为我换张休假证。但是，不，他叫我向右转，来到食堂。他对那儿的军士说，我是帮厨的候选人，需要在服从命令方面接受点小教训。他们大笑了一番。军士说他们什么时候一定要一起喝一杯，谈谈费城鹰队，那真是个该死的球队。军士冲着远处一个叫亨德森的人喊，让他给我介绍工作——任何一个食堂里最糟糕的活儿：刷锅洗碗。

亨德森叫我擦洗那些大家伙，擦得它们闪闪发亮，因为经常会有检查。任何餐具上的一点油渍都会让我再干一小时的帮厨。照这个速度，我会一直待在这儿，而朝鲜人和中国人早就回家和家人团聚了。

现在是晚饭时间。锅碗瓢盆在水池边堆得老高。垃圾桶在我身后靠墙排着。新泽西州的苍蝇正在那儿大快朵颐。蚊子从开着的窗户嗡嗡地飞进来，在我身上就餐。到处都是煤气灶和烤箱，还有四处横流的热水释放出来的水蒸气和烟雾。很快，我就满头大汗，浑身油渍了。下士和军士们从旁边走过，摸摸那些锅碗瓢盆，叫我重来一遍。我知道这是因为斯尼德正在外面的食堂讲橄榄球的故事，叫他们如何和那个刷锅洗碗的新兵开个小玩笑。

食堂安静一些、活儿少了一些的时候，军士跟我说，晚上可以不用干了，但是明天早上我得到这儿报到。星期六早上六点。他是说早上六点。我想对他说作为上校的通信员，我应该享受三天的休假；明天是我的生日；纽约有个女孩在等我。但我知道现在最好什么也不说，因为每次我一开口说话，事情就变得更糟。我知道军队意味着什么：除了你的姓名、军衔和编号外，什么也别说。

埃默在电话里哭着说：噢，弗兰克，你现在在哪儿呢？

我在军服社。

什么是军服社？

军人服务社。我们买东西和打电话的地方。

为什么你不来这儿？我们有小蛋糕什么的。

我在帮厨，刷锅洗碗，今晚，明天，也许星期天。

什么呀？你在说些什么呀？你没事吧？

挖坑和洗碗把我累坏了。

为什么？

我没有捡烟头。

为什么你不捡烟头？

因为我不抽烟，你知道我不抽烟。

但是为什么你得捡烟头呢？

因为一个该死的下士，对不起，一个被费城鹰队拒绝的训导下士叫我捡烟头，但我对他说我不抽烟。这就是为什么我应该在我该死的——对不起——生日和你在一起的时候，却待在这儿。

弗兰克，我知道今天是你的生日。你在喝酒吗？

没有，我没喝酒。我怎么可能同时喝酒、挖坑又帮厨呢？

但是你为什么要挖坑呢？

因为他们叫我把休假证埋了。

哦，弗兰克，我什么时候能见到你？

我不知道。也许你见不到我了。他们说盘子上留下的一个油渍就会让我再帮厨一个小时。我会一直在这儿刷锅洗碗直到退役。

我母亲说，你为什么不去见见神甫祭司什么的？

我不想去见神甫。他们比下士还要糟，他们那……

他们那什么？

哦，没事了。

哦，弗兰克。

哦，埃默。

星期六的晚饭是冷切肉和土豆色拉，厨师用的锅碗瓢盆不多。六点时，军士对我说我的活儿干完了，星期天早上可以不用来了。不应该说这个的，他说，但那个斯尼德是个没人喜欢的讨厌的波兰鬼。你应该明白为什么费城鹰队不要他。军士说他很抱歉，但既然我抗拒了一个直接的命令，除了让我帮厨，他什么也做不了。是的，他知道我是上校的通信员，但这是军队。对于我这样的新兵，最好的策略就是闭上嘴巴。除了你的姓名、军衔和编号外，什么也别说。让你做什么就做什么，闭上嘴巴，尤其是如果你说话带有明显的口音。如果你照办，就会完好无损地去见女朋友。

谢谢你，军士。

不客气，孩子。

除了连队办公室和被关在营房里的人外，整个连队驻地空无一人。

迪·安杰洛躺在床上。他被关在营房里，是因为在他们放完电影后，他说了句中国人是那么穷，毛泽东和共产党人可以救中国。放电影的中尉说共产主义是邪恶的，是没有宗教信仰的，是反美的。迪·安杰洛说资本主义是邪恶的，是没有宗教信仰的，是反美的。他怎么也不会给主义两分钱，因为信仰主义的人给世界带来麻烦。你可能注意到了，民主是没有主义的。中尉说，他说错话了。迪·安杰洛说这是个自由的国家。结果他被关在营房里，三个星期不准休周末。

他在床上看邓菲下士借给我的那本《斯塔兹·朗尼根的青年时代》，一看见我就说是从我衣柜上面借的。看在上帝的分上，是谁把我扔到油沟里的，他说，有个周末他也那样帮过厨。邓菲告诉他如何将劳动服上的油渍弄掉。我现在应该穿着劳动服站到尽可能热的热水喷头下，只要我能承受就行，用板刷和一块他们用来洗厕所的酚皂将油渍刷掉。

当我站在喷头下擦洗的时候，邓菲探进脑袋，想知道我在干什么。我对他说了原委，他说他以前也这么干过，只不过把来复枪也带了进来，同时做所有的事。他刚参军时还是个孩子，拥有连里最干净的劳动服和来复枪。如果不是那该死的酒，他现在就是军士长，准备退休了。说到酒，他要到军人服务社喝杯啤酒，问我脱下满是肥皂泡的劳动服后，愿不愿意跟他一起去？当然了。

我想邀请迪·安杰洛一起去，但他因为赞扬中国共产党人而被关在营房里。当我换上卡其布军装时，我跟他说我是多么感谢毛泽东出兵朝鲜，将我从巴尔的摩酒店棕榈庭解放出来。他说我最好留神，要不然结局就会像他一样，被关在营房里。

邓菲在营房的一头叫我：快点，孩子，快点，我要去喝啤酒了。我想留下来和迪·安杰洛说话，他是那么温和。但邓菲曾帮我成为上校的通信员，这给我带来很多好处，他也许需要人陪。如果我是个正规军下士，我就不会星期六晚上在基地闲逛。但我知道还有一些人像邓菲这样喝酒、没有人陪、无家可归。现在，他在喝酒，速度快得我跟都跟不上。如果我试着跟上，就会吐。他喝酒抽烟，一直用右手的中指指着天空，跟我说，军队的生活很棒，尤其在和平时期。永远不会感到孤独，除非你像斯尼德，那个该死的橄榄球运动员，那样的浑蛋。如果你结婚，有了孩子，军队会料理一切。你要做的就是保持身体健康，作好打仗的准备。是的，是的，他说，他知道自己没有保持身体健康。但他的身体里存了那么多德国佬的弹片，都可以当作废金属卖掉了。喝酒是他唯一的乐趣。他有妻子，两个孩子，但是她们都走了，去了印第安纳州，回到了岳父岳母身边。鬼才会去印第安纳州呢。他从钱包里掏出妻子和两个女儿的照片，举起来让我看。我正要说她们是多么可爱啊，他却哭了，哭得那么伤心，又咳嗽起来。我只好拍拍他的后背，防止他呛着。好了，他说，好了，该死的。每次我看她们的照片都会哭。瞧，我失态了，孩子。我原可以让她们在迪克斯要塞附近的小屋里等我的，我原可以回家的：莫妮卡做饭，我跷着双腿，穿着军士长的制服打个小盹儿。好了，孩子，我们走吧，离开这儿，看看我能不能把我的东西清理掉，然后去印第安纳州。

离营房还有一半路程的时候，他变卦了，又回去喝啤酒。从这件事上看，我知道他是永远不会去印第安纳州了。他和我的父亲一样。当我躺在床铺上的时候，不知道父亲是否记得他大儿子二十一岁的生日，是否会在考文垂的酒馆里向我举杯。

我怀疑。父亲就像那个永远也见不到印第安纳州的邓菲一样。

13

星期天早上，迪·安杰洛问我是否愿意和他一起参加弥撒。我吃了一惊，因为你会认为一个赞扬中国共产党人的人是永远不会踏进教堂、小教堂或犹太教堂的。去往基地小教堂的路上，他解释了自己的感受。他觉得教会属于他，而他不属于教会。他不赞同教会像大企业一样的行为，声称拥有上帝，有权一点一滴地将上帝分发出去，人们必须按照罗马的指令行事。他没有先向神甫忏悔自己的罪孽就接受了圣餐，每星期都在犯罪，但他说他的罪孽和任何人无关，这是他和上帝之间的事。每个星期天晚上入睡前，他都要向上帝忏悔。

他谈到上帝，好像上帝就在隔壁喝酒抽烟似的。如果我回到利默里克这样讲话，就会被人揍脑袋，扔上开往都柏林的下一趟火车。

我们身处到处都是营房的陆军基地，但小教堂里却美国味十足。有带着妻子和孩子的军官，沐浴和香波使他们看上去很干净，有一种天恩眷顾的感觉。看他们大概来自缅因州或加州的小镇，星期天从教堂回来后，吃羊腿、豌豆、土豆泥、苹果派，喝冰茶。父亲打呼噜，星期日的厚报纸掉在地上；孩子们看漫画书；妈妈在厨房洗碗，嘴里哼着“哦，多么美丽的早晨啊”。看上去他们像是每顿饭后都刷牙、独立日挥舞国旗的人，也许是天主教徒，但我认为他们在爱尔兰人或意大利人的教堂里会感到不舒服。那里可能会有老男人和老女人嘟嘟哝哝地说话，呼哧呼哧地抽鼻子；空气中可能弥漫着威士忌或红酒的味道，还有一股股几个星期都没有碰过肥皂和水的身子散发出来的气味。

我想成为美国家庭的一员，想羞怯地走到一位金发碧眼的军官女儿身边，小声告诉她我不是看上去的那样。或许我长丘疹，牙齿不好，还有像火灾警报似的眼睛，但在内心深处，和他们没什么两样，也是一个打扮得体的人，梦想着在郊区有一所带整齐草坪的房子，我们的孩子小弗兰克在草坪上推自行车。我想像一个真正的美国父亲那样看看星期天的报纸。也许我会清洗我们那辆了不起的新别克，之后开车去看望姥姥姥爷，在他们的门廊上喝冰茶，伴着摇滚乐跳舞。

神甫在讲坛上嘟嘟哝哝。我用拉丁语小声应答时，迪·安杰洛用胳膊肘轻轻推了我一下，想知道我是不是有事，有没有从昨晚和邓菲喝的啤酒中清醒过来。我希望自己能像迪·安杰洛一样，对一切都下定了决心，像远在利默里克的帕·基廷姨父那样对什么事都不在乎。我知道如果跟迪·安杰洛说，我是如此的罪孽深重，担心被告知已堕落至深、只有主教或红衣主教才能赦免，所以不敢去忏悔，他一定会笑的。如果告诉他，有好几个晚上我不敢睡觉，以防自己死了下地狱，他一定会笑的。一个在隔壁屋子喝酒抽烟的上帝怎么会创造地狱呢？

这时，乌云就像黑蝙蝠一样在我脑海里拍打着翅膀。我希望自己能打开窗户，将它们放出去。

现在，神甫邀请志愿者到小教堂后面拿篮子，开始募捐。迪·安杰洛轻轻推了推我，我们就来到了过道上，沿着长椅跪下并递出篮子。带着家人的军官和军士们总是将捐款交给孩子，让孩子放到篮子里。那个举动让所有人都笑了：小孩子们很骄傲，大人们为孩子们而骄傲。军官和军士的妻子们互相笑笑，好像在说：在天主教会的屋檐下，我们是一家人，尽管一出了教堂，就不一样了。

篮子沿着长椅向前传递，直到来到一名军士的手上。他会清点钱款，并把它交给神甫。迪·安杰洛小声说，他认识这名军士，清点钱款的时候，两美元给你，一美元给我。

我对迪·安杰洛说，我不会再参加弥撒了。我是那么不纯洁，那么罪孽深重，参加弥撒又有什么用？我不能和这些干净体面、天恩眷顾的美国家庭一起待在小教堂里。我要等待，直到有勇气忏悔并领受圣餐为止。一直不参加弥撒，犯下不可饶恕的大罪也没关系，因为无论如何，我都死定了。一条不可饶恕的大罪和十条一样，都能轻松地将你打入地狱。

迪·安杰洛说我在胡说八道，要是想去，就应该去，神甫并不拥有教会。

我不能像迪·安杰洛那样思考问题，现在还不能。我害怕神甫、修女、主教、红衣主教和教皇。我害怕上帝。

星期一早上，有人叫我到 B 连托尔军士长的办公室报到。他坐在扶手椅上，身上流了很多汗，连卡其布军装的颜色都变深了。我想问问他旁边桌子上那本陀思妥耶夫斯基写的《地下室手记》，想跟他谈谈拉斯柯尔尼科夫，但跟军士长说话可得当心。在部队说话都一样，说错了，就会被罚刷锅洗碗。

他叫我稍息，想知道我为什么不服从命令，不服从一名高级军士，即便他是个训导教官。我究竟以为自己是谁呀？

我不知道该怎么解释，因为他对一切了如指掌。我要是开口说话，可能明天就会被送上开往朝鲜的轮船。他说斯尼德军士（不管他的波兰名字是什么）有权管教我，但他做得太过分了，特别是这是发给上校通信员的三天休假证。我有权要回那休假证，如果我还想要，他会在下一个周末为我安排。

谢谢，军士。

好了，解散。

军士？

嗯？

我看过《罪与罚》。

哦，是吗？我就猜你不像看上去那么笨。解散。

在为期十四个星期的基本训练中，有传言说我们要被送上开往欧洲的轮船。第十五周，有传言说我们要去朝鲜。第十六周，我们被告知一定会去欧洲。

14

我们坐船来到汉堡，从那儿转到巴伐利亚州的一个替补兵站松特霍芬。我在迪克斯要塞的那个连被拆散，分派到欧洲的各个部队。我希望能被派往英格兰，这样可以很轻松地去爱尔兰，却被派到巴伐利亚州的一个小村落伦格里斯，被派去训狗，训军犬。我对上尉说我不喜欢狗，在利默里克送电报时，它们曾把我的脚后跟咬碎。但上尉说：谁问你了？他把我交给一个正在剁一大块血淋淋红肉的下士。那下士说：不要哭哭啼啼的，往那该死的锡盘里装肉，走到那个笼子里去喂你的狗。放下盘子，拿开你的手，免得让狗认为那是他的晚饭。

我不得不待在笼子里，看着狗吃饭。下士称这为互相熟悉。他说：你在基地的这段时间里，这条狗就是你的妻子。当然，不完全是你的妻子，因为它不是条母狗，你明白我的意思。你的 M1 来复枪和狗将是你的家人。

我的狗是条黑色德国牧羊犬，但我不喜欢他。他的名字叫伊凡，和其他冲着任何移动物体狂吠的牧羊犬和杜宾犬不一样。吃完东西后，他看了看我，舔了舔嘴唇，露着牙齿向后退了几步。下士站在笼子外告诉我，这就是我该死的狗，不狂吠，可总是弄出许多该死的噪音。

在一声犬吠就足以让你丧命的战斗中，要的就是这种狗。他叫我慢慢弯下腰，拾起盘子，跟我的狗说他是条好狗、好伊凡、乖伊凡、早上来看你、宝贝，很轻松地退出来，关上门，扔掉那钥匙，把手拿开。他说我做得不错，可以看出伊凡和我已经是他妈的好朋友了。

每天早上八点，我和一排来自欧洲各地的训犬员集合，围着一个圆圈走正步，下士站在中间喊着嗨嗬嗨嗬嗨嗨嗨嗬立定。猛地一拉狗链时，我们很高兴听到它们戴着口套狂吠。

我们和狗一起走正步，一起跑了六个星期，爬伦格里斯后面的山，沿河岸跑步。我们喂狗照料狗，直到作好给它们摘掉口套的准备。那是个伟大的日子，就像毕业或结婚。

连队指挥官派人来叫我。文书乔治·希曼斯基下士要到美国本土休假三个月，他们要派我到连队文书学校学习六个星期，这样就可以接替他。解散。

我不想到连队文书学校去，想和伊凡待在一起。相处了六个星期，我们已成为好朋友。我知道当他冲着我狂吠时，只是要告诉我他爱我，尽管他满嘴尖牙利齿，以防我惹他不高兴。我爱伊凡，已经作好准备要摘掉他的口套了，没有人能在不失去一只手的情况下摘掉他的口套。我想在和斯图加特的第七军调防时带上他，然后在雪地里挖坑，我们会感觉既温暖又舒适。我想看看将他松开去攻击一个扮成俄国人的士兵会是什么样子，想看着他在我喊立定之前将那人的防护服撕烂，在我向他晃动俄国人模型时冲模型的胯部而不是脖子扑过去。他们不能把我连续六个星期派到连队文书学校，而让其他人来对付伊凡。大家都知道这事关一个人、一条狗：适应另一个训犬员需要几个月的时间。

我不知道他们为什么选我去连队文书学校。我甚至没上过高中，而基地里到处都是高中毕业生。这让我怀疑连队文书学校是不是对从没上过高中的人的惩罚。

我脑子里乌云密布，想用头撞墙，唯一想到的词就是“操”！这个我痛恨不已的词，它意味着仇恨。我真想杀了连队指挥官。现在，这里第二个中尉冲我吼叫，因为我从他身边经过时没有敬礼。

士兵，到这儿来。见到军官时你该做什么？

向他致敬，长官。

然后呢？

对不起，长官。我没有看见你。

没有看见我？没有看见我？你到朝鲜去，说你没有看见朝鲜人从山那边过来？是吗，士兵？

我不知道该和中尉说些什么。他和我同龄，正在长胡子，一头深色的姜黄头发。我想对他说我被派去连队文书学校，这个惩罚难道还不够抵消没有向一千个中尉敬礼的过错吗？我想跟他说说我和伊凡一起度过的六个星期，以及在迪克斯要塞埋休假证的烦恼，但我脑海里又出现了乌云。我知道我应该安静，除了姓名、军衔和编号，什么也不要告诉他们。我知道我应该安静，但我想叫这第二个中尉滚蛋，用他那可怜的姜黄色胡子亲我的屁股。

他叫我在二十一点整穿着劳动服到他那儿报到，到阅兵场上拔草。那时，其他训犬员从旁边经过，要到伦格里斯去喝啤酒。

拔完草，我来到伊凡的笼子那儿，摘掉他的口套，坐在地上和他说话。如果他把我咬成碎片，我就不用去连队文书学校了。但他狂吠了一会儿，用舌头舔了舔我的脸。我很高兴，没有人知道我的感受。

连队文书学校在伦格里斯兵营里。教员进出时，我们坐在桌子旁。他们告诉我们连队文书是连里最重要的士兵，军官要么阵亡要么前进，军士也一样，但一个没有文书的连队是没有希望的。在战斗中，连队文书知道什么时候连队缺编，知道谁死了、谁受伤了，以及谁失踪了。当给养事务员该死的脑袋被打飞时，连队文书是继任者；在邮件收发员的屁股被子弹击中时，是连队文书，伙计们，为你们送信，让你们和家人保持联系。

了解了自己的重要性之后，我们开始学习打字。得将一份每日出勤报告打印成文，再以此为模本打出五份副本。如果出现一个错误，例如一个字母敲得太用力、多出一个字母等等，重打，这个表格就得重新打。

不能涂抹，妈的。这里是美国陆军，不允许涂抹。允许报告中出现涂抹,就是在怂恿前线人员办事马虎。伙计们。不要办事马虎。完美，伙计们，完美。现在，打字，妈的。

三十台打字机发出噼噼啪啪咔嚓咔嚓的声音，教室听上去像是个战场。士兵或说打字员敲错了键，不得不将报告从打字机上撕下来，再重新开始。这时，他们就会发出阵阵哀号，敲打自己的脑袋，冲天空晃晃拳头，对教员说：都快打完了，能不能，能不能将这个该死的小符号涂掉呢?

不能涂抹，士兵。注意你的言辞，我口袋里可放着我母亲的照片。

课程结束，我被授予一张优秀证书。发证书的上尉说，他为我们感到骄傲，他们，包括欧洲最高统帅德怀特·D·艾森豪威尔本人在内，都为我们感到骄傲。上尉骄傲地说在整个课程中，只有九个人被淘汰，合格的二十一个人为家人赢得了荣誉。他递给我们证书，还有他妻子和两个小女儿烤制的巧克力饼干。我们获准就地吃饼干，这是个特殊场合。在我身后，人们在咒骂，嘟嘟哝哝地说这些饼干的味道像猫屎。上尉笑了笑，准备再次发表演说，直到一个少校小声对他说了句话。后来听说，那个少校说：闭嘴，你喝醉了。这话没错，上尉长着一张永远都离不开威士忌酒瓶的脸。

如果希曼斯基没有获准休假，我会依旧和伊凡一起待在养狗场里，或者和其他训犬员去伦格里斯的酒吧。可现在，我得花上一个星期站在连部办公室里希曼斯基的书桌旁看他打报告打信，听他说我应该感谢他，让我离开狗并获得了一份可能有利于退伍生活的好工作。他说，学会打字，应该高兴才对，有朝一日，我也许会写出另一本《飘》。哈，哈，哈。

希曼斯基休假的前一个晚上，伦格里斯啤酒馆有个聚会。这是个星期五，我有周末休假证，而他不得不回到兵营，因为他的休假明天才开始。希曼斯基离开后，他女朋友鲁思问我在哪儿过周末，叫我到她的住所喝啤酒。希曼斯基不会去的。但我们一进屋就上床疯狂做爱。噢，迈克，她说，噢，迈克，你是那么年轻。她自己年龄大了，三十一岁，可一直在和我调情，不让我睡觉。如果她和希曼斯基一直都这样，难怪他需要到美国休假。天亮了，楼下有人敲门。她朝窗外瞥了一眼，发出一声尖叫：噢，天哪，是希曼斯基，走，走，走。我跳起来，飞快地穿衣服，但当我穿好靴子，准备穿裤子时，问题出现了：裤腿卡住了，缠在了一起。鲁思小声尖叫着：从窗户出去，噢，快点，噢，快点。我不能从前门离开，希曼斯基正在那儿砰砰敲门呢。他会杀了我。所以，我从窗户跳了出去，落到三英尺厚的雪里，这救了我的命。我知道鲁思正在上面关窗户拉窗帘，这样希曼斯基就不会看到我脱靴子，穿裤子，再穿靴子了。天是那么冷，我那玩意儿只有纽扣般大小。到处都是雪，齐腰深，裤子里，靴子里都是。

现在，我不得不悄悄地从鲁思家溜走，到伦格里斯找一个咖啡馆喝杯热咖啡，烘干衣服。但是所有咖啡馆都还关着呢。我溜达着回到兵营，猜想：上帝派希曼斯基到这个地球上，就是为了彻底摧毁我吗？

我是连队文书了，就坐在希曼斯基的桌子旁。一天中最糟糕的时刻就是每天早上将出勤报告打印成文。军士长伯迪克坐在另一张桌子旁喝咖啡，对我说这份报告是多么重要。总部正等着它呢，要加到其他连队的报告中去。然后，这些报告将被送往斯图加特、法兰克福、艾森豪威尔处、华盛顿，这样杜鲁门总统就会知道驻欧美军的兵力，以免受到那些该死的俄国人的突然袭击。如果我们缺个人，缺一个人，迈考特，俄国人就会毫不犹豫地发动突然攻击。他们等着呢，迈考特，所以，将那报告打完。

一想到全世界都在等着我的报告，我就很紧张，以至于敲错了键，不得不从头再来。每次我说操，然后将报告从打字机上拽下来的时候，伯迪克军士长的眉毛就会攒到前额上。他喝着咖啡，看了看表，眉头紧皱。我很绝望，担心自己会崩溃，会哭出来。伯迪克接到总部的电话，说上校、将军、参谋长、总统都在等着呢。一个通信员被派来取报告，站在我的桌子旁等着。这让事情变得更糟糕。我希望自己能回到巴尔的摩酒店洗厕所。当我毫无差错地打完报告后，他拿走了，伯迪克军士长用一块绿手帕擦了擦额头，叫我不要干别的活儿了，就一整天待在这张桌子旁，练习、练习、练习，直到把这些该死的报告打对为止。他们会到总部大肆宣扬。找了一个甚至不会打报告的人当文书，真不明白这是一个什么样的傻瓜，其他文书十分钟就可以敲完那份报告。他不想让C连成为全兵营的笑柄。

所以，迈考特，你哪儿也不要去，直到打出完美的报告来。开始打字。

他整天整夜地训练我，给我不同的数字，对我说：你会为此而感谢我。

我真的感谢他。几天后，我就能快速地打出报告了，总部甚至派来一个中尉，看我们是不是头天晚上就编好了数字。伯迪克军士长说：没有，没有。这件事上，我没做错。中尉看了看我，对他说：是块当下士的料，军士。

军士长说：是的，长官。他笑起来的时候，眉毛动个不停。

希曼斯基回来的时候，我盼望着能再次被派去训伊凡，但上尉说我得继续待在这儿，当一名负责给养的文书。我负责将床单、毯子、枕头和避孕套分发给来自欧洲战区的训犬员实习生，确保他们在离开时归还所有东西，除了避孕套以外的所有东西。哈，哈，哈。

我怎么能跟上尉说，我不想当一名给养文书，待在地下室里写报告，申请领取箱子、枕头、白布或乒乓球等东西，清点物品并列出单子？我就是想回到伊凡和训犬员的身边，喝喝啤酒，到伦格里斯、巴特特尔茨、慕尼黑找姑娘。

长官，我还有机会被派去训狗吗？

没有，迈考特。你他妈的是个不错的文书。解散。

但是，长官——

解散，士兵。

我的脑海里乌云密布，几乎没办法走出他的办公室。希曼斯基大笑着说，他拒绝了你吧，嗯？不让你回到你的狗狗身边吧？我叫他滚蛋，于是被送回上尉办公室接受训斥。我被告知，如果再发生这样的事，将会面临军事法庭的审判，使我的军队记录看上去像阿尔·卡彭[1]的犯罪记录一样。上尉吼道，你现在是个一等兵，如果规规矩矩，记账准确并管好避孕套，六个月内就会升为下士。现在，离开这儿，士兵。

一个星期后，我又遇到了麻烦，而这次是因为我的母亲。我去伦格里斯，到总部办公室填一份为我母亲申请养家费的表格。军队每月提取我的一半薪水，补足另一半，然后寄给她一张支票。

然后，我到巴特特尔茨喝啤酒。负责养家费的文书戴维斯也在那里喝德国烈酒，喝得醉醺醺的，冲着我喊：嘿，迈考特，真糟糕，你妈有麻烦了。我脑海里乌云蔽日，扔掉啤酒杯，就朝他扑了过去。我唯一的念头就是把他勒死，直到两名军士将我拉开，并把我送到

①阿尔·卡彭（1899－1947），美国黑手党。

宪兵队。

当晚，我被关在伦格里斯，第二天早上被带到上尉那儿。他想知道我为什么袭击那些去喝啤酒并没有多管闲事的下士。我说他们侮辱了我母亲，他问道：那个负责养家费的文书是谁？

戴维斯下士，长官。

你，迈考特，你从哪儿来？

纽约，长官。

不，不，我是说，你实际上是从哪儿来的？

爱尔兰，长官。

妈的，这我知道。你长得就像那儿的人。哪个地方的？

利默里克，长官。

哦，是吗？我父母来自凯里郡和斯莱戈郡。那是个美丽的国家，但是很穷，是吧？

是的，长官。

好了，叫戴维斯进来。

戴维斯进来后，上尉转过身，对在他身边做记录的人说：杰克逊，这个不要记录。呃，戴维斯，你在公共场合说了些关于这个人的母亲的事吗？

我……只是……

你说了些关于那位女士经济状况的隐私？

嗯……长官……

戴维斯，你是个无赖。我可以送你到连部军事法庭，但我只会说你喝了点啤酒，而你的下巴被拍了一下。

谢谢你，长官。

如果我再听到你发表那样的言论，就用仙人掌揍你的屁股。解散。

戴维斯走后，上尉说：爱尔兰人，迈考特。我们互相支持，对吧？

是的，长官。

在楼道里，戴维斯伸出手来。对不起，迈考特，我应该明白的。我母亲也拿养家费，她是个爱尔兰人。我是说，她的母亲是爱尔兰人，因此我是半个爱尔兰人。

这是平生第一次有人向我道歉。我只能咕哝几声，红着脸握着戴维斯的手，因为不知道该说什么。对于那些微笑着告诉我他们的父亲、母亲和祖父母是爱尔兰人的人，我不知道该说些什么。头天，他们侮辱你的母亲，第二天就吹嘘他们自己的母亲是爱尔兰人。为什么我一开口说话，全世界的人就都告诉我他们是爱尔兰人，我们应该喝一杯呢？当一个美国人还不够，总得是其他什么人：爱尔兰裔美国人、德国裔美国人。如果没有人发明连字符，你都不知道他们该如何相处。

15

让我当给养事务员的时候，上尉并没有告诉我：每月两次，得在星期二将全连的寝具打包，用卡车送到慕尼黑郊外的军队洗衣房。对此，我并不介意，因为那天可以离开兵营，和另两位给养事务员拉帕波特和韦伯一起躺在寝具包上，谈论退伍后的生活。离开兵营之前，我们在军人服务社停了一会儿，取了每月配给的一磅咖啡和一条香烟，准备卖给德国人。拉帕波特不得不拿了包高洁丝牌护垫，以挽救他那付当哨兵扛来复枪弄得瘦骨嶙峋的肩膀。韦伯觉得很可笑，他告诉我们他有三个姐姐，但如果他走到售货员跟前要高洁丝牌护垫，就死定了。拉帕波特微微一笑，说：如果我有姐姐，韦伯，她们会衣衫褴褛。

没有人知道为什么我们会有一磅咖啡的配给，但另一个给养事务员说，我是个幸运的杂种，不抽烟。他们也想不抽烟，把烟卖给德国女孩，和她们做爱。来自 B 连的韦伯说，一条烟可以让你得到一整车的女人，他很兴奋，结果用香烟在 A 连的寝具包上烧了个洞。和我一样第一次外出的 A 连事务员拉帕波特叫他小心点，否则会把他打得屁滚尿流。韦伯说：哦，是吗？但卡车停了下来，司机巴克说：大家下车，地下小啤酒馆到了。如果运气好，密室里会有几个为我们手里的几包烟什么都愿意干的女孩。其他人想低价买我的烟，但巴克告诉我：别他妈的犯傻，迈克，你是个孩子，你也需要做爱，要不然你的脑子会不正常。

巴克一头灰发，拥有二战勋章。大家都知道他曾获得战场授阶的荣誉，但他一次又一次地喝醉酒，发酒疯，被一路降职到三等兵。他们就是这么说巴克的，虽然我知道不论军队里的什么人跟你说起什么事，都不能全信。巴克让我想起了远在迪克斯要塞的邓菲下士。他们都是很疯狂的人，在战争中尽自己的本分，不知道该在和平时期干些什么，因为酗酒，不可能被派往朝鲜，而军队是他们死前唯一的家了。

巴克会说德语，似乎认识从伦格里斯到慕尼黑这条路上的所有人和各种各样的地下小啤酒馆。密室里没有女孩。韦伯开始抱怨，巴克说：哦，滚开，韦伯。你为什么不到外面，躲到树后自己解决呢？韦伯说他用不着躲到树后，这是个自由的国家。他可以在任何喜欢的地方自己解决。巴克说：好吧，韦伯，好吧，我才不管呢。你就掏出你那玩意儿，在马路中央挥舞吧。

巴克叫我们回到卡车上，继续向慕尼黑开去，再也没有在地下小啤酒馆停留过。

军士们不应该不告诉那是什么地方，就让人把寝具送过去，尤其不应该不告诉拉帕波特，因为他是犹太人。他们不应该等他从卡车上抬起头，看到大门上的字“达豪[①]”并尖叫“噢，上帝”的时候，才告诉他。

当巴克因为大门口有宪兵而放慢车速时，除了从卡车上跳下、像疯子似的尖叫着在慕尼黑的道路上跑远外，拉帕波特还能做什么呢？现在，巴克不得不将卡车停到一边。我们看着两个宪兵追上拉帕波特，抓住他，将他塞进吉普车带回来。他脸色苍白，不停地颤抖，像被扔在冰天雪地里很长时间。我为他感到难过。他不停地说：对不起，对

①德国巴伐利亚州城市，纳粹集中营所在地。

不起，我不能，我不能。宪兵对他很温和，其中一个在哨亭里打电话，回来时对拉帕波特说：好了，士兵，你不用进去了，可以和一名中尉在附近等，直到送来的寝具洗完为止。你的朋友们会照看你的寝具包。

卸卡车时，我对那些帮忙的德国人感到很好奇。那些倒霉的日子里，他们在这儿吗？他们知道些什么呢？其他卡车上卸东西的士兵们开着玩笑，大笑着用寝具包互相撞来撞去，而德国人只是干活，全无笑意。我知道他们的脑海里有黑色的记忆。如果住在达豪或慕尼黑，他们一定知道这个地方。我想知道他们每天来这儿时都是怎么想的。

巴克说他不能和他们说话，因为他们根本就不是德国人。他们是难民，是被迫流落异国的人，匈牙利人、南斯拉夫人、捷克人、罗马尼亚人。他们住在德国各地的难民营里，直到有人决定对他们做什么。

卸完车，巴克说午饭时间到了，要到食堂去。韦伯也去。我想四处走走，看看这个小时候在利默里克的报纸和电影短片中见到的地方，然后再去吃午饭。有一些刻着希伯来语和德语铭文的匾牌，不知道下面是不是就是万人坑。

有一些开着门的火化室，我知道什么东西曾经进去过。我在杂志和书本里见过照片，但照片归照片，这些却是真的火化室，只要愿意，就可以触摸它们。我不知道自己想不想去触摸。但如果我走了、再也不回这个地方来洗衣服，我会对自己说：你原本可以在达豪触摸火化室的，但却没有。你会对孩子和孙子们说些什么呢？我什么也不会说，但那又有什么好处呢？我孤独一人，对自己说：为什么在达豪时你不去摸一下火化室呢？

因此，我越过匾牌，摸了摸火化室，不知道在犹太死者面前念天主教祷文是否合适。如果我被英国人杀了，会不会介意拉帕波特那样的人触摸我的墓碑、用希伯来语祈祷呢？不，我不会介意的。神甫告诉过我：上帝会听到所有为他人着想、不为自己而作的祈祷。

但是，我不能像往常那样说三声万福马利亚，因为提到了上帝，而他最近不怎么帮助犹太人。我不知道是不是可以说天父触摸了火化室的门，这似乎是无害的。我想说的就是，希望犹太死者能理解我的愚昧无知。

韦伯在食堂门口叫我：迈考特，迈考特，他们要关门了，想吃午饭的话，就滚进来吧。

我端着装有一碗匈牙利红烩牛肉和面包的托盘，来到巴克和韦伯坐着的靠窗的桌子旁，但是往外看时，看到了火化室。我没了吃匈牙利红烩牛肉的心情，这是我平生第一次将食物推开。如果他们在利默里克看到我推开食物，一定会说我疯了。但大门敞开的火化室瞪着你，想着那些被焚化的人们，尤其是婴儿，又让人怎么能坐在那儿吃匈牙利红烩牛肉呢？报纸上展示母亲和婴儿死在一起的照片时，总是展示棺材里婴儿躺在母亲怀里的样子。他们长眠在一起，给人安慰。但是达豪或其他集中营的照片从来没有展示过。照片里的那些孩子像狗一样被扔在一边，即使被埋葬，也远离母亲的怀抱，独自长眠。现在坐在这儿，我知道退伍后如果有人给我匈牙利红烩牛肉，我就会想到达豪的火化室，就会说：不，谢谢。

我问巴克，匾牌下面是否有万人坑。他说如果每个人都是被焚化的，万人坑就没有必要了。这就是他们在达豪干的事，那些狗娘养的。

韦伯说：嘿，巴克，我不知道你是犹太人。

不是，浑蛋。你得是犹太人才会有人性吗？

巴克说拉帕波特一定饿了，应该给他带块三明治。但韦伯说，这是他听到的最荒谬的事，匈牙利红烩牛肉怎么能做出三明治来呢？巴克说可以用任何东西做三明治，如果韦伯不是那么笨，会明白的。韦伯向他伸出中指，说：去你妈的。执勤军士不得不阻止巴克打他，叫我们都滚出去。这个地方关门了，除非我们愿意留下来拖地板。

巴克上了卡车的驾驶室。韦伯和我在后座打了会儿瞌睡，直到寝具洗完。我们将寝具装上车，拉帕波特正坐在大门旁看星条旗。我想跟他谈谈火化室和这个地方的坏处，但他依旧面色苍白，神情冷漠。

离伦格里斯还有一半路程的时候，巴克驶离了主路，沿一条小路来到某个营地，一个到处是简陋木屋、披屋、旧帐篷的地方。小孩子们光着脚在寒冷的春日里跑来跑去，大人们围着篝火坐在地上。巴克从驾驶室跳下来，叫我们拿出咖啡和香烟。拉帕波特想知道为什么。

做爱，孩子，做爱。他们不会告发的。

韦伯说：来吧，来吧，他们只是被迫流落异国的人。

难民们跑了过来，男人和女人，但我能看到的只有女孩。她们微笑着，使劲抢咖啡罐和香烟。巴克喊道：抓住了，别让她们拿走你的东西。韦伯和一个三十五岁左右的老女人进了一间简陋木屋。我四处找拉帕波特。他还在卡车上，脸色苍白地看着这边。巴克冲着一个女孩做了个手势，对我说：好了，这就是你的宝贝，迈克。给她香烟，留着咖啡，看好你的钱包。

女孩穿着条印着粉花的破裙子，身上没什么肉，很难看出多大年龄。她牵着我的手来到一间小屋，躺在地上的一堆破布上。我迫不及待，很快就脱了裤子。因为靴子的原因，裤子脱到小腿那儿就再也脱不下去了。她身体冰冷，但里面很热。我很兴奋，一分钟内就完事了。她滚到一边，走到放在角落里的一个便桶旁，蹲下。那让我想起了在利默里克的日子，那时候，我们也在角落里放一个便桶。她从便桶上站起来，穿上裙子，伸出手。

烟？

我不知道应该给她多少。为了那一分钟的兴奋应该给她整条烟呢，还是一包二十根？

她又说了一遍：烟。我看了看角落里的便桶，给了她一整条。

但是，她不满意。咖啡？

我对她说：不，不，没有咖啡。但她扑到我身上，拉开我的拉链。我是那么兴奋，和她又躺倒在破布上。冲着那么多的香烟和咖啡，她第一次笑了。看到她的牙齿，我明白了她为什么不笑。

巴克回到卡车驾驶室，没和拉帕波特说一句话。我也什么都没说，正在为自己的行为感到羞愧，努力对自己说：我不羞愧。我为自己的所得付了钱，甚至给了那女孩咖啡。为什么应该在拉帕波特面前感到羞愧？因为他尊重难民，拒绝占他们便宜。但如果真是那样，他为什么不把自己的香烟和咖啡给他们，以表尊重和哀伤呢？

韦伯不关心拉帕波特。他一路讲着那屁股是多么大，他的付出又是多么少。他只给了那女人五包烟，留着剩下的咖啡，足够在伦格里斯做爱一个星期。

拉帕波特说他是个笨蛋，于是两人互相咒骂，拉帕波特跳到韦伯身上。他们打得鼻子直流血，在寝具上翻滚，直到巴克停车叫他们住手。而我担心血可能会沾到C连的寝具上。

16

达豪洗衣房事件的第二天，我的脖子肿了起来。医生叫我打个包裹，要把我送回慕尼黑。我得了流行性腮腺炎。他问我是否接触过孩子，因为孩子是流行性腮腺炎的来源。如果成年人得了这种病，他这一支就终结了。

明白我说的话了吗，士兵？

不明白，长官。

那意味着你可能永远不会有自己的孩子了。

我被送上一辆吉普车。司机约翰·卡尔霍恩下士告诉我，流行性腮腺炎是上帝对与德国女人私通的惩罚。我应该把这看成是一个预兆。他停下吉普车，叫我趁尚未为时太晚，和他一起跪在马路边祈求上帝宽恕，我不得不听他的话，因为他的肩章上有两条杠。他嘴角冒着白沫，根据我小时候在利默里克的生活经验，那是精神错乱的明显征兆。如果不和约翰·卡尔霍恩一起跪下，他可能会为了上帝而变得狂暴。他将双臂伸向空中，赞扬上帝及时赐予我流行性腮腺炎这个礼物，让我迷途知返，同时还拯救了我的灵魂，希望上帝能继续赐予那些暗示我罪恶行为的礼物：水痘、牙痛、麻疹、严重的头痛和肺炎，如果有必要的话。他知道自己被选中开车送我和我的流行性腮腺炎一起去慕尼黑，一定不是巧合。他知道朝鲜战争爆发了，于是应征入伍，被送到德国来拯救我和其他私通者的灵魂。他感谢上帝给予他特权，只要上帝愿意，他保证会在慕尼黑军队医院的流行性腮腺炎病房里守护列兵迈考特的灵魂。他对上帝说他很高兴被拯救，很开心，哦，很开心，真的。快要开到河边的时候，他唱了首歌，砰砰敲着方向盘，开得那么快，我担心流行性腮腺炎被治愈之前，我就会死在河沟里。

他领着我沿医院大厅向前走，唱着圣歌，告诉世界我被拯救了。上帝已经给了个预兆，是的，千真万确。那就是流行性腮腺炎，而我已经作好了忏悔的准备。赞美上帝吧。他对急救卫生员——一名军士说，得给我一本《圣经》和祈祷的时间。军士叫他滚蛋。卡尔霍恩下士为此祈神保佑他，衷心地祈神保佑他。他保证为这位明显站在魔鬼一边的军士祈祷。他跟那位军士说他已经堕落了，但如果能马上跪下接受耶稣基督，就会明白穿越所有领悟的宁静。他的嘴里冒出了很多的白沫，下巴一片雪白。

那名军士从桌子后面走了出来，将卡尔霍恩下士从医院大厅推到前门。卡尔霍恩对他说：忏悔，军士，忏悔。我们暂停一下，兄弟，为这位上帝触摸过，用流行性腮腺炎触摸过的爱尔兰人祈祷。哦，让我们到河边会合。

那名军士将他推入慕尼黑的夜色中时，他还在请求，还在祈祷。

一名德国护理员对我说，他叫汉斯。他把我带到一个六床位的病房。然后，他们发给我医院的病号服和两个鼓鼓囊囊的冰袋。当他对我说“这个敷你的脖子,这个敷你的睾丸”时,床上的四个人不停地说：这个敷你的脖子，这个敷你的睾丸。他笑了笑，将一个冰袋放到我的脖子上，另一个放到我胯下。另外那些人把冰袋朝他用力扔去，想再要点冰块。汉斯，你接东西的技术那么棒，都可以打棒球了。

一个躺在屋角床上的人抽泣着，没有扔冰袋。汉斯走到他床边。迪米诺，你想要冰块吗?

不，我不想要冰块。做什么用呢？

哦，迪米诺。

哦，迪米诺，哦你个头。他妈的德国佬，看看你们对我干了什么？他妈的流行性腮腺炎！我永远不会有孩子了。

哦，你会有孩子的，迪米诺。

你怎么知道？我老婆以为我是个同性恋。

哦，迪米诺，你不是同性恋。汉斯对着其他人说：迪米诺是同性恋吗？

是的，是的，他是同性恋。你是同性恋，迪米诺。迪米诺面冲着墙，呜咽着。

汉斯碰了碰他的肩膀。他们不是故意的，迪米诺。

可那些人不停地说：我们是故意的，我们是故意的。你是同性恋，迪米诺。我们有鼓起的睾丸，你有鼓起的睾丸，但你是个爱哭的同性恋。

他们不停地说着，直到汉斯再次拍拍迪米诺的肩膀，递给他冰袋，对他说：这样，迪米诺，让你的睾丸保持低温，你就会有很多孩子的。

我会吗，汉斯？我会吗？

哦，你会的，迪米诺。

谢谢，汉斯。你是个不错的德国佬。

谢谢，迪米诺。

汉斯，你是同性恋吗？

是的，迪米诺。

这就是你喜欢把冰袋放到我们的睾丸上的原因吧？

不，迪米诺，这是我的工作。

我不介意你是个同性恋，汉斯。

谢谢你，迪米诺。

不客气，汉斯。

另一名护理员推着一车书来到病房，我享受了一次阅读的盛宴。

现在，我可以看完那本从爱尔兰到美国的船上就开始看的陀思妥耶夫斯基的《罪与罚》。我更想看 F. 斯科特·菲茨杰拉德或 P.G. 沃德豪斯[1]写的书，但陀思妥耶夫斯基写的拉斯柯尔尼科夫和那个老妇人的故事一直萦绕在我脑海。利默里克的菲奴肯太太坐在椅子上死去的时候，我偷了她的钱。这个故事让我再一次感到内疚：是不是应该找一名随军神甫忏悔自己那可怕的罪行？

不。也许可以在一间普通的教堂忏悔室，在黑暗中忏悔，但决不能大白天在这儿，在患上流行性腮腺炎、床边围着布帘子、被神甫看着的情况下忏悔；决不能告诉他菲奴肯太太如何计划将她的钱留给为她的灵魂做弥撒的神甫，还有我是如何偷了其中一部分的；也决不能对他讲我在难民营里和那个女孩犯下的罪孽，甚至现在想起她的时候，我还会很兴奋，在毯子下手淫。这样，我犯下了一个又一个罪孽。如果现在向神甫忏悔，我就会被彻底逐出教会，所以唯一的希望就是被卡车撞到或者被高空坠物击中，那会让我在临死之前用一秒钟做一次完美的忏悔祷告，也就不需要什么神甫了。

有时候，我认为自己是世界上最好的天主教徒，如果他们取消神甫的话。让我在床上和上帝交谈吧。

① P.G. 沃德豪斯（1881－1975），英国小说家。

17

住院后，发生了两件好事情。因为在提交给养报告时显示出的超强的打字能力，我被提升为下士。奖励是到爱尔兰休假两个星期，如果我愿意。几个星期前，母亲写信说，能拥有一间简斯伯罗的新建公屋，她是多么幸运，有几个英镑来买家具是多么令人开心。她将有一间带浴缸、洗脸池、马桶和冷热水的浴室，一个带煤气灶和洗手池的厨房和一间带壁炉的起居室，她可以坐在那儿烤烤小腿，看看报纸或者读个不错的浪漫故事。屋子前面有个花园，种些小花小草；屋后也有个花园，种着各种各样的蔬菜。有了这些奢侈品，她会认不得自己的。

在开往法兰克福的列车上，我一路都在梦想新房子，以及它带给母亲和弟弟们（迈克尔和阿非）的舒适生活。你可能认为，在利默里克度过那些悲惨日子之后，我甚至不想再回爱尔兰。但当飞机靠近海岸，云层在田野上空飘移，看到这片神秘的绿色大地，我忍不住热泪盈眶。他们看着我，没有问我为什么哭泣，这是件好事。我无法告诉他们，无法描述那份涌上心头的对爱尔兰的情感。言语无法描述，我从来不知道自己会有这样的情感，这是一件很奇怪的事，或许那些难以找出的词汇出现在莎士比亚、塞缪尔·约翰逊或陀思妥耶夫斯基的作品中，但我没有注意到。

母亲在火车站迎接我，穿着鲜艳的新套裙和锃亮的黑皮鞋，微笑着，露出白色的新牙。我弟弟阿非站在她身边。他快十四岁了，穿着一件一定是去年坚信礼[①]上穿过的灰色西服。看得出，他为我自豪，特别是我那下士的军阶。他想拎起我的行李袋，但试了试太重了。我不能让他在地上拖着走，那里面有我为母亲买的布谷鸟自鸣钟和德累斯顿细瓷器。

我为自己感到骄傲，明白人们都在看着身穿美国陆军军装的我。他们不是每天都能看到一个美军下士在利默里克火车站下火车的。我迫不及待地想在街上转转，知道女孩们会小声说：那是谁？他很棒吧？她们也许会认为我在战场上有过肉搏战，受了重伤才回来休息，而我太勇敢了，不想展示自己的伤痕。

离开车站，走在大街上时，我发现方向不对。我们应该去简斯伯罗，去往新家，却从人民公园旁边走过，那是我们第一次从美国回来时走过的路。我想知道为什么我们要去小巴林顿街的外婆家。母亲说：嗯，新房还没有电和煤气。

为什么没有？

嗯，我不想麻烦。

为什么你不想麻烦？

哦，我不知道。

那让我很生气。我以为她会很高兴离开小巴林顿街那个贫民窟，搬到那可以种花、在面向花园的新厨房里泡茶的新家；以为她向往铺着干净床单、没有跳蚤的新床和浴室，但是，不。她继续待在贫民窟，而我不明白为什么。她说搬家、离开她的弟弟我的舅舅帕特是很困难的。舅舅帕特身体不好，走起路来一瘸一拐，还在利默里克卖报纸，但是，上帝帮助他，他有点无依无靠。我们境况不佳的时候，难道他

①一种基督教仪式。根据教义，孩子在一个月时受洗礼，十三岁时受坚信礼。

没有让我们待在那房子里吗？我对她说，我不管，我不会回到那条小巷里的那座房子。我会住在国民酒店，直到她给简斯伯罗的新房通上电和煤气。我把行李袋抬到肩膀上离开的时候，她在我身后抽泣：哦，弗兰克，弗兰克，就一个晚上，在我母亲家住最后一个晚上，那不会要了你的命的，就一个晚上。

我停了下来，转过身，冲着她吼道：我不想在你母亲家住一个晚上。如果你想像猪一样生活，给你寄养家费又有什么用呢？

她哭了起来，向我伸出双臂。阿非眼睛瞪得大大的，但我不管。我在国民酒店登记入住，将行李袋扔到床上，不明白自己怎么会有这么傻的母亲。她竟然愿意待在贫民窟里。我穿着美国陆军军装、戴着新的下士军阶坐在床上，不知道是应该怒气冲冲地待在这儿呢，还是应该到街上转转，让世界羡慕我。我看了看窗外的泰特钟、多明我会教堂、抒情诗电影院。电影院的那一边，小男孩们等在顶层楼座的入口。我曾花两便士去过那儿。男孩们衣衫褴褛，吵吵嚷嚷。如果我在窗边待久一点，就可以回忆起自己在利默里克的日子。仅仅十年前，那时我十二岁，爱上了屏幕上的海地·拉玛[①] 和查尔斯·博耶[②]。在电影《阿尔及尔》里，查尔斯说：跟我去卡斯巴[③]。有好几个星期，我无论走到哪儿都说那句话，直到母亲请求我停下来。她自己也喜欢查尔斯·博耶，但更愿意听他本人说这句话。她也喜欢詹姆斯·梅森[④]。小巷里的女人们都喜欢詹姆斯·梅森。他是那么帅，又是那么危险。她们一直认为自己喜欢他危险的那一面。当然，一个不危险的男人根本就不是男人。梅尔达·莱昂斯对凯瑟琳·奥康纳商店里的女人们说，她为詹姆斯·梅森而疯狂。她说，上帝啊，如果我见到他，就会

①海地·拉玛（1913－2000），好莱坞著名演员。

②查尔斯·博耶（1899－1978），生于法国，20世纪30年代在欧洲和好莱坞成名。

③阿尔及利亚首都阿尔及尔的旧城区。

④詹姆斯·梅森（1909－1984），英国演员。

在一分钟内把他扒得像个鸡蛋似的精光，她们都笑了。我母亲笑得比任何人都要开心。我不知道她会不会正在那儿对梅尔达和那些女人们说，她儿子弗兰克如何下了火车却不愿回家过夜；不知道那些女人们会不会回家说：弗兰基·迈考特穿着美国制服回来了，可对他那住在小巷里的可怜母亲盛气凌人，我们应该知道，他和他父亲一样古怪。

最后一次到外婆家确实不会要了我的命。我相信迈克尔和阿非一定会向全世界吹嘘我要回来了。如果我没有身穿戴着下士军阶的军装在小巷闲逛，他们会很伤心。

我一走下国民酒店的台阶，抒情诗电影院门口的男孩们就隔着佩里广场喊道：嘿，美国兵，喂，你有口香糖吗？你的口袋里有多余的先令或一块糖吗？

他们像美国人那样发“糖”这个词的音，笑得东倒西歪，撞到墙上。

一个男孩手插在口袋里，站在广场边。我看见他有两只结满痂的红眼睛，脸上长满丘疹，脑袋剃得精光。我很难承认自己十年前就是这个样子。他隔着广场喊道，嘿，美国兵，转过身让我们看看你的大屁股。我真想在他那骨瘦如柴的屁股上好好踹上一脚。你以为即使我现在只是一个幻想着要回自己的狗的给养事务员，这身拯救世界的制服也还是该得到尊敬；你以为那结满痂的眼睛会注意到我的下士军阶，而显露出那么点尊敬，但是没有。在小巷里长大，事情就是这样。即使很在意，你也得假装不在意。

可是，我还是想走过广场，来到那结满痂的眼睛身边，跟他握握手，说他简直和我像他那么大时一模一样，但我没有站在抒情诗电影院外戏弄美国佬的大屁股。我努力说服自己，我是那样的，直到脑海里的另一半对我说，我和结满痂的眼睛没什么不同，也像他那样戏弄过美国佬、英国人或者任何一个穿西服或上衣口袋里插根自来水笔骑一辆新自行车到处转悠的人。我也曾冲上等房屋的窗户扔石头，一会儿大笑一会儿狂怒地跑开。

我现在只能沿着墙角离开，这样结满痂的眼睛和男孩们就不会看见我的屁股，就不会有攻击我的弹药了。

我脑子一片糊涂，乌云密布，直到另一个主意出现：像电影里的美国大兵那样回到男孩那里，从口袋里掏出零钱给他们。那不会要了你的命。

他们看见我过来了，看着我，像是要跑的样子，但没有一个人想当懦夫第一个跑掉。当我发给他们零钱的时候，他们只是说“哦，天哪”，用不同的神情看着我，我很开心。结满痂的眼睛拿了他自己的那一份，什么也没说，直到我离开，在我身后喊道：嘿，先生，真的，你根本没什么屁股。

那比任何事都让我开心。

一拐过巴林顿街，沿着山坡走向小巷，我就听到人们说：哦，天哪，那是穿着美国制服的弗兰基·迈考特。凯瑟琳·奥康纳在她的商店门口，笑着给了我一块克利夫太妃糖。真的，你不是一直喜欢这种糖吗，弗兰基？即使它毁了利默里克的牙齿。她的侄女也在。那女孩曾用刀打开一袋土豆，刀滑了开去，刺到脸上，刺瞎了她的一只眼睛。她也在为克利夫太妃糖大笑，可我不明白，没有了一只眼睛，她怎么还能笑？

凯瑟琳冲着小巷角落里的一个胖女人喊道：他来了，帕特森夫人，一个普通的电影明星。帕特森夫人双手捧着我的脸说：我为你可怜的母亲高兴，弗兰基。她的生活太糟了。

还有在海战中失去丈夫、现在和怀特先生同居的墨菲夫人，对此小巷里的人毫不震惊。她笑着对我说：你是个电影明星，真的，弗兰基。你可怜的眼睛怎么了？当然，它们看上去很棒。

整条小巷里的人全都出来了。他们站在门口，对我说，我看上去很棒。甚至珀赛尔夫人也这么说，可她是个盲人。我明白，如果她能看见，也会这么说。我走到她跟前，她伸出双臂对我说：到这儿来，弗兰基·迈考特，看在那段我们一起用收音机听莎士比亚和肖恩·奥凯西[1]的日子的分上，给我一个拥抱吧。

她抱着我，说：啊哟，上帝啊，你身上没有肉。在美国军队里，他们不给你东西吃吗？但不管怎样，你闻起来很棒。他们总是闻起来很棒，那些美国佬。

我不敢去看珀赛尔夫人，不敢去看她那几乎一动不动贴在凹陷的眼窝上的纤弱眼睑。我不敢回忆她让我坐在厨房收听收音机里的话剧和故事，还有她总会给我的那一大杯茶和一大片果酱面包。我不敢，因为小巷里的人都满心欢喜地站在门口。我为自己丢下母亲到国民酒店的床上生气而羞愧。她如何向邻居们解释她到车站接我，而我却不回家呢？我真想快走几步到母亲身边，对她说我是多么内疚，但我一句话也说不出，我担心自己泪流满面。她却说：哦，你的眼睛快赶上尿泡了。

我知道她这么说是为了博大家一笑，同时收回自己的眼泪，这样我们就不会害羞，不会为流泪而羞愧。现在她只能说任何一个利默里克母亲都会说的话：你一定饿坏了，你想喝杯好茶吗？

我舅舅帕特坐在厨房里抬头看我时，我看到了红眼睛和黄眼屎。这让我感到很恶心，让我想起了抒情诗电影院边上那个眼睛结满痂的孩子，也想起了自己。

帕特舅舅是母亲的弟弟。作为一个经常光顾地下酒吧的人，他对利默里克了如指掌。有些人叫他修道院院长，可是没人知道为什么。他说：你从那儿弄来的制服不错啊，弗兰基。你的大枪在哪儿呢？他笑了笑，露出牙龈里黄色的残牙，一头黑灰色的头发，没有洗，都粘在头上了，脸上的皱纹里夹着灰土。他的衣服也油渍斑斑，闪闪发亮。我不明白母亲怎么能和他一起生活，却不把他弄干净。我想起了他很固执，不愿意洗澡，整天整夜地穿同一件衣服，直到衣服从身上掉下来。

①肖恩·奥凯西（1880－1964），爱尔兰剧作家，以描写都柏林贫民窟生活的现实主义剧作而闻名。

母亲有一次找不到肥皂，问他是不是见过，他说：不要为了块肥皂责怪我。我没有看见肥皂，我一星期都没洗澡。他这么说，好像大家都应该羡慕他。我真想在后院扒光他的衣服，用热水冲洗他，直到灰土离开他脸上的皱纹，脓从他眼睛里跑掉。

妈妈泡了茶。我很高兴看到她现在有像样的茶杯和茶托，不再像以前那样用果酱罐喝茶。修道院院长拒绝用新茶杯。我想用我自己的大杯子，他说。母亲和他吵起来，说这个大杯子的裂缝里都是土，可能潜藏着各种各样的病菌，是个让人丢脸的东西。我不在乎，他说，那是我母亲的大杯子，她留给我的。如果你知道他小时候曾经头朝下掉下来，就不会和他争辩了。他站起来，一瘸一拐地走向后院的厕所。这时，妈妈说她用尽法子让他搬离这房子，去和她一起住上一段时间。但是，他不会走的，不会离开他母亲的房子、很久以前留给他的大杯子、布拉格圣婴小雕像和卧室上方那幅巨大的耶稣圣心图。不，他不会离开这些东西。无论如何，母亲还要照看迈克尔和阿非。阿非还在上学，可怜的迈克尔在萨沃伊餐厅刷盘子。上帝帮助他们。

喝完茶，我和阿非一起沿着奥康纳大街散步。这样每个人都会看见我，都会羡慕我。迈克尔下班后从街道那一头走过来，我心里一阵刺痛。他黑色的头发垂到眼睛上；身子就像个骨头袋；刷了一天的盘子，衣服油腻腻的，和修道院院长的衣服一样。他腼腆地笑了笑，说：上帝，你看上去很精神，弗兰基。我冲他笑笑，不知道该说什么，为他那样子感到羞愧。如果母亲在，我一定会冲她怒吼，问她为什么迈克尔是这个样子。为什么她不给他买体面的衣服，或者为什么萨沃伊餐厅不给他围裙而让他沾上油渍？为什么他在十四岁时就不得不离开学校去刷盘子？如果他来自恩尼斯路或者北环路，现在一定正在学校玩橄榄球，放假时去基尔奇①。我不知道回到利默里克有什么用。这里的孩子

①爱尔兰西部的海滨小镇，著名度假胜地。

依旧光着脚到处跑，用结满痂的眼睛看世界。在这里，我弟弟迈克尔不得不刷盘子，而我母亲却不急于搬到一间体面的房子里。这不是我期望的利默里克。它让我那么伤心，我甚至希望自己回到德国，回到伦格里斯喝啤酒。

总有一天，我会带他们离开这儿到纽约去：母亲、迈克尔、阿非。马拉奇已经在纽约工作，准备加入空军，这样就不会被陆军征召，派到朝鲜。我不想让阿非像我们那样在十四岁时就离开学校。至少，他上的是天主教平信徒社团[①]学校，而不像我们上的是利米那样的公立学校。总有一天，他能上中学，就会知道拉丁语和其他重要的事情。现在，他至少有衣服、鞋子和食物，不需要为自己感到羞愧。他是多么结实，不像迈克尔那样像个骨头袋。

我们转过身，沿着奥康纳大街往回走。我知道人们都在羡慕穿着美国大兵制服的我。有人喊道：天哪，是你吗，弗兰基·迈考特？全世界都知道我不是个真正的美国大兵，只是个来自利默里克偏僻小巷、穿着带有下士军阶的美国制服的人。

母亲满脸微笑着沿街走来。新房子明天就会有电和煤气，我们可以搬进去了。阿吉姨妈捎来话说，听说我回来了，想叫我们过去喝茶。她正等着我们呢。

阿吉姨妈也是满脸微笑，这和以前不同。那时她的脸上只有痛苦，因为没有自己的孩子。现在即使有痛苦，也只是因为我用第一份工作挣来的钱买了身体面衣服。她不停地问我要不要再来点茶、火腿或奶酪，那副样子好像我的制服和下士军阶给她留下了深刻印象。她对迈克尔和阿非可没那么大方，任由我母亲来判断他们是否吃好喝好。他们太害羞或者害怕了，不会开口要，他们知道她因为没有自己的孩子而脾气暴躁。

①隶属于罗马天主教会的一个全球宗教机构，主要致力于福音传道和贫民教育。

她的丈夫，帕·基廷姨父，根本没有坐在桌旁，而是远远地坐在煤灶边上，手里拿着一大杯茶不停地抽烟咳嗽，咳得浑身无力。他用手抓住自己，笑着说：这该死的苦差事最终会要了我的命。

母亲说：你应该戒掉，帕。他说：如果我这么做，安琪拉，又该拿自己怎么办呢？我能端着茶坐在这儿一直盯着火炉看吗？

她说：那会要了你的命，帕。

如果真是这样，安琪拉，我才不在乎呢。

这就是我一直喜爱帕姨父的地方：对任何事都不在乎。如果我能像他那样，就自由了。但我不想要他那个被一战中的德国毒气、利默里克煤气厂常年的工作，以及现在火炉旁的苦差事毁掉了的肺。他这么个讲真话的人坐在那儿自杀，我感到很伤心。他在我准备攒钱去美国的时候告诉我，不要被人发现参加邮局的考试。永远都无法想象帕姨父会撒谎，那会要了他的命，比毒气或苦差事还厉害。

他在煤气厂铲焦炭和煤，浑身上下漆黑一片，瘦得皮包骨头。他从炉火旁抬起头来，白眼仁在蓝色背景中散发着令人眩晕的光芒。当他抬起头来看着我们，可以发现，他对我弟弟迈克尔有种特殊的喜爱。我希望他对我也有同样的喜爱，但是没有。他在很久以前给我买了第一杯酒并对我讲真话，就已经足够了。我真想告诉他我对他的感受。不，我害怕有人会笑。

在阿吉姨妈那儿喝完茶，我想回国民酒店，但害怕母亲的眼睛里又会流露出受伤的神情。现在，我得跟迈克尔和阿非一起在外婆的床上凑合着睡，跳蚤会让我抓狂。自从离开利默里克，我的生活中就没有跳蚤了。既然我是个身上有点肉的美国大兵，就一定会被活活吃了。

妈妈说：不会的。有一种叫滴滴涕的杀虫剂可以杀死一切，她已经在房子里洒遍了。我告诉她在迪克斯要塞，小型飞机从我们头顶飞过就喷洒这种东西，这样我们就可以免受蚊子的折磨。

跟迈克尔和阿非一起睡，床还是很挤。修道院院长在屋子那边的床上咕哝着，吃着纸包里的鱼和薯片。他一直都这样吃东西。听着他发出的声音，想着自己过去舔包鱼和薯片的报纸上的油的日子，我无法入睡。我躺在旧床上，制服挂在椅背上。利默里克什么也没变，但滴滴涕把跳蚤赶跑了。想到孩子们现在可以伴着滴滴涕入睡，没有跳蚤的折磨，还是挺令人欣慰。

第二天，母亲试着最后一次劝说帕特舅舅，和我们一起搬到简斯伯罗去。他说，不，不。自从头朝下掉下来以后，他就一直这么说话。他不去，他要待在这儿。我们都走了以后，他要搬到大床上，那张我们睡了很多年的他母亲的床。他一直想要那张床，现在如愿以偿了。他可以每天早上用他母亲的大杯子喝茶。

母亲看了看他，又哭了。这让我很不耐烦，希望她拿起自己的东西离开。如果修道院院长愿意那么傻那么固执，就别管他了。她说：你不明白有这么一个弟弟是什么样。你很幸运，你的弟弟们都健全。

健全？她在说些什么呀？

你很幸运拥有通情达理、完全健康，而且从来没有头朝下掉下来的弟弟。

她又哭了，问修道院院长想不想要杯茶。他说：不。

不想到新房里去，不想在新浴缸里美美地洗个热水澡吗？

不。

哦，帕特，哦，帕特，哦，帕特。

她泪流满面，如此无助，颓然坐下。他一动不动，只是用沾满眼屎的眼睛盯着她看，一言不发地盯着她，伸手去拿他母亲的大杯子。他说：我得到了我母亲的大杯子和你们这些年不让我睡的我母亲的床。

阿非走到妈妈跟前，问她，我们能不能到新房去。他只有十一岁，很兴奋。迈克尔已经去萨沃伊餐厅刷盘子了，干完活后就可以到有冷热自来水的新家，平生第一次洗个淋浴。

妈妈擦干眼泪，站起身。帕特，你肯定不去吗？如果愿意，你可以带着这大杯子，但是我们不能带这张床。

不。

一切到此结束。她说：我是在这房子里长大的，去美国时，沿着小巷离开，我没有回头看一眼。现在不同了。我已经四十四岁了，一切都不同了。

她穿上外套，站着看自己的弟弟。我已经厌烦了她的呻吟，想将她拖出这房子，就对阿非说：快点。我们走到门外，她只好跟着出来。每次受到伤害，她的脸就会变得越来越白，鼻子变得越来越尖。现在，她就是这副模样，不跟我说话，对待我的态度好像在说我不该给她寄养家费，不该让她过上体面的生活。我也不想跟她说话，很难同情一个想和仅仅是头朝下掉下来过的弟弟一起待在贫民窟里的人，即便那个人是你母亲。

在开往简斯伯罗的公共汽车上，她还是那个样子，到了新家门口，就开始在包里翻找。哦，天哪，她说，我一定忘带钥匙了。这表明她一直不想离开那老房子。在迪克斯要塞，邓菲下士曾经对我这么说过。他妻子也有忘带钥匙的习惯，你有了这个习惯，就意味着你不想回家，意味着你害怕自己的家门。现在，我不得不敲隔壁家的房门，看看他们是否愿意让我们绕到后面。如果后面有窗户开着，我可以爬进去。

我的心情糟透了，甚至没心情欣赏新房子。她就不一样了，一进到客厅，苍白的脸色、尖尖的鼻子就不见了。房子已经装修好了，至少她这么做了。现在，她说了每个利默里克的母亲都会说的话：嗯，我们不妨喝杯好茶。就像《朱诺和孔雀》里冲着朱诺大喊大叫的博伊尔船长那样：茶，茶，茶，如果有人要死了，你就给他灌杯茶。

18

在利默里克生活的那些年，我看见过人们到克鲁斯酒店或斯特拉舞厅去跳舞。现在，我自己也能去了。有了美军制服和下士军阶，和女孩在一起一点都不用害羞。如果她们问我是不是去过朝鲜，是不是受过伤，我就会微微一笑，做出不想谈论此事的样子。也许我会瘸瘸腿，这就是不能好好跳舞的绝好借口。当然，我是怎么也学不会跳舞的。不过那里至少会有一个对我的伤很敏感、带我到桌旁喝杯柠檬水或浓烈黑啤酒的好女孩。

但是，巴德·克兰西和他的乐队上台了。我一进来，他就认出了我，冲我做了个手势，叫我到他那儿去。你好吗，弗兰基？从战场上回来了，哈哈哈。你想让我们特别演奏一曲吗？

我叫他演奏《美国巡逻兵》。他对着麦克风说：女士们，先生们，这儿有一位从战场上回来的自己人，弗兰基·迈考特。大家都看着我，感觉就像在天堂一样。可他们看我的时间不长，《美国巡逻兵》的乐曲一开始，他们就在地板上旋转开来。我站在乐池旁，不明白他们怎么能不停跳舞，冷落一位美军下士呢？我从来没想到自己会被人这样冷落。现在，我只好请一个女孩跳舞，以挽回面子。女孩们排成行，坐在靠墙的座位上，喝着柠檬水，聊着天。当我请她们跳舞时，她们摇了摇头。不，谢谢。只有一个女孩说：好吧。当她站起来的时候，我发现她的一条腿瘸了。这让我陷入了窘境，不知道自己是不是不该继续装瘸，免得她认为我是在嘲笑她。我不能让她一整晚都站在那儿，只好带她走入舞池。现在，每个人都在看我，因为她瘸得很厉害，那条比左腿短的右腿每向前迈一步，她几乎都要失去平衡。当你不得不和一个瘸得厉害的人跳舞时，真不知道该怎么办。我现在明白假装在战争中瘸了腿是多么愚蠢。我往这边跳，她往那边跳，全世界都会嘲笑我们。更糟的是，我不知道该对她说些什么。如果有话可说，可以挽回任何局面，但是我害怕说话。我是该说"为你的瘸腿感到遗憾"，还是该说"你是怎么瘸的腿"呢？可是，她不给我说话的机会，而冲我吼道：你想整晚都站在那儿傻呆呆地看吗？我只能领她到舞池，巴德·克兰西的乐队正在演奏《查塔努加火车，你快送我回家》。巴德为什么要在这位严重腿瘸、无法将一条腿放到另一条前面的女孩面前演奏快节奏的曲子？为什么他不能演奏《月光小夜曲》或者《伤感旅程》呢？这样，我就可以用上在纽约从埃默那儿学到的几个舞步了。现在，那女孩问我是不是认为这是场葬礼。我注意到她说话带有平舌音，表明她来自利默里克的贫民区。快点儿，美国佬，扭起来，她说，然后退后一步，用她那条好腿飞快地旋转起来，快得就像个陀螺。另一对舞者和我们撞到一起，他们对她说：厉害，玛德琳，厉害。你今晚超水平发挥啊，玛德琳，比琴吉·罗杰斯[1] 跳得好多了。

靠墙而坐的女孩们大笑。我的脸像火烧一样。我向上帝祈祷，希望巴德·克兰西能演奏《清晨三点》，这样我就可以领玛德琳回到她的座位上，从此永远不再跳舞。但是，巴德开始演奏一首慢节奏的曲子《向阳的街道》。玛德琳直起身来靠着我，鼻子抵着我的胸膛，以沉重的步子一瘸一拐地推着我在舞池里转圈。她退后一步对我说，如果美

[1] 琴吉·罗杰斯（1911－1995），美国好莱坞20世纪30年代著名歌舞剧明星。

国佬就是这么跳舞，从今天起，她就会和利默里克知道怎么跳舞的男人跳舞。非常感谢你，真的。

靠墙而坐的女孩们笑得更开心了，甚至那些没人和他们跳舞、喝酒打发时间的男人们也在放声大笑。我知道自己最好离开，出了这么个大洋相，没有人会和我跳舞了。我十分绝望，为自己感到羞愧，甚至想让他们也感到羞愧。唯一的办法就是继续假装瘸腿，希望他们认为这是在战争中受的伤。但是，当我一瘸一拐地走向门口时，女孩们尖叫着，笑得歇斯底里。我一口气跑下楼梯，冲到了街上。我为自己而羞愧，真想跳到香农河里。

第二天，妈妈对我说，听说我昨晚去舞厅了，还和芒格雷特街的玛德琳·伯克跳舞。大家都在说：她那个样子，弗兰基·迈考特都和她跳舞，他真好。上帝帮助我们。他还穿着制服呢。

这不要紧。我不会再穿制服出去了，穿便服就不会有人想看我是不是有大屁股了。如果去舞厅，我会站在吧台旁，和那些在女孩们说“不”的时候假装不在乎的男人们一起喝酒。

休假还剩十天，可我却希望它是十分钟，这样我就可以回到伦格里斯，花一磅咖啡和一条香烟得到任何想要的东西。妈妈说我看上去闷闷不乐，但我无法解释在经历了艰难的童年生活和现在舞厅里的丢脸的事后，我对利默里克的这种奇怪的感觉。我不在乎自己是不是对玛德琳·伯克和她的瘸腿好，这不是我回利默里克的原因。在没看清她们的双腿是否一样长之前，我永远不会再和任何人跳舞。看看她们往厕所走去的样子，很容易能判断出她们的腿是否有问题。从长远角度看，和巴克、拉帕波特甚至韦伯一起送寝具到达豪容易多了。

但是，我不能对母亲讲这些。很难对任何人讲任何事，尤其是这些来来往往的事。你不得不适应纽约这种大地方，有人死在床上很多天，房间里发出奇怪的臭味才会引起别人注意。你来到军队，不得不习惯来自美国各地、各种肤色、各种身材的人。来到德国，看着街上和啤酒馆里的人，你也不得不习惯。他们看似普通，但你想凑到旁边桌子的那群人中，问：这儿有谁杀过犹太人吗？当然，在军队情况介绍会上，我们被告知要闭上嘴巴，要将德国人看作这场战争中的盟友，但是，纯粹出于好奇，你还是想问问或者看看他们脸上的表情。

这些事情中，最难的部分就是利默里克。四处走走，看着大家艳羡我的制服和下士军阶。如果不是在这儿长大的话，我一定很愿意这么做。但太多的人认识我，因为我曾在这儿送过电报，为伊森斯干过活儿。现在，我得到的就是：啊，上帝啊，弗兰基·迈考特，是你吗？你看上去真棒。你那可怜的眼睛怎么了？你那可怜的母亲怎么了？你从来没有这么棒过，弗兰基。

我可能会穿将军制服，但对他们而言，我就是弗兰基·迈考特，那个有一个受苦受难的可怜母亲、眼睛结满痂的送电报的男孩。

在利默里克，最好的事情就是跟阿非和迈克尔一起四处走走，尽管迈克尔通常忙于应付那个迷恋着他的女孩。女孩都迷恋一头黑发、蓝色眼睛、笑容腼腆的他。

哦，麦基·约翰，她们说，他很帅吧。

如果她们当着他的面这么说，他就会脸红，这让她们更爱他。母亲说他舞跳得很棒，她也是听人说的。《四月下雨的时候，他们与你不期而遇》这首歌，没人比他唱得更好。一天，正在吃饭的时候，收音机里传来艾尔·乔森[①]去世的消息，他哭着站起来走了。一个男孩不吃饭就走，是件很严肃的事情。这证明迈克尔是多么喜爱艾尔·乔森。

迈克尔这么有才，他应该到美国去。他会去的，我会让这变成现实。

有那么几天，我一个人穿着普通衣服上街。我看着那些曾经住过的地方，仿佛身处通往过去的隧道中，我很高兴能从隧道的另一端走

①艾尔·乔森（1886－1950），20世纪初百老汇著名黑人歌星。

出来。我站在自己曾经接受教育（好坏且不说）的利米学校外，旁边是圣文森特保罗协会，母亲曾经为了不让我们挨饿去过那里。我在街道上溜达，从一个教堂逛到另一个教堂，到处都是回忆：各种声音、唱诗班、圣歌、在忏悔过程中说教或窃窃私语的神甫。我看看利默里克每一条街上的大门，知道自己曾经给每一家送过电报。

我遇到了利米国立学校的老师。他们对我说，我是个不错的男孩，尽管他们忘了，当我记不起《教理问答》的正确答案或爱尔兰悲伤而悠久的历史上的日期和姓名，他们是如何用棍子和手杖狠揍我的。斯坎伦先生对我说，去美国没什么用，除非我能发迹。校长奥哈洛伦先生停下车询问我在美国的生活，提醒我记住希腊人说过的话：学无坦途。他说他会吃惊，如果我抛弃书本，成为一个世间商贩，在沾满油渍的钱箱里乱摸。然后，他带着罗斯福总统般的微笑，开车走了。

我遇到了我们本教堂——圣约瑟夫教堂和其他教堂的神甫。我可能曾到那里去忏悔过或者送过电报，但现在他们从我身边走过。你得有钱，才能得到神甫的一个点头，除非他是一名圣方济各会[①]修士。

我坐在寂静的教堂里，看着圣坛、布道坛、忏悔室，想知道自己参加了多少次弥撒，被多少次布道吓得魂不附体，在彻底放弃忏悔前有多少个神甫被我的罪孽吓到。我知道自己这样死定了，但我会向一个和蔼的神甫忏悔，如果能找到的话。有时候，我希望自己是一个新教徒或者犹太人，因为他们了解得并不多。当你拥有真实的信仰的时候，就没有什么借口了。你就被套住了。

我父亲的妹妹——艾米丽姑妈来了封信，说我的奶奶希望我能在去德国之前到北爱尔兰看看他们。我父亲和他们住在一起，在突姆[②]当一名农场工人。过了这么多年，他也想见见我。

①天主教托钵修会派别之一。

②北爱尔兰西北部的小村落。

我不介意到北爱尔兰看奶奶，但不知道该和父亲说什么。我已经二十二岁了，在慕尼黑和利默里克闲逛、看过街道上的孩子们之后，我知道自己永远也不会成为一名从他们身边一走了之的父亲。我十岁时，他就离开我们到英格兰工作，给我们寄钱。但正如母亲所说，在酒瓶和孩子之间，他选择了酒瓶。妈妈说我应该到北部去，因为奶奶身体很虚弱，可能等不到我下一次回来。她说有些事你只能做一次，最好这一次就做。

母亲和父亲带着四个小孩子从美国回来时，曾受到冷遇。经历了这些事以后，她能如此对待奶奶，真是令人吃惊。这世上她痛恨两件事：积怨和欠钱。

如果坐火车去北爱尔兰，我应该穿制服，这样能得到人们的赞赏。但我如果带着利默里克口音开口，人们就会转身走开或埋首于书报。我可以假装操美国口音。我试过这样和母亲说话，但她歇斯底里地大笑，说我听上去像溺水的爱德华·G·鲁宾逊[①]。

如果有人跟我说话，我就要么点头要么摇头，或者假装在战争中受了重伤，心里很难受。

一切都是空想。战争后期以来，爱尔兰人对美国士兵的来来往往已经习以为常。在前往都柏林和后来到贝尔法斯特的火车车厢里，我几乎成了个隐形人。没有任何好奇，也没有人问：你是从朝鲜回来的吗？那些中国人可怕吗？我甚至不想再假装瘸腿了。瘸腿就像一个谎言，你得牢记着要圆谎。

祖母说：啊，你穿上制服真是棒极了。

艾米丽姑妈说：啊，你是个大人了。

父亲说：啊，你来了。你母亲怎么样？

她很好。

---

①爱德华·G·鲁宾逊（1893－1973），美国电影演员，以扮演影片《小凯撒》中的强盗角色而闻名。

你的弟弟马拉奇和迈克尔……还有你的小弟弟，他叫什么来着？

阿非。

啊，是的，阿非。你的小弟弟阿非怎么样？

他们都很好。

他笑了笑，啊，又叹了口气，那就好。

他想知道我想不想喝酒。祖母说：好了，马拉奇，打住吧。

啊，我只是想警告他酒馆里有些坏人。

这就是在我十岁时离开我们，将挣的每一个便士都花在考文垂酒馆里的父亲。那时，德国飞机在四周扔炸弹，而他在利默里克的家人快要饿死了。现在，他脸上带着一种心满意足的优雅神情。我想他被人头朝下摔过，以及患有脑膜炎的故事没准儿是真的。

被人头朝下摔过或者患有脑膜炎也许是酗酒的借口，但德国炸弹不是借口。不管有没有炸弹，利默里克还是有人从考文垂寄钱回家。甚至有人和英国女人混在一起，可还是往家里寄钱，尽管钱的数目越来越少，到最后一分也没有了。她们那三四个流着鼻涕的英国小孩围着要香肠和土豆泥的时候，英国女人就不想让她们的爱尔兰男人供养家乡的那个家了。为此，她们的名声很臭。战争结束时，很多爱尔兰人陷在爱尔兰和英国的两个家之间不知如何选择，只能跳上开往加拿大或澳大利亚的轮船，从此杳无音讯。

我父亲不会那样做。如果他和母亲有七个孩子，那也只是因为她在床上尽了做妻子的责任。英国女人绝不那么简单，不会忍受一个仗着几杯酒的勇气就跳到她们身上的爱尔兰男人。这就意味着考文垂的街道上不会有四处乱跑的迈考特家的小杂种。

看着他浅浅的微笑，听着他回答“啊，是的”，我不知道该对他说些什么，我不知道自己是在和一个头脑清醒的人说话，还是和一个被人头朝下摔过或者患有脑膜炎的人说话。当他站起来，将手插到裤袋里，吹着《莉莉·玛莲》的旋律在屋子里走来走去的时候，我又怎么和他说话呢？艾米丽姑妈小声说道，他已经很长时间没有喝酒了，这不容易。我想对她说，对我母亲来说，养活我们更不容易，但我知道他得到了全家人的同情。毕竟，纠缠于过去又有什么用呢！她告诉我，我母亲和她表哥之间不光彩的事让他很痛苦；他们像夫妻一样生活在一起，这件事传回了北爱尔兰。我父亲在炸弹横飞的考文垂听说了，他那么伤心，整日整夜地待在酒馆里。从考文垂回来的男人们说，我父亲在空袭时冲到街上，冲着纳粹德国空军挥舞双臂，请求他们朝他那可怜的饱受折磨的头上扔颗炸弹。

奶奶点了点头，同意艾米丽姑妈的说法。啊，是的。我想提醒他们，我父亲早在到达利默里克之前就已经酗酒了，那时我们在布鲁克林区的酒馆里四处找他。我想对他们说，只要他寄钱，我们就可以待在自己的房子里，而不会被人赶出来，也不会被迫和妈妈的表哥住在一起。

但是奶奶的身体很虚弱，我得控制自己的情绪。我紧绷着脸，脑海里乌云密布。我只能站起来告诉她们，我父亲这些年来一直在喝酒：孩子出生时喝，孩子死了时喝，他喝酒是因为他已经喝上了酒。

她说，啊，弗兰西斯，又摇了摇头，好像不同意我的话，又好像在为我父亲辩护。这让我火冒三丈，都不知道该做些什么。我提起行李袋走下楼梯，出了屋子来到通往突姆的路上。艾米丽姑妈在篱笆旁喊：弗兰西斯，啊，弗兰西斯，回来，你奶奶想和你说话。但我没有停下脚步，尽管我很想回去。虽然父亲很坏，但至少我想了解他。奶奶只是做了一件任何一个母亲都会做的事：为她那个被人头朝下摔过或者患有脑膜炎的儿子辩护。或许我会回去，但一辆车停了下来。车上的人愿意送我到突姆的公共汽车站。一旦上了车，我就回不去了。

我没有心情说话，但得对那个人有礼貌，即使他说“一文不名的迈考特这家人不错，尽管他们是天主教徒”。

尽管他们是天主教徒。

我真想叫这个人停下，让我带着行李袋下车。但如果我那么做，就会停在通往突姆的半路上，忍不住走回奶奶的房子去。

我不能回去。在这个家里，过去是不会过去的。他们一定会再次谈论我母亲和她的大罪。我们之间一定会发生冲突，我又会拖着行李袋来到通往突姆的路上。

那个人让我下车。我说谢谢，不知道他是不是在七月十二日和其他新教徒一起敲鼓游行[①]，但他很面善。我不能无缘无故地想象他敲鼓。

前往贝尔法斯特的公共汽车上，还有从贝尔法斯特到都柏林的火车上，我一路都在想着回到也许再也见不着面了的奶奶身边，想看看自己能否越过父亲那浅浅的微笑和"啊，是的"那道坎。但是一旦上了前往利默里克的火车，我就回不去了。我的脑海里充斥着父亲、艾米丽姑妈和奶奶的形象，还有他们在七英亩毫无价值的农场里生活的悲惨情形。后来，我脑海里又出现了母亲在利默里克的情景：四十四岁，带着七个孩子，三个已经死了。正如她说，她想要的只是些许宁静、轻松和舒适。我又想到了迪克斯要塞的邓菲下士和伦格里斯的巴克的悲惨生活。他们两个在军队找到了家，因为不知道如何应付外面的世界。如果一路都这么想，我担心自己会流泪，会在这节车厢里蒙羞。车厢里的五个人呆呆地望着穿制服的我想：上帝啊，这个在角落里哭泣的美国佬是谁呀？我母亲会说，你的眼睛快赶上尿泡了。但车厢里的人可能会说：这就是在战场上进行肉搏战的家伙吗？

即使车厢里没有其他人，我也得控制情绪，因为一丁点眼泪里的盐分都会让我的眼睛更红。我不想带着两只雪地里的尿坑般的眼睛走下火车，走在利默里克的街道上。

母亲开了门，双手抓着胸前的衣服，说：上帝啊，我还以为你是

①每年六七月间是北爱尔兰宗教事件的多发期，占人口多数的新教徒在这一时期要举行传统的游行活动，以纪念新教胜利。7 月 12 日是游行高峰日。

个幽灵呢。你怎么那么快就回来了？是的，你不是昨天早上刚走吗？头天去，第二天就回来了？

我不能告诉她，我回来是因为他们在北爱尔兰如何评论她和她那可怕的罪孽；不能告诉她，他们如何因为父亲的遭遇，几乎将他当作圣人。我不能告诉她这些，我不想被过去折磨，也不想受困于北爱尔兰、南爱尔兰、突姆和利默里克。

我不得不撒谎，对她说父亲还在喝酒。她的脸色再次变得煞白，鼻子变得尖尖的。我问她为什么这么惊讶，他不是一直都这样吗？

她说，希望他或许已经戒酒了，这样我们就会有一个愿意与之交谈的父亲，即使他在北爱尔兰。她希望迈克尔和阿非去看看他们几乎不认识的父亲，不希望他们见到处于疯狂状态的他。他清醒的时候，是世界上最好的丈夫，最好的父亲，总会唱首歌，讲个故事，或对世界形势发表评论。那一切都让她开怀大笑。但一切都被酗酒毁了。恶魔来了，上帝帮助我们。没有他，孩子们会过得更好。现在，她自己有几英镑的收入，生活宁静、轻松和舒适，过得比以前好多了。现在最好的东西就是一杯好茶，去了趟北爱尔兰，我一定累坏了。

剩下的日子，我在利默里克能做的就是四处走走。我知道自己不得不踏上前往美国的路，在很长的一段时间内不会再回来了。我跪在圣约瑟夫教堂第一次忏悔的小屋子旁，走到圣坛栏杆前，看看主教在坚信礼上拍我脸颊、让我成为一名教会战士的地方。我闲逛着向前，来到了生活多年的罗登巷，不明白那些家庭怎么还能住在那儿共用一个厕所。唐尼斯的家只剩了个空骨架，这表明除了贫民窟，还是有其他可去的地方。唐尼斯先生从英格兰举家迁来，而这座宅子就是他辛苦工作、不将应该交给妻子和孩子的工钱用来喝酒挣来的。我希望自己有一个像唐尼斯先生那样的父亲，但是我没有，而抱怨是徒劳的。

19

在伦格里斯剩下的几个月里，除了看管给养室和从基地图书馆借书看以外，一天中大多数时间我都无所事事。

再也不用送寝具到达豪去了。拉帕波特对人说了我们去难民营的事，结果传到上尉耳中。我们被押送到他的办公室，因为辱没军人的行为受到训斥，还被关了两个星期禁闭。拉帕波特说很抱歉，他并不是想让某个浑蛋去告密，只是为难民营里的妇女感到难过。他对我说，我不应该和韦伯那种人来往，巴克还行，但韦伯就是个人渣。他说我应该集中精力接受教育，犹太人就是这样考虑的。他又怎么能知道有多少次我看着纽约的大学生，梦想着有朝一日能和他们一样呢？他说我退役的时候，能享受对驻朝美军的优待：可以上大学。但我甚至连高中文凭都没有，那又有什么用呢？他说我不应该光想着为什么有些事不能做，应该想一想为什么有些事我能做。

这就是拉帕波特的说话方式。我猜，犹太人就是这样。

我对他说，我得谋生，不能回到纽约上高中。

夜校，拉帕波特说。

那样我需要多长时间才能拿到高中文凭？

几年。

不行。连续好几年都白天上班晚上上学，我做不到。我会在一个月内死掉。

那你打算做什么呢？

我不知道。

所以呢？拉帕波特说。

我的眼睛红红的，满是眼屎。伯迪克军士叫我去医生那儿。军医想知道我上次治疗的情况。我告诉他纽约有位医生说我得了一种来自新几内亚的病。他说，那就是了，那就是你得的病了。士兵，去把你的头发剃掉，两星期后再来。在军队里，将头发剃掉不是多么糟糕的事，因为老得戴着帽子或钢盔，除非到酒吧去。伦格里斯的姑娘们会喊道：哦，爱尔兰人得了花柳病。如果你试着解释那不是花柳病，她们只会拍拍你的脸颊说：不论得不得花柳病，随时恭候。两星期过去了，我的眼睛没见起色。医生说我得回慕尼黑的军队医院观察一下，没有为他犯的大错而道歉，也没有为叫我剃头而道歉。那也许根本不是头皮屑或者来自新几内亚的什么东西。他说现在是危急时期，俄国人在边境集结，我们的部队得身体健康，不想为这个会感染整个欧洲司令部的新几内亚眼病冒险。

他们又把我送上吉普车，但这次司机是一名叫文尼·甘迪亚的古巴下士，患有哮喘，当兵前是个鼓手。让他在军队里待着真是不容易，他的音乐事业进展缓慢，需要挣钱寄给古巴的家人。在基础训练阶段，他们打算将他踢出军队，因为他的肩膀都是骨头，根本扛不了来复枪或点五〇口径的机枪枪管。他在一个箱子上看到一张高洁丝牌护垫的照片，突然灵光一闪。上帝啊，就是它了。他悄悄地将高洁丝牌护垫塞到衬衫下当垫肩，这样就作好了准备，可以迎接军队扔给他的任何东西了。我想起拉帕波特也是这么做的，不知道高洁丝公司知不知道他们正在帮助美军的战斗人员。在前往慕尼黑的路上，文尼用胳膊肘驾驶方向盘，这样就可以用鼓槌敲东西了。他喘着气唱了几段歌，还打着鼓点，蹦蹦哒咚蹦哒咚嘚咚蹦：先生，你怎么称呼它？你今晚做什么？他太兴奋了，哮喘发作，喘得太厉害，不得不将吉普车停下，打开人工呼吸器。他头靠方向盘歇着,抬起头来的时候,由于呼吸过度，脸上挂满了泪水。他对我说，我应该感激自己只是眼睛疼。他希望自己得的是眼睛疼而不是哮喘，这样就可以继续打鼓，不用停下来用该死的呼吸器呼吸。眼睛疼不会击倒一名鼓手，只要他能打鼓，他才不在乎自己是不是瞎了。如果不能打那该死的鼓，活着又有什么用呢？人们不会意识到没有得哮喘的好处。他们坐在一起无病呻吟，抱怨人生，一直能顺畅正常地呼吸、呼吸，还把这当成理所当然。让他们得一天的哮喘，只要一天，他们就会在余生为自己的每一次呼吸而感谢上帝。他说他一定要发明一种可以戴在头上的小玩意儿，某种类似头盔的东西，这样就可以在演出的时候呼吸，在舞台上像小孩子一样呼吸新鲜空气，敲着鼓唱着歌。操，那才是天堂呢。吉恩·克鲁帕[①]、巴迪·里奇[②]，他们就没得哮喘，幸运的家伙。他说，如果我退伍时眼睛还能看得见，就带我到第五十二大街——世界上最伟大的街道的酒吧去。如果我的眼睛看不见，他还是会带我去的。操，你不用看，听声音就可以，伙计。他喘着气，而我拿着根白色拐杖或者牵着条导盲犬，在第五十二大街上走来走去。那不是很有意思吗？我可以和那个盲人雷·查尔斯[③]坐在一起,交换交换意见。文尼大笑起来,使得哮喘又犯了。缓过气来的时候,他说哮喘是个坏东西,如果想到好玩的事儿,就会笑,而这会让人无法呼吸，也让他很恼火。人们笑着四处闲逛，觉得理所当然，从来不会想到得了哮喘去打鼓会是什么样，不能笑的时候会是什么样。人们只是不去想那些事。

①吉恩·克鲁帕（1909－1973），美国音乐人，著名爵士乐鼓手、作曲家。
②巴迪·里奇（1917－1987），美国音乐人，摇摆乐时代的重量级鼓手。
③雷·查尔斯（1930－2004），美国黑人盲歌手，被尊为“灵乐之父”。

慕尼黑的军医说，纽约和伦格里斯的医生都是笨蛋。他往我的眼睛里倒了些银白色的酸酸的东西，叫我不要哭哭啼啼，要像个男人。你不是唯一得这种传染病的单位，妈的。我应该庆幸自己不是在朝鲜屁股被打掉的单位，那些在德国的大屁股单位，有一半应该去作战。他叫我向上看，向下看，向右看，向左看，这样就可以让药水滴到眼睛的每一个角落。他想知道，他们怎么，他们怎么能让这样的两只眼睛来到这个男子汉的队伍里呢？他们派我到德国，真是件好事。如果上了战场，我需要一只导盲犬。我得在医院待几天，如果睁开双眼闭上嘴巴，我会是一个不错的单位。

我不知道他为什么不停地称呼我为一个单位，我怀疑眼科医生是不是有别于其他的医生。

在医院里，最棒的一件事就是即使眼睛不好，我也可以整天看书，一直看到晚上。医生说我应该让眼睛休息一下，叫护理员在下一个通知到来之前，每天往这个单位的眼睛里滴银白色药水。但护理员阿波罗对我说医生是个笨蛋，他拿来一管青霉素药膏，抹到我的眼睑上。他说自己略知一二，以前上过医学院，但因心脏不好退了学。

一天之后，感染消失了。现在，我担心医生会把我送回伦格里斯，那将意味着我再也不能轻松自在地看赞恩·格雷、马克·吐温、赫尔曼·梅尔维尔[1] 的书了。阿波罗叫我不要担心，如果医生来病房，我就用盐揉眼睛。这样，它们看上去就像……

雪地里的两个尿坑，我说。

没错。

我对他说，很久以前，我母亲就让我用盐揉眼睛，让它们看上去像是发炎的样子，这样我们就可以从利默里克一个小气吝啬的家伙那儿得到钱买食物了。阿波罗说：是的，但现在是现在。

---

①赫尔曼·梅尔维尔（1819－1891），美国小说家、散文家和诗人，代表作有《白鲸》等。

他想知道我的咖啡和香烟配给份额。很显然，我不用这些东西，而他很乐意用青霉素药膏来交换。否则，医生就会拿着银白色的东西进来，而我也会很快回到伦格里斯清点床单和毯子，直到三个月后退伍为止。阿波罗说慕尼黑到处都是女人，和她们上床很容易，但他要的是些高级的东西，而不是某个炸烂的房子里的妓女。

我所有的不幸都源自赫尔曼·梅尔维尔写的一本书，《皮埃尔》。这本书一点也不像《白鲸》，是那么枯燥乏味，让我在大中午就睡着了。医生将我摇醒，手里挥舞着阿波罗留下的青霉素药膏。

起来，妈的。你从哪儿弄来的这个？阿波罗，对不对？那个单位，阿波罗。那个该死的密西西比州蹩脚医学院的辍学生。

他大步走到门口，冲着大厅吼道：阿波罗，快滚到这儿来。远处传来了阿波罗的声音：是的，长官，是的，长官。

你，妈的，你，你给这个单位用了这个药膏？

在某种程度上，长官，是的，长官。

你到底在说些什么？

他在受苦，长官，因为眼睛而大声尖叫。

你怎么会因为眼睛而大声尖叫？

我是说，长官，疼痛。他大声尖叫。我会用青霉素。

谁告诉你的？你是他妈的医生吗？

不是，长官。我只是在密西西比州看见他们这么做过。

去你妈的密西西比州，阿波罗。

是的，长官。

你，士兵，你用那样的眼睛看什么书？

《皮埃尔》，长官。

上帝！它讲了些什么？

我不知道，长官。我想是关于夹在一个黑发女人和一个金发女人中间左右为难的皮埃尔的故事。他试着在纽约的一间屋子里写书，觉得太冷了，女人们只好用加热过的热砖头来给他暖脚。

上帝。回到你的连队去吧，士兵。如果可以躺在这儿看那样的单位的书，你就能再次成为一个活跃的单位。你，阿波罗，你很幸运，我不把你的屁股交给行刑队。

是的，长官。

解散。

第二天，文尼·甘迪亚开车将我送回到伦格里斯。这次，他没有带着鼓槌开车，他说再也不能这么干了。上次送我到慕尼黑后，他几乎送了命。你不能开车，打鼓，还应付你的哮喘。就这么简单，你得作出选择，而鼓槌就得离开了。如果出了事故，伤到手，不能再演出，他就将自己的头塞到烤炉里。就这么简单。他迫不及待想回到纽约，在第五十二大街——世界上最伟大的街道上四处溜达，要我答应会在纽约和他见面，他要带我到所有伟大的爵士乐酒吧去。不要钱，免费，因为他认识所有人。他们也知道，要是他不得这该死的哮喘，就会跟克鲁帕和里奇同台演出，同台演出。

有一条法律规定我可以申请再服役九个月，同时免服六年的预备役。如果我继续服兵役，他们就不能在美国决定到遥远的地方保卫民主时召我回去。我可以在这个给养室待上九个月，发放床单、毯子、避孕套，到村子里喝啤酒，偶尔带回个姑娘来，从基地图书馆借书看。我可以回到爱尔兰，对奶奶说自己怒气冲冲走出家门时的痛苦；可以到慕尼黑上舞蹈课，这样利默里克所有的女孩都会排着队和佩戴军士肩章（我一定会拥有的）的我跳舞。

但是，埃默来信告诉我，她是如何掰着手指头数我回来的日子。我不能再在德国待上九个月。我从来不知道她是这么喜欢我。我这辈子第一次听到一个女孩这么说。现在，我因为她喜欢我而喜欢上了她。能够被埃默喜欢，我太兴奋了，我写信告诉她我爱她。她告诉我她也爱我。我飞上了天堂。我真想立马整理行李袋，跳上飞机回到她身边。

我写信告诉她，我是多么想她，在伦格里斯闻她信上的香水味。梦想着我们在纽约的生活：每天早上我出门上班，一份温暖的室内工作，坐在桌旁，匆匆写下重要的决定。每天晚上，我们一起吃饭，早早上床，这样就有很多时间做爱达到高潮。

当然，我不能在信上提到高潮，因为埃默很纯洁。如果她母亲知道我有这种梦想，门就会永远在我面前关上，而我就会被剥夺和唯一一个说喜欢我的女孩来往的机会。

我不能告诉埃默我贪求巴尔的摩酒店的女大学生，以及我和伦格里斯、慕尼黑，还有难民营的姑娘们上床的事。她一定会很吃惊，也许还会告诉她们全家，特别是她的哥哥利亚姆，那会对我的生命构成威胁。

拉帕波特说，在你结婚之前，应该告诉新娘你和其他女孩做过的所有事。巴克说：胡说八道，人生最棒的事就是闭上嘴巴，特别是对将要与之结婚的人。就像在军队一样，绝不说话，绝不主动说话。

韦伯说：我不会对任何人说任何事。拉帕波特叫他滚到一边去。韦伯说他结婚的时候，会为那女孩做一件事，确保自己不得花柳病，因为那东西会传染。他不想让自己的孩子得花柳病。

拉帕波特说：上帝啊，畜生也会有感情。

我回国的头天晚上，巴德·托尔兹饭店有个聚会。军官和军士们带着妻子，那意味着普通士兵不能带他们的德国女朋友，军官的妻子们会不同意。她们知道有些普通士兵的妻子正等着他们回家，和那些可能毁了美好的美国家庭的德国女孩坐在一起不合适。

上尉做了个演讲，说我是他手下最棒的士兵之一。伯迪克军士发表了演讲，颁给我一个卷轴奖状，奖励我严格控制床单、毯子和保护性工具。

当他提到保护性工具时，桌子边传来一阵窃笑。军官们用警告的目光告诉人们：住嘴，我们的妻子在这儿呢。

有一个军官的妻子叫贝琳达，年纪和我相仿。如果她没有丈夫，我可能会借着几杯啤酒给的勇气和她说上几句话。但是用不着，因为她靠过来小声说，所有的军官妻子都认为我很帅。我的脸红得很厉害，只好出去上厕所。当我回来的时候，贝琳达正在和其他的军官妻子说些什么。她们哄堂大笑——看到我，笑得更厉害了。一定是贝琳达说了我什么她们才大笑的，我的脸又红了。我不知道这世上是否还有能让你相信的人。

不知怎的，巴克似乎知道发生了什么事，小声说：让那些女人都见鬼去吧，迈克，她们不应该那样取笑你。

我知道他是对的，但让我伤心的是，伦格里斯留给我的最后记忆是贝琳达和那些取笑人的军官妻子。

20

从基尔默营地退役的那一天，我在曼哈顿第三大道的布兰夫尼酒吧遇到了汤姆·克利福德。

我们吃了咸牛肉和抹了芥末的卷心菜，还喝了很多啤酒给嘴巴降温。汤姆在南布朗克斯区找到了一个爱尔兰人开的提供住宿和早餐的住所——洛根家庭旅馆。在那儿放下行李袋，我就可以回到曼哈顿，等下班后到埃默位于第五十四东大街的公寓里见她。

洛根先生看上去年纪很大，秃顶，红红的脸上肉嘟嘟的，但有一个很年轻的妻子——来自基尔肯尼[①]的诺拉和一个几个月大的孩子。他说他在古爱尔兰修道会[②]和哥伦布骑士会[③]里地位很高，我应该清楚他在宗教和道德上的总体立场。他的十二个房客不允许在星期天早上吃早饭，除非能证明自己已经参加了弥撒和圣餐仪式（如果可能的话）。对于那些参加了圣餐仪式并有至少十二名证人证明此事的人来说，早餐会有香肠。当然，每一个房客需要另两个房客证明他参加了圣餐仪式，到处都有证明。

①爱尔兰东南部一个郡。

②爱尔兰裔美国人的天主教互助会，成立于纽约。

③世界上最大的罗马天主教兄弟会组织，国际性慈善互助团体，1882 年由美国天主教徒创立。

洛根先生因为要花钱买香肠而心烦不已，不得不戴着诺拉的帽子、穿着诺拉的外套将自己伪装起来，拖着腿来到教堂，却发现他的房客中没有一个人参加圣餐仪式。只有内德·吉南和凯文·海斯参加弥撒，其他人都跑到了威利斯大道。他们从后面溜进一家酒吧，在中午营业之前偷着喝酒。当他们带着一股酒气回来吃早饭时，洛根先生想闻闻他们嘴里的味道。他们叫他滚开，这是一个自由的国度。如果他们因为香肠而被人闻到嘴里的味道，就会对清水般的鸡蛋、牛奶、茶和不新鲜的面包感到心满意足。

另外，在洛根先生的家庭旅馆里不能有诅咒或任何形式的吹牛，否则就会被要求停止这类行为并离开。他不允许妻子和孩子——卢克从十二个年轻的爱尔兰房客那里接触到任何可耻的行为。就算我们的床铺可能在地下室，他也会知道可耻的行为。不，的确，建起一个家庭旅馆需要很多年，他不想让十二个来自故国的劳工毁了它。黑人搬到附近破坏社区就已经够糟了，更别提那些没有道德、没有工作、没有父亲的人了，他们的孩子像野人似的在街道上跑来跑去。

每星期的房租是十八美元，含住宿和早餐。如果想要晚饭，那就每天再交一美元。十二个房客睡八张床，那是因为每个人在码头和各种仓库上班的时间都不一样。在地下室的两间屋子里摆上多余的床铺又有什么用呢？只有在星期六的晚上，所有的床铺上才会都有人。那时，你就得和其他人挤一张床。这没什么关系，因为星期六晚上是到圣尼古拉斯大道买醉的时间。你不会介意自己是和男人、女人还是绵羊睡在一起。

我们还有一间浴室，但得带着自己的肥皂。浴室里有两条又长又窄、曾经是白色的毛巾，每条毛巾上都有一条黑线区分上面和下面。就得这样用它们。墙上有个手写的符号，告诉你上面是指肚脐以上的任何部位，下面是指肚脐以下的任何部位，署名是J. 洛根的财产。毛巾每两星期换一次，但那些小心遵守规则的房客和可能喝醉酒的房客之间经常有冲突。

来自利敦瓦纳[1]的克里斯·韦恩是年纪最大的房客，四十二岁，在建筑工地工作。他攒钱是为了将二十三岁的女朋友接来，他们就可以在他还有点力气的时候结婚生子。房客们都叫他公爵，因为他的姓带着傻气。他不喝酒不抽烟，每个星期天都去参加弥撒和圣餐仪式，不和我们这些人来往。他黑色鬈发中有一束灰发，由于虔诚和节俭，骨瘦如柴。他有自己的毛巾、肥皂和两条床单，将这些东西装在一个袋子里随身携带，害怕我们会用。每天晚上，他都跪在床边，念整篇的《玫瑰经》。他是唯一有自己的床的人，因为没有一个人——不论喝醉与否——能和他一起爬上床，或乘他不在的时候睡他的床，因为那床四周有神圣的气味。他每个工作日的八点到五点上班，每天晚上和洛根夫妇一起吃饭。为此，他们很爱他，因为他每星期给他们额外带来七美元收入，还因为他往瘦小身体里补充的饭菜极其有限。后来，在他开始咳嗽、吐痰，并且手帕上出现血迹的时候，他们就不爱他了，对他说他们有个孩子，他最好另外找个地方。他说洛根先生是狗娘养的，可怜的杂种，为他感到悲哀，如果洛根先生认为自己真的是那个孩子的父亲，就应该看看自己的房客。如果他还没有彻底眼瞎，就会发现孩子的脸长得和其中一个房客很像。洛根先生挣扎着从扶手椅上站起来，喘着气说，如果不是心脏不好，他一定会当场杀了克里斯·韦恩。他奋力向公爵扑去，但他的心脏不让他这么做，只好听着来自基尔肯尼的诺拉在身旁尖叫，恳求他住手。不然，她就会成为一个带着孤儿的寡妇。

公爵大笑不止，喘着气对诺拉说：别担心，那个孩子不会没有父亲的。没错，父亲不在这屋子里。

他一路咳嗽着离开了屋子，走下楼梯，去了地下室。没有人再看见过他。

---

①爱尔兰克莱尔郡的温泉疗养地。

从那以后，再住在这儿就很难了。洛根先生怀疑每一个人，时时刻刻冲来自基尔肯尼的诺拉咆哮，拿走其中一条毛巾，从面包店买不新鲜的面包，早餐提供奶粉和鸡蛋，以此来省钱。他想让我们都去忏悔，这样就可以观察我们的脸色，知道公爵说的是不是真的。我们拒绝了。旅馆里只有四个房客住的时间比较长，足以成为嫌疑人。住得最长的一个房客彼得·麦克纳米，当着洛根先生的面说，和诺拉乱搞是他最不想做的事。她因为经营旅馆而变成了骨架子，你都可以听到她上楼时发出的咔嚓咔嚓和当啷当啷声。

洛根先生在扶手椅里喘着气，对彼得说：这伤害了我，彼得，你说我的妻子当啷当啷的。你是在我们这儿住过的最好的房客，尽管我们长期被那个刚离开的假装虔诚的家伙愚弄。感谢上帝。

很抱歉我伤害了你，洛根先生，但诺拉绝不是秀色可餐，这儿没有一个人会在舞池里看她第二眼。

洛根先生看了看屋子里的我们。是这样吗，小伙子们？是这样吗？

是这样，洛根先生。

你肯定吗，彼得？

是的，洛根先生。

那就感谢上帝，彼得。

房客们在码头和仓库工作的收入很可观。汤姆在港口仓库装卸卡车，如果加班，就能拿一倍半或双倍的工资，这样他每星期的收入就会超过一百美元。

彼得·麦克纳米在商业冷藏公司工作，把芝加哥冷藏车上的肉卸下并储存起来。每个星期五晚上，不管有没有喝醉，他都会扛回家几块牛肉或猪肉，用来代替十八美元的房租。为此，洛根夫妇很喜欢他。我们从来没见过这些肉，一些房客很肯定地说，洛根先生把它们卖给了威利斯大道的一家肉店。

所有的房客都喝酒，尽管他们说自己想攒钱回爱尔兰过平静的生活。只有汤姆说他绝不会回去，爱尔兰是悲惨的沼泽地。其他人把这看成人身攻击，说要到外面解决。汤姆笑了。他知道自己想要什么，不是这种争斗、酗酒、哀叹爱尔兰、在廉价旅馆里和人共用毛巾的生活。唯一赞同汤姆的人是内德·吉南。对他来说，什么都不重要，因为他消耗的东西和公爵一样多，而且来日无多。他要攒够钱，就可以回到基尔代尔郡[①]的家，在自己出生的房子里死去。他梦到过基尔代尔郡，在那儿，早晨靠在跑马场的围栏上看着马儿训练，一路小跑穿过弥漫在跑道上的薄雾，直到阳光穿透薄雾，将整个世界变成绿色。说起这些的时候，他的眼睛闪闪发亮，脸颊上有一片淡淡的红晕。他微笑着，让人真想走上前去拥抱他，尽管在爱尔兰家庭旅馆，有人可能会对这种行为皱眉头。洛根先生允许他留下来，也不简单。他是那么柔弱，洛根先生简直把他当成儿子来看待，忘了那个婴儿可能会受到咳嗽、痰和血迹的威胁。贝克尔和威廉斯仓库在职人员名单上保留他的名字，让他在办公室里接电话，也不简单，因为他虚弱得连一根羽毛都拿不起来。不接电话的时候，他就学习法语，这样就可以在天堂里和耶稣的小花圣泰雷兹[②]交谈。洛根先生很温柔地对他说，在这件事上，他可能走错路了，在天堂里你得用拉丁语。这让房客们对上帝说什么语言讨论了很长时间。彼得·麦克纳米公开表态，支持上帝说希伯来语。洛根先生说，你也许是对的，彼得，他不想反驳这个星期五晚上把星期天要用的肉带回家的人。汤姆·克利福德笑着说，我们都应该复习一下爱尔兰语，以免碰上圣巴特里克[③]和圣布丽吉特[④]。大家都盯着他看，除了对什么都微笑的内德·吉南，当你梦想着基尔代尔郡

①爱尔兰东部一个郡。

②圣泰雷兹（1873－1897），法国天主教加尔默罗会修女。

③圣巴特里克（389－461），在爱尔兰建立基督教会的英国传教士。

④圣布丽吉特（453－523），爱尔兰女隐修院院长。

的马儿的时候，什么都不重要了。

彼得·麦克纳米说，经历了那么多不顺心的事之后，爱尔兰的天气、肺结核、英国人、德·瓦勒拉的统治、唯一神圣罗马天主教会和基督门徒教会，还有现在不得不在码头和仓库累死累活挣几个美元，我们竟然还能活着，真他妈是个奇迹。洛根先生提醒他，来自基尔肯尼的诺拉在场时要注意言辞。彼得说很抱歉，他失控了。

汤姆告诉我，港口仓库有一份卸卡车的活儿。埃默说，不行，我应该在需要用脑的办公室里工作。汤姆说仓库的工作要比办公室的工作好，办公室的工作收入少，而且得穿西装打领带，坐的时间太长，屁股会变得像教堂门那么大。我愿意在办公室工作，但仓库每星期给我七十五美元。这比我想象的要多。在巴尔的摩酒店，我每星期才拿三十五美元。埃默说，只要我能攒点钱受教育，那没关系。她就是这么说的，因为她家每个人都上过学，不想让我一直干装卸工直到三十五岁就衰老体弱。从我和汤姆对房客的议论中，她知道了酗酒和各种各样的吹牛耍贫，不希望我在可以有所成就的时候把时间浪费在酒吧里。

埃默的头脑很清醒，因为她烟酒不沾，只是为了身体健康偶尔吃点鸡肉。她在洛克菲勒中心的一所商学院上学，将来可以在美国谋生，获得成功。我知道她那清醒的头脑对我有好处，但我想挣仓库的钱。我答应她和我自己，总有一天我会去上学。

港口仓库的主人坎贝尔·格罗尔先生拿不准要不要雇用我。我可能太瘦了。随后，他看了看更小更瘦，却是平台上最棒的工人汤姆·克利福德，说如果我能有他一半结实和快速，就得到这份工作了。

平台领班是埃迪·林奇，一个来自布鲁克林区的胖子。对我或汤姆说话的时候，他总是笑笑，装出巴里·菲茨杰拉德[1]的口音。那一点

①巴里·菲茨杰拉德（1888－1961），好莱坞著名演员。

也不好玩，但我不得不微笑，因为他是领班，而我想在每个星期五都拿到七十五美元。

中午时分，我们坐在平台上吃从街角小饭馆里买来的午饭：肝泥长香肠和滴着芥末的洋葱三明治，莱茵金啤凉得我脑门疼。爱尔兰人说着昨晚喝酒的事，为早上遭受的巨大折磨而大笑。意大利人吃着从家里带来的食物，搞不懂我们怎么能吃肝泥香肠这种垃圾。爱尔兰人受了侮辱，要打一架，可埃迪·林奇说在这个平台上打架的人可以去找工作了。

有一个黑人叫霍勒斯，不和我们坐在一起，只是偶尔笑笑，什么也不说，因为事实就是那样。

五点钟下班，有人说：好了，去喝杯啤酒吧，一杯，就一杯。我们会笑“一杯啤酒”这个想法，然后和码头工人一起去酒吧。他们总是为自己的工会——国际码头工人联合会——是该加入美国橄榄球联盟，还是加入美国产业工会联合会而打架，不为这个打架时，就为不公平的职业惯例打架。担心自己会在码头地区有麻烦，他们就雇用领班和帮会工头到曼哈顿的各个酒吧去。

有些晚上，我喝酒喝糊涂了，在外面待到很晚，根本不知道该怎么回到布朗克斯区，就索性睡在平台上。流浪汉们在街上用大汽油桶烧火取暖。埃迪·林奇带着巴里·菲茨杰拉德的口音走过来，对我们说：挪挪屁股站起来。即使因为宿醉未醒而不好受，我也想告诉他，屁股的发音要带一个平舌的 a 音。但他来自布鲁克林区，是领班，他说“屁股”时永远是卷舌的。

有时候，码头有晚上卸船的活儿。如果没有足够的国际码头工人协会会员，他们就会雇用像我这样的运输工人工会会员。得小心，不能和码头工人谈工作的事，因为他们想都不想就会用打包钩扎你的脑袋，将你推下水陷在船只和码头之间，你就会被挤压得不成形。他们在码头上挣的钱比我们在仓库里挣的多，但工作不稳定，每天都得为工作打仗。我从仓库里带上自己的钩子，但只是用它提货物。我从来没学会用它来做别的事。

在仓库干了三个星期，吃了肝泥香肠，喝了啤酒之后，我比以前更瘦了。埃迪·林奇用他那布鲁克林区的口音说：天哪，我都可以把你和克利福德塞到麻雀的屁股里了，你们两个。

晚上喝酒、在码头干夜班活儿后，我的眼睛又突然发病了，在我不得不从联合水果公司的船上搬运古巴辣椒袋时，就病得更厉害了。有时候，唯一能让我缓解一下的就是啤酒。埃迪·林奇说：上帝啊，这孩子太想喝啤酒了，他都把啤酒往眼睛里倒。

仓库的工资不错，我应该感到满足。只是，我的脑子里除了迷惑和黑暗，什么也没有。第三大道的高架地铁里每天早上挤满了穿西装和套裙的人，他们精力充沛、姿态优美并且快乐，不是看报纸，就是在交谈。我听见他们描述自己的职业规划或吹嘘自己的孩子在学校如何表现优异，他们会每天工作直到衰老、头发花白，会对子孙们心满意足。我不知道自己会不会有那样的生活。

六月，报纸上到处都是大学毕业典礼的故事和毕业生与家人的幸福照片。我想看看照片，可地铁晃来晃去，颠簸不定，我被甩到乘客身上。他们很高傲地看了我一眼，因为我穿着工作服。我想大声宣布，这只是暂时的。总有一天，我会上学，像他们一样穿西服。

21

当仓库里有人笑着说出去喝啤酒，一杯，就一杯的时候，我希望自己能更强硬些，能说不。我应该说不，特别是在我应该和埃默一起去看电影或吃鸡块的时候。有时候，喝了几个小时的酒后，我给她打电话，说我得加班。但是她知道得更多。我越撒谎，她的语气就越冷淡。到最后，打电话和撒谎也没有用了。

到了盛夏，汤姆对我说，埃默在和别人来往。她订婚了，戴着未婚夫给她的大戒指。那是布朗克斯区的一个保险推销员。

她不和我通电话，我敲她的门，她不让我进去。我求了她一分钟，告诉她我变了，要改过自新，过体面的生活，不再往肚子里塞肝泥香肠三明治，不再狂喝啤酒直到站都站不住。

她不让我进去。她已经订婚了，手上钻石闪烁。那让我很疯狂，简直想撞墙、抓头发、跪倒在她脚边。我不想跌跌撞撞地离开她回到洛根家庭旅馆，回到一条毛巾、仓库、码头和没日没夜的喝酒中去，而世界上的其他人，包括埃默和她的保险推销员，过着干净的生活。他们有很多毛巾，毕业那天开心快乐，微笑时露出每顿饭后都要刷的完美的美国式牙齿。我想让她接受我，这样就可以谈论我们未来的日子。我会有一套西服，一份办公室的工作，不受外界的诱惑。我们会有自己的公寓。

她不让我进去。她得走了，得去见其他人。我知道那是保险推销员。

他在里面吗？

她说不在，但我知道他在。我喊着说要见他，让那家伙出来。我要和他单挑，我要放倒他。

她在我面前把门关上。我震惊得连眼泪都没了，浑身冰凉；震惊得不知道自己的人生是不是就是一扇扇当着我的面关上的门；震惊得甚至没有想起要到布兰夫尼酒吧喝杯啤酒。街上的人从我身边走过，汽车喇叭鸣响，可我觉得是那么寒冷和孤独，就像在监狱里一样。我坐在通往布朗克斯区的第三大道高架地铁里，想着埃默和她的保险推销员。他们喝着茶，嘲笑我蒙羞的样子，是多么干净健康——他们两个，不喝酒，不抽烟，挥手拒绝鸡肉。

我知道这个国家就是这样。人们坐在起居室里微笑着，无忧无虑。他们抵制诱惑，一起变老，因为能说：不，谢谢。我不想要啤酒，一杯也不要。

我知道埃默这么做，是因为我举止失当，知道她想要的是我，而不是那个也许正抿着茶，用保险故事让她心烦意乱的人。如果我放弃仓库、码头、肝泥香肠、啤酒并得到一份体面的工作，或许，她还会再喜欢我，再接受我。我还是有机会的，因为汤姆告诉我，他们明年才结婚。如果我从明天开始洗心革面，她一定会再接受我的。但我不愿意去想保险推销员几个月来坐在沙发上亲吻她，用爪子乱摸她的肩膀。

当然，他是爱尔兰裔美国天主教徒，这是汤姆告诉我的。当然，在婚礼当晚之前，这个保险推销员会尊重她的纯洁。但我不知道爱尔兰裔美国天主教徒是不是都有着肮脏的头脑，像我那样做过肮脏的梦，特别是保险推销员。我知道埃默的男人在想着他们婚礼当晚要做的事，尽管他会不得不在结婚前向神甫忏悔自己肮脏的思想。不结婚是件好事，我用不着忏悔自己曾在巴伐利亚州，越境到奥地利，有时甚至到瑞士和女人们做过的事。

报纸上有一则职业介绍所刊登的办公室工作的广告：稳定、有保障、高收入、六个星期带薪培训、要求穿西服打领带、退伍老兵优先。

申请表上要求填写高中毕业学校，毕业时间。这逼得我去撒谎：爱尔兰利默里克天主教平信徒社团中学，一九四七年六月。

职业介绍所的工作人员告诉我招工的公司：蓝十字会。

先生，这是什么样的公司？

保险。

但是……

但是什么？

哦，没事了，先生。

的确没事了，我意识到如果被这家保险公司雇用，我的社会地位或许会得到提升，而埃默就会再次接受我。她要做的就是在两个保险推销员之间作出选择，即使另一个已经给了她钻石戒指。

在能再次和她说话之前，我得在蓝十字会完成六个星期的培训课程。办公室在第四大道一栋入口像教堂大门的楼里。有七个人参加了培训课程，都是高中毕业生，其中一个人在朝鲜战争中受了很重的伤，嘴歪到一边，口水流到了肩膀上。过了很多天我们才听懂他说的话。他想为蓝十字会工作，这样就可以帮助那些和他一样受伤的孤独老兵了。上了几天课以后，他发现自己来错地方了。他想去的是红十字会，咒骂教员事先没告诉他。我们很高兴见到他离开，即使他曾为美国受难，但整天和一个嘴巴歪到一边的人坐在一起也不容易。

教员是帕格里奥先生。他对我们说的第一件事就是他正在纽约大学攻读商务硕士学位，第二件事是我们在申请表上填写的信息将会被认真核查。如果有人说自己上过大学但事实上并没有，现在马上改过来。蓝十字会最不能容忍的就是撒谎。

每天早上我穿上西服、衬衫，打上领带的时候，洛根旅馆里的房客们就都笑，听说我每星期的工资是四十七美元，培训课程结束后涨到五十美元时，就笑得更厉害了。

旅馆里只剩下八个房客了。内德·吉南回基尔代尔郡的家里去看马，后来死了。另外两个要攒钱回家买古老家族农场而出名的人和施拉夫餐厅的女招待结婚了。标注着上面和下面的毛巾还在，但在彼得·麦克纳米出去买了一条自己的毛巾从而引起轰动之后，就再也没有人用它们了。他说看男人们洗完澡滴嗒着水走来走去，像老狗一样将身子甩干的样子看烦了。那些人可以把一半的工资都花在喝威士忌上，却不去买一条毛巾。一个星期六，当五个房客坐在床上喝着从香农机场运来的免税爱尔兰威士忌，听收音机里的爱尔兰节目边说边唱，为参加当晚的曼哈顿舞会酝酿情绪的时候，他说他再也受不了了。毛巾没用了，他们洗完澡，没有走来走去将身子甩干，而是和着收音机里的乐曲来回旋转，跳起吉格舞。他们玩得正开心，来自基尔肯尼的诺拉来换厕纸,没敲门就进来了。看到眼前这一切,她像女鬼似的尖叫起来，歇斯底里地跑上楼去。洛根先生下楼后发现那些跳舞者光着身子大笑着滚在一起，根本不在乎他和他的吼叫声。洛根先生说他们是爱尔兰和母教的耻辱，真想把这群人光着身子扔到街上去，都是些什么人生的呀？他咕哝着回到楼上，但永远不会将五个每星期付给他十八美元的房客驱逐出去。

彼得拿着自己的毛巾回家时，大家都很惊讶，想借用一下，但他叫他们滚开，把毛巾藏在不同的地方。但藏毛巾是个问题，要弄干毛巾就得挂起来，如果叠起来藏在床垫或浴缸下面，毛巾只会变潮发霉。彼得无法将毛巾挂起来晾干，这让他很痛苦。来自基尔肯尼的诺拉对他说，她可以把毛巾拿到楼上看着它晾干，她和洛根先生对他每个星期五晚上都不忘带回肉来很是感激。那是个不错的方法。可每次彼得上楼拿他的干毛巾，和来自基尔肯尼的诺拉聊上几分钟，洛根先生就会变得狂躁不安，先瞪着他的小儿子卢克，再看看彼得，再回过头来看看儿子。他眉头紧皱，眉毛都碰到一起了。他再也无法忍受了，冲着楼梯向上喊道：拿你的干毛巾下来要花上一天吗，彼得？诺拉还有活儿要干。彼得就会下楼。哦，对不起，洛根先生，真对不起。但这并不能让洛根先生满意。他又看了看小卢克，回头再看了看彼得。我得和你说个事，彼得。我们不再需要你的肉了，你得自己找地方晾毛巾了。诺拉的活儿已经够多了，你还让她站在那儿看着你的毛巾晾干。

那天晚上，洛根夫妇屋里传出尖叫声和吼叫声。第二天早上，洛根先生在彼得的毛巾上别了张让他离开的纸条。在晾毛巾这件事上，他利用洛根一家的好心，却给他们带来了太大的伤害。

彼得并不介意，搬到了长岛表弟家。我们都想他。他为我们开启了毛巾的世界。现在，我们都有了自己的毛巾。它们挂得到处都是。每个人都很规矩，不用别人的毛巾。在潮湿的地下室里，毛巾永远无法晾干。

22

每天早上穿着西服打着领带坐地铁就容易多了。《纽约时报》帮了大忙，有了它人们就不会认为我是那种看《每日新闻》或《镜报》的漫画的乡巴佬了，而会认为这是个穿西服、能用大词汇的人，正要去保险公司办公室做一份重要的工作。

我也许正穿着西服，看着《纽约时报》，招来羡慕的目光，但每天还是情不自禁要犯一桩大罪：忌妒。我看见大学生。他们手里拿的书皮上写着哥伦比亚大学、福德姆大学、纽约大学、城市学院。想到自己永远也不能成为他们中的一员，我心里就空落落的。我想走进一家书店，买些可以在地铁上炫耀的大学书皮，只是知道自己会被人发现，让人笑话。

帕格里奥先生给我们介绍蓝十字会不同的健康险单：家庭险、个人险、公司险、寡妇险、孤儿险、老兵险、伤残险。他上课的时候很兴奋，对我们讲：人们只要上了蓝十字会的保险，即使生病也不用担心，晚上睡觉也是一件开心的事。在夏日午后，我们坐在一间小屋子里，没有窗户，烟雾腾腾，身边还有因保险费而激动不已的帕格里奥先生，我们很难头脑清醒。每个星期五，他都要考我们一下。星期一令人极为痛苦，那时，他会表扬得高分的学员，而对我这样的低分学员皱眉头。我的分数低是因为我对保险不上心。我不知道埃默是不是精神失常了，和一个保险推销员订婚。她其实可以和一个曾在欧洲司令部工作、训练过德国牧羊犬、晨报打字速度最快的人在一起。我想给她打电话，告诉她我已经加入了保险行业。我都要疯了。这么待我，她开心吗？如果她没有伤透我的心，我可以依旧在港口仓库干活，享受着肝泥香肠和啤酒。我想给她打电话，但害怕她会很冷淡，而那会逼得我到布兰夫尼酒吧寻求解脱。

汤姆在布兰夫尼酒吧。他说最好的办法就是喝杯酒，让伤口愈合。你从哪儿弄来这么件难看的西服？受蓝十字会和埃默的折磨已经够糟糕了，西服还被人嗤笑。我叫汤姆滚蛋。他笑着对我说，我不会死。他正要从家庭旅馆搬出来，搬到昆斯区伍德塞德的一个小公寓。如果我愿意同住，租金是每星期十美元，伙食自理。

我又一次想给埃默打电话，告诉她我在蓝十字会的重要工作，还有我即将在昆斯区拥有的公寓。但是她的脸庞正在从我的记忆里消退，脑海里有个地方告诉我，我很高兴自己在纽约还是个单身。

如果埃默不要我，从事保险行业又有什么用？每天待在一个没有新鲜空气的屋子里，我都快要窒息了，每次打瞌睡的时候，帕格里奥先生都很不友善。当他对我们说，一个已婚男子的首要责任就是训练自己的妻子成为一名寡妇时，我真的无法再坐在那儿了。我幻想着帕格里奥夫人听到这场寡妇演说时的反应，帕格里奥先生是在餐桌旁给她发表这场演说呢，还是坐在床上？

最重要的是，穿着西服在那儿坐了一整天，我已经没有胃口了。买根肝泥香肠的话，我会把大部分都扔给麦迪逊公园里的鸽子。

我坐在那公园里，听穿白衬衫打领带的人谈论他们的工作：股市、保险业。我不知道，如果明白了这就是一直要干到头发花白的工作，他们是不是还这样心满意足。他们互相说着如何数落老板；他如何一句话也说不上来，嘴就像这样，你知道，坐在椅子上一动不动。总有一天，他们也会成为老板，让人们来数落他们。他们怎么会喜欢这样？有些时候，我愿意放弃一切，沿着香农河畔或者穆尔卡河散散步，甚至到伦格里斯后面的山上爬爬山。

一个在蓝十字会接受培训的人在去办公室的路上从我身边经过。

唷，迈考特。两点了。你来吗？

他说唷，是因为他曾在朝鲜的一个骑兵部队开过坦克。那部队还有马匹的时候，他们就这么说话。他说唷，是因为那声音表明他不是一名普通步兵。

我们朝保险公司大楼走去。我知道自己不能迈过那个“教堂大门”，自己不是做保险的料。

唷，迈考特，快点，要迟到了。帕格里奥会他妈发火的。

我不进去了。

什么？

不进去了。

我沿着第四大道走了。

唷，迈考特，你疯了吗，伙计？你会被解雇的。操，我得走了。

我在七月明媚的阳光下走着，一直走到联合广场，在那儿坐下，搞不懂自己到底做了什么。他们说，如果你辞去了大公司的工作或被大公司解雇，其他公司都会得到消息，就业的大门会永远对你紧闭。蓝十字会是个大公司，我不如放弃到大公司找份好工作的念头。但与其等到申请表上的谎言被揭穿，现在就辞职还是好事。帕格里奥先生对我们说过，那是一个很严重的错误，说谎不仅会被解雇，还会被要求偿还培训课程中得到的工资。最重要的是，名字会被寄到其他大公司，信的上方有面警告他们的小红旗。这面小红旗，帕格里奥先生说，意味着你将永远不会被美国公司雇用，还不如搬到俄罗斯去。

帕格里奥先生喜欢那样说话。我很高兴自己离开了他，离开联合广场，沿着百老汇和似乎无所事事的纽约人一起闲逛。很容易就能看出有些人的名字上贴着小红旗：留着胡子戴着首饰的男人和披着长发穿着拖鞋的女人，他们是永远被美国公司拒之门外的人。

那天，我第一次见到了纽约的一些场所：市政厅、远处的布鲁克林大桥、一座新教教堂、圣保罗大教堂，那里有为爱尔兰而被绞死的罗伯特的弟弟——托马斯·阿迪斯·埃默特[①] 的墓，沿着百老汇向前，还有正对着华尔街的三一教堂。

再往前，在斯塔滕岛停靠渡船的地方有一家酒吧——豌豆罐酒吧。在那儿，我摘掉领带，把西服挂在椅背上，美美地吃了一整根肝泥香肠，喝了一杯啤酒。带着贴有小红旗的名字逃离，我感到心里一阵轻松。吃肝泥香肠时，有个声音对我说，我永远失去埃默了。如果她听说了我和美国公司之间的麻烦事，也许会为我流下同情的眼泪。但从长远角度看，她很庆幸自己和那个布朗克斯区的保险推销员确定了关系。她会没有顾虑的，知道自己什么都保了险，每一步都保了险。

坐斯塔滕岛渡船要五美分。自由女神像和埃利斯岛提醒我一九四九年十月的一个清晨，我乘“爱尔兰橡树”号驶入纽约，沿河流穿过城市，当晚在波基普西市停靠，转天从奥尔巴尼坐火车到纽约。

那是大约四年前的事了。现在，我坐在斯塔滕岛的渡船上，领带塞在披在肩上的西服口袋里。我没有工作，女朋友走了，名字上还飘着小红旗。我可以回到巴尔的摩酒店，重新开始自己以前的活儿：打扫大厅、擦马桶、铺地毯。但是，不，一个当过下士的人不能再次跌到那么低的地位。

看着埃利斯岛和那艘在两栋楼之间慢慢腐烂的木质老渡船，我不禁想起那些在我之前、在我父母亲之前来过这里的人，那些逃离爱尔

①托马斯·阿迪斯·埃默特（1764－1827），爱尔兰律师，民族主义组织爱尔兰人联合会领袖之一。

兰饥荒的人；从欧洲各地来的人。他们提心吊胆，担心可能染上疾病被遣送回去。想到这些，仿佛有一声巨大的呻吟从埃利斯岛周围的水域穿过。不知那些被遣送回去的人是否会带着孩子回到捷克斯洛伐克或匈牙利那样的地方。他们是历史上最痛苦的人，比我这样眼睛不好、有小红旗，但有美国护照仍然安心的人，处境糟多了。

渡船入港后，就不能待在那里了。得花上五美分，进去，等下一班渡船。在那里等渡船，还不如到码头酒吧喝杯啤酒呢。我不停地想着二十五年前驶入这个港口的父亲和母亲。来来回回坐了六次渡船，每次停靠都喝上杯啤酒。我不停地想着那些因为疾病而被遣送回去的人，这让我伤心得离开了渡船，给在港口仓库的汤姆·克利福德打了个电话，叫他到豌豆罐酒吧接我。这样，我就知道该怎么回到昆斯区的小公寓了。

他到豌豆罐酒吧接我。我对他说这儿的肝泥香肠三明治很好吃，他说他已经不吃肝泥香肠了。他要向前看。然后他笑了笑，对我说，我一定吃了不少，说肝泥香肠这个单词时，舌头都有问题了。我对他说，不，这一天我经历了帕格里奥、蓝十字会、没有新鲜空气的屋子、小红旗、那些被遣送回家的人、那些最痛苦的人。

他不知道我在说些什么，对我说，我的两只眼睛都要撞到一起了，穿上衣服，回昆斯区的家，然后上床睡觉。

坎贝尔·格罗尔先生把我带回了港口仓库。我很高兴又能拿到体面的工资了：每星期七十五美元，开两天叉车最高能拿七十七美元。常规的平台工作就是站在卡车上往托盘上装满是水果和辣椒的箱子、柳条箱和袋子。开叉车就简单多了。叉起装了货的托盘，堆到仓库里，再等下一批货。没有人关心你在等待的时候是否看报纸，但如果你看《纽约时报》，他们会大笑着说：看看那个叉车上的大知识分子。

我的一项工作就是把从联合水果公司船只上卸下的成袋辣椒储存

到烟熏室里。活儿不多的时候，那是个带瓶啤酒、看报纸、打个盹儿的好地方。没有人在意。甚至从办公室出来的坎贝尔·格罗尔先生也只往里看看，笑笑：别着急，伙计，天很热。

霍勒斯，那个黑人，坐在一袋辣椒上，不是看一份牙买加报纸，就是一遍又一遍地看他在加拿大读大学的儿子写来的信。看信的时候，总会拍拍大腿，笑着说：哦，啊呀，哦，啊呀。我第一次听他说话带有爱尔兰口音时，就问他是不是来自科克郡。他忍不住大声笑了，说：所有从岛上来的人都有爱尔兰血统，伙计。

霍勒斯和我几乎一块儿死在那间烟熏室里。啤酒和热气让我们困得倒在地板上睡着了，直到听到门被关上，煤气嘶嘶地灌进屋子里。我们想使劲把门推开，但门被密封了。煤气让我感到很不舒服。霍勒斯爬上一堆辣椒袋，打碎窗户，大喊救命。埃迪·林奇就在外面，听到我们的喊声后推开了门。

你们这两个走运的浑蛋，他说，想带我们到街上喝几杯啤酒清清肺，庆祝一下。霍勒斯说：不，伙计，我不能到那酒吧去。

你都在说些什么？埃迪说。

黑人在那酒吧不受欢迎。

那是他妈的胡说，埃迪说。

不，伙计，不惹麻烦了吧，我们另外有地方喝啤酒，伙计。

我不知道为什么霍勒斯非要这样。他有一个在加拿大读大学的儿子，自己不能在纽约的酒吧喝啤酒。他对我说，我不懂，还年轻，不会为黑人的斗争辩护。

埃迪说：是的，你说得没错，霍勒斯。

几星期后，坎贝尔·格罗尔先生说纽约港和以前不同了，生意很萧条。他不得不裁人。当然，我是个新手，是第一个要走的人。

几个街区外是商业冷藏公司，需要一个平台工人来接替休暑假的人员。他们对我说：我们可能会遇到热浪，但要穿暖和点。

我的工作就是把整扇的牛肉从芝加哥开来的冷藏车上卸下来。平台上是八月，但进到挂肉的地方，就冷死了。大家笑着说我们是唯一快速往来于北极和赤道的工人。

正式职工休假的时候，彼得·麦克纳米是平台领班。看到我的时候，说：以受难基督的名义，你在这儿干什么呀？我还以为你挺有头脑的呢。

他对我说，我应该去上学。可以利用有关美国军人的法案提升自己的地位，我没有借口在这儿进进出出搬整扇的牛肉，这不是爱尔兰人干的活。他们到这儿来，然后频频干咳，直到咳出血来，才发现一直患有肺结核。那是爱尔兰人的诅咒，但他们是最后一代受此折磨的人。彼得的工作就是汇报是不是有人冲着牛肉频频干咳。如果有，卫生局检查员就会在一分钟内将这个地方封闭，而我们就会流落街头，挠着屁股找工作。

彼得告诉我，他对这一切已感到厌烦。因为和长岛的表弟处得不好，他现在回到了布朗克斯区另外一家家庭旅馆。一切又变成了老样了，他每星期五晚上带回家一扇牛肉或任何一种肉，因此免费住宿。母亲写信来折磨他，问他为什么就找不到一个好姑娘安定下来，给她生个孙子？难道在等她入土吗？她老这么唠唠叨叨，叫他找老婆，烦得他都不想再看她的信了。

到商业冷藏公司干活的第二个星期五，彼得用报纸包了一扇牛肉，问我想不想上街喝一杯。他把牛肉放在酒吧的凳子上，牛肉开始化冻，渗出了血迹。这让酒保很不高兴，说不能带那东西到酒吧，最好放到别处去。彼得说着“好的，好的”，趁酒保没看见，他把那扇牛肉放到了男厕所里，回到了酒吧。当谈起母亲如何不停地抱怨时，他把啤酒换成了威士忌。酒保很同情他，因为他们都来自凯文郡，还对我说，我不会懂。

突然，男厕所里传来一声大吼。一个大汉跌跌撞撞地冲出来，喊道，马桶上有只大老鼠。酒保冲着彼得吼道：去你妈的，麦克纳米，你把那该死的肉放那儿了吧？快把它拿走！

彼得拿回他的牛肉。快点，迈考特，就到这儿吧。星期五晚上拖着这肉四处溜达，我都累坏了。我要去跳舞，找个老婆。

我们打车来到耶格舞厅，但他们不让彼得带着肉进去。他提出把肉放在衣帽间，他们不同意。经理说：快点，快点，把那肉拿走！彼得闹起来，拿着那扇牛肉冲他挥了过去。经理大喊救命，我和彼得被两个来自凯里郡的大汉推下楼梯。彼得说他只是要来找个老婆，他们应该为自己感到羞愧。凯里郡的大汉笑了，说彼得是个浑蛋，如果不识相，就用那肉把他的脑袋包起来。彼得静静地站在人行道中央，极其严肃地看了那凯里郡的大汉一眼。你们说得没错，他说。他把肉给他们，但他们不要；又把肉给路过的人，但他们都摇了摇头，匆匆走开了。

我不知道该怎么处理这肉，他说，半个世界的人都在挨饿，可是没有人要我的肉。

我们来到第八十六大街的莱特餐厅。彼得问能不能用一扇牛肉换顿饭吃。不，不行，卫生局的规定。他跑到马路中央，把肉放到分道线上，跑了回来。看到汽车为躲避那扇肉而突然急转弯，他大笑了起来。随后，警报声响起，警车和救护车尖叫着拐过街角，闪着灯停下来，一群人围着那扇肉直挠头，他笑得更厉害了。直到人们将那扇肉放到警车后备箱里，开车离开，他还在笑。

现在，他看上去清醒了。我们在莱特餐厅要了鸡蛋和熏肉。今天是星期五，彼得说，可我才不管呢。这是我最后一次拖着肉走在纽约的大街上和地铁里。我厌倦了当爱尔兰人。我想早上起来，当个小人物或者某个美国新教徒。你能替我付鸡蛋钱吗？我得攒钱到佛蒙特当个小人物。

接着，他走出了餐厅大门。

23

商业冷藏公司生意不好的那一天，我们被通知可以回家了。我没有坐地铁回昆斯区，而是沿着哈德逊大街往北走，在一家叫白马小酒馆的酒吧门前停了下来。我都快二十三岁了，可还得证明自己年满十八岁，才能得到一杯啤酒和一根德国蒜肠。酒吧很安静，但我曾在报纸上看到这里是很多诗人，特别是狂人迪伦·托马斯[①]喜欢的地方。靠窗桌子旁坐着的人看上去很像诗人和艺术家。他们或许感到奇怪，穿着沾了牛血的裤子的我为什么会坐在这酒吧里。我想和一个长发女孩坐在靠窗的桌子旁，对她说我看过陀思妥耶夫斯基写的书，还有赫尔曼·梅尔维尔怎么害得我被人从慕尼黑的医院里扔出来。

除了坐在酒吧里用各种问题折磨自己，我无所事事。我坐在这儿就着德国蒜肠喝啤酒干什么呢？我在这世上到底在做些什么？我的余生就要在把整扇牛肉从卡车拖到冷库再从冷库拖到卡车中度过吗？埃默在郊区投了保险，幸福地抚养子女的时候，我要在昆斯区的小公寓里结束自己的人生吗？我这辈子都要一直坐地铁，忌妒那些手里拿着大学书本的人吗？

---

①迪伦·托马斯（1914－1953），英国诗人，作品多探索生与死、爱情与信仰的主题，著有诗集《死亡和出场》等。

在这个时候，我是不应该吃德国蒜肠的。在头脑没有形成一个清晰的答案之前，我不应该喝啤酒，不应该和那些坐在那儿严肃地小声谈着话的诗人、艺术家们一起待在这家酒吧。我厌烦了德国蒜肠和肝泥香肠，还有每天冻肉扛在肩膀上的感觉。

我把德国蒜肠推到一边，剩下半杯啤酒，走出了酒吧。我穿过哈德逊大街，沿着布利克大街向前走，不知道自己该往哪里去，但知道得不停地走，走到知道该往哪里去为止。我来到了华盛顿广场。这里是纽约大学。我知道根据《美国军人法案》，这就是我要去的地方，不论我有没有高中文凭。一个学生指了指招生办公室，有个女人给了我一份申请表，又说我填得不对，他们需要知道我什么时候从哪所高中毕业。

我从没上过。

你从没上过高中吗？

是的，但符合《美国军人法案》中的条件，而且我一直在读书。

哦，是吗？但我们要求高中毕业或者有同等学历。

但是，我读书。我看过陀思妥耶夫斯基的书，看过《皮埃尔》，它不如《白鲸》那么好，但我是在慕尼黑一家医院里看的。

你真的看过《白鲸》？

我看过，而且《皮埃尔》害得我被人从慕尼黑的医院里扔出来。

看得出来那女人听不懂我的话。她拿着我的申请表走到另一间办公室，叫来招生办主任，一名面色和蔼的妇女。主任说我的情况很特殊，想知道我在爱尔兰上学的情况。她的经验是欧洲学生为大学作的准备更为充分，如果我能在一年内平均成绩都是 B，就能上纽约大学。她想知道我从事的是什么工作，听说了有关肉的事情以后，她说：天哪，天哪，你每天都在学些东西。

因为我不是高中毕业生，又是全职工作，他们只允许我上两门课：文学概论和美国教育史。我不知道为什么非得了解文学，但招生办的那名妇女说这门课是必修的，即使我看过陀思妥耶夫斯基和梅尔维尔的书，虽然一个没有接受过高中教育的人能看这些书的确令人敬佩。她说我在欧洲接受的教育不够全面，美国教育史这门课将使我具备广博的文化背景知识。

我很开心，就像到了天堂，要做的第一件事就是去买指定教材，包上印有纽约大学字样、紫白相间的护封，这样地铁里的人们就会用羡慕的眼光看我了。

我对大学课堂的了解来自于很久以前在利默里克看过的那些电影。现在，我坐在美国教育史的课堂上。玛克辛·格林教授站在讲台上给我们讲述清教徒移民们如何教育子女。周围都是忙着记笔记的学生，我希望自己知道该记点什么。我怎么知道她说的哪些话是重要的呢？要记住每一句话吗？有些学生举手提问，但我永远不会那么做。否则全班人都会瞪着我看，想知道那个说话带口音的家伙是谁。我试过用美国口音说话，但一直行不通，人们总是笑着说：我听到爱尔兰土话了吗？

教授说清教徒移民离开英格兰是为了逃避宗教迫害。我很疑惑，因为清教徒移民本身就是英国人，而英国人总是到处迫害别人，特别是爱尔兰人。我想举手对教授说几个世纪以来，爱尔兰人是如何遭受英国人的迫害的，但是我知道班上的每一个人都有高中文凭，如果我开口说话，他们就会知道我不是其中的一员。

另外一些学生很随意地举起了手，他们总是说：嗯，我认为。

总有一天，我也会举起手说：嗯，我认为。但我不知道该怎么看待清教徒移民和他们的教育。教授对我们说，观点不是从天而降的现成品。从长远角度看，清教徒移民是宗教改革运动的产物，继承了宗教改革运动的世界观，他们对子女的态度说明了这一点。

教室里记笔记的沙沙声更响了。女生要比男生忙碌，她们忙着记笔记，就好像格林教授嘴里吐出的每一个词都很重要。

我不知道自己为什么会有这本厚厚的关于美国教育的教材，为什么要在地铁里拿着它，让人们羡慕我是个大学生。我知道会有考试：期中考试和期末考试，但这些问题都是从哪里来的呢？如果教授光是讲啊讲的，而这本教材又有七百页，我一定找不着北。

班上有一些漂亮女生，如果其中一个知道在七个星期后的期中考试前，我应该知道些什么，我愿意去问问她。我愿意和那女孩一起去学校的自助餐厅或格林威治村的一家咖啡馆，一块儿谈谈移民和他们的清教徒习俗，还有他们如何把孩子吓得没了命。我还可以对那女孩讲讲自己怎么看陀思妥耶夫斯基和梅尔维尔的书。说不定她会被我打动，甚至爱上我。我们一起学习美国教育史，她做意大利面。我们上床做爱，然后坐在床上看那本厚厚的教材，不明白为什么以前新英格兰地区的人要把自己搞得那么痛苦。

班上的男生们看着匆忙记笔记的女生们，对教授一点也不关心，正在决定下课后要和哪个女孩说话。第一节课结束后，他们会朝着那些漂亮女孩走去，自在地微笑着，露出雪白的好牙齿。他们已经习惯于闲聊，因为从高中就开始这样做。那时，男生和女生坐在一起，漂亮女生总有人在教室外的楼道里等待，而那个正要搭讪的同班男生就会笑容顿失。

星期六上午那节课的老师是赫伯特先生。班上的女生一定是从其他班上得知了他，似乎很喜欢他，问他蜜月的事。他笑了笑，裤子口袋里叮当作响，对我们讲了他的蜜月。我不知道这和文学概论有什么关系。然后他让我们就自己想见的一位作家及其原因写一篇两百字的文章。我选的作家是乔纳森·斯威夫特[①]。我写道，我想见他是因为《格

①乔纳森·斯威夫特（1667－1745），爱尔兰作家，讽刺文学大师，代表作有《格列佛游记》等。

列佛游记》这本书，一个想象力那么丰富的人一定是可以与之一起喝杯茶或酒的人。

赫伯特先生站在讲台上，看了看文章，说：嗯，弗兰克·迈考特，弗兰克·迈考特在哪儿？

我举起了手，觉得自己脸红了。啊，赫伯特先生说，你喜欢乔纳森·斯威夫特？

我喜欢。

因为他的想象力，嗯？

是的。

他的笑容不见了，声音听起来也不友好了。班上每个人都在看着我，我感觉很不舒服。他说：你知道斯威夫特是个讽刺作家，是吗？

我不知道他在说些什么，不得不撒谎说：我知道。

他说：你知道，他也许是英国文学史上最伟大的讽刺作家。

我还以为他是爱尔兰人。

赫伯特先生看了看班上的学生，笑了。那就是说，迈考特先生，如果我从维尔京群岛来，我就是个童男了？[①]

教室里哄堂大笑。我觉得自己的脸像被火烧着了。我知道他们在嘲笑我，因为赫伯特先生戏弄我，煞了我的气焰。现在，他对全班同学说我的文章是对文学过于简单化处理的完美范例。虽然《格列佛游记》可能被当作儿童故事来欣赏，但是女士们，先生们，因为其出色的讽刺手笔，它在英国文学中占有重要地位，而不是爱尔兰文学。他说，当我们在大学里阅读伟大文学作品的时候，要努力超越世俗幼稚的眼光。说这话时，他看了我一眼。

下课后，女生们围着赫伯特先生，笑着告诉他，她们是多么喜欢他的蜜月故事。我觉得太丢脸了。我走下六段楼梯，这样就不用和那

①维尔京群岛（the Virgin Islands）一词中的 virgin 也可理解为“处女”、“童男”。

些可能瞧不起我，甚至同情我的学生一起坐电梯了。我因为一些错误的原因喜欢上了《格列佛游记》。我把书放到包里，已经不再关心地铁里的人们是不是用羡慕的眼光看我了。我不能抓住一个女孩的心，得不到办公室的工作，在第一节文学课上就做了蠢事，出了丑。我不明白自己究竟为什么离开利默里克。如果我待在那儿，参加了考试，现在就是个邮差了，从一条街逛到另一条街，送信，和女人们聊天，无忧无虑地回家喝茶。我原本可以满心欣喜地看乔纳森·斯威夫特的书，不管他是个讽刺作家还是鬼魂附体者。

24

汤姆在公寓里唱着歌做洋葱土豆煨牛肉，和房东的妻子聊天。房东是希腊人，在楼下开了个干洗店。他妻子是个瘦瘦的金发女人，看得出她不想让我待在那儿。我穿过伍德塞德大街，到图书馆借上次在那儿看到的书——肖恩·奥凯西的《我敲门》。这是一本关于在都柏林贫民窟成长生活的书，我从来都不知道可以写那种事。查尔斯·狄更斯写伦敦的穷人没有问题，但结尾总是主人公发现自己是萨默塞特公爵丢失很久的儿子，从此大家幸福地生活在一起。

肖恩·奥凯西的书里没有从此大家幸福地生活在一起。他的眼睛比我的还要糟糕，糟糕得让他无法上学。但他还是努力看书，自学写作，自学爱尔兰语，为阿贝剧院[1]写剧本，见到了格雷戈里夫人[2]和诗人叶芝。但在所有人都反对他的时候，他离开了爱尔兰。他绝不会坐在班上，让别人因为乔纳森·斯威夫特而挖苦自己。他会还击，然后走出教室，即便因为眼睛不好而撞到墙上。他是我读过的第一个描写穷人、肮脏、饥饿、垂死婴儿的爱尔兰作家，其他爱尔兰作家则描写农场、仙子和

①由爱尔兰诗人、剧作家叶芝等于 20 世纪初在都柏林创立，被视为爱尔兰文艺复兴运动的摇篮。

②格雷戈里夫人（1852－1932），爱尔兰剧作家，与叶芝共同致力于创建爱尔兰民族戏剧。

沼泽地区的薄雾。发现一个眼睛不好、母亲受苦的作家，让人松了一口气。

现在，我发现事情环环相扣。肖恩·奥凯西描写到格雷戈里夫人和叶芝，于是我就得到《大英百科全书》里查找他们的信息。那让我一直忙到图书管理员开始不停开灯关灯。我才发觉自己在利默里克长到十九岁，竟然连都柏林以前发生的事都不知道。我得查查《大英百科全书》，了解爱尔兰作家是多么有名：叶芝、格雷戈里夫人、拉塞尔[①] 和约翰·米林顿·辛格[②]。在辛格的剧作中，人们说话的方式我在利默里克或其他地方从来没有听过。

坐在昆斯区的一家图书馆里，我发现了爱尔兰文学。不明白为什么老师从来不对我们说起这些作家，直到我发现他们都是新教徒，甚至父亲是利默里克人的肖恩·奥凯西也是新教徒。在利默里克，没有人会赞扬新教徒是伟大的爱尔兰作家。

第二个星期上文学概论时，赫伯特先生说，从他个人观点来看，一部文学作品最可取的要素就是激情，这当然可以在乔纳森·斯威夫特及其崇拜者，我们的朋友迈考特先生的作品中找到。如果迈考特先生对斯威夫特的欣赏有些幼稚，那也是受激情潜移默化的影响。赫伯特先生对全班同学说，我是三十三个学生中唯一一个选择了真正伟大作家的人。这让他打消了这个班会有人认为劳埃德·道格拉斯[③] 或亨利·莫顿[④] 是伟大作家的想法。现在，他想知道我第一次是在什么时候、怎么开始读斯威夫特作品的。我不得不告诉他，在我十二岁的时候，利

---

①拉塞尔（1867－1935），爱尔兰诗人，爱尔兰文艺复兴运动代表人物，作品有诗集《回家：途中之歌》、《幻想之烛》等。

②约翰·米林顿·辛格（1971－1909），爱尔兰剧作家，爱尔兰文艺复兴运动代表人物，作品有悲剧《骑马下海人》、喜剧《峡谷阴影》及《西方世界的花花公子》等。

③劳埃德·道格拉斯（1877－1951），美国神甫、作家。

④亨利·莫顿（1841－1904），英裔美籍探险家、记者。

默里克的一个盲人给我钱，叫我给他读斯威夫特的作品。

因为上星期的耻辱，我本来不想这样在班上讲话，但又得照做，否则会被踢出大学。其他学生看着我，小声交谈。我不知道他们是在嗤笑我呢，还是在崇拜我。下课后，我还是走楼梯，没有坐电梯，但结果却出不了门，那门上有一个消防通道的标牌，警告我，如果碰到任何东西，警报就会响起。我爬回到六楼坐电梯，但那里的门和其他各层的门都关着。我只好推了推一层的门。警报响起，我被带到办公室填了张表，写了份说明，解释我在那个地方做些什么事才让警报响起。

对于我和那个第一个星期嘲笑我、第二星期表扬我的老师之间的矛盾，写份说明是没有用的。因此，我写道：虽然我害怕坐电梯，但从今天开始，我要坐电梯下楼。我知道这是他们想听到的。我在军队里学到，对办公室人员说一些他们想听的话比较容易过关，否则，总会有更上一级的人来让你填一份更长的表格。

25

汤姆说他厌倦了纽约，想去底特律。在那儿他认识人，可以在汽车厂当装配工，挣很多钱。他说，我应该和他一起去。忘了大学吧，几年内都拿不到学位，即使拿到了，也挣不到多少钱。在装配线上，如果你手脚快，就会被提升为领班或督导，还没明白是怎么回事呢，你就坐在办公室里指挥别人了。你穿着西服打着领带坐在那儿，秘书坐在对面的椅子上搔首弄姿，问你想要些什么，任何东西都可以。

我当然想跟汤姆一起去，想有钱买新车，载着一个金发美女，一个没有犯罪感的新教徒在底特律兜风。我会穿着光鲜的美国服装回到利默里克，只是他们会打听我在美国做什么工作。绝不能告诉他们我整天站在那儿，将装配线传送来的七零八碎的东西固定在别克车上。我情愿告诉他们，我是纽约大学的学生，即便有人问：大学？你怎么会上大学？十四岁辍学，从来没有踏足过中学的你？他们可能会说，在利默里克我总是自命不凡，爱摆架子，骄傲自大。是上帝让我们当中的一些人在这儿操劳受苦，在利默里克的小巷里生活了那么多年，我以为自己是谁呀？

霍勒斯，那个和我一起几乎死在烟熏室里的黑人对我说，如果我离开大学，就是个傻子。他工作就是为了让儿子在加拿大上大学。在美国，这是唯一的出路，伙计。他的妻子在布罗德大街打扫办公室，却很开心，因为他们有一个优秀的儿子在加拿大。他们正在为他两年后的毕业典礼攒钱，儿子蒂莫西想成为一名儿科医生，这样他将来就可以回牙买加治愈那些生病的孩子。

霍勒斯说，我应该感谢上帝自己是个白人，一个享受《美国军人法案》、身体健康的年轻白人。眼睛可能有点小问题，但在这个国家，当一个眼睛有问题的白人要比眼睛没问题的黑人强。如果他儿子对他说，想辍学去装配线旁把点烟器装到汽车里，他就到加拿大打碎儿子的脑袋。

仓库里有人嘲笑我，想知道午饭时间我和霍勒斯到底坐在那儿干些什么，和那个祖父母从树上掉下来的家伙有什么好谈的呢？如果我坐在平台上看上课用的书，他们就会晃着双手，问我是不是某个精灵。我想用拖钩扎他们的脑袋，但埃迪·林奇叫他们住嘴了。别打扰那个孩子。他们是无知的粗人，祖父母还待在烂泥潭里呢，即使屁股陷到烂泥里，也不会知道上树。

那些人没有理会埃迪，但卸货的时候，突然放下箱子或柳条筐，我的胳膊猛地往下一沉，一阵疼痛传来。他们以此报复我。而开叉车的人会将我挤到墙上，说：哎哟，没看见你在这儿呀。午饭后，他们态度可能会友好些，问我觉得三明治怎么样。如果我说很好，他们就会说：操，你没尝出乔伊在火腿上抹的鸽子屎吗？

我脑海里乌云密布，想拿着拖钩去追乔伊，但火腿涌上我的喉咙。我在平台上吐了起来，而那些人靠在一起大笑。没笑的只有乔伊和霍勒斯。乔伊坐在河边的平台尽头，看着天空，每个人都知道他头脑不正常；霍勒斯坐在平台另一边，就那么看着，一句话也不说。

但是，当我吐完火腿，不再感到恶心时，就明白霍勒斯在想些什么了。霍勒斯在想，如果这是他的儿子蒂莫西，就会叫他离开这里。

我知道我也该这么做，于是走到埃迪·林奇面前，把拖钩递给他，而且是把拖钩的手柄交到他手里，以免他受到侮辱。他收下拖钩，和我握了握手，说：好了，孩子，祝你好运，我们会把工资寄给你。埃迪只是一个平台领班，没有接受过教育，靠着自己的努力一步步上来，但他知道自己的处境，知道我在想些什么。我走到霍勒斯面前，和他握了握手，却什么话也说不出来，我对他有种奇怪的爱意，这让我难以启齿。我希望他可以成为我的父亲。他也是什么话都没说，拍了拍我的肩膀，冲我点了点头。他知道有些时候，言语是没有任何意义的。我在港口仓库听到的最后一句话是埃迪·林奇的那一声喊：干活儿去，你们这群松松垮垮的蠢货！

一个星期六的早上，我和汤姆坐地铁来到曼哈顿汽车站。他要去底特律，而我拎着军用行李袋准备前往华盛顿高地的一家家庭旅馆。汤姆买了票，把袋子塞到行李箱里，上了汽车。他说：你肯定？你不想去底特律？你可以过上好日子的。

我可以很轻松地登上那辆汽车。我所有的东西都在那个行李袋里，可以把它扔过去，和汤姆的袋子放在一起，买张票，踏上伟大的冒险之旅。那儿有金钱、金发美女，还有可以给我所有东西、任何东西的秘书。但在汽车关门之前我冲汤姆摇了摇头。他微笑着挥了挥手，朝他的座位走去。

坐 A 线地铁前往华盛顿高地的路上，我一直在汤姆和霍勒斯、底特律和纽约大学之间挣扎着。为什么我就不能在工厂里找一份工作，朝八晚五，有一小时午饭时间，每年休假两个星期？我可以晚上回家，洗个澡，和女孩约会，想看书的时候看看书。我不用担心头一个星期嘲笑我、下一个星期表扬我的教授，不用担心论文、厚厚的阅读作业和考试。我就自由了。

但如果那样，我在底特律坐火车和汽车外出，可能还会见到手里拿着书的学生，就会明白，为了到装配线上挣钱而放弃纽约大学，是多么的傻呀。如果没有大学学位、总是想着自己失去了什么，我就永远都不会心满意足。

每天，我都认识到自己是多么无知，特别是在纽约大学自助餐厅要一杯咖啡或一份烤奶酪三明治的时候。总是有成群结队的学生把书扔在地上，除了谈论功课外，他们似乎无所事事。他们抱怨教授，因为分数给低了而咒骂教授；吹嘘如何用同一篇论文来应付不止一门功课；要不就笑着说可以用从百科全书或其他书上抄来的论文戏弄教授。大多数班级都很大，教授们只能略读一下论文，如果有助教，他们更是什么也不知道。学生们就是这么说的。对他们来说，上大学似乎是个游戏。

每个人都在说话，没有人听，我明白这是为什么。我也想成为一名谈笑着抱怨一切的普通学生，但不能听到人们谈论那个叫平均积点分的东西。他们谈论平均积点分，因为它能让你到好的研究生院读书，那是让父母发愁的东西。

不谈平均积点分的时候，学生们就争辩一切事物的意义：人生、上帝的存在，还有可怕的世界局势。你从来都不会知道，什么时候某个人会扔下一个让大家表情极为严肃的词：存在主义。他们可能谈论自己如何想当医生和律师，直到有人举起手来，宣称一切都毫无意义。世上唯一明智的人就是阿尔贝·加缪[①]。他曾经说过，你每天最重要的举动就是决定不去自杀。

想到和这么一群人坐在一起，把书扔在地上，想着一切都那么虚无，就情绪低落，我得查查什么是存在主义，阿尔贝·加缪是谁。我

①阿尔贝·加缪（1913－1960），法国作家，代表作有小说《局外人》、《鼠疫》，剧本《卡利古拉》，哲学随笔《西西弗的神话》、《反抗者》等。

正打算这么做呢，学生们开始谈论起不同的学院。我发现自己正待在一个受人鄙视的学院——教育学院。能在商学院或者华盛顿广场文理学院读书是好事。但如果是在教育学院，你就排在末尾了，你将成为一名老师。又有谁想当老师呢？一些学生的母亲就是老师，可她们屁也没得到，操。为一群不欣赏你的孩子操碎了心，又得到什么了呢？山羊便便，那就是你得到的。

从他们说话的神情，我就知道山羊便便不是个好词。这是除了存在主义以外，另一个我得查字典的词。坐在自助餐厅里，听着身边这些欢快的谈话，知道自己永远也赶不上其他学生，我感到很郁闷。他们都有高中文凭，父母为了送他们上纽约大学以便将来成为医生和律师而不停地工作。但他们的父母知道自己的儿子或女儿在自助餐厅里花了多少时间不停谈论存在主义和自杀吗？我在这儿，二十三岁，没有高中文凭，眼睛不好，牙齿不好，什么都不好。我到底在这儿做什么呢？我觉得自己有幸没有和这些想自杀的聪明孩子坐在一起。如果让他们发现我想当老师，我就会成为这群人的笑柄。或许，我应该在自助餐厅另外找个位置，和教育学院未来的老师们坐在一起，尽管那等于向全世界表明我和那些不能上好学院的失败者是一伙的。

唯一能做的就是喝完咖啡，吃完烤奶酪三明治，到图书馆查查存在主义，找出是什么东西让加缪那么伤心，仅仅是为了以防万一。

26

我的新房东是阿格尼丝·克莱因夫人。她带我看了一间每星期十二美元的屋子，一间真正的屋子，不像第六十八大街的奥斯丁夫人租给我的那个楼道尽头的隔间。屋子里有一张床、一张书桌、一把椅子，靠窗的角落有个小沙发。几个月后，我弟弟迈克尔从爱尔兰来了可以睡在那儿。

我还没进门，克莱因夫人就对我说起了她的过去，叫我不要匆忙下结论。她的姓可能是克莱因，但那是她那犹太丈夫的姓，她自己的姓是坎蒂。我应该很清楚再也没有比那个姓更具爱尔兰特征的了。如果我在圣诞节没地方可去，可以和她，以及她丈夫留下的儿子迈克尔一起过圣诞节。她丈夫埃迪是她所有麻烦的根源。战争爆发前，他和他们四岁的儿子迈克尔跑到德国，因为他母亲快不行了，他盼望着继承她的财产。当然，他们，包括他母亲在内的整个克莱因家族都被送到了集中营。对该死的德国纳粹说迈克尔是出生在华盛顿高地的美国公民根本没有用。她再也没见着丈夫，但迈克尔幸存下来。战争结束时，这个可怜的孩子终于能对美国人说他是谁了。她说她丈夫留下的儿子就在大厅尽头的一间小屋子里，我应该在圣诞节那天下午两点去她的厨房，在晚饭前小酌一杯。不会有火鸡，如果我不介意，她想做欧式菜。

不要说是，除非我真的这么想。如果我有地方去，有做土豆泥的爱尔兰姑娘，就不用来吃圣诞晚餐了。不用担心她。这不是她第一个只有大厅尽头她丈夫留下的迈克尔陪伴的圣诞节。

圣诞节那天，厨房里飘来奇怪的味道。克莱因夫人正在用煎锅挤压东西。饺子形馅饼，她说，波兰菜。迈克尔喜欢。喝杯加橘汁的伏特加吧。一年中流感到来的这个时节，喝点这个对你有好处。

我们坐在她的起居室里喝酒。她谈起了丈夫。如果他在这儿，我们就不会围坐在一起喝伏特加，做饺子形馅饼了。对他来说，圣诞节和往常没什么两样。

她探过身来调整光线，假发掉了下来。一看见那只有零星几缕棕色头发的脑袋，身体里的伏特加就使我大声笑出来。继续，她说，总有一天，你母亲的假发也会掉下来，看看到时候你还会不会笑。接着，她把假发戴回头上。

我对她说，我母亲有一头好头发。她说：不足为奇，你母亲从来没有一个走向纳粹军队的疯子丈夫。如果不是因为他，迈克尔，那个他留下的儿子就会从床上起来，和可怜的母亲一起喝杯伏特加，为饺子形馅饼流口水了。哦，上帝呀，饺子形馅饼。

她从椅子上跳了起来，冲到厨房里。还好，只烧糊了一点，饺子形馅饼变得又脆又好吃。我的人生哲学就是——你想知道我的人生哲学吗？那就是，厨房里任何不利的东西，都可以加以利用。做泡菜和烟熏红肠的时候，我们不妨再喝一杯伏特加。

我问她什么是烟熏红肠，她边倒酒边冲着我大喊大叫，说她无法相信世上竟然有这么无知的人。在美国陆军待了两年，你竟然不知道烟熏红肠？难怪共产党人正在取得主导地位呢。看在上帝的分上，那是波兰香肠。你应该看着我煎，以免娶一个不是爱尔兰人却想吃烟熏红肠的好女孩。

我们待在厨房，又喝了杯伏特加。烟熏红肠嗞嗞作响，炖泡菜发出一股酸味儿。克莱因夫人在托盘上放了三个盘子，为迈克尔倒了一杯马尼舍维兹甜红葡萄酒。他爱喝，她说，就爱配着烟熏红肠和泡菜喝马尼舍维兹甜红葡萄酒。

我跟着她穿过她的卧室，来到一间小黑屋子里。迈克尔坐在床上，瞪着前面看。我们拿来椅子，把他的床当桌子。克莱因夫人打开收音机，我们听大号铜管乐器和手风琴演奏的音乐。这是他喜欢的音乐，她说，任何欧洲的东西。他很怀旧，你知道，怀念欧洲，看在上帝的分上。是不是呀，迈克尔？是不是呀？我在和你说话呢。圣诞快乐，迈克尔。该死的圣诞快乐。她扯下假发，把它扔到角落里。不再伪装了，迈克尔。我已经受够了。跟我说话，不然明年我就做美国菜。明年，我做火鸡，迈克尔，馅料，越橘酱，所有的配菜，迈克尔。

迈克尔直直地盯着前方看，烟熏红肠的油渍在盘子里闪闪发亮。他母亲胡乱摆弄着收音机，直到找到唱《白色圣诞节》的平·克里斯贝。

最好习惯这个，迈克尔。明年就是平和馅料了，让烟熏红肠见鬼去吧。

她把盘子推到床的一边，头靠着迈克尔的胳膊肘睡着了。我等了一会儿，把自己的晚饭拿到厨房，倒到垃圾桶里，回到自己的房间，倒在了自己的床上。

蒂姆·科因在商业冷藏公司工作，住在西第一八〇大街七二〇号的玛丽·奥布莱恩家庭旅馆，拐过街角就是我住的地方。他叫我随时过去喝杯茶，玛丽很友好。

那不是真正的家庭旅馆，是个大公寓。四个房客每星期各付十八美元。与布朗克斯区的洛根旅馆不同，他们任何时候都可以吃到体面的早餐，而在洛根旅馆，必须参加弥撒或者在天恩眷顾的情况下才能吃到。玛丽在星期天的早上更愿意坐在厨房里喝茶抽烟，笑着听房客们讲让他们发誓再也不这样的宿醉了。她对我说，如果其中一个男孩离开、回到爱尔兰，我就可以搬到那儿去住。他们总会回去，认为自己可以攒几美元，和某个乡村女孩在古老的农场定居。但夜复一夜，除了妻子在你对面伴着炉火织毛衣，而你想着纽约的灯光、东区的舞厅和第三大道漂亮舒适的酒吧，还能做些什么呢？

我想搬到玛丽·奥布莱恩家庭旅馆，离开阿格尼丝·克莱因夫人。她似乎永远站在门后等着我将钥匙插到锁上，这样就可以将一杯加橘汁伏特加塞到我手里。对她来说我得看书写论文完成纽约大学的功课，这不要紧；在码头或仓库平台值夜班累得要命，也不要紧。她想对我讲她的人生故事，埃迪如何比任何一个爱尔兰人都让她着迷。要提防犹太女孩，弗兰克，她们也很迷人，很……你们怎么说来着？很性感。你还没明白怎么回事呢，就踩在玻璃杯上了。

踩在玻璃杯上？

没错，弗兰克。我叫你弗兰克，你不介意吧？你不踩碎了葡萄酒杯，她们就不会嫁给你。然后，她们会让你改变信仰，这样孩子就可以成为犹太人并继承所有东西。但是我不会。我曾经想这么做，但我母亲说如果我成为犹太人，她就从乔治·华盛顿大桥上跳下去。这话也就咱们私下里说说，我才不在乎她是不是从桥上跳下来，再被过往的拖船撞下水。她不能阻止我成为犹太人。我坚持信仰是因为我爸爸，他很正派，没有喝酒的毛病。但你对坎蒂这么个姓又能有什么期待呢？在凯里郡，这样的姓遍地都是。我盼望着有朝一日上帝能赐予我健康。他们说凯里郡一片绿色，是那么美丽，但我从来没见过绿色。除了这公寓和超市外，我什么也看不见，见到的只有这公寓和大厅尽头他留下的迈克尔。我父亲说，我成为犹太人会让他心碎，并不是他反感那些受苦受难的可怜人，而是因为我们也受过苦。我要背叛多少年来那些被绞死、被四处乱埋的祖祖辈辈吗？他来参加了我的婚礼，而我母亲没来。母亲说我将耶稣钉在十字架上受难，说爱尔兰人饿死都不会去喝新教徒的汤，对我的行为，他们会怎么说呢？埃迪抱着我，对我说他和自己家人也产生了矛盾，说当你爱一个人的时候，可以让全世界去亲你的屁股。看看埃迪的遭遇，最后进了他妈的炉子。上帝原谅我讲脏话。

她坐在我床边，把酒杯放到地上，双手捂着脸。上帝啊，上帝啊，她说，一想到他们对他的所作所为和迈克尔的所见所闻，我就无法入睡。迈克尔看到了什么？我见到过报纸上的照片，上帝啊。我知道他们，那些德国人。他们住在这儿，开熟食店，还有孩子。我问他们：是你们杀了我的埃迪吗？他们都盯着我看。

她哭了，向后躺在我的床上睡着了。我不知道该不该叫醒她，告诉她我很累了。我一星期付十二美元，她却在我的床上睡觉，而我只能在角落里那个硬沙发上辗转反侧。那个硬沙发是为我几个月后来的弟弟迈克尔准备的。

我对玛丽·奥布莱恩和她的房客们说了这件事。他们都歇斯底里地笑。玛丽说：哦，上帝爱她，我认识可怜的阿格尼丝，知道发生在她身上的所有事情。有些时候，她完全失去理智，不戴假发四处溜达，逢人便问哪儿有拉比[1]，要为她儿子、他留下的卧床不起的可怜的迈克尔改变信仰。

两名修女两星期过来帮助克莱因夫人一次，给迈克尔洗澡换床单，打扫公寓，在她洗澡的时候照看她。她们梳理她的假发，这样假发就不会看上去乱糟糟的了；把水掺在她的伏特加里，她不知道。如果她喝醉了，那也只是心理作用。

玛丽·托马斯嬷嬷对我很好奇。我信教吗？上的是什么学校？因为她看到了书和笔记本。我说是纽约大学，她皱了皱眉头，不知道在那么个地方我会不会失去宗教信仰。我不敢告诉她，自己很多年以前就不去参加弥撒了。她和比阿特丽斯嬷嬷对克莱因夫人和卧床不起的

①犹太教负责执行教规、律法，并主持宗教仪式的人。

迈克尔是那么好。

玛丽·托马斯嬷嬷小声对我说了些我只能对神甫讲的事：她擅自为迈克尔洗礼了。毕竟，他不是真正的犹太人，他母亲是爱尔兰天主教徒。嬷嬷们不愿去考虑迈克尔可能会遭遇什么事，如果他没有接受洗礼就死了的话。他在德国受的罪还不够多吗？这个可怜的小男孩看着父亲被带走或者见到更糟糕的事。他不应该接受洗礼吗？万一某个早上他在床上醒不过来了呢？

她想知道我在这儿的作用。是我鼓励阿格尼丝喝酒呢，还是反过来？我对她说我没有时间做这些。我忙着上学，忙着工作，只能睡一小会儿。她想知道我是否愿意帮个忙，解除她的心灵痛苦。如果我有时间，而可怜的阿格尼丝睡着了或者在喝了掺水的伏特加后醉了，我能否穿过楼道，跪在迈克尔的床边，数着念珠说几句万福马利亚？他可能不理解，但你怎么知道呢？在上帝的帮助下，万福马利亚可能会渗入这个可怜的受难人的脑子里，帮助他回到现实社会，回归他母亲这一方的真实信仰中来。

如果我那样做，她就会为我祈祷。首先，她会祈祷我离开纽约大学。人人都知道那里是共产主义的温床，在那儿我会面临失去不朽灵魂的巨大危险。如果一个人赢得了整个世界却失去了不朽的灵魂，那对他又有什么好处呢？上帝知道，在福德姆大学或者圣约翰大学一定有我的位置。和纽约大学不同，那些地方不是无神论的共产主义的温床。我最好在麦卡锡参议员盯上纽约大学之前离开那里。上帝保佑他，照顾他，不对吗，比阿特丽斯嬷嬷？

另一个嬷嬷点头说没错。她老是那么忙，很少说话。当玛丽·托马斯嬷嬷努力拯救我的灵魂远离无神论的共产主义时，比阿特丽斯嬷嬷不是在给阿格尼丝夫人洗澡就是在为迈克尔梳洗。有时候，比阿特丽斯嬷嬷打开迈克尔的房门时，楼道里弥漫的气味会让你想吐，但那都不能阻止她进去，还是为他洗澡换床单。你能听到她哼着圣歌。如果克莱因夫人醉得太厉害，嚷嚷着要洗澡，比阿特丽斯嬷嬷就会抱着她，哼圣歌，轻轻梳理她头上稀疏的棕色头发，直到克莱因夫人像个孩子似的躺在她怀里。玛丽·托马斯嬷嬷很不耐烦，对克莱因夫人说：你没有权利这样浪费我们的时间，我们还要去看望其他可怜的人，他们是天主教徒，克莱因夫人，天主教徒。

克莱因夫人抽泣着说：我是天主教徒，我是天主教徒。

那还是有争议的，克莱因夫人。

如果克莱因夫人啜泣起来，比阿特丽斯嬷嬷就会更紧地抱着她，另一只手按住她的头，带着浅浅的微笑冲着天堂哼唱圣歌。玛丽·托马斯嬷嬷冲我摆摆手指，说：小心，不要和真实信仰之外的人结婚。这就是下场。

27

有一封信让我去见英语系的指导教师马克斯·博加德先生。他说我的成绩不太令人满意：教育史得了B-，文学概论得了C。如果我想继续待在学校，试读这一年应该保持平均分为B。他说，毕竟，在没有高中文凭的情况下，主任让你进来，是帮了你个忙。可是，现在你让她失望了。

我得工作。

你得工作，这是什么意思？每个人都得工作。

我晚上得在码头和仓库工作，有时候是白天。

他说我得作出决定，工作还是上学。这一次，他给我个机会，让我再试读一年。明年六月，希望我拿到全B或更好的成绩。

我从来没想过大学意味着数字、字母、分数和平均积点分，还有让我试读的人。我一直以为这是一个善良博学的男人和女人们热情教学的地方。如果我不明白，他们会停下来解释。我不知道要和几十个，有时候上百个学生一起从一个教室跑到另一个，听教授们讲课，而他们甚至连看都不看你一眼。有些教授看着窗外或者天花板，有些将头埋在笔记本里，照着年代久远、破碎发黄的纸片念。如果学生们提问题，他们就会挥手阻止。在英国小说里，牛津和剑桥的学生总是在教授的房间里聚会，边讨论索福克勒斯[1]边抿着雪利酒。我也想讨论索福克勒斯，但得先看他的作品。在商业冷藏公司上完夜班后，我就没有时间了。

如果我想讨论索福克勒斯，为存在主义和加缪自杀的问题而愁容满面，就得放弃商业冷藏公司。如果晚上不工作，我就有可能坐在自助餐厅里和人们讨论《皮埃尔》、《罪与罚》或者莎士比亚了。自助餐厅里有叫雷切尔和内奥米的女孩，正是克莱因夫人告诉我的那种很性感的犹太女孩。我希望自己有勇气和她们说话，也许她们也像新教徒女孩那样，因为空虚而绝望，没有犯罪感，并作好了纵欲的准备。

一九五四年春，我成为纽约大学的一名全日制学生，只在业余时间到码头和仓库打工，或者只在人力资源公司给我临时工作的时候才外出干活儿。第一份工作在第七大道的一家帽子厂。厂主迈耶先生对我说那是一份很简单的工作，只需要拿起那些颜色灰暗的女士帽子，把羽毛浸到不同的染缸里，将羽毛晾干，以帽子为标准配色，将羽毛粘在帽子上。简单，是吧？是的，你就是这么想的，迈耶先生说，但波多黎各人干这活儿的时候，弄出来的颜色组合能把你的眼睛晃瞎。那些波多黎各人认为生活就是复活节游行，但它不是。搭配羽毛和帽子，你得有品味。品味，我的朋友。布鲁克林区的犹太小妇人们可不想在逾越节[2]的时候戴上一顶复活节游行戴的帽子。明白我的意思吗？

他说我看上去足够聪明，大学生，是吧？这么简单的活儿应该不成问题，如果成问题，就不应该上大学了。他要外出几天，这样除了在缝纫机和裁剪桌旁干活儿的波多黎各女士们之外，就只有我一个人了。是的，他说，波多黎各女士们会照看你的，哈哈。

我想问他是不是有些颜色可以搭配，有些不可以，可他已经走了。

①索福克勒斯（约前 496－前 406），古希腊三大悲剧作家之一，著有《埃阿斯》、《安提戈涅》、《俄狄浦斯王》等。

②犹太教传统节日。

我把羽毛浸到染缸里。当我把羽毛粘到帽子上的时候，波多黎各妇女和女孩们开始咯咯笑，然后大笑起来。我做完一批帽子之后，她们就把帽子拿到靠墙的架子上，然后又拿来一批。在此期间，她们努力忍着，但后来实在是忍不住了，我也忍不住脸红了。我试着将羽毛浸到不同的染缸里，从而变换色彩设计，以达到彩虹的效果。我把一根羽毛当作画笔，在其他羽毛上画上小圆点、条纹、落日、盈缺的月亮、波浪起伏的河流（鱼儿在里面来回游动）和栖息的鸟儿。女人们笑得都踩不了缝纫机了。我希望自己能和她们交谈，问问我是不是做错了什么，希望自己可以对她们说，我到这个世界上来不是为了给帽子粘羽毛的，我是个在德国训过狗、在码头干过活儿的大学生。

三天后，迈耶先生回来了。当他看见帽子的时候，像个瘫子似的靠在门边，看了看女人们。她们摇摇头，好像在说这世上有疯子。他说：你都干了些什么？我不知道该怎么回答。他说：上帝，你是波多黎各人吗？

不是，先生。

爱尔兰人，对吧？是的，那就是了。你也许是色盲，但我没有问过你这个。我有没有问过你是不是色盲？

没有，先生。

如果你不是色盲，那我不知道你该怎么解释这些色彩组合。你让波多黎各人黯然失色，你知道吗？黯然失色。我猜这就是爱尔兰人的东西，没有色彩感，没有艺术感，看在上帝的分上。有爱尔兰画家吗？说出一个来。

我说不上来。

你听说过梵高，对吧？伦勃朗？毕加索呢？

听说过。

那就是我的意思。你们爱尔兰人是不错的民族，出了伟大的歌唱家约翰·麦科马克、伟大的警察、政客、神甫。有很多爱尔兰神甫，但没有艺术家。你什么时候见过在墙上画画的爱尔兰人？墨菲？赖利？鲁尼？不是的，孩子。我想那是因为你们的民族只知道一种颜色，那就是绿色，对吧？所以，我建议你远离任何与颜色有关的东西。去当警察吧，竞选职务，拿着你的工资条，过不错的日子。不要怀恨在心。

人力办公室里的人摇摇头，以为对我这么一个大学生来说，这是一份完美的工作，是吧？往帽子上粘羽毛有那么难吗？迈耶先生给他们打电话说：不要再给我派爱尔兰大学生了。他们是色盲。给我派个懂颜色、不会把我的帽子弄得一团糟的笨点的人来。

他们说如果我会打字，就可以派给我各种活儿。我告诉他们我会打字，在部队里学的，而且打得很棒。

他们派我到曼哈顿的各个办公室。从早上九点到晚上五点，我坐在办公桌旁打各种名单、发票、信封上的地址、提货单。主管告诉我应该做些什么，只在出错时才对我说话。其他的办公室员工不理我，因为我只是临时的，他们口中的临时工。也许明天我就不在这儿了。他们甚至看不见我。我或许会死在办公桌旁，而他们从我身边经过，谈论着昨晚看的电视节目，还有想快点在星期五下午前往的新泽西海滩。他们派人去买咖啡和糕点，但不会问我脸上是不是有张嘴。无论发生了什么异常，都是聚会的借口。聚会上有为获得提升、怀孕、订婚或结婚的人准备的礼物。他们会全体站在办公室的一边，喝着葡萄酒，吃着饼干和奶酪，玩上一小时，然后回家。女人们会带上新生儿，其他女人冲过去逗孩子，说：她真漂亮！遗传了你的眼睛，米兰达，真的是遗传了你的眼睛。男人们则会说：嘿，米兰达，看上去气色很好。不错的孩子。他们只会这么说，因为男人不应该对新生儿感兴趣或者激动不已。我没有被邀请参加聚会。我的打字机噼噼啪啪地响着，而所有的人都玩得很开心。我觉得很怪异。如果主管要说几句话，而我还在打字，他们就会在办公室的那边喊道：抱歉，那边的你，停一分钟，好不好？都听不见我们的观点了。

我不明白，他们怎么能在这些办公室里日复一日年复一年地工作。我忍不住看看钟表，有时候都想起身离开，就像在蓝十字会保险公司那样。办公室里的人似乎并不在意。他们走到冷水机前喝水，上厕所，从一张桌子走到另一张前聊天，打电话给另一张桌子旁的人，称赞对方的衣服、发式、化妆，称赞某个因节食而减了几磅的人。如果有人对一个女人说她体重减轻了，她就会笑上一个小时，不停地用手捂着嘴。办公室里的人吹嘘他们的孩子、妻子、丈夫，盼望着为期两个星期的假日。

我被派到第四大道的一家进出口公司。他们给了我一堆有关进口日本玩具的文件。我应该将这个文件上的内容誊到那个文件上。办公室的钟显示现在是上午九点三十分。我看了看窗外，阳光明媚，一对男女在马路对面的一家咖啡馆门口接吻。办公室的钟显示现在是上午九点三十三分。那个男人和那个女人分开，朝相反的方向走了，然后又转过身，朝对方跑去，再次接吻。办公室的钟显示现在是上午九点三十六分。我拿起椅背上的西服，快速地穿上。办公室经理站在他那间屋子的门口说：嘿，怎么了？我没有回答。人们都在等电梯，而我朝楼梯走去，尽己所能地快速跑下七段楼梯。接吻的那对人已经不见了，我很难过，想再看他们一次，希望他们不要到办公室去。在那儿，他们不是打日本玩具的单子，就是告诉大家他们订婚了。这样，办公室经理就会给他们一个小时，喝酒吃饼干吃奶酪。

靠着在空军服役的弟弟马拉奇每月寄来的生活费，我母亲在利默里克生活得很舒适，有了带前后花园的房子，如果喜欢，还可以在花园里种花种洋葱。她有足够的钱买衣服和烈酒，到基尔奇海滨旅游。阿非在天主教平信徒社团学校接受中等教育，得到各种机会。有了舒适的新房子，新床、床单、毯子和枕头，他不用担心整晚和跳蚤作战。那儿有杀虫剂。他不用每天早上费劲生炉子。那儿有煤气灶。如果喜欢，他甚至可以每天吃一个鸡蛋，不用像我们那样渴望鸡蛋。他有体面的衣服和鞋子，不论外面的天气多么糟糕，总是很温暖很舒适。

是时候派人去接迈克尔了，这样他就可以来到纽约，步入社会。来了之后，他瘦得让我想带他到外面去，用汉堡包和苹果派填满他。他和我一起在克莱因夫人的旅馆里住了一阵，干过许多不同的活儿，但面临着被征入伍的威胁。他觉得当空军会更好些，因为制服是不错的蓝色，比陆军令人不快的棕色制服要漂亮，也更可能吸引女孩子。马拉奇从空军退伍后，迈克尔可以继续每月寄去让我母亲再维持三年的生活费。在完成纽约大学的课程之前，我不用担心其他人。

28

当她悠然自得地走进心理学课的教室时，教授惊得合不拢嘴。他使劲地抓着根粉笔，直到捏碎了为止。他说：对不起，小姐。她给了他一个灿烂的微笑，而他只是对她笑。对不起，小姐，他说，我们是按字母顺序排座位的，我得知道你的名字。

艾伯塔·斯莫尔，她说。他指了指我后面的一排座位。即使她花一整天走到她的座位前，我们也一点都不在意，因为我们都在尽情欣赏她的金发碧眼、性感双唇、诱人犯罪的胸脯和惹火的身材。走过几排座位后，她小声说：对不起。学生们站起来让她走到自己的座位上。在她走过的地方出现了一阵混乱和骚动。

我想成为其中的一名学生，站起来让她经过，从身边擦过并碰到我。

下课的时候，我想设法让她走过过道，这样就可以看着她走来，看着她以那种只有在电影里才能见到的身姿离去。从我身边经过的时候，她给了我一个浅浅的微笑。我不明白上帝为什么对我这么仁慈，让我得到了纽约大学最漂亮女孩的一个微笑。她金发碧眼，一定来自斯堪的纳维亚一个美人部落。我希望自己能对她说：嗨，你想去喝杯咖啡，吃份烤奶酪三明治，讨论一下存在主义吗？但我知道那永远都不会发生，尤其是在我看到楼道里和她见面的那个人之后。那是一个有着山一样的块头、夹克上印着纽约大学橄榄球队字样的学生。

下一次心理学课上，教授问我一个关于荣格[①]和集体无意识的问题。一开口，我就知道所有人都在盯着我看，好像在说：这个带着爱尔兰口音的家伙是谁？教授说：哦，是爱尔兰口音吗？我只得承认。他对全班同学说，当然，天主教会传统上对心理分析一直有敌意。那没错吧，迈考特先生？我觉得他是在指控我。为什么他要提天主教会，仅仅因为我在回答他关于集体无意识的问题吗？我应该为天主教会辩护吗？

我不知道，教授。

利默里克的一位至圣教主会神甫曾在星期天早上布道的时候大声宣讲，谴责弗洛伊德和荣格，预言他俩的结局就是下到地狱的最底层。对教授说这些是没用的。如果我在班上发言，没人会听我说了些什么。他们只会听我的口音。有时候我希望把手伸到嘴里，将自己的口音连根拔起。即使在我尝试美式发音的时候，人们也很迷惑，说：我听出爱尔兰口音了吗？

下课的时候，我等着那位金发美女从身边经过，但她停了下来，蓝色的眼睛冲我微笑，说：嗨。我的心怦怦直跳。她说：我叫迈克。

迈克？

嗯，事实上我叫艾伯塔，但他们叫我迈克。

外面没有橄榄球运动员。她说离她上下一节课还有两个小时，我愿意到洛基咖啡馆喝一杯吗？

一分钟后，我还有课。但我不愿意失去和这个每个人都盯着看的女孩、这个在世上所有人中单单跟我打招呼的女孩相处的机会。我们得飞快地走到洛基咖啡馆，这样就不会碰上那个橄榄球运动员鲍勃。如果他知道她和另一个男孩喝一杯，会不高兴的。

---

①荣格（1875 – 1961），瑞士著名心理学家、精神分析学家，首创分析心理学。

我想知道她为什么称所有男性为男孩。我二十三了。

她说她和鲍勃可以说是订婚了，或定情了。我不知道她在说些什么。她说一个已经定情的女孩就是订婚了。当一个女孩的项链上挂着男朋友的高中毕业戒指时，你就知道她已经定情了。我不明白为什么她不戴鲍勃的戒指。她说他给了她一条刻着她名字、表明她名花有主的金手链，但她没戴，因为波多黎各女孩才这么做。她们太俗艳了。得到那手链之后才能得到订婚戒指，而她会等着订婚戒指的。非常感谢你。

她告诉我她来自罗得岛，从七岁起就由祖母抚养。母亲生她时只有十六岁，她的父亲二十岁，你可以猜测发生了什么。奉子成婚。战争来临时，他被召入伍，派往西雅图。那就是婚姻的终结。虽然迈克是个新教徒，但她毕业于一所位于马萨诸塞州福尔里弗的天主教女隐修会学校。她笑着说起毕业那年夏天，她几乎每天晚上都去赴不同的约会。她也许在微笑，但我感觉到一阵强烈的怒气和忌妒。我想杀了那些和她一起吃爆米花，或许在汽车影院里亲吻她的男孩。现在，她和父亲还有继母一起住在河滨大道。她祖母暂时住在这儿，直到她安顿下来，适应这座城市为止。当她说起她喜欢我的爱尔兰口音时，一点也不害羞。她甚至喜欢在上课时看着我的后脑勺。我的头发又黑又鬈。那些话让我听了脸红。虽然洛基咖啡馆里光线很暗，但她能看到我脸红了，觉得很可爱。

在纽约，我得习惯于他们说可爱的方式。在爱尔兰，如果你说一个人可爱，就是在说他狡猾、鬼鬼祟祟。

我在洛基咖啡馆和这个几乎是从银幕上走下来的女孩，另一个弗吉尼亚·梅奥[①]一起喝啤酒，觉得自己身处天堂。我知道自己是洛基咖啡馆里每个男人和男孩忌妒的对象。在街上也是这样。他们转过头，

①弗吉尼亚·梅奥（1920－2005），美国女演员。

不明白和纽约大学甚至曼哈顿区最漂亮的女孩待在一起的我到底是谁。

两个小时后，她得去上下一节课了。我想像电影里那样帮她拿书，但她说：不，我最好在这儿待会儿，以免碰上鲍勃。见到她和我这样的人在一起，他会不高兴的。她笑了，提醒我他块头很大。谢谢你请的啤酒，下星期上课见。然后，她走了。

她的杯子还在桌子上，上面有粉红色的口红印。我把杯子拿到嘴边，体会她的气息，梦想着有朝一日能亲吻那双唇，又把杯子贴在脸颊上。想到她亲吻那个橄榄球运动员，我的脑海里就乌云密布。如果她和他可以说是订婚了，为什么还要和我一起坐在洛基咖啡馆里呢？在美国就是这样的吗？如果你爱一个女人，就应该一直对她忠诚；如果不爱她，和另外一个人在洛基咖啡馆喝啤酒也没事。如果她和我一起到洛基咖啡馆，那么她就是不爱他。这让我感觉好些了。

是不是她为我的爱尔兰口音和红眼睛感到可惜呢？她能猜到对我来说，和女孩子说话不容易吗？（除非她们先和我说话。）

在美国，到处都有男人走到女孩面前说：嗨。我是永远不会那么做的。我觉得先说“嗨”很愚蠢，我不是伴着它长大的。我得说“你好”或其他适合成年人的表达方式。即便是有人跟我说话，我也不知道该说些什么。我不想让他们知道我从来没有上过高中，在爱尔兰的贫民窟长大。我对自己的过去感到羞愧，只能撒谎。

英语写作课老师卡利特里先生让我们写一篇关于童年时代一件重要物品的文章，可以写家里的东西。

我的童年里没有任何我想让人知道的物品。我不想让卡利特里先生或班上任何人知道我们和那些住在罗登巷的家庭共用贫民窟的厕所。我可以编造，但想不出其他同学谈论的那些东西：家庭汽车、爸爸的旧棒球手套、带给他们很多欢乐的雪橇、旧冰箱、做作业用的餐桌。

我能想到的就是我和三个弟弟共用的那张床，却为自己不得不写它而羞愧。如果我编造一些令人尊敬的好东西，而不写那张床，又会深受折磨。卡利特里先生将是唯一一个读它的人。我会很安全。

床

我在利默里克长大，那时，我母亲不得不到圣文森特保罗协会去看看能否为我和我弟弟——马拉奇、迈克尔和还不大会走路的阿非——弄张床。圣文森特保罗协会里的人说，可以给她一张凭证。她可以拿着这张凭证到爱尔兰城镇一个卖二手床的地方去。我母亲问他，我们就不能得到一张新床吗？谁知道旧床里会有些什么，可能会有各种病菌。

那个人说乞丐没有选择的余地，我母亲不应该那么挑剔。

但是她不放弃，她至少想知道是否有人死在那张床上。当然，这不算问得太多。她不想晚上躺在自己的床上，想着四个小儿子睡在一张死过人的床上。那个人可能发过烧或者得过肺结核。

圣文森特保罗协会的那个人说：夫人，如果你不想要那张床，就把凭证还给我。我会给一个不那么挑剔的人。

妈妈说：哦，不。她回家拿阿非的婴儿车，用来运床垫、弹簧和床架。爱尔兰城镇那家卖二手床的商店想给她一张倒毛、到处是污渍的床垫，我母亲说她都不会让一头母牛睡在这么一张床上，那边角落里不是还有一张床垫吗？那个人咕哝了几声，说：好吧，好吧。耶稣作证，这年头接受施舍的人都变得很挑剔了。他站在柜台后面，看着我们把床垫拖到外面。

我们推着婴儿车沿利默里克的街道来回跑了三趟，运送床垫和铁床架的不同零件：床头、床尾、支架和弹簧。我母亲说她为自己的生活感到羞愧，想在晚上运。那个人说他很同情她的困境，但六点整要关店门，即使是圣家庭[1]来买床，他也不会开门。

推婴儿车不是件容易的事，因为后轮总是想自己走路。而被压在床垫下的阿非哭喊着要妈妈，推起来就更困难了。

我的父亲把床垫拖上楼，帮我们把弹簧和床架支起来。当然，他不会帮我们将婴儿车从两英里外的爱尔兰城镇推回来，那场景会让他感到羞愧。他来自北爱尔兰。那儿的人一定有办法将床垫弄回家。

我们把旧外套铺在床上，因为圣文森特保罗协会不给我们领床单和毯子的凭证。我母亲点燃了炉火。我们坐在床边喝茶，她说至少我们都不用坐在地板上了，上帝真的是很仁慈。

第二个星期，卡利特里先生坐在讲台边，从包里拿出我们的文章，对全班同学说：文章写得不错，有些多愁善感了，但有一篇文章我想念给你们听，如果作者不介意——《床》。

他冲我扬了扬眉，好像在说：你介意吗？我不知道该说些什么，尽管想告诉他：不，不，请不要告诉全世界我来自哪里。但我的脸已经通红了，只能冲他耸耸肩，好像不在意似的。

他读了。我感觉全班人都在看我，很羞愧。我很高兴迈克·斯莫尔不在这个班上。要不然，她永远不会再看我一眼。班上有些女孩也许觉得应该离我远点。我想告诉她们这是个虚构的故事，但卡利特里先生正在那儿讲这个故事，向全班解释为什么给了它一个A。风格很直接，主题内容很丰富。说到丰富的时候，他笑了。你们明白我的意思，他说。他对我说，我应该继续挖掘我丰富的过去，然后又笑了。我不明白他在说些什么，为自己写了那张床而难过，担心大家会可怜我，把我看成一个接受施舍的人。下一次英语写作课，我会让家人住在郊

①指图画或雕刻中描绘的圣婴耶稣、圣母马利亚和圣约瑟等。

区一所舒适的房子里，把我父亲变成一个领薪水的邮差。

下课时，同学们微笑着冲我点点头。我不知道他们是不是在同情我。

迈克·斯莫尔来自另一个世界。她和她的橄榄球运动员，也许来自美国不同的地方，但都是十几岁的青少年，没什么不同。他们在星期六晚上约会。男孩得到女孩家接她，当然，她不会在门口等，那显得她太心急，会引起流言飞语，余生她就得孤独地度过每一个星期六的夜晚了。男孩得在起居室里等着，而一位沉默的父亲将头埋在报纸里，脸上总是一副不满的表情。他明白自己过去在约会时的所作所为，知道这个小子要对自己的小女儿干些什么。母亲会大惊小怪，想知道他们要去看什么电影，什么时候回家，因为她的女儿是个好女孩，晚上需要好好睡一觉，明天上午去教堂就会容光焕发。看电影时，他们手拉着手。如果男孩走运，可能会得到女孩的一个吻，不小心碰到她的胸部。女孩飞快地看他一眼，那意味着肉体要留给蜜月的。看完电影后，他们到冷饮小卖部吃汉堡包和奶昔。和他们一起的还有别的高中生：男孩剃平头，女孩穿着裙子和刚过脚踝的短袜。他们会伴着自动唱机唱歌，女孩们为弗兰基大声尖叫。如果女孩喜欢男孩，可能会在自家门口给他一个长长的吻，也许是一个舌吻。但如果他不想让她的舌头离开，她就后退一步，跟他说晚安。玩得很开心，谢谢你。那是肉体要留给蜜月的另一个暗示。

一些女孩会让你碰，让你摸，让你吻，但不会对你毫无保留。她们是百分之九十者。百分之九十者还有些希望，但毫无保留的女孩名声就不怎么样了。镇上没有人会娶她们，她们是那些某一天要整理行囊到纽约去的人。在那里，大家什么事都干。

这就是我在电影里看到的或在军队里从来自各地的美国大兵那里听到的。如果你有辆车和一个对你说是、愿意和你一起到汽车影院的女孩，就知道她想要的不止是爆米花和看电影。仅仅为了一个吻而去汽车影院没什么意义，在普通电影院就可以。汽车影院是你可以将舌头伸进她嘴里、把手放到她胸前的地方。如果她让你碰她的奶头，噢，她就是你的了。奶头就像是一把分开双腿的钥匙。如果你们没有和另外一对恋人在一起，那就到后座上去吧。谁会在意那该死的电影呢？

美国大兵们说起一些搞笑的夜晚。你可能进展顺利，但你的朋友在后座上和女孩出了问题，那女孩正坐在那儿看电影呢。也可能正好反过来。你的朋友进展顺利，而你得不到满足，都要泄在裤子里了。有时候，你的朋友已经完事了，而他的女孩也愿意接纳你。噢，那就是天堂了。你在做爱，拒绝你的那个女孩一脸严肃地坐在那儿假装看电影，但其实是在听后座上你的动静。她也许会忍耐不住，爬到你身上，你在后座上和两个女人纠缠在一起。妈的。

军队里的人说，事后，你不会尊重那个对你毫无保留的女孩，你只会对百分之九十者有点敬意。当然，你会完全敬重那个说不、坐着看电影的女孩。那是个完美无暇的纯洁女孩，你想让她成为你孩子的母亲。如果你娶了一个乱搞的女孩，又怎么知道你是不是孩子真正的父亲呢？

我知道，如果迈克·斯莫尔去汽车影院，就是那个坐着看电影的女孩。任何其他事都会令我痛苦得不愿去想，尤其是她甚至在自家门口亲吻那个橄榄球运动员，而她的父亲就在门内等待。

嬷嬷们告诉我，克莱因夫人因为酗酒失去了理智，不理睬可怜的迈克尔。她们要带他们去一个可以照看他们的地方——天主教徒之家，尽管最好不要对任何人提到迈克尔，以防有些犹太组织来索要他。玛丽·托马斯嬷嬷并不反对犹太人，但她不想失去迈克尔那样的珍贵灵魂。

玛丽·奥布莱恩家庭旅馆的一名房客回了爱尔兰，在他父亲五英亩的农场里安顿下来，娶了一个偏远地区的女孩。于是，我拥有了他的床位，每星期付十八美元，早上自己到冰箱里弄吃的。其他的爱尔兰房客在码头和仓库干活，带回罐装水果或整瓶的朗姆酒和威士忌，都是在卸船时不小心掉下来的。玛丽说，当你说想要什么东西，那东西就会在第二天整箱地不小心掉到码头上。那不是很好吗？星期天早上，我们不怕麻烦地做早饭。在厨房里，在菠萝片上抹上厚厚的糖浆，就着整杯的朗姆酒咽到肚子里，我们是那么开心。玛丽提醒我们去参加弥撒，但有了菠萝和朗姆酒，我们就心满意足了。很快，蒂姆·科因就嚷着要唱歌了，即使这是个星期天早上。他在商业冷藏公司干活，经常在星期五晚上带回家一大扇牛肉，是唯一对参加弥撒上心的人。尽管他保证会马上回来吃菠萝喝朗姆酒，可这些东西一会儿就没了。

弗兰基和丹尼·列农是对双胞胎，爱尔兰裔美国人。弗兰基住在另一个公寓里，丹尼是玛丽的房客。他们的父亲约翰住在街上，棕色的纸袋里装着一瓶酒，四处闲逛，帮忙打扫玛丽的公寓。作为交换，他可以洗个澡，吃块三明治，还可以喝点酒。他的儿子们笑着唱道："噢，我的爸爸，他对我是那么好。"

弗兰基和丹尼在城市学院上课。那是美国最好的学院之一，而且是免费的。他们虽然在学习会计学，但一直对文学课程有兴趣。弗兰基说他见到一个女孩在地铁里看詹姆斯·乔伊斯[①]，就迫切地想坐到她身边，讨论乔伊斯。从第三十四大街到第一八一大街这一路上，他好几次离开自己的座位朝她走去，但没有勇气和她说话，每次都把自己的座位留给另一个乘客。最后，地铁驶入第一八一大街，他弯下身对她说：了不起的书，是吧？她从他身边跳开，大喊起来。他想对她说：对不起，对不起，但门已经关上了。他站在站台上，车厢里的人瞪着他。

双胞胎喜欢爵士乐。在起居室里，他们就像两个疯狂的教授，把

①詹姆斯·乔伊斯（1882－1941），爱尔兰作家，语言隐晦，代表作有《尤利西斯》、《青年艺术家的画像》等。

唱片放到留声机里，合着节拍打响指，对我讲本尼[①]这张该死的唱片里那些伟大的音乐家：吉恩·克鲁帕、哈里·詹姆斯[②]、莱昂内尔·汉普顿[③]，还有本尼本人。他们告诉我这是历史上最伟大的爵士音乐会，黑人第一次被允许登上卡内基音乐厅的舞台。听听他，听听莱昂内尔·汉普顿，都是轻柔的滑音。听听，本尼来了。听，哈里来了，送来几个音符，告诉你要小心：我要飞，我要飞。克鲁帕的节奏，嘣——嘣——嘣——嘟——嘣——哒——嘣，拍手，跺脚，唱唱唱。整个该死的乐队都疯狂了，噢，疯了。观众，听听观众，都发疯了，噢，都精神错乱了。

当贝西伯爵[④]敲击那些单音时，他们就扮演伯爵，笑着用手指四处指。他们扮演艾灵顿公爵[⑤]，在起居室里打着响指来回走动，时不时停下来对我说：听，听听这个。我听了，以前从没听过这样的音乐，现在，我听到了。音乐家们将音符变成乐曲，再将乐曲上下里外拆开，重新组合，好像在说，看，我们暂时借用一下你的小音符，按我们自己的方式演奏一下，但别担心，这就还给你。你可以哼唱了，宝贝，你来演唱那个母亲，伙计。听到这儿时，我和列农兄弟一起大笑起来。

爱尔兰房客们抱怨这是些噪音。帕迪·阿瑟·麦戈文说：当然，鼓捣那玩意儿，你们根本就不是爱尔兰人。在那机器上放些爱尔兰歌曲怎么样？来一些爱尔兰舞曲怎么样？

列农兄弟笑了笑，说他们的父亲很早以前就离开了爱尔兰的沼泽地。丹尼说：伙计，这是美国，这是音乐。但帕迪·阿瑟把艾灵顿公爵的唱片从留声机上拽下来，放上弗兰克·李的再见同乐会乐队的唱片。我们围坐在起居室里，听着音乐，轻轻打着拍子，一动也不动。列农兄弟笑了笑，走了。

---

①本尼·古德曼（1909－1986），美国爵士乐音乐家，被称为“强节奏爵士乐之王”。

②哈里·詹姆斯（1916－1983），美国音乐家、乐队领队、著名的小号演奏家。

③莱昂内尔·汉普顿（1908－2002），美国爵士乐电颤琴演奏家、钢琴家、弹击乐器演奏家。

④贝西伯爵（1904 － 1984），美国爵士乐钢琴家、风琴演奏家、作曲家。

⑤艾灵顿公爵（1899 －1974），美国作曲家、钢琴家，美国最有影响力的爵士乐人之一。

29

玛丽·托马斯嬷嬷不知怎么找到了我的新地址，给我送来一张纸条，说如果我能过去一趟，和克莱因夫人还有迈克尔说声再见，并拿走我留在床上的那两本书，那会很好。公寓楼外停着一辆救护车。楼上，玛丽·托马斯嬷嬷对克莱因夫人说，她得戴上假发。不，她不能叫拉比。她要去的地方没有拉比，最好跪下来念几遍《玫瑰经》，祈求宽恕。楼道那头，比阿特丽斯嬷嬷正对着迈克尔低声哼唱，说更美好的日子正在来临，他要去的地方有鸟有花有树，还有复活的上帝。玛丽·托马斯嬷嬷冲楼道那头喊道：嬷嬷，你这是在浪费时间，你说的话他一个字也听不懂。但比阿特丽斯嬷嬷回应道：没关系，嬷嬷。他是上帝的孩子，上帝的犹太孩子，嬷嬷。

他不是犹太人，嬷嬷。

那重要吗，嬷嬷？那重要吗？

很重要，嬷嬷。我建议你去咨询一下你的告解神甫。

好的，嬷嬷，我会的。比阿特丽斯嬷嬷继续对可能是也可能不是犹太人的迈克尔说着开心的话，哼唱着圣歌。

玛丽·托马斯嬷嬷说：哦，我差点忘了你的书。在床底下。

她把书递给我，搓了搓双手，好像要把手洗干净。她说，阿纳托尔·法朗士[1]名列天主教教廷禁书目录，D. H. 劳伦斯[2]是个道德彻底败坏、正在地狱深处哀号的英国人。你难道不知道是上帝拯救了我们所有人吗？如果你在纽约大学读的就是这些东西，我担心你的灵魂。我会为你点根蜡烛的。

不，嬷嬷。我是为了自己看《企鹅岛》，为一门功课看《恋爱中的女人》的。

她看了看天堂。哦，傲慢的年轻人，我替你那可怜的母亲难过。

门口有两个拿着担架穿白色外套的人，沿着楼道走向迈克尔。克莱因夫人看到他们后喊道：拉比，拉比，最后时刻帮帮我！玛丽·托马斯嬷嬷把她推回椅子上。穿白色外套的人沿着楼道后退，用担架抬着迈克尔。比阿特丽斯嬷嬷轻轻抚摸着他像骷髅般的头。我的孩子，我的孩子，她带着爱尔兰口音说道，你无牵无挂了，现在，你可以看见天空和天上的云彩。她和他一起坐电梯下去。我想自己走，好逃离玛丽·托马斯嬷嬷，还有她关于我的灵魂和我正在看的可怕东西的言论。但我得跟穿戴整齐戴着假发的克莱因夫人说声再见。她握住我的手：照看他留下的迈克尔，好吗，埃迪？

埃迪。因为这一切，还有关于拉帕波特和达豪洗衣房的可怕记忆，我心中一阵刺痛，不知道除了黑暗，自己还知道世上什么东西。我知道比阿特丽斯嬷嬷向迈克尔承诺的那些鸟、花、树和复活的上帝吗？

我在军队里学到的东西在纽约大学派上了用场。不要举手，不要让他们知道你的名字，不要主动做事。高中刚毕业的十八岁的学生经常举手告诉全班同学和教授自己的想法。可教授要是看着我提问，我从来都不能用他们常用的表达方式来回答问题。哦，我听出口音了吗？

---

①阿纳托尔·法朗士（1844－1924），法国小说家、文艺评论家，1921 年获诺贝尔文学奖。

② D.H. 劳伦斯（1885－1930），英国作家，主要作品有《儿子与情人》、《虹》、《查泰莱夫人的情人》等。

自那以后，我就无法平静。只要一提到爱尔兰作家或任何有关爱尔兰的东西，大家都会转过头来看我，好像我是权威。教授似乎都认为我对爱尔兰文学和历史无所不通。如果他们说些乔伊斯或叶芝的事，就看着我，好像我是专家，应该点头证实他们的话。我总是点点头，因为除此之外，我不知道该做些什么。如果我摇头表示怀疑或者反对，教授们就会进一步提问，向所有人特别是女孩们展示我的无知。

有关天主教的问题也是如此。如果我回答，他们就会听出我的口音。那意味着我是个天主教徒，要保卫自己的母教直到流尽最后一滴血。有些教授喜欢嘲笑童贞女之子[①]、圣三一[②]、圣约瑟夫的立誓不婚、宗教裁判所、受神甫折磨的爱尔兰人，以此来奚落我。这时，我不知道该说些什么，因为他们有权降低我的分数，让我的平均积点分受损，我就不能追寻美国梦了。而那可能将我逼到阿尔贝·加缪那样每天考虑不要自杀的境地。我害怕高学历的教授，害怕他们让我在其他学生特别是女孩面前丢脸的做法。

我想在这些课上站起来向全世界宣布，我忙得顾不上当一名爱尔兰人或什么天主教徒。我得为了谋生日夜打工，努力看书温习功课时，却在图书馆里睡着了。我努力用打字机写带脚注和参考书目的学期论文，可字母 a 和 j 辜负了我，我不得不重新打整篇文章，要避开字母 a 和 j 是不可能的。我在地铁里睡着了，一直睡到终点站，结果不知道自己在哪个区，只得向人们打听自己在哪里。我很尴尬。

如果没有红眼睛和爱尔兰口音，我就是一个纯正的美国人，不用忍受那些用乔伊斯、叶芝、爱尔兰文艺复兴来折磨我的教授了。他们说爱尔兰人是多么聪明机智；那是一个多么美丽的绿色国家，尽管受神甫的折磨，很穷；因为清教徒似的性压抑，人口少得几乎要从地球上消失了。你对此有什么话要说吗，迈考特先生？

---

①一种基督教教派的信条，认为耶稣基督由童贞女马利亚受圣灵感孕而生。

②指圣父、圣子、圣灵三位一体。

我想您是对的，教授。

哦，他认为我是对的。那么，卡茨先生，你对此有什么话要说吗？

我想我没有异议，教授。我对爱尔兰的东西了解得不是太多。

女士们，先生们，你们必须考虑迈考特先生和卡茨先生刚才说过的话。现在，凯尔特人和希伯来人有了交集，那就是通融和妥协。没错吧，迈考特先生，卡茨先生？

我们点了点头。我记得母亲曾经说过：点头与对一匹盲马眨眼同样好。我想和教授说这句话，但又不能冒冒犯教授的风险。他有权阻止我追寻美国梦，让我在全班特别是女孩面前显得很傻。

秋季学期的星期一和星期三上午，米德尔布鲁克教授讲英格兰文学。她登上小讲台，坐下，将厚厚的教材放在桌子上，阅读，发表评论，偶尔在提问的时候看看班上的学生。她从《贝奥武甫》[①]开始，以约翰·弥尔顿[②]结束。她说约翰·弥尔顿才华出众，在我们这个时代有点受冷遇，但他的时代一定会到来，他的时代一定会到来。学生们看报纸，做填字游戏，互相传递纸条，看其他课程的书。上了整晚夜班，做了各种不同的工作之后，我很难保持头脑清醒。当她向我提问的时候，布莱恩·麦克菲利普斯用胳膊肘捅了捅我，小声说了问题和答案。我结结巴巴地向她复述了一遍。要是她对着教材嘟嘟囔囔，我就知道自己有麻烦了，那会让我在学期结束时得个C。

因为我迟到、旷课，还上课睡觉，我知道自己应该得个C。我想对教授说自己是多么惭愧。如果她不让我及格，我不会怪罪她。我想解释说即使自己不是模范学生，她也应该看到我对待英格兰文学教材

①完成于公元8世纪左右的英雄叙事长诗，以西撒克逊方言写成，是欧洲最早的方言史诗，主要记叙了斯堪的纳维亚英雄贝奥武甫的事迹。

②约翰·弥尔顿（1608－1674），英国诗人，主要长诗《失乐园》、《复乐园》及诗剧《力士参孙》。

的态度：我一直兴致勃勃，在纽约大学图书馆里看，在地铁列车里看，甚至吃午饭时在码头和仓库平台上看。她应该知道，我也许是这世上唯一因为一本文学书而和仓库平台上的人争执的学生。那些人讥笑我：嘿，看看那个大学生，了不起得都不和我们说话了，嗯？当我对他们讲盎格鲁－撒克逊语言中的奇怪之处时，他们说我是个笨蛋，那根本就不是英语。你他妈以为自己在跟谁开玩笑呢，小子？他们说自己没上过大学，但不会被一个刚从爱尔兰船上下来的笨蛋蒙骗。明明整页该死的纸上没有一个英语单词，这个白痴却说这就是英语？

他们不再和我说话。平台领班将我调到室内开起重机。这样，那些人就不会和我恶作剧了，例如扔货物让我的胳膊脱臼，或者假装开叉车一路追我。

我想和教授讲讲我对教材里的作家和诗人的看法，问自己愿意和其中哪一位到格林威治村酒馆喝一杯。最有代表性的就是乔叟[①]。我愿意在任何时候请他喝酒，听他讲关于坎特伯雷朝圣者的故事。我想告诉教授自己是多么喜爱约翰·多恩[②]的布道，多么想请他喝酒。只是他是一个新教牧师，并不是因坐在小酒馆里喝酒而出名。

我不能说这些话，因为在班里举手说自己多么喜爱某样东西很危险。教授会带着怜悯的浅笑看着你，全班同学都会看见。那怜悯的浅笑会传遍整个教室，直到你觉得自己是那么愚蠢，满脸通红。你要么发誓在大学期间绝不再喜爱任何东西，要么就将喜爱的东西留在心里。我和坐在旁边的布莱恩·麦克菲利普斯说这些，但坐在我前面的人转过头说：你们是不是有点偏执狂？

偏执狂。这又是一个得查字典的词，纽约大学里的每个人都会用。这个同学看着我，那神气活现的左眉毛几乎要碰到发际线了。从他的神态中，我只能猜测他是在指控我精神错乱。在弄清楚那个词之

①乔叟（约1340－1400），英国诗人，代表作有《坎特伯雷故事集》。

②约翰·多恩（1572－1631），英国诗人，玄学派诗歌代表人物，作品有诗集《歌与短歌》等。

前，答复他没有用。布莱恩·麦克菲利普斯一定知道那个词是什么意思，但他正忙着和坐在左边的乔伊斯·蒂姆帕内里说话。他们总是微笑着互相对视，那意味着有些事在发生。我不想用偏执狂这个词来打搅他们。我应该带本字典。任何人向我扔来一个怪词的时候，就可以当场查看，机灵地回击，击溃那神气活现的眉毛。

或者，我可以运用在军队里学会的沉默，走自己的路。这最棒了，因为走你自己的路，用怪词折磨别人的人就不喜欢那个词了。

上哲学概论课的时候，安迪·彼得斯坐在我旁边，告诉我布罗德大街上的制造商信托银行有份工作，处理个人贷款申请。我可以选择下午四点到午夜的班或者午夜到早上八点的班。这份工作的好处是干完活儿后就可以离开，没有人干满八个小时。

有个打字考试，对我来说不成问题。军队不让我训狗，却让我成了一名连队打字员。银行说：不错。我可以上四点到午夜的班，这样就可以上午上课，晚上睡觉。星期三和星期五，我没有课，可以到仓库和码头排队等待分配当天的工作，多挣点钱，为弟弟迈克尔退役、母亲抚养费终结的那一天作准备。我可以把星期三和星期五挣到的钱存到一个单独的账户里，到时候，她就不用跑到圣文森特保罗协会去要食物或鞋子了。

有七个女人和四个男人在银行上四点到午夜的班。我们要拿着成堆的个人贷款申请，给申请人发通知，告诉他们申请获批了还是被拒。安迪·彼得斯在喝咖啡的休息时间里对我说，如果我看见一个朋友的申请被拒，就可以换成获批通知。有一个白天审批贷款人员使用的小代码，他告诉我怎么改变这代码。

夜复一夜，我们见到了上百份贷款申请。人们为新生儿、假期、汽车、家具、债务合并、医院开销、葬礼、装修公寓申请贷款。有时候还附有信件。如果有一封写得不错的信，我们就会停下打字，反复阅读。有些信让女人们看了以后大哭起来，男人们看了也想哭。孩子死了，有些开销，银行能帮忙吗？丈夫跑了，申请人不知道该怎么办，不知道该向哪儿求助，她这辈子从来没工作过，带着三个孩子，又怎么能找到工作呢？她需要三百美元撑到找到工作和一个要价不高的保姆为止。

一个男人承诺，如果银行贷给他五百美元，就可以在余生每个月抽他一品脱血。他说这是一笔不错的交易，因为他的血型很少见。现在他还不想张扬，但如果银行帮助他渡过难关，就能得到和世上最佳担保品——黄金一样宝贵的血液。

这个男人被拒了。安迪打了拒绝通知，但他改动了那个带着三个孩子、身处绝境，却因没有担保品而被拒绝的妇女的代码。安迪说：我不能理解，他们怎么能贷款给那些想到该死的泽西海滩躺上两个星期的人，却拒绝一名带着三个孩子、命悬一线的妇女。我的朋友，这就是革命开始的地方。

安迪每天晚上都要改动几份申请，来证明银行是多么愚蠢。他说他知道白天那些笨蛋贷款审批员审核申请时都发生了些什么事。哈莱姆区[①]的地址？黑人？扣分。波多黎各人？扣很多分。他告诉我，纽约有很多波多黎各人以为自己是因为信用良好而获批，但那是一直同情他们的安迪·彼得斯干的。在波多黎各社区，周末到外面擦车是一件大事。他们哪儿也不去，重要的是擦车。弯腰驼背的老家伙们看着别人擦车，喝着从小杂货铺买来的装在夸脱瓶里的啤酒，看人行道上扭着屁股的女孩们。收音机里，提托·普提在拼命地唱着。噢，活着就是这样。噢，活着就是这样。你还想要些什么呢？

安迪一直都在谈论波多黎各人，说他们是唯一知道如何在这个他

①美国纽约市一个黑人居住区。

妈的小气城市里生存的人。是该死的荷兰人和英国佬而不是西班牙人沿着哈德逊河上行，这真是个悲剧。我们要午休，伙计，我们要色彩，不要《一袭灰衣万缕情》。如果他有办法，就会贷款给每一个申请汽车贷款的波多黎各人。这样，你就会在这个城市的各个角落看到他们擦洗自己的新车，从棕色纸袋里拿出啤酒来喝，欣赏提托，和人行道上扭着屁股、穿着透明宽松大领衬衫、圆形耶稣图案栖息在乳沟间的女孩们调情。这难道不是一个适合生活的城市吗？

办公室里的女人们嘲笑安迪说话的样子，叫他安静，因为她们想干完活儿后赶快离开，家里还有丈夫和孩子等着呢。

要是能早点干完活儿，我们就去喝啤酒。他告诉我为什么自己三十一岁了还在纽约大学学习哲学。他打过仗，不是在朝鲜，而是欧洲的大战役。因为一九四五年春战争结束前不光彩的退伍，他不得不在这该死的银行上晚班。这难道不让人不快吗？

拉屎，他就是这么说的，在法国壕沟里好好地静静地拉泡屎。都擦好屁股准备扣扣子了，可该死的中尉和军士来了。中尉什么也没做，径直走到安迪面前，指控他和那只几英尺外的绵羊发生了变态行为。从某种程度上说，安迪承认中尉有权匆忙得出错误的结论，因为在提上裤子之前，安迪那玩意儿硬了起来，使得他很难提起裤子。虽然他痛恨任何军官，但还是觉得解释一下会有所帮助。

嗯，中尉，我也许操了那只绵羊，也许没操，但有趣的是你特别关心我，还有我和那只绵羊的关系。现在是战争期间，中尉。我到这儿来是为了在法国壕沟里拉泡屎。在视线水平高度处，有一只绵羊。我十九岁了。自从高中班级舞会以来，我就没有做过爱。一只绵羊，特别是一只法国绵羊看上去很有诱惑力。如果我看上去像是要跳到那只绵羊身上，你是对的，中尉。我是想，但我没有。你和军士打断了一场美丽的关系。我以为中尉会笑，但他说我是一个该死的撒谎者，我身上写满了绵羊。我倒是希望自己满身都是绵羊，做梦都这么想，但这从来没有发生过。他的话是那么不公平，我推了他一下。我没有打他，只是推了他一下。接下来，天啊，他们用各种防身武器打我的脸：手枪、卡宾枪、M1 来复枪。你还没明白是怎么回事呢，就被送到了军事法庭。法庭上，一个喝醉了酒的上尉为我辩护。他在私下里告诉我，我是个让人讨厌的绵羊嫖客，为自己不能站在另一方指控我而难过。他父亲是来自蒙大拿州的巴斯克人，那儿的人敬重绵羊。我至今不明白自己到底是因为对军官进行人身侵犯还是操了一只绵羊而蹲了六个月的军队监狱，出来后的结局就是不光彩的退伍。发生了那么一件事之后，你最好还是到纽约大学学习哲学。

30

因为卡利特里先生的缘故，我在笔记本上潦草地记录下了一些关于利默里克的记忆，列出了一些街道、老师、神甫、邻居、朋友和商店的名单。

自从《床》那篇文章之后，我相信卡利特里先生班上的人看我的神情都变了。女孩们或许在窃窃私语，她们永远不会和一个在可能死过人的床上度过童年的人约会。后来，迈克·斯莫尔告诉我，她听说过那篇文章，它打动了班上那么多的男孩和女孩。我不想让她知道自己的家庭背景，但现在她想看那篇文章。看后，她两眼泪汪汪的，说：哦，我从来都不知道，哦，那一定很可怕，让我想起了狄更斯。我不知道怎么会让她想起狄更斯，他的作品总是结局很美好。

当然，我不会对迈克·斯莫尔说这些话，担心她可能以为我在和她争辩。而她可能会调转脚跟，回到美式橄榄球运动员鲍勃的身边。

现在，卡利特里先生又让我们写一篇关于逆境、黑暗时刻、障碍的家庭生活方面的文章。虽然我不想回到过去，但母亲身上发生过一件值得写的事。

小块土地

战争爆发时，在爱尔兰，食物按定量分配。政府为贫困家庭提供了利默里克城外的一些地。每个家庭可以获得一英亩的十六分之一，将地清理之后，就可以种一些自己喜欢的蔬菜。

我父亲申请了罗斯布莱恩路边上的一块地，政府借给他一把铁锹和一个铁耙。他带着我和弟弟马拉奇一块儿干。我弟弟迈克尔看到铁锹，哭着也想去。可他只有四岁，只会帮倒忙。父亲说：嘘，我们从罗斯布莱恩回来给你带浆果。

我问父亲我可不可以拿铁锹。很快，我就后悔了，因为罗斯布莱恩离利默里克有几英里的路程。马拉奇已经拿着铁耙出门了，但父亲把铁耙从他手里夺了过来，因为他甩着铁耙，几乎要将别人的眼睛给敲掉。马拉奇哭了，父亲说让他在回家的路上拿铁耙。弟弟见到一条狗，很快就把铁耙忘了，拿了一根木棍逗那条狗。那条狗追着木棍跑了几英里，最后累得口吐白沫，爪子抓着木棍躺在路上看天。我们只得丢下它。

父亲看到那块土地的时候，摇了摇头。岩石，他说，岩石和石头。那天，我们只是沿着路边的矮墙堆起石堆，父亲用铁锹不停地挖岩石。虽然我只有九岁，但注意到旁边地里有两个人在交谈。他们看着父亲，悄悄地笑。我问父亲为什么。他自嘲了一番，说：利默里克人得到黑土地，北爱尔兰人得到石头地。

我们一直干到天黑，饿得实在不行了，没有力气再捡石块。如果父亲能拿铁耙和铁锹，我们一点都不介意，甚至还希望他能背我们。他说我们是大男孩，是好工人，母亲会为我们感到骄傲，会准备茶和面包。他大步走在前面，直到离家还有一半路程的地方，突然停了下来。你们的弟弟迈克尔，他说，我答应给他带浆果，得回到路边的灌木丛里去。

我和马拉奇抱怨太累，迈不动步了。父亲让我们回家，要自己去采浆果。我问他为什么不能明天去采。他说他答应过迈克尔今晚给他带浆果，而不是明天。他肩扛着铁锹和铁耙走了。

迈克尔看见我们，哭了起来。浆果，浆果。我们告诉他：爸爸在罗斯布莱恩的路上给你采浆果，所以你不哭，让我们吃煎面包喝茶好吗？他就不哭了。

我们俩就能吃掉一整块面包，但母亲说：给你们的父亲留点。她摇了摇头。他真是个傻瓜，又回去采浆果。她看了看迈克尔。他正站在门口看着小巷，希望能看到父亲的身影。母亲轻轻地摇了摇头。

很快，迈克尔看到了父亲。他跑进小巷，喊着：爸爸，爸爸，你采到浆果了吗？我们听到：等会儿，迈克尔，等会儿。

爸爸把铁锹和铁耙立在墙角，掏空了外套口袋，倒在桌子上。他带来的浆果是在孩子们够不着的灌木丛顶端和背后找到的多汁的大黑莓，在罗斯布莱恩的黑暗中采来的浆果。我嘴里口水直流，问母亲可不可以吃一颗。她说：去问迈克尔，那是他的。

不用我去问。他递给我一颗最大汁最多的浆果，还递给马拉奇一颗。他还给了母亲和父亲，但他们说不，谢谢，那是他的浆果。他又给了我和马拉奇一颗，我们收下了。如果我有那样的浆果，就会自己留着。但迈克尔不一样，也许他懂得不多，他只有四岁。

从那以后，除了星期天，我们每天都到地里去，将地里的石头清理干净，直到露出泥土。我们帮着父亲种土豆、胡萝卜和卷心菜。有时候，我们离开他，在路上走来走去找浆果。我们吃得太多，都拉稀了。

父亲说很快我们就可以收获了，但他不能在这儿等着收割。利默里克没有工作，英格兰的兵工厂正在招人干活。英格兰人对我们做出那一切之后，他很难为他们工作，但钱很诱人。只要美国人介入了战争，那就一定是项正义的事业。

他和上百个男人女人一起前往英格兰。大多数人都寄钱回家，但他把钱花在考文垂的酒馆里，忘了还有个家。母亲不得不向外婆借钱，向凯瑟琳·奥康纳杂货店赊东西，向圣文森特保罗协会或任何能得到食物的地方乞求。她说等到我们挖了土豆、胡萝卜，收割了可爱的卷心菜后，就会轻松许多，就会得救了。哦，我们得好好地吃上一顿。如果上帝仁慈，可能会送给我们一块不错的火腿。生活在爱尔兰的火腿之都——利默里克，这不是过分的要求。

那一天终于来临了。母亲把新生儿阿非放到婴儿车里，向隔壁的汉农先生借了一个煤袋子。我们会装满它的，她说。我拿着铁耙，马拉奇拿着铁锹，这样他就不会用铁耙把别人的眼睛敲掉。母亲说：不要甩工具，否则我会好好抽你们一嘴巴。

抽嘴巴，就是掴耳光。

我们到达罗斯布莱恩的时候，已经有其他妇女在地里挖菜了。地里要是有个男人，肯定已经上了年纪，不能到英格兰工作。母亲隔着矮墙和妇女们打招呼，而她们并没有应答，她就说：她们弯着腰，一定都聋了。

她把阿非放在矮墙外的婴儿车里，叫迈克尔看着孩子，不要去找浆果。马拉奇和我跳过墙，但她只能坐在墙上，迈过腿，从另一边跳下。她坐了一分钟，说：世上再也没有比新土豆配盐和黄油更好的东西了。为了它，我会不惜一切代价。

我们拿起铁锹和铁耙，来到地里，但还不如待在家里——地刚被人翻过，土豆、胡萝卜和卷心菜曾经待过的坑里爬着白色的虫子。

母亲对我说：是这块地没错吧？

没错。

她走到地的另一头，又走回来。其他妇女们都忙着弯腰从地里捡东西。我看出她想对她们说点什么，也看出她知道那没有用。我走过去拿起铁锹和铁耙。她冲我吼道：放下，所有东西都不见了，它们也没用了。我想说点什么，但她的脸色那么苍白，我担心她会揍我。我退了开去，翻过了墙。

她自己翻过墙，坐在墙上，迈过腿，还坐在墙上，直到迈克尔说：妈妈，我可以去找浆果吗？

可以，她说，你去吧。

如果卡利特里先生喜欢这个故事，也许会让我念给全班同学听。他们会翻翻眼睛，说：更多的苦难。女孩们可能会因为《床》那篇文章同情我，但那就够了。如果我继续描写我苦难的童年，他们就会说：打住，打住，生活够难的了，我们有自己的麻烦。所以，从现在开始，我会写关于我们家搬到利默里克郊区的故事。那儿的人吃得好，每星期至少洗一次澡，都很干净。

31

帕迪·阿瑟·麦戈文警告我，如果我继续听那噪音般的爵士乐，结局就会像列农兄弟那样美国化，彻底忘了自己是个爱尔兰人。到那时，我会是什么人呢？对他说列农兄弟对詹姆斯·乔伊斯有多么兴奋没有用。他会说：哦，詹姆斯·乔伊斯，我的天，我在凯文郡长大，那儿没有人听说过他。如果你不小心点，就会跑到哈莱姆区，和黑人女孩跳吉特巴舞。

他要在星期六晚上参加一个爱尔兰舞会，如果我还有点理智，就要和他一起去。他只想和爱尔兰女孩跳舞。如果你和美国人跳舞，永远不会知道自己能得到些什么。

在莱克星顿大道的耶格豪斯酒吧里，米基·卡顿和他的乐队正在演出。鲁思·莫里斯唱着“母爱是一种赐福”。天花板上旋转着一个巨大的水晶球，在舞厅里洒下斑驳的银光。帕迪·阿瑟一进门就和他邀请的第一个女孩跳起了华尔兹。他很容易就能叫女孩和他一起跳舞。他身高六英尺一英寸，一头黑色鬈发，浓密的黑眉毛，蓝色眼睛，脸上有个酒窝，伸出手酷酷地说：来吧，女孩。这么酷的一个人，邀请女孩跳舞怎么会遇到麻烦呢？女孩们做梦都不会对这样的一个男人说不。当他们翩翩起舞的时候，不论什么舞，华尔兹、狐步舞、林迪舞、两步舞，他引领着她，看都不看她一眼。他带她回到座位上，坐在墙边的那一排咯咯笑的女孩都在忌妒她。

他来到吧台，我正在那儿喝啤酒壮胆。他想知道为什么我不去跳舞。如果你不和墙边上那些好女孩跳舞，到这儿来又有什么用呢？

他说得没错。靠墙坐着的好女孩们就像利默里克克鲁斯酒店里的女孩一样，只是穿着你在爱尔兰永远都见不到的套裙：丝绸、塔夫绸，还有些我很陌生的料子。粉色、紫褐色、浅蓝色，到处都装饰着蕾丝蝴蝶结。露肩套裙笔挺，女孩们转身的时候它不太随身。她们担心头发会散落到肩膀上，用发夹和梳子固定住。她们手里拿着时髦皮包，双手放在膝盖上，靠墙而坐，只有在说话时才面露微笑。有些人一直坐着，被男人们忽视，直到被迫和旁边的女孩跳舞。她们成群结队地在舞池里旋转，当舞曲结束时，来到吧台喝柠檬水或橘汁汽水。那是女孩们的饮料。

我不能对帕迪说自己更愿意待在原地，吧台很安全而参加舞会我会恶心，空虚。即使女孩们愿意跟我跳舞，我也不知道该和她们说些什么。我会跳华尔兹，嘣擦擦，嘣擦擦，但永远都不会像舞池里的男人那样小声说话，让女孩们开心大笑，整整一分钟都无法跳舞。在德国巴克曾经说过，如果你能让女孩大笑，事就成了一半。

帕迪又去跳舞了，带着一个名叫莫拉的女孩回到吧台，说莫拉有个女朋友叫多洛雷斯，很害羞，因为她是爱尔兰裔美国人。我能和她跳舞吗？我出生在这儿。她对爱尔兰舞一窍不通，而我一直在听爵士乐，我们一定是很好的一对。

莫拉看了看帕迪，笑了。他低下头冲她笑笑，对我眨了眨眼。她说：对不起，我想去看看多洛雷斯怎么样了。她走了，帕迪小声说她就是那个他想带回家的女孩。她是施拉夫餐厅的女招待领班，有自己的公寓，正在攒钱回爱尔兰。这将是帕迪的幸运之夜。他说我应该对多洛雷斯好，世事难料，又冲我眨了眨眼。今晚我会得到做爱的对象，他说。

我做爱的对象。当然，我也想，但不会那么说。我更喜欢米基·莫洛伊在利默里克说这事儿的方式。他称其为高潮。如果像帕迪那样，有爱尔兰女人跳到怀里，你就不会记得谁是谁。她们都是一个做爱的对象，直到你遇到自己喜欢的女孩为止。她让你意识到，她来到这个世上不是为了脸朝上躺着取悦你的。我永远都不会想到迈克·斯莫尔会那样，也不会想到站在那儿跟我一样脸红害羞的多洛雷斯会那样。帕迪用胳膊肘推了推我，用嘴角说：看在上帝的分上，邀请她跳舞。

我只能嘟哝一声。所幸米基·卡顿正在演奏一首华尔兹曲子，鲁思唱着“爱尔兰有一个美丽的郡”，这是唯一一首我可能不会出丑的舞曲。多洛雷斯冲我笑笑，脸红了，而我也脸红了。我们两个红着脸的人在舞池里跳舞，银色小斑点在脸上闪动。如果我绊一下，她也会跟着绊一下，我们的绊脚几乎成了舞步。过了一会儿，我以为自己就是弗雷德·阿斯泰尔，而她就是琴吉·罗杰斯。我带着她旋转，坐在墙边的女孩们一定是在崇拜我，渴望着和我跳一曲。

华尔兹舞曲停了。尽管我已经准备好离开舞池，担心米基演奏林迪或吉特巴舞曲，但多洛雷斯停了下来，好像在说：为什么我们不跳这一曲呢？她的脚步是那么轻盈，她的抚摸是那么温柔。我看了看其他结伴跳舞的人，他们那么酷。和多洛雷斯跳舞，不论是什么舞都没有问题。我推她，拉她，像转陀螺一样转她。我相信所有的女孩都在注视我，都在忌妒多洛雷斯。我光顾着自己跳了，没注意到门旁边坐着一个女孩，她的拐杖伸到了它不该到的地方。我踩了上去，一下子飞到了墙边那些好女孩的腿上。她们粗鲁而不友好地推开我，议论道，如果一些人喝酒没有节制，就不应该允许他们下舞池。

帕迪搂着莫拉站在门口，大笑起来，但她没有。她看了看多洛雷斯，好像是在同情她。多洛雷斯把我扶起来，问我有没有事。莫拉走过来，小声对她说了句话，然后转向我。你会照顾多洛雷斯吗？

我会的。

她和帕迪走了。多洛雷斯说她也想走，她住在昆斯区。她说我真的不用送她回家，E 线地铁很安全。我不能对她说，我想送她回家是希望她能请我进去，这样就可能出现高潮。她一定有自己的公寓。她可能会为我被拐杖绊倒而难过，不忍心把我拒之门外。很快，我们就会到她的床上，激动兴奋，全身赤裸，为对方而疯狂，错过弥撒，一次又一次破了第六戒，却一点也不在乎。

当 E 线地铁轻轻摇晃或突然停车的时候，我们被甩到了一起。我能闻到她的香水味，感到她的大腿碰到了我的。她没有从我身边逃开，这是一个好兆头。当她允许我握着她的手时，我觉得自己到了天堂，直到她提起尼克，她在海军的男朋友。我把她的手放回她腿上。

我无法理解这世上的女人。和我一起在洛基咖啡馆喝啤酒，又跑到鲍勃身边的迈克·斯莫尔，现在是这个勾引我上了 E 线地铁，一直坐到第一七九大街终点站的女人。帕迪·阿瑟是绝不会忍受这一切的。还在舞厅的时候，他就会弄清楚她有没有当海军的尼克，她家里有没有人打搅他整夜的计划。如果有任何怀疑，他就会在下一站跳下地铁。为什么我不能这么做呢？我是在迪克斯要塞待过一个星期的士兵，训过狗，上大学，读书。可现在看看我，为了避开美式橄榄球运动员鲍勃而偷偷走在纽约大学附近的街道上，又送一个计划嫁给别人的女孩回家。这个世上似乎每个人都有伴：多洛雷斯有她的尼克，迈克·斯莫尔有她的鲍勃，帕迪·阿瑟正在曼哈顿和莫拉享受着高潮之夜。一路走下来，我是怎样一个令人讨厌的傻瓜呢？

我准备在下一站跳下列车，彻底离开多洛雷斯。就在这时，她抓住我的手说，我很好，舞跳得很好；要不是那糟糕的拐杖，我们可以跳一晚上。她喜欢我说话的方式，很可爱的口音，能看出我有很好的教养。我能上大学真是太好了。她不明白为什么我和帕迪·阿瑟混在一起，一眼就可以看出，那个人对莫拉心怀不轨。她握紧了我的手，说我能一路陪着她回家，真是太好了，她会永远记得我。我感到她的大腿又碰到了我的大腿，一直碰到了终点站。站起来下车的时候，我不得不弯下身子掩盖裤子里跳动的兴奋。我准备送她回家，但她站在公交车站对我说，她住在远处的昆斯村。真的，不用再接着送了，在公交车上没事的。她再次握紧了我的手。我不知道这个夜晚有没有希望成为我的幸运之夜，会不会像帕迪·阿瑟那样最后以在床上疯狂做爱而告终。

等车的时候，她再次握住我的手，对我讲了海军尼克的事。她父亲不喜欢他，因为他是个意大利人，背着他用各种侮辱性的名字称呼他。她母亲是真心喜欢尼克，但她永远都不会承认这一点，以免她父亲带着酒后的怒气回家摔家具。这样的事不止一次了。最糟糕的那个夜晚,她哥哥凯文来了,勇敢地面对她父亲。你不会相信他们互相咒骂，在地板上打滚。凯文是福德汉姆美式橄榄球队的线卫，她父亲的好对手。

什么是线卫?

你不知道什么是线卫吗?

我不知道。

你是我遇到的第一个不知道什么是线卫的男孩。

男孩。我都二十二了，可她称我为男孩。我怀疑在美国你要到四十岁才会被称为男人。

一路上，我都在想，既然她和父亲的关系那么糟糕，也许会有自己的住处。可是，不，她住在家里，而我那高潮之夜的梦想也完了。你以为像她这年龄的女孩会有自己的住处，这样就可以邀请像我这样把她送到终点站的人进家。我不在乎她是否一千次握紧我的手，如果旅途结束时根本没有高潮的承诺，那午夜在昆斯区的公交车上紧握你的手又有什么用呢?

她住在一座有圣母马利亚雕像的房子里，房子前面的小草坪上有一只粉色的鸟。我们站在小铁门旁。我不知道是不是该亲吻她，让她激动起来，这样我们就有可能到树后达到高潮。但是屋子里传来一声吼叫：他妈的，多洛雷斯，快滚到这儿来。在他妈的这个钟点回家，你胆子不小。叫那该死的笨蛋逃命去吧。她说，哦，就跑了进去。

我回到玛丽·奥布莱恩旅馆的时候，大家都没睡，还在吃熏肉和鸡蛋，喝朗姆酒，吃抹了厚厚糖浆的菠萝片。玛丽抽着烟，给了我一个洞悉一切的微笑。

你看上去昨晚过得不错。

32

银行里上白班的员工离开办公室的时候，布莱迪·斯托克斯就拿着拖把和水桶进来打扫三个楼层。她后面拖了一个帆布袋子，把废纸篓里的垃圾倒进袋子里，再把袋子拖进货梯，送到地下室的某个地方倒掉。安迪·彼得斯对她说应该再拿个帆布袋子，这样就不用那么频繁地上下楼了。可她说即便帆布袋子很便宜，银行也不会再提供一个。她可以自己买一个，但她晚上干活是为了在福德汉姆大学读书的儿子帕特里克，而不是为了给制造商信托银行提供帆布袋子的。每天晚上，她都要在每个楼层装两次袋子。这就意味着她要去地下室六趟。安迪对她解释，如果她有六个袋子，就可以一次塞到电梯里，那可以节省很多时间和精力。她就可以早点完工回家，回到帕特里克和丈夫的身边。

丈夫？他十年前就喝酒喝死了。

听到这消息，我很难受，安迪说。

我一点也不难受。他太会打拳了，到现在我身上还有痕迹，帕特里克身上也有。他想都不想就在屋子里打小帕特里克，打得小家伙都不会哭了。有一天晚上糟透了。我带着小帕特里克离开了家，恳求地铁售票房里的人放我们进去，问警察哪里有天主教慈善机构。他们照看我们，给了我这份工作。即使只有一个帆布袋子，我也很感激了。

安迪对她说，她没必要当一名奴隶。

我不是奴隶。离开那个疯子后，我很开心。上帝宽恕我，我甚至没有去参加他的葬礼。

她叹了一口气，靠在拖把柄上。她个头很小，拖把柄都到她的下巴了。她有棕色的大眼睛，嘴巴小得都没了，当她想笑的时候，几乎没有什么可以用来笑的器官了。她太瘦了。我和安迪到外面的咖啡店去时，给她带了一份带薯条的芝士汉堡和一瓶奶昔，想看看能不能让她长胖点。可我们发现她碰都没碰那食物，而是把它带回家，给了在福德汉姆学会计学的帕特里克。

有一天晚上，我和安迪发现她一边哭一边往货梯里塞六个鼓鼓囊囊的帆布袋子。货梯里的空间足够容纳我们和袋子，我们和她一起下去。我们很好奇，银行是不是突然变大方了，非常慷慨地给了她几个帆布袋子。

不是，是我的帕特里克。还有一年，他就从福德汉姆毕业了，可他留了张纸条，说他爱上了一个匹兹堡的女孩，他们已经到加州开始新生活了。我对自己说，如果这就是我要遭受的待遇，我不会再用一个帆布袋子把自己累死了。我沿着曼哈顿的街道四处寻找，在卡纳尔大街找到一家卖这东西的华人商店。你会认为在这个城市里，找帆布袋子一定不费劲，可如果没有那家华人商店，我真不知道该怎么办。

她哭得更厉害了，用毛衣袖子擦了擦眼睛。安迪说：好了，斯托克斯夫人。

布莱迪，她说，我现在叫布莱迪。

好了，布莱迪。我们要到街对面去，你可以吃点东西，长点力气。

哦，不，我没有胃口。

脱下围裙，布莱迪，我们到街对面去。

在咖啡店里，她对我们说，她甚至不想再叫布莱迪了，她叫布里吉德。布莱迪是下等女佣的名字，而布里吉德还有点尊严。不，她从来都吃不完一个芝士汉堡，但她吃掉了，还吃了抹了很多番茄酱的薯条。用吸管喝奶昔的时候，她对我们说她的心都碎了。安迪想让她解释一下为什么突然决定买帆布袋子。她不知道。帕特里克就这样离开了，她又想起丈夫曾经加诸她的拳脚，于是她头脑中一扇小门打开了。她只能说出这些。一个袋子的日子已经过去了。安迪说这件事没有什么道理可言。她表示赞同，但她不在乎了。二十年前，她从“玛丽女王”号下船时是一个为美国兴奋异常的健康女孩。再看看现在的她，骨瘦如柴。好了，她那骨瘦如柴的日子也过去了。要是有的话，她想再要一个苹果派。安迪说他学习修辞学、逻辑学、哲学，但是这个他没法解决。她说他们做苹果派总是很慢。

有书要看，有学期论文要写，但是我太迷恋迈克·斯莫尔了，我会坐在图书馆靠窗的地方，看她课间走在学校主楼和纽曼俱乐部之间的华盛顿广场上，课后她会去纽曼俱乐部，尽管不是天主教徒。当她和美式橄榄球运动员鲍勃在一起的时候，我的心就沉了下去。那首歌在脑海里回荡，“我想知道现在谁在亲吻她”，尽管我很清楚现在谁在亲吻她。那个美式橄榄球运动员体重两百磅，弯下身子，把嘴唇放到她的嘴唇上。我知道如果世上没有迈克·斯莫尔，我会喜欢他，他那么正派，那么幽默。可我还是想找到一本漫画书。在那里面，查尔斯·阿特拉斯[1]答应帮助我锻炼肌肉，这样我在沙滩上第一次遇到鲍勃时就可以把沙子扔到他脸上。

夏天到来的时候，鲍勃穿上了后备军官训练队的制服，到北卡罗来纳州去接受培训。迈克·斯莫尔和我无忧无虑地见面，在格林威治村漫步，到麦克杜格尔大街的蒙蒂餐厅吃饭，到白马酒吧或桑雷默酒

①查尔斯·阿特拉斯（1894－1972），美国著名健美专家。

吧喝啤酒。我们坐斯塔滕岛渡船，手拉手站在甲板上，看着曼哈顿的轮廓在空中一隐一现，真是美妙极了。可我还是忍不住再次想到那些因为眼睛不好、肺不好而被遣送回去的人们，不知道一旦瞥了纽约一眼：水面上耸起的高楼、黄昏时分闪烁的灯火、纽约湾海峡里拖船和轮船鸣着汽笛，他们回到欧洲的村镇后会怎样呢？他们在埃利斯岛透过舷窗看到、听到这些了吗？回忆带给他们痛苦吗？他们有没有试着从一个没有穿制服的人翻看他们的眼睑、敲打他们的胸部的地方再次溜进这个国家呢？

迈克·斯莫尔问：你在想什么呢？我不知道该说什么。我担心她会认为我很特别，才忧虑那些被遣送回去的人。如果我的父亲或母亲被遣送回去，我就不会站在这曼哈顿灯火照耀的甲板上，眼前闪现出令人眼花缭乱的梦想了。

另外，只有美国人会这么问：你在想什么呢？你做什么工作呢？在爱尔兰生活的日子里，没有人问过我这些问题。如果不是疯狂地爱上迈克·斯莫尔，我就会告诉她别管我在想什么或者我靠什么谋生。

因为感到羞耻，我不想对迈克·斯莫尔讲太多我的人生经历。她在一个什么都不缺的美国小镇长大，是不会理解的。当她开始说起在罗得岛和祖母一起生活的日子时，我脑海里就乌云密布。她说起夏天游泳、冬天滑冰、乘坐装有干草的大车出游、到波士顿旅游、约会、高中班级舞会、编辑高中年鉴。她的人生听上去就像一部好莱坞电影，直到她回忆起父母分居、将她留给住在蒂佛顿的奶奶。她说起自己如何想念母亲，有好几个月都是在哭声中睡着的。说到这儿，她又哭了。我想知道，如果我被送到亲戚家生活，会想念家人吗？很难想象我会怀念天天喝的同样的茶、吃的同样的面包，还有那张爬满跳蚤的坍塌的床、小巷里公用的厕所。不，我不会怀念那些东西，但我会怀念和母亲、弟弟们一起生活的日子：餐桌旁的谈话，围着火炉的夜晚。那时，我们看着炉火映照下的世界：小山洞和火山，各种形状和图案。即使和有钱的奶奶一起生活，我也会怀念那样的日子。我为没有兄弟姐妹、没有火炉可守的迈克·斯莫尔难过。

她对我说，小学毕业那天，她是多么兴奋。她父亲要从纽约过来参加毕业聚会，却在最后一分钟打来电话说，他得参加为拖船工人举办的野餐会。一想到那事，她再一次泪水涟涟。那一天，她奶奶在电话里狠狠地批评了她父亲，说他是一个只会追女人的家伙，不许他再踏足蒂佛顿了。至少，她奶奶在她身边，总是帮她做所有的事。她对亲吻、拥抱、大口地吃喝不太感兴趣，但让屋子干净，衣服洗烫一新，每天为孙女装好午餐盒。

迈克擦了擦眼泪，说道，你不可能拥有一切。即使我什么也不说，也想知道为什么你不能拥有一切或者给予一切。为什么你不能打扫房间、洗衣服、装午餐盒，同时亲吻、拥抱、大口地吃喝呢？我不能跟迈克说这些，因为她很崇拜她那严厉的奶奶。可我更情愿听到她说奶奶拥抱、亲吻、大口地吃喝。

鲍勃参加后备军官训练营之后，迈克邀请我去见她的家人。她和父亲艾伦、继母斯特拉一起住在哥伦比亚大学附近的河滨大道。她父亲是纽约港达尔泽尔驳船公司的拖船船长。她继母怀孕了。奶奶佐伊从罗得岛过来，暂时住在这儿，直到迈克安顿下来，适应了纽约的生活。

迈克告诉我，她父亲喜欢人们称他为船长。当我说“你好，船长”时，他嘟哝着，痰在喉咙里呼噜作响。他紧握着我的手，直到关节咔咔作响，这样我就知道他是多么强壮。斯特拉说，嘿，甜心，然后亲了亲我的脸颊，告诉我她也是爱尔兰人。很高兴见到艾伯塔和爱尔兰男孩约会。她甚至也说男孩，可她是爱尔兰人。奶奶双手交叉在脑后，躺在起居室的沙发上。当迈克介绍我的时候，佐伊的发际线向前抽动了一下，说：你最近怎么样？

你在沙发上的日子真是轻松又舒服。这句话溜出了我的嘴。

她瞪着我看。我知道自己说错话了。当迈克和斯特拉到另一个屋子去看套裙的时候，气氛很尴尬。我站在起居室中央，船长边抽烟边看《每日新闻》，没有人和我说话。我不明白迈克·斯莫尔怎么能走开，让我站在这儿跟她那不理我的父亲和奶奶在一起呢。我从来都不知道在这样的场合下该说些什么。我应该说，拖船的生意怎么样，还是应该对奶奶说她抚养了迈克，很了不起？

我在利默里克的母亲永远不会让人这样站在屋子中央。她会说：坐那儿吧，我们好好喝杯茶。在利默里克的街巷，不理人是件糟糕的事，忘了给人茶喝就更糟了。

很奇怪，有船长那样一份好工作的人和他那躺在沙发上的母亲竟然不屑于问我脸上是否有嘴或是不是想坐下。我不知道迈克怎么让我这样站着，但知道如果这事发生在她身上，她就会坐下来，让每个人都开心起来，就像我弟弟马拉奇。

如果我坐下，会发生什么事呢？他们会说：哦，主人没叫坐，你就坐下了，还真随便呀？或者他们什么也不说，等我走后再背着我说？

不论如何，他们都会背着我说，说鲍勃是个更好的男孩，穿着后备军官训练队的制服，看上去很帅。他们如果看见我穿着带下士军阶的卡其布夏季制服，可能也会这么说。但我还是怀疑。他们也许更喜欢他，他有高中文凭、清澈健康的眼睛、光明的前程、快乐的天性。军官制服增强了所有的优势。

从历史书中，我知道爱尔兰人在新英格兰地区从来都不受欢迎，那里到处都挂着“爱尔兰人不允许申请”的牌子。

好了，我不向任何人祈求任何事。我正准备转身离开，这时，迈克从楼道那边蹦跳着过来。她金发碧眼，微笑着，作好了到格林威治村散步和吃晚饭的准备。我想告诉她，我不想和让人独自站在地板中央、悬挂拒绝爱尔兰人牌子的人有任何联系，但她是那么欢快开心，眼睛是那么蓝，那么的干净，那么美国化，我甚至想，如果她叫我永远站在那儿，我也会像条狗一样，摇摇尾巴。

坐电梯下楼的时候，她对我说，我对奶奶说错了话。奶奶六十五岁了，做饭，打扫房间，工作很努力。她不喜欢人们说在沙发上休息几分钟这些自作聪明的话。

我想说：哦，去你奶奶的，还有她的做饭扫地。她有很多的食物、饮料、衣服、家具和冷热水，还不缺钱，到底有什么可抱怨的！世界上有许多供养大家庭却不抱怨的妇女。你的奶奶却躺着抱怨她得照料公寓和那么几个人。去你奶奶的。

这就是我想说的，只是得忍住不说，以免冒犯迈克·斯莫尔。那样，她就不会再见我了。到嘴的话不能说，这样过日子真的很难。很难和像她那样的漂亮女孩相处，因为她跟别人交往从来不会有麻烦。我也许得找一个不是那么好看，不介意我的坏眼睛和我没有高中文凭的女孩。不那么好看的女孩可能会给我搬椅子递茶，我也用不着总忍住想说的话。安迪·彼得斯总是告诉我，和相貌平平，特别是乳房小或没乳房的女孩过日子要容易得多，因为她们对少得可怜的关注也会心怀感激。其中一个可能甚至会爱上我，就像他们在电影里说的那样。我甚至不能想有乳房的迈克·斯莫尔，她将整个身子都留到了新婚之夜和蜜月。想到美式橄榄球运动员鲍勃将和她在新婚之夜达到高潮，我心里就一阵疼痛。

贝克尔和威廉斯仓库的平台领班在地铁里见到我，说我可以在假期工人休假时到那儿工作。他让我从早上八点干到中午十二点。第二天干完活后，我走到港口仓库，看看能不能和霍勒斯一起吃个三明治。我经常认为他就是我想要的那种父亲，尽管他是黑人，我是白人。如果我对仓库里的人说这些，就会被他们嘲笑，不得不逃离平台。他一定知道他们是如何谈论黑人的，也一定听到了漂浮在空气中的“老黑”这个词。和他一起在平台干活的时候，我很好奇他怎么能控制住自己不动手。他没有回答我。相反，他低下头，脸上带着浅浅的微笑。我以为他有点耳背或头脑简单，因为我知道他不聋，而他讲起在加拿大接受教育的儿子时，那种神态表明，如果有机会，他自己也会去上大学。

他正从莱特大街的一家小饭馆里出来。看到我时，他笑了：哦，伙计，我一定知道你要来。我买了个一英里长的大号三明治，还有啤酒。我们到码头上吃，好吗？

我正准备沿着莱特大街走回码头上去，他却把我带到了另一个地方。他不想让仓库里的人看到我们。他们会数落他一整天，笑着问霍勒斯什么时候认识了我的母亲。那会让我去还击他们，更频繁地到莱特大街去。不，伙计，他说，留着你的感情做大事。

这就是大事，霍勒斯。

这什么也不是，伙计。这是无知。

我们应该还击。

不，儿子。

天哪，他叫我儿子。

不，儿子。我没有时间还击，不会步他们的后尘。我有自己的战斗。我有一个上大学的儿子，有一个生病却在晚上到布罗德大街打扫办公室的妻子。吃你的三明治吧，伙计。

这是抹了芥末的火腿芝士三明治，我们俩你一口我一口就着一夸脱莱茵金啤酒把它吞下去。我突然感觉，自己永远不会忘记和霍勒斯一起在码头上度过的这一个小时。海鸥在空中盘旋，期待着会发生些什么。泊船沿着哈德逊河排成一行，等着拖船把它们拖进船坞或者拖出纽约湾海峡。我们头顶上的西区高速路上，交通一片繁忙。一间码头办公室的收音机里，沃恩·门罗唱着“纽扣和蝴蝶结”。我手里的三明治快要掉了。这时，霍勒斯又给了我一块，说我可以用点劲，让他惊喜一下。我的心发软，眼泪滴到了三明治上。我不知道为什么会这样，无法对霍勒斯解释这一切，或者我为何这么伤感。我知道，在码头上和霍勒斯一起吃三明治、喝啤酒，这样的情形不会再有了。这让我感到如此幸福，只能在心里因伤感而哭泣。我觉得自己是如此愚蠢，想把头靠在他的肩膀上。他了解我的心情，因为他靠得更近了，用胳膊搂着我，好像我就是他的儿子。我们两个人，黑人或白人，或什么也不是。这已经不重要了，因为除了放下三明治，我们什么也干不了。一只海鸥猛地扑了过来，大口大口地吃着三明治。我们笑了，霍勒斯和我。他在我手里放了一块我见过的最白的手帕。我要还给他，他摇了摇头，留着它吧。我告诉自己，我会留着这块手帕，直到最后一口气。

我对他讲了我母亲在我们哭泣时说过的话：哦，你的眼睛快赶上尿泡了。他笑了，似乎不在意我是否沿着莱特大街走回去。平台上的人没有说他和我母亲的事，因为你很难伤害一个开怀大笑而又无法理解的人。

33

有时候，她会应邀参加鸡尾酒会，并带我一起去。人们鼻子对鼻子站着聊天，吃着过期的面包块和饼干上的小东西。没有人像利默里克人那样唱歌或讲故事，最后他们看自己的手表，说：你饿吗？想去吃点东西吗？于是，人们零零散散地走了出去。他们把这称为聚会，让我很困惑。

这就是纽约的富人区，我一点也不喜欢，特别是在一个穿西服的男人和迈克说话的时候。他告诉她自己是个律师，还冲我点点头，问她究竟为什么和我这样的人约会。他邀请她去吃晚餐，好像她应该走开，将我留给空杯子、不新鲜的东西和不唱歌的人。当然，她说：不，谢谢。但你可以看出她受到了奉承，沾沾自喜。我不知道她是否愿意和穿西服的律师先生出去，而不是和我这个来自贫民窟、没上过高中、用两只雪地里的尿坑似的眼睛呆呆地看世界的人在一起。当然，她愿意嫁给某个有着清澈蓝眼睛和光亮白牙齿的人，那个人会带她参加鸡尾酒会，搬到维斯切斯特。在那儿，他们会加入乡村俱乐部，打高尔夫球，喝马提尼酒，就着杜松子酒的酒劲儿嬉笑玩乐。

我早就知道自己更喜欢纽约的闹市区。那里，留着胡子的男人和披着长发、戴着珠子项链的女人在咖啡馆和酒吧里读诗。他们的名字出现在报纸杂志上：凯鲁亚克[1]、金斯堡[2]、布里吉德·默纳汉。不住在阁楼和经济公寓里的时候，他们就周游全国，用巨大的酒壶喝葡萄酒，吸大麻，躺在地板上挖掘爵士乐。挖掘，他们就这么说。他们打响指，很酷，哦，很酷，就像我在利默里克的帕特舅舅一样，对任何事情都不在乎。如果必须参加鸡尾酒会或者打领带，他们就活不了了。

领带是我俩首次出现意见分歧的根源，我第一次见识了迈克·斯莫尔的脾气。当时，我们要去参加一个鸡尾酒会，我到她位于河滨大道的公寓楼外接她。她说：你的领带哪儿去了？

在家里。

但这是鸡尾酒会。

我不喜欢打领带，格林威治村的人都不打领带。

我不管格林威治村的人戴些什么。这是鸡尾酒会，所有的男人都打领带。你现在是在美国。我们到百老汇的男装店去给你弄条领带。

我家里有领带，为什么还要买？

如果你穿成那样，我就不去参加聚会了。

她从我身边走过，沿着第一一六大街向百老汇走去，伸出手，跳上一辆出租车，也不看看我是不是跟上了。

在无名的痛苦中，我坐上开往华盛顿高地的第七大道地铁，咒骂自己的倔犟，担心她会彻底放弃我，投入穿西服的律师先生的怀抱。夏天剩下的日子里，她会和他一起参加鸡尾酒会，直到美式橄榄球运动员鲍勃从后备军官训练营回来。她甚至可能为那个律师放弃鲍勃，念完大学后搬到维斯切斯特或者长岛去。那里，所有的男人都打领带，有些人甚至每周七天都打。打领带还是为了社交。她会高高兴兴地穿戴整齐去乡村俱乐部，高兴地想起她父亲说的话：女士只有戴上齐肘

---

①凯鲁亚克（1922－1969），美国小说家、诗人，主要作品有小说《在路上》、《达摩流浪汉》等。

②金斯堡（1926－1997），美国诗人，代表作有《嚎叫》等。

的白手套才算穿戴得体。

帕迪·阿瑟穿戴整齐，但没有打领带，正从楼梯上下来，要去参加一个爱尔兰舞会。我为什么不跟他一起去呢？也许能再次见到多洛雷斯。

我转回身，走到楼梯下，对他说，多洛雷斯勾引我坐上E线地铁，一路送她到昆斯村，让我以为那晚会有高潮。在那之后，我不在乎此生或来世能否再见到她。在登上前往闹市区的地铁前，帕迪和我在百老汇一家酒吧停了下来喝杯啤酒。帕迪说：天哪，你怎么啦？屁股被蜜蜂叮了？

我对他讲了迈克·斯莫尔和领带的事，他一点也不同情，说这就是我结交那些该死的新教徒的下场。你远在利默里克的可怜母亲会怎么说呢？

我不在乎母亲会怎么说。我迷恋着迈克·斯莫尔。

他要了杯威士忌，说我也应该来一杯，那可以让我无所顾忌地说话，让我平静下来，头脑清醒。喝下两杯威士忌后，我告诉他自己是多么想躺在格林威治村一间屋子的地板上抽大麻，和一个长发女郎共饮一罐酒。查理·帕克[①]在留声机里唱着，悠长舒缓而甜蜜的乐曲让我们飘上天堂，又让我们缓缓降到人间。

帕迪狠狠地看了我一眼。啊哟！看在耶稣基督的分上，你不是在开玩笑吧？你知道你的问题吗？新教徒和黑人，接下来就会是犹太人，然后你就死定了。

帕迪旁边有个坐在凳子上抽烟斗的老人，说：那没错，儿子，那没错。告诉你的朋友，你得和自己人在一起。我这辈子都和自己人在一起，为电话公司挖坑，都是爱尔兰人，一点麻烦也没有，因为，天哪！我和自己人在一起。我见到年轻人到这儿后和各种不同的人结婚，

①查理·帕克（1920－1955），美国中音萨克斯管演奏家、作曲家。

丢掉了自己的信仰，接下来去看棒球赛，那就是他们的结局。

老人说他认识一个同镇的人，在捷克斯洛伐克的一家酒馆工作二十五年后回家定居，可一句捷克斯洛伐克话也不会说。这都是因为他和自己人，在那儿能找到的几个爱尔兰人在一起。他们聚在一起，感谢上帝和圣母马利亚。老人说为了向和自己人在一起的爱尔兰男人和女人们表示敬意，想请我们俩喝杯酒。和自己人在一起，孩子一出生就知道父亲是谁。天哪，上帝饶恕我说的话，知道父亲是谁是最重要的事情。

我们举杯，向所有和自己在一起并且知道父亲是谁的人致敬。帕迪靠近那老人，他们谈起了家乡爱尔兰，尽管老人已经四十年没回去了。他希望自己能葬在戈特那个美丽的城镇，葬在可怜的爱尔兰母亲和在抗击背信弃义的撒克逊暴君的长期斗争中尽了本分的父亲身边。他举起酒杯唱道：

上帝拯救爱尔兰，英雄们说
上帝拯救爱尔兰，他们都说
不论我们死在高高的断头台
还是死在战场上
哦，为了爱尔兰，死何足惜！

威士忌让他们越来越迷糊。我盯着酒吧里的镜子，不知道现在是谁在亲吻迈克·斯莫尔。我想和她一起走在大街上，这样大家都会转过身来看我们，我会成为所有人忌妒的对象。帕迪和老人的话只不过让我想起成千上万为爱尔兰牺牲的男人和女人，他们会因为我背叛爱尔兰人的事业、结交新教圣公会教徒而不满。帕迪又一次背对着我，留下我呆呆地看着镜子里的自己，不明白身处的这个世界。老人时不时绕过帕迪，靠过来告诉我：跟自己人在一起，跟自己人在一起。身在纽约这片自由者的土地和勇敢者的家园，但一举一动都应该像在利默里克那样，带有爱尔兰特征。我只能和爱尔兰女孩约会，但她们把我吓坏了，总是天恩眷顾的样子，对任何人和事都说不，除非那个人是想在卢斯卡门郡[①]的农场定居，抚养七个孩子、三头奶牛、五只绵羊和一头猪的帕迪·马克。如果我不得不听有关爱尔兰的悲惨故事，只能和身段优美的乡村女孩、来自莫林加[②]的娘们儿跳舞，我不知道自己为什么还要回到美国来。

我呆呆地坐在酒吧的凳子上，脑海里只有迈克·斯莫尔。她金发碧眼，秀色可餐。她是一个纯美国女孩，按照新教圣公会教徒的方式轻松地驶过人生的航程，头脑里都是蒂佛顿的美好回忆：那个长岛小镇；祖母抚养她长大的房子；卧室里的小窗帘轻柔地飘荡在朝向纳拉干西特河的窗户上；铺了很多床单和毯子，摆着枕头的床铺。躺在床上梦想着外出，枕头上散着金色长发；乘坐装有干草的大车出游，到波士顿旅游，男孩男孩男孩。奶奶在早上准备好了营养丰富的美国式早餐，她这个小女孩就可以用一整天迷倒每一个男孩、女孩、老师和任何遇到的人，包括我在内，主要是我。

威士忌让我的脑海里一片黑暗。我想告诉帕迪和那个老人：我厌倦了爱尔兰的苦难，无法同时生活在两个国家。但是我离开了他们。他们俩坐在酒吧的凳子上商谈着什么。我从第一七九大街走到百老汇，再走到第一一六大街，希望等的时间足够长，能瞥见迈克·斯莫尔由穿西服的律师先生送回家。我既想瞥见这一幕，又不想瞥见，直到巡逻车里的警察直冲我喊：快点走，伙计，所有的巴纳德女孩都已经上床睡觉了。

快点走，警察说。我照做了。现在谁在亲吻她？律师一定正在怀抱着她看电影、指尖悬荡在她那为蜜月保留的胸部边缘，吃爆米花的

①爱尔兰西部的一个郡。
②爱尔兰中部的一座城市。

间隙可能会有亲吻或拥抱。而我在百老汇看着街对面的哥伦比亚大学校门，不知道该走哪条路，希望能找到一个来自加州或者俄克拉荷马州，像迈克·斯莫尔一样金发碧眼，牙齿从来没有疼痛或龋洞，总是开心的女孩。她总是开心，因为她的人生已经设计好了：大学毕业，嫁给一个不错的男孩（她叫他男孩），过上平静、轻松、舒适的生活，就像我母亲曾经说过的那样。对警察说这些没什么用。

警察再次向我走来，叫我不要停，伙计。我努力带着尊严走过第一一六大街。这样他就不能用手指指点点，对同伴说：又一个从老家来的嗜酒如命的爱尔兰人。他们不知道，也不会在乎这一切都是因为迈克·斯莫尔想让我打领带而我拒绝了。

西端酒吧里都是哥伦比亚大学的学生。喝杯啤酒，或许能混进去，被误认为是他们中的一员，排名比纽约大学学生还要高。一个金发美女可能会爱上我，让我忘了迈克·斯莫尔。但我仍旧认为，即使布里吉特·巴多特[①]溜进我的被窝，我也不会对迈克·斯莫尔不屑一顾。

这些哥伦比亚大学学生扯着嗓门争辩虚无的人生，一切都是那么的荒唐可笑，所有重要的事情在压力之下都成了神的恩惠，哥们儿。当那个公牛角冲你冲过来，擦伤了你的屁股，你就知道那是真理到来的时刻了，哥们儿。看你的海明威吧，伙计，看你的J.保罗·萨特吧。他们知道真相。像这些哥伦比亚大学学生这样，我还不如去纽约大学的自助餐厅。

如果不用在银行、码头、仓库干活，我就有时间成为一名循规蹈矩的大学生，悲叹人生的虚无。我希望父母过着体面的生活，送我上大学。这样我就可以在酒吧和自助餐厅里对人说自己是如何因为加缪每日催人自杀而崇拜他，如何因为海明威甘冒公牛角的风险而崇拜他。如果有钱有时间，我在心灰意冷这方面会比纽约任何一个学生都要优

①法国女演员，歌手。

秀。但我永远都不能对母亲提这些事，她会说：啊哟，看在上帝的分上，难道你身体不健康，没有鞋子穿，没有一头好头发吗？你还想要什么呢？

我喝着啤酒，搞不懂这是个什么样的国家：警察不停地叫你不要停；人们在你的火腿三明治里放鸽子屎；和美式橄榄球运动员定情要订婚的女孩因为我不打领带而离开了我；嬷嬷替他留下的迈克尔洗礼，尽管他曾在集中营里受过难，本该保留自己的犹太人身份，不去麻烦任何人；大学生们尽情地吃喝，悲叹存在主义和一切的虚无。而警察再次对你说，不要停。

我回头沿着百老汇大街走过哥伦比亚大学，走到华盛顿高地，向乔治·华盛顿大桥走去。在那儿，我可以好好打量哈德逊河。我的脑海里充斥着乌云和噪音，利默里克、达豪和埃德克莱因，美国大兵在那儿拯救了他留下的迈克尔，一个无用的人。我母亲在我脑海里进进出出，还有梅奥的埃默、罗得岛的迈克·斯莫尔。帕迪·阿瑟大笑着说我两只眼睛就像雪地里的尿坑，永远都不会和爱尔兰女孩跳舞。我仔细打量着哈德逊河，为自己感到难过，直到天空在远处放亮，初升的太阳从一个桥塔到另一个桥塔，将曼哈顿变成金色的立柱。

34

几天以后，她哭着给我打电话，说她在外面街上，我能否到第一一六大街和百老汇的交汇处接她？她和父亲有了点麻烦，没有钱，不知道该怎么办。她在街角等着。在地铁上，她告诉我，她穿戴整齐，想给我打电话，和我见面，尽管我对领带反应强烈。但她父亲说不，她不能出去。她说，她就要出去。他照着她的嘴打了一拳。我能看到她的嘴都肿了。她从父亲的家里跑了出来，不会再回去了。玛丽·奥布莱恩说她运气不错，一名房客回爱尔兰和乡下女孩结婚去了，他的房间空着。

在某种程度上，我很高兴她父亲打了她一拳，她来找我而不是去找鲍勃，那一定说明她更倾向于我。当然，鲍勃很不高兴。几天后，他站在门口，说我是卑微的爱尔兰小乡巴佬，要打烂我的头。但我把头一偏，他的拳头打到了墙上，不得不到医院去打石膏。走的时候，他威胁说还会来找我，我最好和上帝和解。但是几天后我在纽约大学碰到他时，他很友好地伸出了那只没有受伤的手，而我再也没有见到他了。他也许背着我打电话给迈克·斯莫尔，但是那已经太迟。既然她已经允许我进她的房间、上她的床，忘了将身子留给新婚之夜和蜜月，她就不应该和他说话。我们第一次做爱的那个晚上，她说我拿走了她的贞操。即使应该感到愧疚或伤心，我也不会。正如他们在军队里说的那样，我是第一个永远留在一个女孩记忆里的人。

我们不能待在玛丽·奥布莱恩的家庭旅馆里，因为我们不能抵制睡在同一张床上的诱惑，还有那些会意的目光。帕迪·阿瑟不再和我说话了。不清楚他是虔诚，还是爱国。我和一个既不是天主教徒也不是爱尔兰人的女孩在一起，他很生气。

船长捎来话，说准备每月给斯莫尔一些钱，那意味着她可以在布鲁克林区租个小公寓。我想和她住在一起，但船长和奶奶会认为那丢人现眼，所以我在格林威治村唐宁街四十六号租了个冷水公寓。他们称之为冷水公寓，我不知道为什么这么叫。那儿有热水，但没有暖气，只有一个巨大的煤油取暖器。那东西通体通红，我都担心它可能会爆炸。取暖只能去梅西商店买个电热毯，插到一根长电线上，这样我就可以在屋里走来走去了。厨房里有个浴缸，楼道里有个厕所，我必须和对面的一对意大利老夫妇共用。那个意大利老人敲我的门，对我说，我得在厕所里放上自己的卫生纸，不能用他的。他和妻子在他们的卫生纸上做了记号能知道我是不是用了，所以小心点。他英语很糟糕。他又告诉我，他和我前面那个租户有矛盾，他很恼火，对着我的脸挥舞拳头，警告我如果碰他的卫生纸，就会有大麻烦，大麻烦。但一开始，他会给我一卷卫生纸，以确保我不会碰他的。他说他妻子是个不错的女人，给我这卷卫生纸就是她的主意。她是个病人，需要静养，不能有麻烦。明白吗？

迈克在布鲁克林高地亨利街找到一个小公寓，有自己的浴室，没有卫生纸来折磨她。她说我的公寓很丢人，不明白我怎么能那样生活：没有暖气，没有地方做饭，意大利人因为卫生纸大喊大叫。她为我感到难过，让我在她那儿过夜，做了好吃的饭菜，尽管她父亲将她打出门的时候，她甚至不知道怎么煮咖啡。

放假后，她回罗得岛看牙医，检查她父亲的拳头造成的脓肿。我在纽约大学修暑期课程，看书、学习、写学期论文，同时还在银行上班，午夜到早上八点的那个班。我每星期在贝克尔和威廉斯仓库开两天叉车，还梦到迈克·斯莫尔，她正和奶奶一起在罗得岛过着温暖舒适的生活。

她打电话告诉我，她奶奶不再为我说她活得轻松而生气了，甚至还说了一些我的好话。

什么好话？

她说你有一头不错的黑色鬈发，为我父亲做的事感到难过，不介意你过来住一两天。

结束银行的工作后，我可以到罗得岛待一星期。在我上班附近位于布罗德大街的一家咖啡馆里，一个人坐到我旁边，说他前一个晚上听到我说话，猜出我是个爱尔兰人，对吧？

我是。

啊，我也是爱尔兰人，纯正的爱尔兰人。我父亲来自卡洛[①]，母亲来自斯莱戈[②]。希望你不要介意，我从别人那儿知道了你的名字，发现你是国际码头工人协会的会员。

我的会员卡已经过期了。

那没关系。我是一个组织者。我们打算打入这些该死的银行。抱歉，说脏话了。你愿意参加吗？

噢，当然。

我是说，你是我们在你值班的那些人里唯一能找到的有工会背景的人。我们也知道银行发该死的工资，只需要你露点口风。只要时不时地露点口风，不用太多，也不用太快。我几星期后再见你。来，我来付账。

第二天是星期四，发工资的日子。当我们拿到支票的时候，主管说：

①爱尔兰东南部的一个郡。

②爱尔兰西部的一个郡。

今晚剩下的时间里，你可以休息了，迈考特。

他确保当班的每个人都听到了他说的话，你今晚休息，迈考特，还有所有的晚上。你可以把这句话告诉你那些工会朋友们，这里是银行，我们不需要任何他妈的工会。

他们什么也没说，打字员和文书们只点了点头。安迪·彼得斯可能会说点什么的，但是他还在上四点到十二点的班。

我拿了自己的支票。在我等电梯的时候，一名行政人员从他的办公室里出来。迈考特，对吧？

我点点头。

你大学毕业了，对吧？

是的。

想没想过加入我们？你可以，我们可以让你在三年内收入达到不错的五位数。你是我们自己人，对吧？爱尔兰人？

是的。

我也是。我父亲来自威克洛[1]，妈妈来自都柏林。当你在这样一家银行工作时，机会之门就敞开了。你知道，古爱尔兰修道会，哥伦布骑士会。我们照顾自己人。如果我们不照顾，谁来照顾呢？

我刚被解雇。

解雇？你究竟在说些什么呀？为什么被解雇？

因为在咖啡馆里让一个工会组织者跟我说话。

你干了那个？让一个工会组织者跟你说话？

是的。

那是件他妈愚蠢的事。看，伙计，我们离开了煤矿，我们离开了厨房和沟渠。我们不需要工会。爱尔兰人有判断力吗？在问你问题呢，说声“是”。

①爱尔兰东海岸的一个郡，位于都柏林南部。

在那儿，还有在下行的电梯里，我什么也没说。因为我被这家银行解雇了，没什么可说的。我不想谈论爱尔兰人有没有判断力，不知道为什么遇到的每一个人都要告诉我他的父亲和母亲来自爱尔兰哪个地方。

那个人想和我争辩，但我不想满足他的愿望。最好还是离开，把他留在他已经达到的高度，我母亲曾经这样说过。他在我身后大喊，说我是个笨蛋，我的下场会是挖沟、送啤酒桶、给巧言石酒吧里豪饮的爱尔兰人倒威士忌。他说：上帝啊。照看你自己的孩子有错吗？奇怪的是他的声音有些伤感，好像我是个让他失望的儿子。

迈克·斯莫尔到罗得岛普罗维登斯火车站来接我，再带我坐公交车到蒂佛顿。路上，我们到一家酒店买了一瓶她奶奶最爱的清教徒移民的朗姆酒。佐伊奶奶说了声嗨，但是没有伸手，也没有贴过脸来。正是晚饭时间，有咸牛肉、卷心菜和煮土豆，据佐伊说，这是爱尔兰人喜欢吃的东西。她说我一定是旅途劳顿，当然要喝一杯。迈克看了看我，笑了。我们知道是佐伊想喝一杯，朗姆酒加可乐。

你怎么样，奶奶？想来一杯吗？

嗯，我不想，但是好吧。你来调饮料吗，艾伯塔？

是的。

好吧，那少来点可乐。它伤我的胃。

我们坐在起居室里。窗帘、帷幔，一层层的帘子让屋子变得很暗。屋子里没有书，没有杂志，也没有报纸。仅有的照片就是穿着陆军中尉制服的船长和金发天使小迈克。

我们抿着饮料。周围一阵寂静，迈克在门厅接电话，而佐伊和我之间没什么可说的。我希望自己能说：这房子真不错。但是不能，我不喜欢这间黑暗的屋子，外面正阳光普照呢。接着，佐伊冲着外面喊道：艾伯塔，你打算整个晚上都接那他妈的电话吗？你还有个客人呢。然后，她对我说：她在和查理·莫兰打电话呢，他们从上学起就是好朋友，但是他妈的，他喜欢说话。

查理·莫兰，是吗？迈克把我留在这间昏暗的屋子里，和她奶奶在一起，而她和以前的男朋友闲聊天。在罗得岛的那几个星期，她和查理一定过得很开心，而我却在银行和仓库做苦力。

佐伊说：再给自己倒一杯吧，弗兰克。那意味着她也想再来一杯。说少来点可乐，它伤我的胃的时候，我给她倒了双倍剂量的，于是，希望那能让她失去知觉。这样，我就可以对她孙女想怎么样就怎么样了。

可是，那饮料使她越发精力充沛。喝了几口，她说：我们吃东西吧，妈的，爱尔兰人就喜欢吃。吃东西的时候，她说：你喜欢那个吗，弗兰克？

喜欢。

嗯，那么，吃了它。你知道我经常说的话：缺了土豆不成餐，可我不是爱尔兰人，不，妈的，没有一点爱尔兰血统，尽管有点苏格兰血统。我母亲姓麦克唐纳，那是苏格兰的姓，不是吗？

是的。

不是爱尔兰的？

不是。

晚饭后，我们看电视。她对我说屏幕上的路易斯·阿姆斯特朗[①]难看死了，一点也不会唱歌，之后，就在扶手椅上睡着了。迈克摇了摇她，叫她到床上去睡。

不要叫我上床睡觉，妈的。你也许是个大学生，但我还是你奶奶呢。不是吗，鲍勃？

我不是鲍勃。

---

①路易斯·阿姆斯特朗（1901－1971），美国爵士乐小号手和歌手，被称为“永恒的爵士乐之王”。

你不是？那么，你是谁？

我是弗兰克。

哦，那个爱尔兰人。嗯，鲍勃是个不错的家伙，他就要成为一名军官了。你会成为什么？

老师。

老师？哦，那么，你不会开卡迪拉克了。她起身上楼睡觉。

现在，佐伊在她的屋子里打呼噜。迈克当然会参观我的床了。但是没有，她太紧张了。如果佐伊突然醒过来，发现了我们，那该怎么办？我就得到路上拦开往普罗维登斯的公交车。迈克来跟我吻别，道声晚安，那真是个折磨。即使在黑暗中，我也知道她穿着粉色的洋娃娃睡衣。她不会留下。哦，不，奶奶可能会听到。我对她说，即使上帝就在隔壁房间，我也不在乎。不，不，她说，然后就走了。人一走，床上寻欢作乐的机会也溜走了。我不明白这是个什么世道。

黎明时分，佐伊楼上楼下地用吸尘器打扫卫生，抱怨道：这该死的房子就像霍根后街。这房子一尘不染，因为除了打扫房子之外，她没有别的事可做。可她呵斥霍根后街，叫我待在自己的地方，心里清楚我知道那是纽约一处危险的爱尔兰贫民窟。她抱怨吸尘器不像以前那样有吸力了，可一眼就能看出已经没什么东西可吸了。她抱怨艾伯塔起得太晚，不是该做三份早饭吗？她的，我的，还有艾伯塔的。

她的邻居阿比来了。她们喝咖啡，抱怨孩子、灰尘、电视、那个不会唱歌该死的难看的路易斯·阿姆斯特朗、食品和衣服的价格、占领福尔里弗[①]和周围城镇所有东西的该死的葡萄牙人。爱尔兰人管理所有的事就够糟的了，但只要他们清醒，至少会说英语。她们还抱怨收费过高、不能区分得体发型和驴屁股的理发师。

哦，佐伊，阿比说，注意你的言辞。

---

①美国马萨诸塞州南部城市。

嗯，我就是要这么说，妈的。

如果我母亲在场，她会感到很困惑，不明白为什么这些女人们要抱怨。上帝在上，她会说，她们什么都不缺。富裕，干净，营养充足，但是她们却抱怨一切。我母亲，还有利默里克贫民窟里的女人们什么都没有，可是她们极少抱怨。她们说这是上帝的意愿。

佐伊什么都不缺，却在吸尘器的噪音中抱怨，而他妈的这可能就是她的祷告。

在蒂佛顿，迈克就是艾伯塔。佐伊抱怨道，她不明白为什么一个女孩要用一个像迈克那样的该死的名字，而她有自己的名字：阿格尼丝·艾伯塔。

我们在蒂佛顿四处走走。我再一次想象在这儿当老师、和艾伯塔结婚会是什么样。我们会有一间晶莹闪亮的厨房，每天早上在那儿喝咖啡，吃鸡蛋，看《普罗维登斯日报》。我们会有一间有很多热水和毛茸茸的厚毛巾的大浴室。我会懒洋洋地倚靠在浴缸里，透过小窗帘凝视清晨阳光下轻柔起伏的纳拉干西特河。我们会有一辆车，可以到霍森纳克海滩和布洛克岛旅游，拜访艾伯塔母亲在楠塔基特的亲戚。随着时光的流逝，我的头发会越来越少，肚子会越来越大。星期五晚上，我们会参加当地的高中橄榄球赛。我会遇到某个可能愿意赞助我加入乡村俱乐部的人。如果他们接受我，我就不得不学打高尔夫球，而那一定是我的末日，迈向坟墓的第一步。

蒂佛顿之行足以把我赶回纽约。

35

一九五七年夏，我完成了纽约大学的学位课程，并在秋天通过了教育委员会执教高中英语的考试。

一份午后报纸《世界电报和太阳报》上有一个学校专页，老师们可以通过它找工作。

大多数的空缺职位都是职业高中的。朋友们早就警告过我：不要靠近那些职业高中。那些孩子就是杀手，会将你生吞活剥。看看那部电影《黑板丛林》吧，里面一个老师说职业高中是教育体系的垃圾桶，老师就坐在桶盖上。看了那部电影，你就会落荒而逃。

布朗克斯区塞缪尔·冈珀茨职业高中有个英语老师的空缺，但教务部主任对我说，我看上去太年轻了，孩子们会难为我的。他说他父亲来自多尼戈尔[1]，母亲来自基尔肯尼，他愿意帮助我，我们应该照顾自己人。但他很忙，他耸耸肩膀、摊开双手的样子与他说的话自相矛盾。可是，他还是从椅子上站起身来，搂着我的肩膀将我送到前门，对我说我应该以后再尝试申请塞缪尔·冈珀茨职高的职位。也许一两年后我会长胖，不再有那种不谙世故的表情。他会记得我的，但是如果我

①爱尔兰西北部的一个郡。

长了胡子，就不用再跑回来一趟了。他不能容忍胡子，希望自己的部门里没有他妈的“垮掉的一代”。同时，他还说，我可以试试天主教高中。虽然那儿的薪水不怎么好，但我可以和自己人在一起，一个不错的爱尔兰小伙子应该和自己人在一起。

布鲁克林区格兰迪职业高中的教务主任说，是的，愿意帮助我，但是你知道，带着那口音，你和孩子们之间会有麻烦的，他们可能认为你说话很可笑。即便发音正确，教学工作也很难，再带有口音就难上加难了。他想知道我是如何通过教师证考试中会话那部分的。我告诉他我拿到的是代课证，条件是我上会话补习班。他说：是的，等你发音不再像刚下船的爱尔兰人时，或许可以再来试试，哈哈哈。在此期间，你应该和自己人待在一起。他本人也是爱尔兰人，嗯，四分之三的爱尔兰血统。和其他人在一起就很难说了。

喝啤酒的时候，我碰到了安迪·彼得斯，告诉他，我在长胖、看上去老成一点并像美国人那样说话之前，是找不到一份教书的工作了。他说：胡扯，忘了教书吧。去做买卖。专门研究点什么。轮毂罩。垄断市场。在汽车修理厂找份活儿，尽你所能地了解轮毂罩。人们来到汽车修理厂，一提到轮毂罩，就求助于你。轮毂罩危机，你知道吗？轮毂罩飞了出去，飞过天空，将一个模范家庭主妇的脑袋削了下来。所有的电视台都给你打电话征求专家意见。然后，你出来单干。迈考特轮毂罩商场，专卖国内外各种新旧轮毂罩，为识货的收藏家提供古董轮毂罩。

他是认真的吗？

也许不是关于轮毂罩。他说：看看他们在学术界都做了些什么。占据人类知识的一亩三分地：乔叟的“巴斯妇”中对阴茎的形象化描述或者斯威夫特对谎言的专注。你沿着它围个篱笆，用脚注和参考书目装饰这篱笆。立块牌子：别靠近，闯入者将失去终身职位。我自己忙于一项崇高的事业：寻找一个蒙古哲学家。我曾想凭借一个爱尔兰哲学家垄断市场，但我只能找到贝克莱[①]。他们已经将爪子伸向了他。一个爱尔兰哲学家，看在上帝的分上。一个。你们这些人在思考吗？所以，我和蒙古人或中国人纠缠在一起。也许我得学蒙古语或者汉语或者他们那儿说的任何语言。等我找到他，他就是我自己的了。你上一次在你热爱的那些东区鸡尾酒会上听到人们提到一个蒙古哲学家，是什么时候？我会拿到博士学位，在鲜为人知的学术期刊上用蒙古语写几篇文章，在现代语言学会年会上向如醉如痴的东方学家们发表学术演讲，等着常春藤联合会及其表兄弟姐妹们的工作邀请像潮水般涌来。我会有一件花呢夹克、一个烟斗和一副傲慢的神态。教员的妻子们会朝我扑过来，恳求我用英语背诵通过布朗克斯动物园的牦牛或者熊猫屁股偷渡到这个国家的色情的蒙古诗。如果你上研究生，我还会告诉你另外一件事，一个忠告。选课时，找出教授在他博士论文里写的都是哪方面的内容，并把它交还给他。如果那家伙专门研究丁尼生[②]水的映像，那么就把它统统倒给他。如果那家伙专门研究乔治·贝克莱，那么就给他树在森林里倒下时一只手拍打的声音。你以为我是怎么念完纽约大学这些该死的哲学课程的？如果那家伙是个天主教徒，我就给他阿奎那[③]。犹太人呢？我就给他迈蒙尼德[④]。不可知论者呢？你从来都不知道该怎么说不可知论者。和他们在一起，你从来都不知道自己该站在哪儿，尽管可以一直尝试老尼采。你爱怎么折腾那个老浑蛋就怎么折腾。

安迪告诉我，伯德是有史以来最伟大的美国人，与亚伯拉罕·林肯和那个发明缓泻药的家伙马克斯·基斯齐名。应该颁给伯德诺贝尔奖，

①贝克莱（1685－1753），英国主观唯心主义哲学家，生于爱尔兰，认为“存在即被感知”。
②丁尼生（1809－1892），英国诗人，获桂冠诗人称号，主要诗作有《尤利西斯》、《悼念》等。
③阿奎那（1225－1274），意大利中世纪神学家和经院哲学家。
④迈蒙尼德（1135－1204），犹太哲学家。

给他一个上议院的席位。

谁是伯德？

看在上帝的分上，迈考特。我很担心你啊。你跟我说，你喜欢爵士乐，可你却不知道伯德。查理·帕克，哥们儿。莫扎特。你在听我说吗？你懂吗？莫扎特。看在上帝的分上。那是查理·帕克。

查理·帕克和教学工作、轮毂罩、迈蒙尼德或者其他事有什么关系呢？

你看，迈考特，这就是你的问题，总是看有没有关系，沉迷于逻辑的家伙。那就是爱尔兰人中没有哲学家，只有很多他妈的酒吧神学家和茅厕律师的原因。自然点，哥们儿。星期四晚上，我下班早。我们到第四十二大街来点音乐，好吗？

我们一个酒吧接着一个地逛过去，最后来到一个地方。只见一个穿白衣的黑人妇女在那儿对着麦克风呱呱叫。她紧紧地抓着麦克风，好像正在一艘不停摇摆的船上。安迪小声说：那就是比利，他们让她在这儿出洋相真是丢脸。

他大步走到舞台前，试图抓住她的手帮助她下来。但是她骂了他，还冲着他来回晃，直到一个踉跄从舞台上掉了下来。一个男人离开座位，带着她出了门。我从她的呱呱叫知道那就是比利·霍里德[1]，我在武装部队广播网里听到过的声音。那时我还是利默里克的一个小男孩，一个清纯的声音告诉我：“宝贝，除了爱，我什么也给不了你。”

安迪说：就这么回事。

你什么意思，就这么回事？

我是说，就这么回事，就这样了。上帝，我得写本书吗？

你认识比利·霍里德，这是怎么回事？

我从小就爱比利·霍里德。我到第四十二大街就是为了瞅她一眼。

①比利·霍里德（1915－1959），美国爵士乐歌手和作曲家。

我会拿着她的外套，擦洗她的马桶，给她放洗澡水，亲吻她走过的路面。我对她说，我因为没有操一头法国绵羊而不光彩地退伍了。她认为这应该写成一首歌。我不知道上帝打算给我什么样的来生，但是我不去，除非能永远坐在比利和伯德之间。

一九五八年三月中旬，报纸上又有了一则广告：斯塔滕岛区麦基职业技术高中招英语老师。校长助理西斯特德小姐查看了我的教师证，带我去见摩西·索罗拉校长。他并没有从书桌后面的椅子上站起来，而是透过从鼻子里和手上的香烟飘出来的烟雾眯着眼看我。他说这是个紧急状况，我要接替的老师马德小姐突然决定在学期中间退休，这样的老师不替别人着想，让校长的日子很不好过。他没法安排我全部教英语课，我得每天教三个班的社会科学课程[1] 和两个班的英语。

但是，我对社会科学课程一无所知。

他吐了口烟，眯眼看着我说：别担心。然后，他把我带到代理教务主任的办公室。主任说我得教三个班的经济公民权，这就是教材《你和你的世界》。索罗拉先生透过烟雾笑着说，《你和你的世界》，那应该包含了一切。

我对他说，我对经济学或者公民权一无所知。可是他说：就比孩子们多看几页书而已。你对他们讲的任何事都会是新闻。告诉他们现在是一九五八年，告诉他们自己的名字，告诉他们自己住在斯塔滕区。他们会对这些信息既惊讶又感激。忘了你的大学文学课程吧，这里不是高智商高原。

他带我去见马德小姐，我要接替的那个老师。当他打开教室门的时候，男孩和女孩们正身子探出窗外，冲着操场另一边的孩子们叫喊。马德小姐坐在书桌旁，看着旅行手册，不理会从头顶飞驰而

①美国中小学的社会科学课程包括历史、地理、公民学等。

过的纸飞机。

马德小姐已经退休了。

索罗拉先生离开教室后，她说：好了，年轻人，我迫不及待地要离开这儿。什么时候了？星期三吗？星期五是我的最后一天。欢迎你来到这个疯人院。我在这儿待了三十二年。又有谁在乎呢？孩子们？家长？谁他妈的在乎呢，年轻人？请原谅我的法语。我们教育他们的小孩，可他们付给我们洗碗工的钱。那是哪一年来着？一九二六年。卡尔文·柯立芝在任的时候，我就来了。我一直工作到他任期届满，然后是大萧条时期的胡佛、罗斯福、杜鲁门和艾森豪威尔。从那窗户往外看，你可以看到纽约港的美景，如果这些孩子不让你抓狂。你可以看见一艘大船驶过，我在甲板上招手微笑，孩子，因为在上帝的帮助下，我这辈子再也不想见两样东西了：斯塔滕岛区和孩子们。魔鬼，魔鬼。看看他们。你还不如到布朗克斯动物园饲养黑猩猩呢。现在是什么时候？一九五八年。我怎么坚持下来的呢？你应该成为乔·路易斯[①]。那么，祝你好运，孩子。你会需要它的。

---

①乔·路易斯（1914－1981），美国职业拳击手，重量级世界冠军。

36

在我走之前，索罗拉先生说我第二天应该回来，听听马德小姐那五个班的课。我会学到一些程序方面的东西。他说教学的一半就是程序，可我不知道他在说些什么，不知道该怎么解释他那透过烟雾的笑容，不知道他是不是在开玩笑。他把打好的课程表从书桌那边推过来：三个班的经济公民权，两个班高二下学期的英语。课程表的顶端写着：正式班级，主要负责人。底端写着：责任区，学校自助餐厅，第五节课。我没有问索罗拉先生这些是什么意思，担心他会认为我很无知，然后改变雇用我的想法。

当我走下小山朝渡船走去的时候，一个男孩的声音传来：迈考特先生，迈考特先生，你是迈考特先生吗？

是的。

索罗拉先生想再见见你。

我跟着那学生上了山，不知道索罗拉先生为什么还要再见我。他改变主意了，找到了某个有经验的人，某个明白程序的人，某个知道什么是正式班级的人？如果得不到这份工作，我就得重新找了。

索罗拉先生在学校前门等我，嘴里叼着烟，把手放到我的肩膀上，说：我有好消息给你。这工作比我们预想的要来得早。马德小姐一定是对你印象深刻，她决定今天就走。事实上，她已经走了，从后门走的，现在还不到中午。所以，你能不能明天就来接班？这样你就不用等到星期一了。

可是我……

是的，我知道。你还没有准备好。没关系。我们会给你些东西让孩子们有事做，直到你掌握其中的窍门。我会时不时地过来看看，不让他们捣乱。

他对我说，这是我直接参与并开始教师生涯的大好时机。我年轻，会喜欢孩子们的，他们也会喜欢我。麦基高中有很多愿意帮助和支持我的教职员工。

当然，我说是，明天会来的。这不是我梦想中的教学工作，但找不到其他工作，这工作也得干。我坐在斯塔滕岛的渡船上，想到了纽约大学里郊区高中的教师招聘人员。他们对我说，我似乎很聪明、热情，但口音真是个问题。哦，不得不承认那很迷人，让人想起了《与我同行》里那个好人巴里·菲茨杰拉德，但是但是但是，他学校对会话的标准很高，不可能对我例外，因为口音会传染。如果孩子们回到家，说话声音像巴里·菲茨杰拉德或者莫林·奥哈拉[①] 的话，家长们会怎么说？

我想在一所郊区高中工作：长岛，维斯切斯特。那里的男孩和女孩聪明活泼、开心快乐、注意力集中。在我讲解《贝奥武甫》、《坎特伯雷故事集》、保王党诗人、玄学派诗人的时候，他们的钢笔握得稳稳的。我会受到崇拜。男孩和女孩从我的班级出去后，家长们一定会邀请我到最好的饭馆吃晚餐。年轻的母亲们会来见我，谈谈她们的孩子。丈夫们，那些穿着灰色法兰绒西服的男人们不在场，谁知道会发生些什么呢？我会在郊区闲逛，寻找孤独的妻子们。

我不得不忘掉郊区，腿上放着这本将帮助我度过教学生涯第一天

①莫林·奥哈拉（1920－ ），爱尔兰女演员和歌手。

的书：《你和你的世界》。我翻了翻书，了解如何从经济学角度看美国简史，介绍美国政府、银行系统，讲解如何阅读股票市场记录、开设储蓄账户、做家庭账目、获得贷款和抵押。

每一章的末尾都有相关事例和供讨论的问题。是什么导致了一九二九年股票市场的崩盘？将来如何规避危机？如果想存钱获取利息，你会：a，把它放到玻璃罐里；b，投资日本股票市场；c，把它放在床垫下；d，存到银行储蓄账户。

书上有一些建议采取的活动，是以前一个学生用铅笔加进去的。召开一个家庭会议，和爸爸妈妈一起讨论家庭经济状况。用这本书向他们展示如何改善账目记录。（学生插入的话：如果他们揍你，不要感到惊讶。）和班里同学一起参观纽约证券市场。（离开学校一天，他们会很高兴的。）设想一个你们社区可能需要的产品，开一家提供这个产品的公司。（试一下西班牙芫青。）给联邦储备委员写信，说明对他们的看法。（叫他们给我们留点东西。）采访一些记得一九二九年大萧条的人，写一篇一千字的报告。（问问他们为什么不自杀。）写一个向十岁孩子解释金本位的故事。（这有助于他的睡眠。）写一篇关于修建布鲁克林大桥过去花了多少钱和现在可能花多少钱的报告，要详细。（否则承担一切后果。）

渡船从埃利斯岛和自由女神像旁经过。我太担心经济公民权了，甚至没有想到那上百万在这儿登陆的人和那些因为眼睛不好和胸部有问题而被遣送回去的人。我不知道怎样才能站在这些十来岁的美国孩子面前，对他们讲政府的分支机构，在自己四处欠钱的时候宣讲储蓄的优点。随着渡船滑进码头，明天在等着我。为什么不到豌豆罐酒吧喝几杯啤酒，犒劳一下自己呢？那几杯啤酒下肚之后，为什么不坐地铁到格林威治村的白马小酒馆，和帕迪和汤姆·克兰西聊聊，听他们在后面屋子里唱歌呢？我打电话给迈克，告诉她关于新工作的好消息，她想知道我在哪里。我在人生最重要日子的前夜到外面喝啤酒的愚蠢行为，让她好好说了我一顿。如果我知道什么对自己有好处，最好把屁股拿回家来。有时候，她说起话来就像她奶奶，总是告诉你该对屁股怎么样。把你的屁股拿到这儿来，把你的屁股从那床上挪开。

迈克说得没错，但她是高中毕业生，开始教课的时候，知道该对班里学生说些什么。尽管我有大学学位，但我不知道要对马德小姐班上的学生说些什么。我是应该成为《万世师表》中的罗伯特·多纳特呢，还是《黑板丛林》中的格伦·福德？我是应该像詹姆斯·贾克内[①]那样大摇大摆地走进教室呢？还是像一名拿着拐杖、皮带之类的爱尔兰老师那样大笑着快步走进去呢？如果学生朝我扔纸飞机，我该不该把脸凑到他脸上，告诉他“孩子，再来一次的话，你就有麻烦”了？对那些看着窗外，呼喊操场对面的伙伴的孩子，我该怎么办？如果他们像《黑板丛林》里的那些学生，就一定很粗鲁，对我置之不理，班上的人都会瞧不起我。

帕迪·克兰西从白马小酒馆后面的屋子出来，那里正在举行歌会。他对我说，无论为了什么事，他都不会让自己身处我那样的境地。大家都知道这个国家的高中什么样，不错，黑板丛林。我有大学学位，为什么不当律师或者商人之类的呢？那样，我可以挣些钱。他认识格林威治村的几个老师，一有机会，他们都不干这一行了。

他说得也没错。大家都没错。几杯啤酒下肚，我的头昏昏沉沉，不再担心什么了。我回到公寓，穿着衣服倒在床上。虽然一整天都在外，又喝了啤酒，已经很累了，但我还是睡不着。我起来看《你和你的世界》里的一些章节，用一些和事实相关的问题来测试自己，想象自己关于股票市场会说些什么：股票和债券的区别，三个政府分支机构，今年的经济衰退，那年的经济萧条。我不妨起床，出门喝点咖啡，度过这一天剩余的时间。

---

①詹姆斯·贾克内（1899－1986），美国电影明星，曾获奥斯卡金像奖。

天亮的时候，我和码头工人、卡车司机、仓库保管员、收款员一起坐在哈德逊大街的一家咖啡馆里。为什么不像他们那样生活呢？每天工作八小时，看《每日新闻》，关注棒球，喝几杯啤酒，回到妻子身边，抚养孩子。他们的收入比老师高，不用担心《你和你的世界》，也不用想班上那些生性疯狂的十来岁孩子。二十年后可以退休，坐在佛罗里达州的阳光下，等着吃午饭和晚饭。我可以打电话给麦基职业技术高中，对他们说：别提它了，我想要更轻松的生活。我可以对索罗拉先生说，贝克尔和威廉斯仓库正在招收款员，凭着大学学位，我可以很轻松地得到这份工作。剩下的日子里，我只需要写夹板里夹着的提货单，站在平台上检查来往货物。

后来，我想到如果对迈克·斯莫尔说"不，今天我不去麦基高中，我接受了贝克尔和威廉斯仓库收款员的工作"，她会怎么说呢？她会发脾气说，在大学里辛辛苦苦学习是为了在码头上当他妈的收款员吗？她可能把我扔出屋子，回到橄榄球运动员鲍勃的身边。而我就会孤独一人，被迫参加爱尔兰舞会，把将身子留到新婚之夜的女孩带回家。

我将以这种状态开始第一天的教学：因在白马小酒馆宿醉未醒而难受，早上喝了七杯咖啡吓得灵魂出窍，双眼像是雪地里的两个尿坑，脸上留了两天的黑胡子，因为没有刷牙舌头长了舌苔，因为疲劳和担心几十个美国少年而心怦怦直跳。我很后悔自己离开了利默里克。我可以回到邮局干一份能领退休金的活儿——当受大家尊重的邮差；可以娶一个名叫莫拉的好女孩，抚养两个孩子，每个星期六坦白自己的罪孽，每个星期天获得天恩眷顾，成为社区的栋梁，为母亲增光，在母教的怀抱里离开人世，一大群朋友和亲戚前来哀悼。

小饭馆里一张桌子旁，有个码头工人正在对朋友们说，他儿子六月份就要从圣约翰大学毕业了，他这些年累死累活地拼命工作就是为了送孩子上大学。他是世界上最幸运的人，因为儿子感激他为自己所做的一切。毕业典礼那天，他要为自己从战争中幸存下来并送了一个想当老师的儿子上大学而好好庆贺一番。儿子的母亲很是为儿子骄傲，她自己一直想当老师，可是从来没有机会，而这也差强人意。毕业典礼那天，他们将成为世界上最骄傲的父母。生活原本就是这样，对吧？

如果这个码头工人和港口仓库的霍勒斯知道我的想法，是不会容忍我的。他们会说我拥有一个大学学位并且有机会教书，是多么幸运啊。

学校秘书叫我去见西斯特德小姐，西斯特德小姐叫我去见索罗拉先生，可索罗拉先生叫我去见教务部主任，而教务部主任又让我到学校秘书那儿报到，拿考勤卡。为什么他们不一开始就让我去找他呢？

学校秘书说，“哦，已经回来了”，然后告诉我如何将考勤卡插到考勤钟里，如何将考勤卡放到“到岗”一栏我的卡口里，又如何将它移到“离开”栏里。她说不论什么原因，如果要离开教学楼，即使是午餐时间，也要签名登记外出，回来时到她那儿签到，因为无法预料什么时候会需要你，什么时候会出现紧急状况。不能让老师随意进进出出，来来回回的。她叫我去见西斯特德小姐，而西斯特德小姐看上去很惊讶。哦，你回来了，她说，然后递给我一本供我那些班级使用的红色德莱尼考勤记录本。她说：你当然知道怎么用这个。我假装自己会用，因为担心她认为我很笨。她把我送回到学校秘书那儿，拿学生集合室里的学生考勤记录本。我不得不也对学校秘书撒谎，说我知道怎么用。她说如果有任何问题，可以问孩子们，他们比老师知道得多。

因宿醉未醒而难受，因为咖啡，因为担心自己将要面对的五个班、学生集合室里的学生、指定的负责区，我浑身颤抖。我想登上开往曼哈顿的渡船，在曼哈顿，我可以坐在银行的桌子旁，决定是否发放贷款。

学生们在楼道里推搡着我。他们推来推去，扭打成一团，还大笑着。难道他们不知道我是老师吗？看不见我的胳膊下夹着两个考勤记录本还有《你和你的世界》吗？利默里克的老师们绝不会容忍这种轻率行为，他们会手拿拐杖，在过道里走来走去。如果你不好好走路，腿肚子就会挨上一拐杖，这样你就会了。

教学生涯的第一天，我该怎么对付这个班？上经济公民权课程的学生互相扔着粉笔、橡皮、大红肠三明治。我走进教室，把书本放到讲台上，他们一定会停止扔东西。但是，没有。他们不理我，而我不知道该怎么办，直到嘴里冒出几个词，作为老师的我说出了第一句话：不要扔三明治。他们看了看我，好像在说：这家伙是谁？

铃声表示开始上课了，学生们溜进自己的座位。他们互相低语，看了看我，大笑一声，再次低语。我很后悔自己踏足斯塔滕岛。他们转过去看教室一边的黑板，有人在上面画了几个大大的字：马德小姐走了，旧书包再次退休了。他们看到我也在看，再次小声说话，并大笑起来。我翻开自己那本《你和你的世界》，像是要开始上课。这时，一个女孩举起了手。

嗯？

老师，你不点名吗？

哦，是的，我要点名。

那是我的工作，老师。

她晃动着身子，沿着走道来到讲台边，男孩子们发出哦哦的声音：我的余生里，你会做什么呢，丹尼拉？她走到讲台后面，面向班级。当她弯下身子打开德莱尼考勤记录本时，很容易看出她的衬衫太小了，那引得哦哦声再次响起。

她笑了笑，知道纽约大学心理学课本都对我们讲了些什么：十五岁的女孩比同年龄的男孩要成熟。即使他们用哦哦声来嘘她，也没有用的。她小声对我说她已经在和一个四年级学生、柯蒂斯高中的美式橄榄球运动员约会。柯蒂斯高中的孩子们都很聪明，不像这个班上的人这样像一帮修汽车的浑身油渍的猴子。班里的男孩们也知道这个，所以她根据德莱尼考勤记录卡叫他们名字的时候，他们假装抓着心口晕倒。她不慌不忙地念着考勤本上的名字。我就是一个站在一旁等待的傻瓜。我知道她是在戏弄这些男孩们，不知道她是不是也在戏弄我，用紧身衬衫表示对全班的控制权，不让我做关于经济公民权的任何事。念到一个昨天旷课的学生的名字时，她要求那人交父母写的假条。如果没有，她就训斥他，并在卡片上写上“无”。她提醒班上同学，五个“无”就会让你的成绩单出现“不及格”，然后她面向我：没错吧，老师？

我不知道该怎么说，点了点头。我脸红了。

另一个女孩大声喊道：嗨，老师，你很可爱。我的脸红得比以往都厉害。男孩们大喊大叫，张开双手拍打桌子。女孩们互相笑笑。他们对着那个说我可爱的女孩说：你疯了，伊冯娜。但她对他们说：但是，他的确是，真的很可爱。我不知道自己脸上的红晕是否已经消失，不知道能否站在这儿讲经济公民权，不知道是否要永远受丹尼拉和伊冯娜的摆布。

丹尼拉说她已经检查完考勤了，现在需要一张上厕所的通行证。她从抽屉里拿出一块木头，在又一阵哦哦的合唱声中扭着身子出了教室门。一个男孩冲另一个喊道：乔伊，站起来，乔伊，让我们看看你有多爱她，站起来，乔伊。乔伊的脸是那么红，教室里一片哈哈和咯咯的笑声。

这节课已经过了一半，但我还没有说一句关于经济公民权的话。我要成为一名老师，一名男老师。我拿起《你和你的世界》，对他们说：好了，把书翻到第……嗯，你们上到第几章了？

我们没有上到第几章。

你们是说你们一章都没上？任何一章。

没有。我们是说我们没有上到第几章。马德小姐不教我们没有事情。

马德小姐任何事情都不教你们。任何事情。

嗨，老师，为什么你重复我们说的话？没有事情，任何事情。马德小姐从来不那样烦我们。马德小姐不错。

他们点点头，小声咕哝：是的，马德小姐不错。我觉得自己不得不和她竞争，尽管他们已经逼得她退休了。

一只手举了起来。

嗯？

老师，你，苏格兰人还是什么人？

不。爱尔兰人。

哦，是吗？爱尔兰人喜欢喝酒，嗯？都是那威士忌，嗯？爱尔兰节日那天你会在这儿吗？

圣帕特里克节[①] 那天我会在这儿。

你会像所有爱尔兰人那样喝醉酒，在游行队伍里呕吐吗？

我说过我会在这儿。好了，翻开你们的书。

一只手举了起来。

什么书，老师？

这本书，《你和你的世界》

我们得不到那本书，老师。

我们没有那本书。

你又来了，重复我们说的话。

我们得说正确的英语。

老师，这不是英语课，这是经济公民权课。我们应该了解有关钱的事，而你不教我们有关钱的事。

丹尼拉回来的时候，正好另一只手举起来问：老师，你叫什么名字？丹尼拉将通行证归还到讲台上，然后告诉全班：他的名字叫迈考伊。我刚才在卫生间里发现的。他没有结婚。

我在黑板上写上自己的名字：迈考特先生。

①爱尔兰节日，每年 3 月 17 日。圣帕特里克为爱尔兰守护神。

坐在教室后面的一个女孩喊道：先生，你有女朋友吗？

他们又笑了。我又脸红了。他们互相推搡。女孩们说：他不可爱吗？我求助于《你和你的世界》。

翻开你们的书。第一章。我们从头开始。“美利坚合众国的简史”。

迈考伊先生。

迈考特，迈考特。

好了，是的，我们都知道关于哥伦布之类的事，在博加德先生的历史课上知道的。如果你教历史，他会发疯的。学校付给他钱就是让他教历史，这不是你的工作。

我得教这本书里的东西。

马德小姐不教这本书里的东西。她什么都不管，对不起，迈考伊先生。

迈考特。

是的。

铃声响起，他们冲出教室，丹尼拉来到讲台边，对我说：不要担心，不要听这些孩子的话。他们都很笨。她正在上商学课，想当一名司法官。有朝一日她也许会成为一名律师，谁知道呢。她会负责考勤和所有的事。她告诉我：不要听任何人的屁话，迈考伊先生。对不起，说脏话了。

下一个班有三十五个女孩，都穿着白色的裙子，从领口到裙摆，身前一排纽扣。绝大多数都梳着同样的蜂窝式发型。她们不理我，在桌子上放个小盒子，眯着眼照镜子。她们拔眉毛，用粉扑轻拍脸颊，抹口红，嘴唇向后咧开，锉指甲，吹指甲末。我翻开德莱尼考勤记录本叫她们的名字。她们看上去很惊讶。哦，你，代课老师？马德小姐哪儿去了？

她退休了。

哦，你要成为我们的正式老师吗？

是的。

我问她们是哪个班的，正在学什么？

美容学。

那是什么？

美容文化。你叫什么名字，老师？

我指了指黑板上自己的名字。迈考特先生。

哦，是的。伊冯娜说你很可爱。

我不理睬这个。如果试图在这些班里纠正每一个语法错误，我就永远不能开讲经济公民权了。更糟糕的是，如果他们要我解释语法规则,我一定会暴露自己的无知。如果学生不捣乱我就容忍。我开始《你和你的世界》的第一章“美利坚合众国的简史”，从哥伦布讲到清教徒移民，再讲到独立战争、一八一二年战争、内战。教室后面举起了一只手，一个声音传来。

嗯？

迈考特先生，你为什么告诉我们这些东西？

我告诉你们这个，是因为你们不能理解经济公民权，除非了解了你们国家的历史。

迈考特先生，这是英语课。我是说，你是老师，却不知道自己教的是什么课。

她们拔眉毛，锉指甲，摇摇蜂窝式头发。她们同情我，对我说，我的头发一团糟，一下就能看出我这辈子从来没修过指甲。

为什么你不去美容文化教室呢？我们可以给你修指甲。

她们笑了笑，互相推搡。我的脸又红了。她们说那也很可爱。哇，天哪，看看他，他害羞哪。

我得控制局面。我得是老师。毕竟，我曾经是美国陆军下士。我告诉男人们该做些什么，如果不做，我就会打他们的屁股，因为他们违反了军规，会被送上军事法庭。我要简单地告诉这些女孩该做什么。

把东西都放到一边，翻开你们的书。

什么书？

任何你们有的英语书。

我们有的就是这本《地球上的巨人》，世界上最无聊的书。全班同学反复说着：嗯，嗯，无聊，无聊，无聊。

她们告诉我，这本书讲的是一些来自欧洲、生活在遥远大草原的家庭。每个人都很沮丧，谈论自杀。班上没有一个人能看完这本书，它让你自己也想自杀。为什么不能看一本不错的浪漫故事书呢？那里面不会有这些在大草原上沮丧的欧洲人。为什么不能看电影呢？可以看詹姆斯·迪恩，哦，天哪，詹姆斯·迪恩。难以相信他已经死了。可以看他的电影，谈论他。哦，可以永远看詹姆斯·迪恩的电影。

美容文化班的女孩们离开的时候，八分钟的年级集合时间到了。在这段时间里，我得为印刷班的三十三名学生做一些文书工作。他们蜂拥而入，都是些男孩，肯帮忙，告诉我哪些是必须要做的，叫我不要担心。我要记考勤，向西斯特德小姐提交一份缺课学生名单，收集据称是父母和医生写的请假条，分发巴士、地铁、渡船的交通通行证。一个男孩从办公室拿来马德小姐信箱里的信件，那是校内外各类官员写来的纸条和信函：要求性格倔犟的学生参加心理咨询的纸条、交名单和表格的要求、第二次和第三次的催单。马德小姐似乎已经几个星期没有理会信箱里的东西了。一想到她留给我的这些活儿，我的脑袋就大了。

男孩们告诉我没有必要每天点名，但是一旦开始点名，我就不能停。大多数男孩是意大利人，点名就是一部轻歌剧：阿迪诺尔斐、巴斯卡格利亚、卡西阿玛尼、迪法兹奥、艾斯珀西托、尕格里亚多、迈西里。

我应该领着全班背诵效忠誓词，唱《星条旗之歌》[①]。我几乎不知

①指美国国歌。

道这些，但没有关系，男孩们站起来，把手放在胸前，背诵自己那个版本的誓词：我宣誓向斯塔滕岛区区旗效忠，向一夜情的立场效忠。我身下一个女孩，所有人都看不见，带着对我的爱和吻，只有我。

当他们唱《星条旗之歌》的时候，有些人和着《你只是条猎狗》这首曲子哼哼着。

教务部主任送来了一张纸条，叫我在下节课，也就是第三节课，我应该备课的课前时间到他的办公室去一趟。他对我说，我应该为每一个班准备一份教学计划，这儿有教学计划的标准表格。还有，我应该坚持让所有学生都保持笔记本的干净和整洁，确保他们的笔记本都包了皮，不包就扣分。我还应该检查窗户，保证窗户从上面打开六英寸；在每节课结束的时候派一名学生收集教室里的纸屑；站在门口迎接前来上课的学生，欢送下课的学生；在黑板上用印刷体清楚地写上每一节课的题目和教学目的；绝不应该问一个只需要回答“是”或“不是”的问题；不允许教室里出现不必要的噪音；要求所有学生待在座位上，除非他们举手要上厕所；应该坚持让男生们脱帽；明确学生不先举手就不允许说话的规定；确保每个学生都在教室里一直待到下课；警钟响起的时候，不允许离开教室。据我所知，警钟在下课前五分钟响起。如果我的学生下课前在楼道里被抓到，我就得向校长解释。有问题吗？

主任说两星期后就是期中考试了，教学内容应该集中在那些要考的地方。英语班的学生应该掌握拼写和词汇表，每个词汇表中的一百个单词，都应该记在笔记本上，没有就扣分。每个人还要写一篇关于两本小说的文章。经济公民权的学生应该上完《你和你的世界》的一大半。

第五节课的铃声响了，该去完成责任区的工作了，指定我负责的区域是学校自助餐厅。主任对我说那是一个很简单的任务，我要和孩子们最害怕的老师杰克·霍默一起去。

我走楼梯去自助餐厅，头一阵阵地抽痛，口干舌燥。我很想和马德小姐一起坐船离开，但在楼梯间里我被学生们又推又挤。一个老师叫住了我，要我出示通行证。他个头不高，身材宽大，肩膀上坐着一个光秃秃的脑袋，没有脖子。他从厚厚的眼镜片后面瞪着我看，下巴挑衅似的向前突出。我对他说我是个老师,但他不信,要看我的课程卡。哦，他说，对不起，你是迈考特。我是杰克·霍默，我们要一起到自助餐厅去。我跟着他上楼，经过楼道来到学生的自助餐厅。有两支队伍正在等厨房端出饭菜。一队男孩，一队女孩。杰克告诉我，让男孩和女孩分开，这是大问题之一。他说在这个年龄，他们是野兽，特别是男孩。但这不是他们的错，是自然的问题。如果让他主事，他就给女孩们一间单独的自助餐厅。男孩们总是神气活现，炫耀自己。如果两个男孩喜欢同一个女孩，那注定会打架。他对我说，如果学生打架，不要马上干预。让小家伙们按照自己的制度干仗并解决问题。五月、六月天气暖和,女孩们脱掉毛衣,男孩们为乳房而疯狂,那时情况更糟。女孩们知道自己在干什么，男孩们像叭儿狗似的气喘吁吁。我们的工作就是将他们分开。如果一个男孩想到女孩的区域去，他得到这儿请求批准。否则的话，就会有两百个孩子在光天化日之下打架。我们还得在自助餐厅巡视，确保孩子们都将盘子和垃圾送回厨房，将桌子周围打扫干净。

杰克问我是否在军队待过。我说是，他说：我打赌你决定当老师的时候，一定不知道自己会干这种屁活儿，不知道自己会成为一个自助餐厅保安、垃圾监督员、心理学家、保姆，嗯？告诉你在这个国家他们是怎么看待老师的，你不得不将一生中无数个小时花在看着这些孩子像狗一样吃东西，并告诉他们吃完后要打扫干净上。医生和律师不用走来走去，叫人们打扫干净。你也不会见到欧洲的老师困在这种令人讨厌的事情上，他们有教授般的待遇。

一个将盘子送到厨房去的男孩没注意到冰激凌包装纸从盘子上掉了下来。他正走回桌前，杰克叫他过来。

孩子，捡起那张冰激凌包装纸。

那男孩不服。那不是我扔的。

孩子，我没有问你那个，我说把它捡起来。

我没有必要把它捡起来，我知道自己的权利。

到这儿来，孩子。我来告诉你你的权利。

自助餐厅里突然安静下来。在大家的注视下，杰克抓住那个男孩左肩胛骨上的肉，按顺时针方向拧了一下。孩子，他说，你有五个权利。第一，闭嘴。第二，叫你做什么，你就做什么。另外三个不重要。

杰克拧那个男孩时，他试图不做鬼脸，摆出无所谓的样子，但杰克拧得太用劲了，男孩膝盖一屈，站不稳了。他喊道：好吧，好吧，霍默先生，好吧。我把那张纸捡起来。

杰克放开他。好了，孩子，我能看出你是个讲道理的孩子。

男孩耷拉着脑袋回到座位旁，感到很丢脸。但是，我知道他没有必要这样。利默里克利米国民学校的老师也像这样虐待男孩的时候，我们总是反对那老师。从学生们——不论男孩还是女孩——瞪着杰克和我看的样子，我感觉到这儿的情形也是如此。我拿不准自己是否要像爱尔兰老师和杰克·霍默那样严厉和强硬。纽约大学的心理学老师从来没有告诉过我们，在这种情形下应该做什么，因为大学教授从不需要在高中的自助餐厅里监督学生。如果杰克不在场，我一个人在这儿监督两百个学生，会发生什么？如果叫一个女孩捡起一张纸而她拒绝，我当然不能拧她肩胛骨上的肉，直到她膝盖发抖。不，我得等，一直等到我老了，并且像杰克那样强硬。当然，他不会去拧一个女孩子肩上的肉。对女孩子他较为有礼貌，称她们为亲爱的。亲爱的，是否介意帮忙保持这个地方的卫生呢？她们说，是的，霍默先生，而他就摇摇摆摆地笑着离开了。

他在厨房边挨着我站，对我说：你得使劲惩罚这些小家伙。然后，他对站在我们面前的一个男孩说：什么事，孩子？

霍默先生，我把欠你的一块钱还给你。

那是怎么回事，孩子？

上个月有一天，我没有吃午饭的钱。你借给我一块钱。

不必在意，孩子，去给自己买个冰激凌吧。

但是，霍默先生……

去吧，孩子，犒劳一下自己。

谢谢，霍默先生。

没关系，孩子。

他对我说：这是个好孩子。你难以相信他的生活有多难，但还是来上学。他父亲在意大利受墨索里尼那帮人的折磨，几乎没了命。上帝，你不会相信这些孩子的家人经历过的艰难日子。这是世界上最富裕的国家。算算你的福气吧，迈考特。介意我叫你弗兰克吗？

一点也不，霍默先生。

叫我杰克。

好吧，杰克。

到了我们吃午饭的时间。他领我到顶层的教师自助餐厅。索罗拉先生看到我，就将我介绍给各个桌子旁的老师：印刷班的罗恩特里先生、教健康教育的格里格斯曼先生、机床班的戈登先生、教艺术的吉尔菲妮小姐、教会话的加伯先生、教社会科学课程的伯格德先生和马拉蒂先生。

我拿着放了三明治和咖啡的托盘，坐到一张空桌旁，但是伯格德先生走了过来，告诉我他的名字叫鲍勃，并邀请我和他还有其他老师坐到一起。我想自己一个人待着，因为不知道该怎么跟人说话。我一开口，他们就会说“哦，你是爱尔兰人”，我就得解释那是怎么一回事。做黑人就更糟了，可以经常改变你的口音，但却永远无法改变肤色。做黑人一定是件恼人的事，人们不得不谈论关于黑色的事，仅仅因为你有那样的肤色。你可以改变口音，人们就不会再对你说他们的父母来自爱尔兰的哪个地方。但是，如果你是黑人，就无处可逃了。

但是，伯格德先生克服重重困难走到我桌旁，我不能对他说不。我把三明治和咖啡安顿好，老师们又开始介绍自己的名字。杰克·格里格斯曼说：你的第一天，嗯？你确定想干这行？

一些老师笑着摇摇头，好像在说很抱歉，他们对这个感兴趣。鲍勃·伯格德没有笑，从桌子那边靠过来说：如果有比老师更重要的职业，我想知道那是什么。之后，似乎没人知道该说些什么，直到斯坦利·加伯问我教哪门课。

英语。嗯，不完全是。他们让我教三个班的经济公民权。吉尔菲妮小姐说：哦，你是爱尔兰人。在这儿听到这口音，真是太好了。

她对我讲了她的祖先，想知道我从哪儿来，什么时候来的美国，还会回去吗，为什么欧洲的天主教徒和新教徒老是打架。杰克·格里格斯曼说他们比犹太人和阿拉伯人还要坏，但斯坦利·加伯不同意。斯坦利说两派爱尔兰人至少有一点是相同的，都是基督教徒，犹太人和阿拉伯人就截然不同了。杰克说：胡扯。斯坦利反讽道：那是至理名言。

铃声响起的时候，鲍勃·伯格德、斯坦利·加伯和我一起走下楼。鲍勃对我说他知道马德小姐那些班的情况。几个星期不上课，孩子们都疯了。如果我需要帮助，就告诉他。我说我确实需要帮助，想知道到底该拿经济公民权那几个班怎么办。两个星期后就要期中考试了，可他们甚至连书都没看。什么依据也没有，我该怎么在成绩单上打分呢？

斯坦利说：别担心，在这个学校，很多成绩单上的分数都没有什么依据。有些孩子的阅读水平还保持在三年级，这不是你的错。他们应该上小学，可那儿不能留，因为他们已经六英尺高了，对于课桌来说，他们太大了。他们给老师惹麻烦。你会明白的。

他和鲍勃·伯格德看了看我的课表，摇了摇头。三节下午课。这是你能拿到的最糟糕的课表。对一个新老师来说，也是张不可能完成的课表。孩子们吃过午饭，蛋白质和糖给他们充了电，想到外面胡作非为。性。就是那个，斯坦利说。性，性，性。但是，你在这个时候到来，替马德小姐接管了这个世界，就是那么回事。

祝你好运，斯坦利说。

如果能帮上忙，告诉我，鲍勃说。

上第六、七、八节课时，我跟蛋白质、糖和性性性搏斗，但是一阵提问和反对声让我安静下来。马德小姐哪儿去了？她死了？她溜了？哈哈哈。你，我们的新老师？你会永远和我们在一起吗？你有女朋友吗，老师？不，我们没有什么《你和你的世界》。愚蠢的书。为什么我们不能谈谈电影？我上五年级时有个老师总是谈电影，他们把她解雇了，她是个伟大的老师。老师，不要忘了点名。马德小姐总点名。

马德小姐不用点名，因为每个班都有班长做这事。班长通常是一个笔记本干净、字写得很好、腼腆害羞的女孩。点名让她拿到了服务分，而那会让她在到曼哈顿找工作的时候给雇主留下深刻印象。

听说马德小姐不再回来了，二年级英语班的学生一阵欢呼。她很讨厌，让他们看那本无聊的书：《地球上的巨人》。看完那本书，他们就得看《赛拉斯·马纳》。坐在窗户旁、看过很多书的路易斯告诉大家，那是一本关于一个英格兰下流老男人和一个小女孩的书，是我们不应该在美国看的那类书。

马德小姐说他们得看《赛拉斯·马纳》，因为期中考试就要到了，他们得写一篇文章，比较《地球上的巨人》和这本书。第八节课，二年级上英语课的学生想知道，她是打哪儿来的，竟然认为可以比较一本关于大草原上忧郁的人们和一本关于英格兰下流老男人的书。

他们再次欢呼，告诉我：我们不想看没有愚蠢的书了。

你们是说，你们不想看任何愚蠢的书？

什么？

哦，没什么。

警钟响了，他们收拾外套和书包，排队走出教室。我不得不喊道：坐下。那是警钟。

他们看上去很吃惊。怎么了，老师？

你们不应该在警钟响时离开。

马德小姐让我们离开。

我不是马德小姐。

马德小姐不错。她让我们离开。你为什么那么讨厌？

他们出了门，而我无法阻止。索罗拉先生在楼道里对我说，我的学生不应该在警钟响起时离开。

我知道，索罗拉先生。我没办法阻止他们。

好吧，迈考特先生，明天加强点纪律，嗯？

是，索罗拉先生。

这个人是说真的呢，还是在和我开玩笑？

37

意大利老人们在斯塔滕岛的渡船上走来走去，寻找要擦鞋的顾客。我晚上的日子不好过，白天就更不好过。有什么理由不该花一美元外加二十五美分小费来擦鞋呢？尽管这个意大利老人摇摇头，用他那蹩脚的英语对我说，我应该到德兰西大街他那卖鞋子的兄弟那儿买双新鞋，如果我提到渡船上的阿方索，他会给我个好价钱。

他擦完鞋，摇了摇头，只收我五毛钱，因为这是他这几年见到过的最烂的一双鞋，流浪汉的鞋，死人都不会穿的鞋。我应该到德兰西大街去，不要忘了告诉他兄弟是谁让我去的。我对他说，我刚开始一份新工作，没钱买新鞋。他说：好吧，好吧，给我一块钱。他说，你是老师，对吧？我说，你怎么知道的？他说，老师总是穿破烂鞋。

我给了他钱和小费。他摇摇头走了，嘴里喊着：擦鞋，擦鞋。

这是明媚的三月天。坐在甲板上看游客们兴致勃勃地拿着相机拍自由女神像，看前方长长的一指宽的哈德逊河，还有水面上漂来的曼哈顿的轮廓线，真是令人愉快。水面上泛起滔滔的小波浪，一片生机勃勃。微风从纽约湾海峡带来一丝温暖的春意。哦，天气真好。我愿意站在操舵室，驾驶这艘旧渡船来往穿梭于拖船、平底驳船、货轮和客轮之间。这些船在纽约港掀起巨浪，拍打在渡船码头上。

那会是令人愉快的生活，比每天面对几十个高中生要轻松得多。他们私下里推来推去，做小动作，眨眼睛，大笑，抱怨，提出异议，不理睬我，好像我是教室里的一件家具。我的脑海里飘过一段记忆，那是在纽约大学的一个上午，一张脸孔说：我们是不是有点偏执狂？

偏执狂。我查过这个单词。如果我站在一个班的学生面前，一个孩子对另一个小声说了些什么，接着他们都大笑起来，就是在笑话我吗？他们会坐在自助餐厅里模仿我的口音，嘲笑我的红眼睛吗？我知道他们会的，因为我们在利米国民学校做过同样的事。如果担心这个，我还不如在信托银行信贷部度过一生。

这就是我这辈子要做的事吗？乘地铁，坐渡船到斯塔滕岛，爬上小山来到麦基职高，在考勤钟前打卡，从自己的邮箱里掏出一摞纸，日复一日一个班接着一个班地对学生们说：请坐，翻开笔记本，拿出钢笔。你没有纸吗？这儿有纸。你没有钢笔吗？给你一支，抄黑板上的笔记。你坐那儿看不见吗？乔伊，你愿意和布莱恩换一下座位吗？快点，乔伊。不要那样，不，乔伊，我没有说你是个笨蛋，只是叫你和需要戴眼镜的布莱恩换一下座位。你不需要眼镜吗，布莱恩？好吧，为什么你们得变动位置？不要紧，乔伊，只是变动一下位置，好吗？弗雷迪，把那三明治放到一边，现在不是午饭时间。我不管你是不是饿了。不，你不能到卫生间吃三明治。你们不应该在厕所里吃三明治。怎么啦，玛利亚？你生病了。你要去看校医吗？好吧，这是通行证。戴安娜，你能送玛利亚去校医院吗？告诉我护士都说了些什么。不，我知道他们不会告诉你她出了什么问题，只是想知道她能不能回来上课。这是什么，艾伯特。你也生病了吗？不，你没有生病，艾伯特。你就坐在那儿，做你的作业。你要看病吗，艾伯特？你真的生病了吗？你拉肚子了吗？好吧，这是到男厕所的通行证，不要整节课都待在那里。其他人抄完黑板上的笔记。就要考试了，你们知道的，是不是啊？就要考试了。怎么啦，塞巴斯蒂安？你的钢笔没水了？好吧，你为什么不说话呢？是的，你现在是在说话，但是你可以在十分钟前说。哦，你不想打搅这些病人。你真好，塞巴斯蒂安。有人能借塞巴斯蒂安一支钢笔吗？哦，快点。怎么了，乔伊？塞巴斯蒂安是一个什么？一个什么？你不应该那么说，乔伊。塞巴斯蒂安，坐下，教室里不能打架。怎么啦，安？你想走？去哪儿，安？哦，你来月经了？你是对的，乔伊。她没有必要告诉全世界。嗯，丹尼拉？你想陪安去厕所？为什么？哦，她没有，噢，她英语说得不好，可这和她要她陪有什么关系呢？怎么啦，乔伊？你认为女孩子不应该那样说话。放松，丹尼拉，放松，你没必要侮辱人。怎么啦，乔伊？你很可笑，人们不应该那样说话。好了，放松，丹尼拉。我知道你是在维护需要上厕所、上卫生间的安。那么，去吧，带她去那儿吧。其他人抄黑板上的笔记。哦，你也看不见？你想到前面来？好吧，到前面来。这里有个空座，但是你的笔记本在哪儿呢？你把它掉在公交车上了。好吧，你需要一张纸。给你纸。你需要一支笔？给你笔。你需要上卫生间？好吧，去去去上卫生间吧，吃三明治吧，和朋友们鬼混吧，该死的上帝啊。

迈考伊先生。

迈考特。

你不该那样骂人，你不该那样说上帝的名字。

他们说：哦，迈考特先生，明天你应该休息。爱尔兰节日。天哪，你是爱尔兰人。你应该去游行。

如果我休息并在床上躺一整天，他们就会很开心。代课老师不会费力去点名，学生们就会逃课。呀，快点，迈考特先生，你需要和爱尔兰朋友一起度假。我是说如果你在爱尔兰，你就不用来学校了，是吗？

当我那一天出现在教室里的时候，他们一阵牢骚。呀，操，天哪。对不起，说脏话了。你是什么样的爱尔兰人哪？嘿，老师，你也许会在今天晚上和所有爱尔兰人一起外出，明天你就不会来了吧？

明天我会到这儿来。

他们带给我绿色的东西：一个喷了绿颜色的土豆、一个绿色的硬面包圈、一瓶喜力啤酒（因为它是绿色的）、一棵卷心菜（洞洞代表眼睛、鼻子和嘴巴，戴着一顶在艺术教室里做的矮妖精[①] 的绿色小帽）。卷心菜名叫凯文，有一个女朋友：一只名叫莫林的茄子。有一张两英尺乘两英尺的贺卡，祝我“圣帕特里克节快乐”，里面有一幅由绿纸剪成的三叶草、橡树棍和威士忌酒瓶拼成的拼贴画。还有一幅画画着一块绿色咸牛肉，圣帕特里克举着一杯绿色的啤酒而不是牧杖说：我担保，老天作证，这是爱尔兰人的伟大日子。另一幅画画着我拿着一个写有“亲我，我是爱尔兰人”的气球。贺卡上签着我那五个班几十个学生的名字，还点缀着外形像三叶草的笑脸。

教室里很吵。嘿，迈考特先生，你怎么不穿绿色的衣服？因为他不需要，笨蛋，他是爱尔兰人。迈考特先生，你为什么不去游行？因为他刚开始这份工作。看在上帝的分上，他到这儿才一个星期。

索罗拉先生打开门。一切正常吗，迈考特先生？

哦，是的。

他走到讲台旁，看了看贺卡，笑了。他们一定喜欢你，嗯？你到这儿多久了？一个星期？

差不多。

嗯，这很好，但还要看你能不能让他们回到学习上来。他朝门口走去，后面传来“爱尔兰人节日快乐，索罗拉先生”，但他没有转身就走了。有人看了看教室后面说：索罗拉先生是个可怕的意大利人。之后，教室里出现了一场混战，直到我威胁他们要考《你和你的世界》才停止。这时，有人说：索罗拉不是什么意大利人，他是芬兰人。

---

①爱尔兰民间传说中的人物，传说将其捉住后可以指点宝藏所在。

芬兰人？什么是芬兰人？

芬兰，笨蛋。那地方总是黑漆漆的。

他看上去不像芬兰人。

白痴，芬兰人长得什么样呀？

我不知道，但他看上去不像。他可能是西西里人。

他不是西西里人。他是芬兰人。我赌一美元。有人想赌吗？

没有人想下注。我对他们说：好了，翻开你们的笔记本。

他们愤愤不平。翻开我们的笔记本？爱尔兰人的节日。在我们送给你贺卡什么的之后，你却叫我们翻开笔记本？

我知道。谢谢你们送的贺卡，但今天是正常上课的日子。就要考试了，我们得上完《你和你的世界》。

教室里一片牢骚。这一天已经没有绿色了。哦，迈考特先生，要是你知道我们有多恨那本书就好了。

哦，迈考特先生，你就不能给我们讲点关于爱尔兰之类的事吗？

迈考特先生，和我们讲讲你的女朋友。你一定有一个不错的女朋友。你真的很可爱。我母亲离婚了，她想见见你。

迈考特先生，我有一个年龄和你差不多的姐姐。她在银行有份大工作，喜欢那种老音乐，平·克罗斯贝之类的。

迈考特先生，我在电视上看过那部爱尔兰电影《蓬门今始为君开》。约翰·韦恩狠狠揍了他妻子一顿。她的名字叫什么来着？人们在爱尔兰就是那么干的吗，揍老婆？

他们想尽办法不上《你和你的世界》。迈考特先生，你的厨房里养猪吗？

我们没有厨房。

耶，但是，如果你们没有厨房，怎么做饭呢？

我们有火炉。在上面烧水泡茶。我们吃面包。

他们不相信我们没有电，想知道我们是如何冷藏食品的。那个问厨房里是否养猪的男孩说每个人都有冰箱。另一个男孩说他说得不对。他母亲在西西里长大，那儿也没有冰箱。如果那个问厨房里是否养猪的男孩不相信，他们可以放学后在一条小黑巷里见，只有一人能走出那小巷。几个女孩叫他俩冷静。一个女孩说，她为我在那样的环境里长大而难过。如果她能回到那个时代，就带我回家，让我好好洗个澡，想洗多久就洗多久。我还可以吃冰箱里所有的东西，所有的东西。女孩们点点头，男孩们很安静。我很高兴铃声响了，我终于可以带着一种奇怪的感觉逃到教师厕所里去。

我正在学习高中学生的推延战术：抓住任何不用上课的机会。他们讨好奉承，劝诱哄骗，双手放在胸前，声称渴望听到所有关于爱尔兰和爱尔兰人的事。他们几天前就想问了，但是一直拖到圣帕特里克节，知道到时候我会庆祝自己的文化传统和宗教之类的。我能对他们讲些爱尔兰音乐吗？爱尔兰一直是绿色的，这是真的吗？女孩子有那可爱的小翘鼻，男人们喝酒喝酒喝酒，这是真的吗，迈考特先生？

教室里一阵小声威胁和许诺。我今天不待在学校。我要去市里游行。所有的天主教学校都放假了。我是天主教徒。为什么今天就不能休息？操。这节课结束后，你就会看见我的屁股上了渡船。你来吗，乔伊？

不。我母亲会杀了我的。我不是爱尔兰人。

那又怎么啦？我也不是爱尔兰人。

爱尔兰人只想让爱尔兰人参加游行。

胡扯。他们让黑人参加游行。如果让黑人参加，为什么我就该坐在这儿？我还是个意大利天主教徒呢。

他们会不高兴的。

我不管。没有哥伦布发现这个国家，爱尔兰人就到不了这儿。哥伦布是意大利人。

我叔叔说他是犹太人。

哦，来亲我的屁股吧，乔伊。

教室里一阵轻微的兴奋和喊叫声：打，打，揍他，乔伊，揍他，因为打架是另一种消磨时间、让老师无法讲课的方法。

到老师叫停的时候了。好了，好了，翻开你们的笔记本。教室里传来一阵痛苦的叫喊声：笔记本，笔记本，迈考特先生，你为什么这样对我们？在爱尔兰人节日里，我们不想学什么《你和你的世界》。我母亲的母亲是爱尔兰人。我们应该心怀敬意。为什么你不能和我们讲讲爱尔兰学校里的事呢，为什么？

好吧。

我是一个新老师，已经输了第一场战斗。这都是圣帕特里克的错。我对这个班和那一天我的其他班级讲爱尔兰学校的事：拿着拐杖、皮带、笞条的老师；我们得记住并背诵所有东西；如果在教室里打架，老师就会杀了我们；不允许提问或讨论；我们十四岁离开学校，送信或者根本没有工作。

我对他们讲了爱尔兰的事，因为别无选择。学生们已经控制了那一天，我无能为力。我可以用《你和你的世界》和《赛拉斯·马纳》来威胁他们，让自己感到满足：我掌控一切，我在教书。但是我知道，如果那样，学生们就会接二连三地要求拿通行证上厕所、看病、找咨询顾问。我能要张通行证，给我在曼哈顿因患癌症而生命垂危的叔叔打电话吗？如果今天坚持遵守教学大纲，我就只能自己对自己说话。本能告诉我，美国教室里，一群经验丰富的学生能让一个没有经验的老师发疯。

高中怎么样，迈考特先生？

我没上。

塞巴斯蒂安说：耶，露馅了。我暗暗发誓：以后我会逮着你的，你这个小家伙。

他们对他说：闭嘴，塞巴斯蒂安。

迈考特先生，爱尔兰没有高中吗？

有几十所高中，但他们不鼓励我那个学校的孩子去。

噢，我愿意生活在一个可以不用上高中的国家。

教师自助餐厅里有两个思想流派。守旧的人告诉我：你还年轻，是个新人，但是不要让那些该死的孩子骑在你头上，让他们明白谁是教室的主人。记住，你就是那个主人。教学中，管理是件大事。没有了管理，你就不能教学。你有颁发通行证和让他们不及格的权力。他们他妈的知道得很清楚，如果不及格，这个社会上就没有他们的容身之地。他们就会扫大街，洗碗。那都是他们的错，那些小家伙。不要听他们的鬼话。你是主人，拿红笔的人。

大多数守旧派都是从第二次世界大战中幸存下来的。他们不会谈论那场战争，只是偶尔暗示一下卡西诺战役、阿登战役时的艰难日子，战俘营里的日本囚犯，开着坦克进入德国城镇寻找母亲的家人。如果你见到过这一切，就不会听那些孩子的鬼话了。你打仗，他们现在才可以每天屁股坐在学校里，吃着一直哭着要吃的学校午饭。他们得到的可比你父亲母亲曾经得到的多。

年轻点的老师不那么自信。他们上过教育心理学和教育哲学的课，看过约翰·杜威[①]的书。他们对我说，这些孩子也是人，我们得满足他们感觉到的需求。

我不知道什么是感觉到的需求。我没有问，怕暴露自己的无知。年轻老师对年纪较大的老师摇摇头，告诉我，战争已经结束了，这些孩子不是敌人，是我们的孩子，看在上帝的分上。

一个年纪较大的老师说：感觉到的需求，屁话。从飞机上跳下，跳到一个到处都是德国佬的战场，你就知道什么是感觉到的需求了。

①约翰·杜威（1859－1952），美国哲学家、教育家和心理学家。

约翰·杜威也只配亲我的屁股，就像那些来高中胡扯教学的他妈的大学教授一样。如果一个高中生走过来，在他们的腿上尿尿，他们是不会明白他的意思的。

斯坦利·加伯说：没错，我们每天都穿上盔甲参加战斗。大家都笑了，因为斯坦利在学校里的工作最轻松：会话老师，没有书面作业，没有书。他到底对参加战斗又知道多少呢？他坐在讲台后面，问那几个小班的学生，今天想谈些什么呀。他只需要纠正他们的发音。他对我说上高中以后再纠正发音真是太晚了。这不是电影《窈窕淑女》，他也不是亨利·希金斯教授。他心情不好或者他们不想说话的时候，就叫他们走开，而他到自助餐厅来讨论美国教育糟糕的现状。

索罗拉先生透过烟雾冲斯坦利笑笑。那么，加伯先生，他说，退休会是怎样的滋味？

斯坦利冲他笑笑：你应该知道的，索罗拉先生。你已经退休很多年了。

我们都想大笑，但你永远无法猜测校长的心思。

我让学生们把书带到教室里来，他们声称：马德小姐从来没给过我们什么书。经济公民权那几个班说：我们对《你和你的世界》一无所知。英语班说他们从来没看过《地球上的巨人》，也没看过《赛拉斯·马纳》。教务部主任说：他们当然有书，领书的时候，都得填写收据。看看马德小姐的桌子，对不起，你的桌子，你会找到的。

桌子里没有任何领书的收据。有旅行手册、填字游戏书、各种各样的表格、使用手册、马德小姐写的却从来没有寄出的信件、一些她以前的学生写给她的信、一本德语版的《巴赫传》、一本法语版的《巴尔扎克传》。我说：马德小姐没有发过书吗？你们没有填写过领书收据吗？这时，教室里到处都是茫然的表情。他们互相看了看，摇摇头。你们拿到过书吗？我们不记得拿过书。马德小姐，她从来什么都不做。

我知道他们在撒谎，因为每个班总有两三个有书的学生。我知道他们是通过正常方式拿到的书。老师有领书收据。我不想问那些有书的学生是如何拿到的，以免让他们难堪，让他们的同学成为撒谎者。

主任在楼道里拦住我。嗯，那些书怎么样了？我对他说，我不能让那些有书的学生难堪时，他说：胡扯，然后在下一节课怒气冲冲地走进我的班。好吧，有书的举起手来。

只有一只手。

好吧，你从哪里拿的书？

啊，我从马德小姐那儿，啊，拿的。

啊，是啊。

你叫什么名字？

朱利奥。

你拿到这本书的时候，班上其他同学也拿到了吗？

我觉得我的心在跳。即使我是一个新老师，也很生气。这是我的班，没有人可以闯进来，让我的一个学生难堪。上帝，我得说点什么，得站到这个男孩和主任之间。我对主任说：我已经问过朱利奥这个问题了，他当时没来上课，下午才从马德小姐那儿拿的书。

哦，是的。是那样的吗，朱利奥？

是的。

你们其他人，你们什么时候拿的书？

教室里一片寂静。他们知道我撒谎了。朱利奥知道我撒谎了。主任一定怀疑我撒谎了，但不知道该怎么办。他说，我们会弄清楚这件事的，然后走了。

消息从一个班传到另一个班。第二天，每张桌子上都有了一本书，《你和你的世界》。主任带着索罗拉先生回来时，他不知道该说些什么。索罗拉先生微微一笑。那么，迈考特先生，我们回到正轨上了，嗯？

这一天，每张桌子上可能都会有一本书。这一天，学生和老师组成了一条统一战线，对抗外来者：主任和校长。但是一旦他们离开，蜜月也就结束了。教室里传来一阵阵抱怨这些书的声音。它们太无聊，太重了。为什么每天都要把书带到学校里来呢？英语班的学生说：哦，《赛拉斯·马纳》是一本小书，但如果得带《地球上的巨人》，你就需要好好吃顿早饭了。它太大，太无聊了。每天都得带吗？为什么不能把书放在教室的柜子里呢？

如果把书放在柜子里，你们怎么看呢？

为什么我们不能在班里看呢？其他的老师都对自己班的学生说：好了，亨利，你念第十九页。好了，南希，你念第二十页。他们就是这样看完书的。别人念书的时候，我们可以低下头打个瞌睡。哈哈哈，只是开玩笑，迈考特先生。

38

我弟弟马拉奇和两个合伙人在曼哈顿开了一家酒吧，名叫马拉奇酒吧。他和爱尔兰演员组合一起演出，还出现在收音机和电视节目里，名字上了报纸。这让我在麦基职高出了名。现在，学生们知道我的名字了。我不再是迈考伊先生了。

嗨，迈考特先生，我在电视里见到过你弟弟。他是个疯狂的家伙。

迈考特先生，我母亲在电视里见到过你弟弟。

迈考特先生，你怎么不上电视呢？你怎么只是个老师呢？

迈考特先生，你有爱尔兰口音，为什么就不能像你弟弟那样有趣呢？

迈考特先生，你可以上电视的，和马德小姐一起出现在一个爱情故事里，在船上拉着她的手，亲吻她皱巴巴的老脸。

冒险去过市区（曼哈顿）的老师对我说，他们看过马拉奇的演出。

哦，你弟弟，他很有趣。演出结束后，我们和他打招呼，告诉他我们和你一块儿教课。他很不错，但是，孩子，他喜欢喝酒吗？

我弟弟迈克尔离开了空军，和马拉奇一起在吧台工作。如果有人想请我的弟弟们喝酒，他们是谁啊，敢说不？就是干杯，杯底朝天。

祝你健康，干杯。酒吧关门的时候，他们不用回家，还有深夜营业的下等酒吧。在那儿，他们可以喝酒，和警察、巡警，还有来自上东区高级妓院的殷勤的夫人们交换故事。清晨，在中央公园南面的鲁宾酒店吃早饭，那儿总有让你脖子不停转动的名流。

马拉奇因为他那句“进来，女孩们，让第三大道上那些老家伙见鬼去吧”而出名。酒吧的老主人们带着怀疑的目光看一个独身女人。她没什么用，酒吧里没有她的位置。把她搁到那边一个阴暗角落里，就给她两杯酒。如果有男人想靠近她，就让她到人行道上去。就那样了。

马拉奇的酒吧开业时，有消息说巴比桑妓院的姑娘们在那儿坐台。很快，男人们从 P.J. 克拉克酒吧、作乐海滨酒吧、艾尔·摩洛克酒吧蜂拥而至，后面还跟着一个爱打探消息、急于报道名流见闻和马拉奇最新疯狂举止的小道消息专栏作家。那里有花花公子和他们的女人，阔佬阶层的先锋，有财产（过于古老而神秘，和南非钻石矿井黑暗的深处有牵连的财产）继承人。马拉奇和迈克尔应邀参加曼哈顿公寓的聚会。公寓太大了，客人们几天之后才从被人遗忘的屋子里走出来。汉普顿酒店有裸泳聚会，康涅狄格州有聚会。在这些聚会上，有钱的男人们和骑着纯种马的有钱女人们交媾。

艾森豪威尔总统偶尔从高尔夫球场上抽出时间签署一项法案，警告我们注意军工综合企业。理查德·尼克松边看边等，而马拉奇和迈克尔倒酒，让每个人都开怀大笑，索要更多、更多的酒：马拉奇，再讲些故事；迈克尔，你俩真是非常滑稽有趣的人。

与此同时，我的母亲，安琪拉·迈考特正在利默里克她那舒适的厨房里喝茶，听来访者讲述纽约伟大时期的故事，看《杰克·帕演出报》上关于马拉奇的剪报。除了喝茶，让屋子和她自己保持舒适温暖，照看已经离开学校并准备做任何一种工作的阿非以外，她没有别的事情可做。如果她和阿非能到纽约来一番小小的旅行，难道不是件好事吗？她很多年没有去那儿了，而她的儿子们，弗兰克、马拉奇和迈克尔，都在那儿，而且干得不错。

我在唐宁街的冷水公寓里很不舒服，但无能为力。老师的工资很微薄，我还要给母亲寄钱，直到弟弟阿非找到工作。刚搬进来的时候，我从布里克大街那个意大利小驼背那儿为我的铸铁炉买了煤油。他说：你只要往炉子里加一点煤油就行了，但我一定是加得太多了，那炉子变成了厨房里一个巨大的红色生命体。我不知道怎么把火关小或关灭，就从公寓里逃了出去，去了白马小酒馆。我紧张地过了整个下午，等着砰砰的爆炸声，以及消防车的呼啸声和喇叭声。然后，我得决定是回唐宁街四十六号那冒着烟、抬出烧焦遗体的废墟上，面对火灾勘察员和警察，还是打电话给布鲁克林区的艾伯塔，告诉她我的房子已经化成灰烬，财产都没了，她是否愿意收留我几天，直到我找到另一个冷水公寓为止？

没有爆炸，没有火灾。我觉得浑身一阵轻松，想洗个澡，在浴缸里待会儿，享受些许平静，轻松而舒适，就像我母亲说的那样。

懒洋洋地靠在冷水公寓的浴缸里是可以的，但有个关于脑袋的问题。公寓里太冷了，如果在浴缸里待的时间过长，脑袋就会冻僵，而你不知道该怎么办。可如果你整个人（包括脑袋）都滑入水中，出来时就会更受罪。脑袋上的热水会冻住，让你浑身打战，直打喷嚏。

而且，在冷水公寓里，无法在浴缸里舒服地看书。浸在热水中的身子会泡得通红，因热气而发皱，但拿着书的两只手会冻得发紫。如果是一本小书，你可以来回换手，一只手拿书，另一只手放到热水里。只不过放在水里的手已经湿了，有把书弄湿的危险，而又不能每隔五分钟就伸手够毛巾，因为你想让毛巾在洗完澡之前保持干爽温暖。

我可以戴顶针织滑雪帽来解决脑袋的问题，戴副廉价手套来解决手的问题。但我担心如果我死于心脏病发作，救护员会搞不懂我戴着帽子和手套在浴缸里干什么。当然，他们会把这个发现透露给《每日新闻》，而我会成为麦基职高和酒吧主顾的笑柄。

无论如何，我还是买了帽子和手套。没有爆炸的那一天，我把浴缸放满热水。我决定对自己好一点，不去考虑看书的事，由着自己高兴，频繁地滑到水下，不让脑袋冻上。我打开收音机，调出适合一个因危险炉子而饱受精神折磨者的音乐。我插上电热毯，挂在浴缸旁的椅子上，这样我就可以迈出浴缸，快速地用艾伯塔送给我的粉色毛巾擦干身子，把自己裹在电热毯里，戴上帽子和手套，温暖而舒适地躺倒在床。我看着雪花拍打窗户。感谢上帝，那炉子已经自行凉了。我看《安娜·卡列尼娜》，看着看着就睡着了。

楼下的租户名叫布拉德福德·拉什。我在制造商信托银行上夜班时向他介绍了这个公寓，他就搬了进来。如果银行里有人叫他布拉德，他就会反唇相讥。布拉德福德，布拉德福德，我的名字叫布拉德福德。这样一来，没有人愿意和他说话了。我们外出吃早饭、午饭或者任何早上三点要来的东西时，他都不请自到。后来，一名因为结婚而要离开的妇女邀请他和我们一起喝酒。三杯酒下肚后，他告诉我们他来自科罗拉多州，毕业于耶鲁大学，住在纽约是为了从母亲自杀的痛苦中恢复过来。他母亲因患骨癌而尖声喊叫了六个月。听了这个故事以后，那名因结婚而要离开的妇女哭起来。我们不明白布拉德福德为什么要在我们的小型聚会上投下这样的阴影。那天晚上，我在回唐宁街的地铁里问他这个问题，得到的却只是一个浅浅的微笑。我搞不懂他的头脑是不是正常，不明白他有常春藤联合会的学位、可以在华尔街和自己人待在一起，为什么会在银行做文书工作。

后来，我搞不懂在我遇到紧急状况时（那个寒冷的二月天，我没交费被断了电），他为什么没有对我说不。我回到家，想在浴缸里洗一个平静、轻松而舒服的热水澡。我把电热毯挂在椅子上，打开收音机，但是没有声音。毯子没有热度，灯也不亮。

水正不停地流入浴缸，我一丝不挂。现在，我得戴上帽子、手套，穿上袜子，用没有热度的电热毯裹住自己，咒骂断我电的那家公司。现在还是大白天，我知道自己不能就这样待着。

布拉德福德。他一定不介意帮我个小忙。

我敲了敲他的门。他带着惯常的严厉开了门。嗯？

布拉德福德，我楼上出了点紧急状况。

你为什么裹着那电热毯？

这就是我要和你说的。他们断了我的电，除了这毯子外，我没有可取暖的了。我能不能从我的窗户放一根长的电线下来。你把它插到插座上，这样在我能交电费之前，就有电用了。我向你保证，我会很快交电费的。

我能看出他不想这么做，但是他微微点了点头，我放下电线时，他拿进了屋。我敲了三下地板，希望他能明白我是在说“谢谢你”，但是没有回应。不论什么时候我在楼梯上遇到他，他几乎都不搭理我。我知道他是在担心那电线。麦基职高电气班的老师告诉我，这样每天只消耗微不足道的几分钱。他不明白为什么会有人心生怨恨，说如果将一根电线插入插座带来了巨大的不便，我可以给那个小气的家伙几块钱。但那样的人真是太可悲了。无论如何，那不是钱的问题。那是因为他们不能说不，那个“不”就变成了头脑里的迷幻药，毁了他们的生活。

我认为电气班老师的话很夸张，直到我注意到布拉德福德变得越来越有敌意。过去他总是浅浅地微笑，要不就是点点头或者咕哝些什么。现在，他一句话也不说就从我身边走过。我很担心，因为我还是没有钱付电费，也不知道我们的安排还要持续多长时间。这让我很紧张，以至于经常打开收音机，确保能洗澡，电热毯能暖和起来。

我的电线在他的插座上待了两个月。后来，在四月末的一个严寒之夜，背叛行为出现了。我打开收音机，将电热毯搁在椅子上加热，还把毛巾、帽子和手套放在毯子上，这样它们也会变暖和。我迈进浴缸，往身上打了肥皂，听着赫克特·柏辽兹的《幻想交响曲》向后躺下。到了第二乐章中部，我正要兴致勃勃浮出浴缸的时候，一切都停止了。收音机停了，灯灭了。我知道椅背上的毯子也会变冷。

我知道他做了什么，这个布拉德福德，他拔了冷水公寓里一个正在热水浴缸里的人的电线。我知道自己永远都不会对他或任何人这么做。我可能会对某个享受集中供暖的人这么做，但决不会对一个同阶级的冷水公寓租户这么做，决不。

我从浴缸的一边探出身子，敲了敲地板，希望是他弄错了，希望他能大方地将我的电线插回插座上去，但是，没有，他没有发出一点声音。没有收音机，没有灯。水还是热的，因此我还可以躺会儿，想想人类的罪恶行为。一个有着耶鲁大学学位的人怎么能故意拿起一根电线，从电源插座上拽下来，让我在楼上冻死呢。那样的背叛行为足以让你绝望并想到报复。

不，我想要的不是报复，是电。我得另想办法让布拉德福德恢复理智。屋子里有一个勺子，还有一根长绳。如果把绳子系到勺子上，我就可以打开窗户，晃动勺子，让它敲打布拉德福德的窗户。他可能会明白我在楼上绳子的另一端，敲，为求一点电而敲。他可能很恼火，不理我的勺子，但我记得他告诉过我，一个漏水的龙头足以让他睡不着觉。必要的话，我会用勺子敲打他的窗户，直到他再也受不了。他本可以上楼砸我的门，叫我住手，但我知道他绝不会那么直接。我已经让他走投无路了。我为他，还有他母亲因患骨癌而尖声喊叫了六个月而难过。有朝一日，我会努力弥补这一切，但状况紧急，我需要收音机、灯和电热毯。要不然，我就得打电话给艾伯塔，请求住一夜。如果她问我为什么，我决不能告诉她布拉德福德这几个星期一直在给我送电。她会义愤填膺，新英格兰地区的那种义愤填膺。她会对我说，我应该交费，不应该在严寒之夜用勺子敲打别人的窗户，特别是那些母亲因骨癌而尖声喊叫着去世了的人们的窗户。然后，我就要告诉她，我的勺子和布拉德福德死去的母亲之间没有关系，而那就会引起更多的分歧和争吵。我就得怒气冲冲地离开，回到自己那又黑又冷的公寓里。

那是个星期五的晚上，他不用到银行上班，他不可能逃去上班。我想象着他在楼下，手里拿着电线，决定该怎么对付窗户外的勺子。他可以到外面去，但能上哪儿去呢？谁愿意和他一起到酒吧喝啤酒，听他讲母亲如何尖声喊叫着死去的故事呢？最重要的是，他可能会对全世界说，楼上有个人正在用勺子折磨他，而任何一个喝酒的人都会离他远远的。

我断断续续地敲了一个小时。突然，灯亮了，收音机里传来音乐声，《幻想交响曲》早就结束了。我很窝火，但我把电热毯的温度调高，戴上帽子和手套，手里拿着《安娜·卡列尼娜》回到床上。我无法看书，因为布拉德福德和他那在科罗拉多州的可怜母亲让我脑子一片昏暗。如果我母亲在利默里克因为患骨癌而生命垂危，而楼上的某个人却在窗户外用勺子折磨我，我就上去杀了他。现在，我十分内疚，甚至想去敲布拉德福德的门，对他说：我为勺子和你母亲而难过，你可以拔插头。但是在床上，我是那么温暖而舒服，我睡着了。

下一个星期，我见到他正在往厢式货车里装他的东西。我问他，是否可以帮忙。他只说了句：讨厌鬼。他搬出去了，让我接电。于是，我有了几个星期的电，直到用电热毯烧坏了电线。我不得不到受益金融公司申请贷款来交电费，这样才不会冻死。

39

教师自助餐厅里那些守旧的人们说教室就是战场，老师就是给那些该死的孩子带来光明的勇士。这些孩子不想学习，只想坐着谈电影、汽车、性，还有星期六晚上要干些什么。这个国家就是这样，提供免费教育，可没有人想要，不像尊师重教的欧洲。学生家长也不在乎，他们从来没上过高中。他们太忙了，忙着抗击经济大萧条，忙着打仗：第二次世界大战和朝鲜战争。还有那些从来就不喜欢教学的政府机构，那些他妈的校长、校长助理和主任们。过去他们迈着小步尽快地逃离教室，现在却将一生都用于骚扰教室里上课的老师。

鲍勃·伯格德在考勤钟前。啊，迈考特先生，你想去喝点汤吗？

汤？

他微微一笑。我知道他指的是别的东西。是的，迈考特先生，汤。

我们沿着街道走去，拐进了穆罗特酒吧。

汤，迈考特先生。你想来杯啤酒吗？

我们在酒吧的凳子上安顿下来，一杯接一杯地喝着啤酒。今天是星期五，其他老师陆陆续续走了进来，谈孩子、孩子、孩子和学校。我明白了每个学校都有两个世界：教室里上课的老师的世界，以及行政人员和管理员的世界。这两个世界永远都是剑拔弩张，一有什么过失，老师就是替罪羊。

鲍勃·伯格德对我说，不要担心《你和你的世界》和期中考试，装装样子罢了。发下试卷，看着孩子们潦草地写些他们自己都不知道的东西，收回试卷，给孩子们及格分。这不是他们的错，马德小姐不理他们。家长们会心满意足，主任和校长也不会纠缠我了。

我应该离开穆罗特酒吧，乘渡船到曼哈顿，和艾伯塔共进晚餐。可不断有啤酒递过来，很难对这样慷慨的行为说不。当我离开酒吧的凳子给艾伯塔打电话的时候，她冲着我尖声喊叫，说我是一个粗鲁的爱尔兰酒鬼。这是她最后一次等我，因为她和我已经玩儿完了。有很多想和她约会的男人，再见。

世界上所有的啤酒都不能缓解我的痛苦。我和五个班的学生斗争了一天，住在艾伯塔称之为茅舍的公寓里，现在却因为在穆罗特酒吧待了几个小时而面临失去她的危险。我对鲍勃说我得走了，快半夜了，我们已经在酒吧凳子上坐了九个小时。我的脑海里乌云密布。他说：再来一杯，然后我们吃饭。你不能不吃饭就上渡船。吃这种可以防止早上不愉快的食物很重要。他在圣乔治小酒馆点了鱼和单煎一面的鸡蛋、土豆煎饼、吐司和咖啡，说工作一天、喝了一晚上啤酒以后，鱼和鸡蛋的组合能创造奇迹。

我又登上了渡船。那个来回寻找顾客的意大利擦鞋老人对我说，我的鞋子烂得更厉害了，跟他说付不起擦鞋钱没用。半价，如果我到德兰西大街他兄弟那儿买双新鞋。

不，我没有钱买鞋，没有钱擦鞋。

啊，教授，教授，我免费给你擦鞋。擦鞋让你感觉良好。到我兄弟那儿看看鞋吧。

他坐在箱子上，把我的脚拖到他的膝盖上，抬起头看了看我。我闻到了啤酒味，教授。老师回家很晚，嗯？可怕的鞋子，可怕的鞋子，但是我擦鞋。他轻轻拍了一下鞋油，用刷子在鞋子四周刷了几下，又用擦鞋布在鞋尖噼啪几下，敲敲我的膝盖说擦好了。他把东西放回箱子里，然后站起来，等着我提问题。但是我没问，他知道那是什么问题：另一只鞋怎么办？

他耸了耸肩。你去见我的兄弟，我就给你擦另一只鞋。

如果从你兄弟那儿买双新鞋，我就不需要擦这鞋了。

他又耸了耸肩。你是教授。你头脑，嗯，聪明？你教书，考虑擦鞋和不擦鞋的事。

然后，他扭着身子走了，一边还哼着歌，冲着睡梦中的乘客喊：擦鞋，擦鞋。

我是一个拥有大学学位的老师，而这个英语说不了几句的意大利老人却戏弄了我，让我穿着一只擦干净的鞋，另一只鞋留着雨雪和泥巴的痕迹就上了岸。如果我抓住他，要求他擦那只脏鞋，他可能会大叫起来，让工作人员来帮他的忙。我怎么解释他提议免费擦鞋，却擦了一只鞋是一个诡计呢？现在，我很清醒，清醒到知道不能强迫一个意大利老人去擦一只脏鞋。我真笨，一开始就让他抓住了脚。如果我向工作人员抗议，他可能会对他们说，他闻到了啤酒味，他们会笑着走开。

他扭着身子在过道里来回走动，不停地冲其他乘客说擦鞋。我很想抓住他和他的箱子，推到一边去。下渡船的时候，我对他说：我永远都不会到德兰西大街你兄弟那儿买鞋子。

他耸了耸肩。我在德兰西大街没有什么兄弟。擦鞋，擦鞋。

对擦鞋人说我没有钱的时候，我没有撒谎。我甚至连坐地铁的十五美分都没有。我的钱都用来喝啤酒了。在圣乔治小酒馆的时候，我让鲍勃·伯格德替我付鱼和鸡蛋的钱，下个星期还他。一路走回家对我没有任何害处：沿着百老汇大街向北，经过三一教堂和葬着罗伯特·埃默的弟弟托马斯的圣保罗教堂，经过市政厅，向北到哈德逊大街，穿过哈德逊大街到我位于唐宁街的冷水公寓。

这是凌晨两点钟，街上几乎没有人，偶尔有辆车经过。在银行工作时待过的布罗德大街就在右前方，不知道安迪·彼得斯和曾经是布里德的布里吉德怎么样了。我边走边回忆自己到纽约后的这八年半：在巴尔的摩酒店、部队、纽约大学的日子；在仓库、码头、银行干过的工作。我想到了埃默和汤姆·克利福德，不知道拉帕波特和在军队认识的人都怎么样了。我做梦都没有想过自己能拿到大学学位，并成为老师。可是现在，我不知道能不能在一所职业高中里幸存下来。经过的办公大楼都黑漆漆的，但我知道在白天，人们坐在桌子旁研究股票市场，赚上百万的钱。他们西装革履，拿着公文包，上教堂，谈论钱、钱、钱。他们和信仰新教圣公会教义的长腿妻子一起住在康涅狄格州，懒洋洋地靠在巴尔的摩酒店的沙发上时，我可能正在为他们打扫卫生。他们饭前喝马提尼酒，在乡村俱乐部打高尔夫球。他们私通，但是没有人在乎。

我原本可以那么做，花时间和斯坦利·加伯待在一起，去掉我的口音。但他对我说过我是个傻瓜，想没有口音。他说爱尔兰口音很迷人，是敲门砖，让人们想起巴里·菲茨杰拉德。我对他说，我不想让人们想起巴里·菲茨杰拉德。可他说：你愿意有犹太口音，让人们想起莫利·戈德堡[1]吗？我问他莫利·戈德堡是谁。他说你连莫利·戈德堡是谁都不知道，和你说了也白搭。

为什么我就不能像我弟弟马拉奇和迈克尔那样，在城外的酒吧里给漂亮女人倒酒，和常春藤联合会的毕业生们说笑，过着无忧无虑的美好生活呢？我赚的钱会比正式代课老师一年这四千五百美元多，还会有很多小费。我可以尽情吃美味佳肴，晚上在信奉新教圣公会教义的女继承人的床上作乐，用少许诗歌和点滴妙语让她们倾倒。我会睡

①情景喜剧《戈德堡一家》中的女主人公。

到很晚才起来，在一家浪漫的餐厅吃午饭，沿着曼哈顿的街道散步。没有表格要填，没有作业要改，看书全为自己高兴，永远不用担心那些郁郁寡欢的十来岁高中生。

如果再遇到霍勒斯，我该说些什么呢？我能告诉他“我上大学了。几星期前成了一名老师。但生活太难了，所以我要当酒保，这样就可以在上东区遇到更高阶层的人”吗？我知道他会摇摇头，也许还会感谢上帝我不是他的儿子。

我想到咖啡馆里那个为了让儿子上圣约翰大学、当老师而工作多年的码头工人。我会对他说些什么呢？

如果我告诉艾伯塔自己打算离开教学岗位，投身激动人心的酒吧世界，她一定会跑掉，嫁给一个律师或美式橄榄球运动员。

所以，我不会放弃教学，不是因为霍勒斯或那个码头工人或艾伯塔，而是因为在结束一天倒酒、取悦顾客的工作之后，我可能会指责自己选择了轻松的生活方式，而这都是因为我被那些抵制《你和你的世界》和《地球上的巨人》的男孩女孩们打败了。

他们不想看书，也不想写。啊，迈考特先生，所有英语老师都想让我们写暑假计划或人生故事这样愚蠢的主题。无聊。从一年级开始，我们每年都在写人生故事，而老师只是给我们打个勾，说，很好。

在英语班上，他们受到期中考试的威胁：拼写、词汇、语法和阅读理解的多重选择题。当我发放经济公民权试卷的时候，教室里传来窃窃私语声，还有对马德小姐的激愤之词：她的船该撞到岩石上，她应该成为鱼食。我对他们说：尽你们所能答题，我会在成绩单上合理地给出成绩。但是教室里只有冷漠和憎恨，好像我把这考试强加给他们，就是背叛了他们。

马德小姐救了我。班上的学生进行期中考试的时候，我检查了教室后面的柜子，发现里面都是旧的语法书、报纸、雷金氏考试[1]单和上百页可以追溯到一九四二年的没有改过的学生作文。我刚要把所有东西都扔进垃圾桶，这时，我看到了老作文。那时候的男孩们渴望打仗，渴望为死去的兄弟、朋友和邻居报仇。其中一个写道：日本人每杀一个我的邻居，我就要杀五个日本人。另一个写道：如果他们叫我去杀意大利人，我就不想去当兵了，因为我是个意大利人，我是在杀自己的兄弟姐妹。我不会去打仗，除非他们叫我去杀德国人或者日本人。我更愿意杀德国人，因为我不想到太平洋去，那儿的丛林里到处都是臭虫、蛇和屎之类的东西。

女孩们会等。乔伊回家的时候，我会和他结婚，搬到泽西去，离开他那个疯子母亲。

我把这些快要碎了的纸片堆到讲台上，开始读给班上的学生听。他们坐直了身子，因为有熟悉的名字。嘿，那是我父亲，他在非洲受了伤。嘿，那是我死在关岛的萨尔叔叔。

我大声朗读这些作文，孩子们哭了。男孩们冲出教室，跑向厕所，眼睛红红地回来。女孩们坦然地流泪，互相安慰。

几十个斯塔滕岛区和布鲁克林区家庭的姓氏出现在这些脆得让我们担心都要碎了的纸上。我们想拯救它们，唯一的办法就是亲手把仍然堆在柜子里的上百份作文誊抄下来。

没有人反对，我们是在拯救直系亲属的历史近貌。每个人都有一支钢笔。四月到六月末，这学期剩下的日子里，他们辨认字迹并抄写。眼泪继续流，伴着号啕大哭。这是我十五岁时的父亲。这是我姑姑，她死的时候还怀着孕。

他们突然对写以“我的人生”为题的作文发生了兴趣。我想说：看看你们能不能从父亲、叔叔和姑姑那儿学到点什么？难道你们不想为下一代写点关于自己人生的故事吗？

---

①评估学生各门功课能力的考试，由纽约州教育局主办。考试成绩记入高中成绩单，作为大学录取的参考。

但是我没有说，不想打扰一个安静得让索罗拉先生不得不来调查的教室。他在教室里走了走，看了看学生们正在做的事，什么也没说。我认为他对这安静的气氛心怀感激。

六月里，我让每个人都及格了，感谢自己熬过了在一所职业高中第一个月的教学，尽管我不知道，没有了那些快要碎了的作文纸，该怎么办。

我可能还得教课。

40

自打很早以前丢了公寓钥匙，我公寓的门就一直开着。反正没有什么可偷的，开着门也没关系。于是，开始出现陌生人：沃尔特·安德森，一个上了年纪的公关先生；戈登·帕特森，一个有着雄心壮志的演员；比尔·加里特里，一个寻找真理的人。他们都是无家可归的酒吧顾客，由心胸豁达的马拉奇送来。

沃尔特偷我的东西。再见，沃尔特。

戈登在床上抽烟，引起了火灾，但比这更糟的，是他女朋友在马拉奇的酒吧向我抱怨戈登的不适和我的敌意。他也得走。

学校放假了，我又得日复一日地在码头和仓库平台干活儿。每天早上，我排队等待分配当天的工作，以顶替休假、请病假的人，或者等待业务突然繁忙，需要更多帮手的时候。没有活儿，我就在码头和格林威治村的街道上游荡；到第四大道，一家书店接着一家书店地看书，梦想着自己能到这儿买走所有喜欢的书的那一天。现在，我只买得起廉价的平装本，回家的路上带一个包裹，里面装着周末要看的书：F. 斯科特·菲茨杰拉德的《天堂的这一边》、D.H. 劳伦斯的《儿子与情人》、欧内斯特·海明威的《太阳照样升起》、赫尔曼·黑塞的《流浪者之歌》，我心满意足。我在电炉上热一罐蚕豆，烧水泡茶，就着从楼下公寓引来的光看书。我将从海明威看起，因为我看过埃罗尔·弗林和蒂龙·鲍威尔主演的电影：每个人在巴黎和潘普洛纳[1]过得都很开心；每个人都喝酒，看斗牛，谈恋爱，尽管杰克·伯纳斯[2]和布雷特·阿什利[3]因为境遇而有点伤感。那就是我喜欢的生活方式：无忧无虑地周游世界，虽然我并不想成为杰克。

我把书拿回家，比尔·加里特里在。自沃尔特和戈登之后，我不希望再有不请自来者，但比尔更难驱赶。一段时间以后，我就不介意他留下来了。马拉奇打电话来说明的时候，他已经安顿下来了。马拉奇说：比尔宣布要与世隔绝，辞掉了广告公司主管的工作，和妻子离了婚，卖掉了自己的衣服、书、唱片，短时间内需要一个安身之所，而你当然不会介意。

比尔一丝不挂地站在浴室的秤上，面对墙上的一面长镜子。地上有两根摇曳不定的蜡烛。他从镜子看向秤，又从秤看向镜子，如此反复。他摇了摇头，转身看着我。太多了，他说，这肉太、太肥了。他指了指自己的身体：一堆骨头上架着一个长着稀疏黑发的脑袋，浓密的黑胡子夹杂着些灰色。他瞪大了蓝眼睛说：你是弗兰克，嗯？他从秤上下来，背对镜子而立，转过头看自己的后背，自言自语道：你又肥又胖，比尔。

他问我是不是看过《哈姆雷特》，说他都看过三十遍了。

我看过《芬尼根守灵夜》[4]。如果有人看过《芬尼根守灵夜》，结果就是这样。我花了七年来看这本该死的书，所以我会在这儿。是的，你很疑惑。《哈姆雷特》看了三十遍，你就开始自言自语；花了七年时间看《芬尼根守灵夜》，你就想把自己的脑袋沉入水中。对付《芬尼

①西班牙东北部城市，奔牛节的故乡，海明威曾在《太阳照样升起》一书中高度赞扬。

②影片《太阳照样升起》中的男主人公。

③影片《太阳照样升起》中的女主人公。

④爱尔兰作家詹姆斯·乔伊斯最后一部长篇小说。

根守灵夜》的办法就是反复吟咏，这可能要花七年的时间，但值得你对孙子们说。他们会崇拜你。那是什么，蚕豆？

你想来点吗？我正用电炉加热呢。

不,谢谢,我不吃蚕豆。你吃你的蚕豆,吃的时候,我告诉你个消息：我打算减肥，减到最低限度。这世界对我太好了。明白我的意思吗？肉太多了。

我看不出来。

你看，通过祈祷、节食和吃药，我要减到一百磅以下。那是个卑鄙的三位数。我想变成九十九磅,要不就什么也不是了。我说了想吗？我不应该说想。我不应该说不应该。你糊涂了？哦，吃你的蚕豆吧。你明白我说的话了吗？为了我的健康着想，我不会和镜子和磅秤待在这儿。

他从隔壁拿来两本书，说我所有的问题都会在《柏拉图》和《约翰福音》中找到答案。对不起，他说，我得去撒泡尿。

他拿起钥匙，光着身子向楼道里的厕所走去，回来后，站到秤上看撒完尿后自己减了多少。四分之一磅，他说，放松地叹了一口气。他蹲在地板上，再次面对镜子，蜡烛放在身边，左边是《柏拉图》，右边是《约翰福音》。他仔细看着镜子里的自己，对我说，继续，吃你的蚕豆。书，那是你的，嗯？

我吃着我的蚕豆，对他说了书名后，他摇了摇头。哦，不，哦，不。黑塞，也许可以，忘掉其他那几位吧，都是西方的自我，都是西方的废话。海明威不配给我擦屁股。但是，我不应该那么说的。傲慢自大，自负的东西。我收回那句话。不，等等。我说了那句话。我把它留在外面吧。它不见了。我看过《哈姆雷特》,看过《芬尼根守灵夜》。现在，我和柏拉图、圣约翰，还有一个吃蚕豆的人一起坐在格林威治村的公寓地板上。你怎么来解释那些成分呢？

我不知道。

我有时候会绝望。你知道为什么吗?

为什么?

我绝望，有可能是我看《柏拉图》和《约翰福音》看得太多太深，发现它们很愚笨。我也许会去一个不知名的地方。你明白?

不。

你看过《柏拉图》吗?

我看过。

《约翰福音》?

他们在做弥撒时总是念《约翰福音》。

那不一样。你得坐下，双手捧着《约翰福音》看，没有其他方法。《约翰福音》是本百科全书，它改变了我的人生。答应我，你会看《约翰福音》，而不是看你装在袋子里拿回家的那些该死的东西。对不起，那个自我又蹦出来了。

他对着镜子咯咯地笑，拍拍自己身上应该是肚子的位置，一会儿念念《约翰福音》里的诗句，一会儿念念《柏拉图》中的段落，从一本书晃到另一本书。他高兴地尖叫起来。唷，唷，哦，希腊人和犹太人，希腊人和犹太人。

他又对我说话了。我收回那句话，他说。这些家伙无处不在，无处不在。形式、洞穴、影子、十字架。上帝啊，我需要一根香蕉。他从镜子后面拿出了半根香蕉，对着香蕉咕哝了些什么，吃了它，然后双腿盘在身体下面，手心向上放在膝盖上，摆了一个莲花座的姿势。我从他身后经过，把蚕豆罐子扔进垃圾桶，看见他正盯着自己的鼻尖看。我对他说晚安，他没有回答。我知道我已经不在他的世界里了，最好还是上床睡觉，我需要黑塞来保持自己的心情。

41

艾伯塔谈到了婚姻。她想安顿下来，有一个丈夫，做晚饭，周末到古董店去，有朝一日有个过得去的公寓，当上母亲。

但我还没准备好。我看见马拉奇和迈克尔在城外过得很开心；看见克兰西兄弟乐队在白马小酒馆后面的屋子里唱歌，在草莓巷剧院演出，录制唱片，被人发现后换到令人向往的俱乐部里演唱。在那儿，漂亮女人们邀请他们参加聚会。在格林威治村的咖啡馆，我看见披头士乐队在后台和爵士乐手一起读乐谱。他们都是自由的，可我不是。

他们喝酒，抽大麻。女人们都水性杨花。

艾伯塔遵守她奶奶罗得岛式的生活惯例。每个星期六，煮咖啡，抽根烟，用粉色卷发夹把头发盘起来，逛超市，买很多东西存到冰箱里，把脏衣服拿到自助洗衣店，等到衣服洗干净可以叠为止，把那些在我看来还干净的衣服送到干洗店，我反对她就说：你对干洗又知道多少呢？不管是否需要，都要打扫房间，做顿丰富的晚餐，去看电影。星期天上午，很晚起来，吃顿丰富的午餐，看报纸，到大西洋大道看古董。回家，准备下星期的功课，改作业。做顿丰富的晚餐，喝杯酒。改更多的作业，喝茶。抽根烟，上床睡觉。

她教学比我还要卖力，备课很认真，改作业很负责任。她的学生比我的学生好学，能够鼓励他们讨论文学。如果我提到书籍、诗歌、戏剧，我的学生就会呻吟，哀叫着索要上厕所的通行证。超市让我很沮丧，因为我不想每天都有一顿丰富的晚餐，那会累死我。我想在城市里闲逛，在咖啡馆喝咖啡，在酒吧喝啤酒，不想在余生的每个周末都面对佐伊的生活惯例。

艾伯塔对我说，有些事情得处理了。我得长大并安顿下来，否则就会像我父亲那样，成为一个疯狂的流浪汉，把自己喝死。

这引发了一场争论。我告诉她，我知道父亲酒喝得太多，还抛弃了我们，可他是我的父亲，不是她的。她永远不会明白他不喝酒的时候是什么样。清晨，我和他坐在火炉边，听他讲爱尔兰伟大的历史和巨大的苦难。而她从没有和她父亲经历过那样的清晨，父亲在她七岁时把她留给佐伊。我不知道她如何从这一切中恢复过来。怎么能原谅将她扔给奶奶的父亲和母亲呢？

争论令人不快，我离开，住到自己格林威治村的公寓里，准备过那疯狂的波西米亚式生活。后来，我听说她找到了其他人。突然间，我想要她。我绝望了，为她而疯狂，想到的只有她的优点，她的美和活力，还有那甜蜜的周末生活惯例。如果她接受我，我将成为那个完美丈夫，拿着优惠券去超市，洗碗，每天用吸尘器打扫整个公寓，晚上切菜准备那顿丰富的晚餐。我会打领带，擦鞋，成为新教徒。

任何事情。

我不再关心马拉奇和迈克尔在城外的疯狂生活，不再关心格林威治村里活得毫无意义的邋遢的披头士乐队。我想要艾伯塔。她活泼聪明，有女人味，让人感到温暖而安全。我们会结婚，哦，我们会的。我们还会一起变老。

她同意在谢里登广场附近的路易斯酒吧见我。她走进酒吧大门，看起来比以前还要漂亮。酒保停止倒酒看着她，每个人都伸长了脖子。她穿着那件带浅灰色毛领的深蓝色外套，围了条淡紫色的丝质围巾。

她父亲几年前打了她一拳头，为了表示和好，给她买了那件外套。我知道以后一看到淡紫色，就会想起这个时刻，那条围巾。我知道她会坐到我旁边的凳子上，对我说这是个错误，我们很般配，我应该和她一起到她的公寓去。她会做晚饭。从那以后，我们幸福地生活在一起。

是的，她要了杯马提尼。不，她不会和我一起到我的公寓去。不，我也不会和她一起到她的公寓去，因为一切都结束了。她已经受够了我和我的弟弟们，受够了城外和格林威治村。她想继续她的人生。每天光教课就够累的了，她还得努力忍受我，忍受我哀叫着想做这个做那个，想成为无所不能的人，负责任者除外。太多的抱怨了，她说，该长大了。她说我已经二十八岁了，但行为却像个孩子。如果我想像弟弟们那样在酒吧里虚度人生，那是我的事，但她不想身陷其中。

她越说越生气，不让我抓她的手，也不让我亲吻她的脸颊。不，她不会再要一杯马提尼酒了。

我坐在酒吧的凳子上，心怦怦直跳，她怎么能这样对我说话呢？她不在乎我是她生命中第一个男人，第一个跟她上床的人，一个女人永远都不会忘记的人。那些都不重要了，因为她已经找到了一个成熟的人，一个爱她的人，一个可以为她做任何事情的人。

我可以为你做任何事。

太晚了，你曾经有机会的。

我的心不停地怦怦跳着，胸前一阵剧痛，世界上所有的乌云都聚结在脑海中。我想在路易斯酒吧冲着自己那杯啤酒哭泣，但那会有闲话：哦，是的，又是恋人间的争吵。他们会让我们离开，或者至少让我离开。他们肯定希望艾伯塔留下，给这个地方增光添彩。我不想到大街上去。那些幸福的情侣们都在街上散步，吃饭看电影，品尝小点心后，赤身裸体地爬上床。上帝，这就是她今晚的计划吗？我独自一人待在冷水公寓里，除了比尔·加里特里外，这世上没有人可以说话。

我求她，求助于自己悲惨的童年、残忍的老师、教会的专制、那选择酒瓶而非孩子的父亲、在火炉边唉声叹气被打败了的母亲、通红的双眼、嘴里那口烂牙、邋遢的公寓、用柏拉图式的洞穴人物和《约翰福音》折磨我的比尔·加里特里、在麦基职高艰难的日子、叫我严厉批评小家伙并将他们教育成型的老教师们、声称学生也是人并要由我们来激励的年轻老师。

我恳请她再喝一杯马提尼酒，这也许能软化她，她就会到我的公寓去。然后，我会对比尔说：散步去吧，比尔，我们需要单独待会儿，在烛光下坐会儿，规划一下未来：星期六购物、用真空吸尘器打扫卫生、清洗、星期日搜寻古董、写教案，还有在床上连续几个小时地做爱。

不，不，她不要再喝马提尼酒了，要去见她的新男人。她得走了。

哦，上帝，不要。这是一把扎在我心上的刀。

不要哀叫了。关于你和你那悲惨童年的故事，我已经听够了。你不是唯一受过苦的人。我七岁时就被扔给我祖母了。我抱怨过吗？我只是继续生活下去。

但是你有冷热水、厚毛巾、肥皂、床单、两只清澈的蓝眼睛和一口好牙齿。你祖母每天把你的小午餐盒都装得满满的。

她从酒吧的凳子上爬下来，让我帮她穿上外套。她在脖子上围上那条淡紫色的围巾。她得走了。

哦，上帝。我无疑像一条被人踢了一脚的狗那样呜呜地哭起来，肚子冰凉。世界上除了乌云外，什么也没有了。艾伯塔在那乌云中间：金发碧眼，披着淡紫色围巾，准备永远离开我，投向新男人的怀抱。这比当着我的面关上门还要糟，比死还要糟。

她亲了亲我的脸颊。晚安，她说。她没有说再见。那意味着给我留了扇门吗？当然，如果她要和我永远断交，应该说再见的。

这不重要。她走了，出了门，在酒吧所有男人的注目下步上台阶。这就是世界末日，还不如死了算了，还不如跳进哈德逊河，让它带着我的尸体经过埃利斯岛和自由女神像，穿过大西洋流到香农河。在那儿，我至少和自己人在一起，而不会被罗得岛的新教徒们拒绝。

酒保大约五十岁。我想问问他，他是否经历过我正在经历的痛苦，他是怎么办的，是否有治疗的法子。他或许能够告诉我，当一个将要永远离开你的女人说晚安而不是再见时，那意味着什么。

但是，这个人有个大秃脑袋和浓密的黑眉毛。我有种感觉，他有自己的麻烦。除了从酒吧的凳子上下来离开，没有什么办法了。我可以到城外，加入马拉奇和迈克尔那令人兴奋的生活中去。但相反，我走回唐宁街的家中，希望身边经过的幸福情侣们不会听到一个人生已经完蛋的男人不觉发出的呜咽声。

比尔·加里特里和他的蜡烛、《柏拉图》，还有《约翰福音》在一起。我想拥有一个属于自己的地方，埋在枕头里好好哭上一个晚上，可他坐在地板上盯着镜中的自己，捏着能在肚子上找到的任何一块肉。他抬起头看了看，说我看起来心事重重。

你什么意思?

自我的负担。你委靡不振。记住，上帝的天国在你心中。

我不想要上帝，也不想要天国。我想要艾伯塔。她抛弃了我。我要上床睡觉。

不是上床睡觉的好时机。躺下就是躺下。

不得不听这些怪话让我很窝火。我对他说：躺下当然就是躺下。你在说什么呢?

躺下就是在你可以上升到完美状态的时候屈服于重力。

我不在乎。我要躺下。

好吧。好吧。

我在床上躺了几分钟。他坐在床沿，对我讲广告行业的疯狂和空虚。很多的钱，但每个人都忍受着胃溃疡的痛苦，都很自我，很肮脏。他对我说，我是个老师，如果研究《柏拉图》和《约翰福音》，就可以挽救很多生命。但是首先，我得挽救自己的生命。

我没有心情。

没有挽救自己生命的心情？

没有，我不在乎。

是的，是的，当你被拒绝，事情就是这样。你自己忍受。

我当然自己忍受，还能怎么忍受？

从她的角度看这件事，她不是在拒绝你，而是在接受她自己。

他不停地绕圈子说，艾伯塔是那么痛苦，所以我得离开。我对他说，我要出去。

哦，你没有必要出去。坐在地板上，身后点上蜡烛。看着墙，那些影子。你饿吗？

不。

等等。他从厨房拿来香蕉。吃这个吧，香蕉对你有好处。

我不想要香蕉。

它让你变美，那些钾。

我不想要香蕉。

你只认为你不想要香蕉，听听你的身体。

他跟着我来到楼道，竭力鼓吹香蕉的好处。他赤身裸体，跟着我下了三段楼梯，走过通向前门的楼道，不停地说着香蕉、自我，还有在雅典一棵树下开心的苏格拉底。当我们来到前门的时候，他挥舞着香蕉站在最上面的台阶上。这时，正在人行道上玩“跳房子”游戏的孩子们尖声喊叫起来，还指指点点。女人们趴在窗台靠枕上用意大利语冲着他尖声叫喊。

马拉奇不在他的酒吧里，在家里，和妻子琳达一起幸福地规划着即将诞生的孩子的生活。迈克尔今晚休息。酒吧里坐着些女人，但没有和男人们在一起。酒保说：哦，你是马拉奇的哥哥。他不让我付酒钱，把我介绍给酒吧里的情侣们：这是马拉奇的哥哥。

真的？我们不知道他还有一个哥哥。哦，是的，我们知道你弟弟迈克尔。你的名字叫……

弗兰克。

你是做什么的？

我是个老师。

真的？你不做酒吧生意？

他们笑了。你会在什么时候开始做酒吧生意？

当我的弟弟们都成为老师的时候。

我这么说的，但想的是另外一回事。我想对他们说，他们都是傲慢的笨蛋。我在巴尔的摩酒店大堂里见过他们这样的人，把烟灰弹到地板上，好让我去打扫干净；故意对我视而不见，就像你故意对打扫卫生的人视而不见。我想叫他们亲我的屁股。如果我再喝几杯，就会这么说，但是我知道本质上，在有优越感的人面前，我还是会拽着额前的一缕头发，不停地换脚。不论我对他们说什么，他们都会大笑，他们知道我的本质是什么。如果不知道，他们也不在乎，即使我从酒吧凳子上倒下，死了，他们也只是换到另一张桌子，避开这令人不快的场面，然后告诉全世界，他们遇到了一个喝醉酒的爱尔兰老师。

无论如何，这些都不重要。艾伯塔一定正在和她的新男人坐在一家浪漫的意大利小餐馆里，透过插在意大利勤地酒酒瓶里的蜡烛的亮光，对彼此微笑。他对她讲菜单里有哪些好吃的。点完菜后，他们谈论明天或今晚要做的事情。一想到那场景，我的眼睛就赶上尿泡了。

马拉奇的酒吧位于第六十三大街和第三大道的交叉点，离我在第六十八大街租的第一个备有家具的出租房有五个街区。我可以不用回家，而是坐在奥斯丁夫人的台阶上，回忆自己十年来在纽约的生活，自己在第六十八大街剧场带着柠檬蛋白派和一瓶干姜水看《哈姆雷特》时遇到的麻烦。

奥斯丁夫人的房子不见了，出现一栋新大楼：纽约弃婴医院。他们拆毁了我在这座城市的早期生活，这让我伤心流泪。但至少，剧场还在。那一定是个啤酒之夜，因为我不得不伸开胳膊，将整个身子靠在剧场的墙上，直到警车里探出一个脑袋：嘿，朋友，怎么回事？

如果我对他讲《哈姆雷特》、派、奥斯丁夫人、格拉格甜酒之夜，房子如何不见了，连我那备有家具的出租房也不见了，我生命中的女人如何和另一个男人在一起，那会怎么样呢？亲吻一个有着伤心和快乐回忆的戏院，这是我拥有的唯一安慰了。警官，这违反法律了吗？违反了吗，警官？

当然，我不会对纽约警察或任何人说这些话，只是对他说：没什么，警官。他叫我不要在这里停留。这是警察最爱说的话。

我没有停留。沿着第三大道，音乐声伴随着啤酒和威士忌的味道，还有断断续续的说话声和笑声，从爱尔兰酒馆的门缝里倾泻而出。

好人，你，肖恩。

哎呀，上帝，我们这样喝下去会喝醉的。

上帝在上，我迫不及待想回到卡文，喝那里的好啤酒。

你以为你会回去啊，凯文？

等他们修了桥，我会的。

他们大笑了起来。自动唱机里的米基·卡顿拉着手风琴，鲁思·莫里斯的声音在喧闹的深夜航行：这是我的爱尔兰老家，在海的那一边。我情不自禁地拐进去，坐在高高的酒吧凳上，对酒保说：给我们来杯威士忌，布莱恩，要不就来两杯，好事得成双，鸟儿不能用一只翅膀飞行，你是个好小伙儿。这难道不比坐在奥斯丁夫人家的台阶上或者亲吻第六十八大街剧场围墙要好？我难道不想和自己人在一起吗？不想吗？

自己人。爱尔兰人。

我可以喝爱尔兰酒，吃爱尔兰饭，跳爱尔兰舞，看爱尔兰书。我母亲经常警告我们：和自己人结婚。现在，守旧的人告诉我：和自己人待在一起。如果我听他们的话，就不会被一个罗得岛的新教圣公会教徒拒绝。她曾经说过：如果你不是爱尔兰人，会拿自己怎么办？当时，我本可以离开的，只是饭正吃到一半。那是她做的饭：八宝鸡配一碗拌在咸黄油和荷兰芹里的粉红色新土豆，还有一瓶波尔多葡萄酒。那酒让我开心得浑身发抖，以至于忍受了任何对我和爱尔兰的讥讽。

唱歌或吟诗的时候，我愿意当个爱尔兰人。教书的时候，我愿意当个美国人。我愿意成为一个爱尔兰裔美国人或者美国裔爱尔兰人，尽管我知道自己不能成为这两类人，即使斯科特·菲茨杰拉德曾经说过智慧的标志就是能同时拥有对立的思想。

我不知道自己愿意成为什么样的人，但这对远在布鲁克林区、和她的新男人在一起的艾伯塔重要吗？

在一家商店的窗户上，我瞥到了自己那张悲伤的脸。当我想起母亲称呼这为忧郁难看的脸时，我笑了。

我在第五十七大街向西拐到第五大道，体验一下美国情调及其奢华，体验一下那些坐在巴尔的摩酒店棕榈庭里的人的世界，那些不需要带着种族连字符度过一生的人的世界。你在午夜时分叫醒他们，问他们是谁。他们会说：累了。

我把自己那张忧郁难看的脸转向南边面对第五大道。那里有我在爱尔兰时的所有梦想。在清晨的这个时刻，第五大道上几乎没有人了，除了一辆朝北开、一辆朝南开的双层巴士，珠宝商店，书店，模特身上穿着复活节服装的女性用品商店，到处都是兔子和鸡蛋、没有一丝复活的基督的痕迹的橱窗，还有大道远处的帝国大厦。我拥有健康，不是吗？眼睛和牙齿有点弱，一个大学学位，一份教书的工作。这不是一个一切皆有可能的国家吗？可以做你想做的任何事情，只要停止抱怨，站起来干活儿。朋友，生活不是免费的午餐。

要是艾伯塔恢复理智回到我身边就好了。

第五大道让我明白自己是多么无知。如果那些穿着复活节服装的橱窗模特中的一个苏醒过来，问我她穿的衣服是用什么料子做成的，我会一点概念都没有。如果她们穿的衣服是帆布做的，我会马上认出来，因为我在利默里克搬运过的煤包就是那质地。煤包空了而天气又很恶劣的时候，我把它当被盖。也许我能认出花呢，因为人们冬天和夏天穿的外套就是这质地，但我得向模特承认自己不知道丝绸和棉的区别。我决不会指着一件衣服说，这是缎子或羊毛。如果叫我辨认锦缎或硬衬布，我也会不知所措。小说家喜欢详细描写锦缎套装来暗示人物的富有，不知道是否有人会穿这种材料做的衣服，除非他们遭逢艰难时世，不得不把锦缎剪掉做衣服。我知道你不会拿起一本以美国南部为背景的小说，那里面没有一个白人种植园家庭会懒洋洋地靠在游廊上，抿着波旁威士忌酒或柠檬水，听黑人唱“轻轻摇荡，心爱的马车”，而游廊上的女人们扇着扇子，将硬衬布的热气扇走。

走到格林威治村，我在男子服饰用品店买了衬衫和袜子，不知道它们是用什么材料做的，尽管现在有人告诉我，你得小心穿在身上的东西，可能会过敏，出疹子。在利默里克，我从来不担心这些事情，但是在这儿暗藏危机，即使只是买袜子和衬衫。

商店橱窗里的东西有一些我不知道名字。在这么无知的状态，我不知道自己如何活了那么长时间。沿着第五大道有一些花店，透过那些橱窗，我能叫出名字的只有天竺葵花。利默里克的体面人士对天竺葵花很是着迷，我送电报的时候，他们的前门通常有张纸条，上面写着：请推起窗户，将电报放在天竺葵花花盆下面。站在第五大道一家花店的门前，我想起送电报如何让我成为一名天竺葵花专家，可我甚至并不喜欢它们。这真是很奇怪。那颜色，那花香，还有秋天凋谢时的伤感，从来没有像花园里的其他花卉那样让我兴奋。天竺葵花没有香味，常开不败，那味道让人恶心。而在远处的公园大道，一定会有人把我拉到一边，花上一个小时让我相信天竺葵花的美。我得同意他们的观点，不论走到哪儿，人们总是比我知道的多。你不可能富有并住在派克大街，除非你对天竺葵花和种植技术有着深厚的知识。

整条第五大道都有美食商店。我走进其中任何一家，都得带上一个长得够体面并且知道肥鹅肝酱和土豆泥的差异的人。这些商店里都充斥着法语。真不知道他们是怎么想的，为什么不能说土豆，却要说马铃薯呢？为什么要多付钱给那些印着法语单词的东西呢？

透过古董家具店的橱窗往里看，根本没什么意思。在你提问之前，他们从来不会让你知道东西的价钱，也从来不会在椅子上放个标牌，告诉你这是什么或者它从哪里来。大多数的椅子，你是无论如何也不想坐上去的。它们太直太硬了，会让人背疼得厉害，最后的结局就是去医院。还有一些曲线形桌腿的小桌子，那么娇弱，一品脱水的重量就可以让它们倒塌，毁了无价的波斯地毯或其他为了富有的美国人的快乐拼命做出来的东西。还有精美的镜子。早上在一个四周都是小丘比特和少女们嬉戏场景的镜框里看到自己的脸，你会搞不懂那会是怎样的情况。在这么混乱的局面下，该朝哪儿看呢？是看眼睛里分泌出来的东西，还是迷上屈从于丘比特之箭的少女？

晨曦在格林威治村远处发出微弱光芒的时候，除了前往圣帕特里克大教堂拯救自己灵魂的人，第五大道上几乎没有人。他们大多是上了年纪的老妇人，似乎比身边一路咕哝的老男人更为忧虑。这可能是因为女人活得更长，人数更多。当神甫分发圣餐的时候，教堂的长椅空了。我忌妒那些嘴里含着圣饼，带着神圣神情沿着过道回来的人。那神情告诉你，他们受天恩眷顾。现在，他们可以回家，吃一顿丰盛的早餐。如果他们在吃香肠和鸡蛋时死了，就直接上了天堂。我想和上帝和好，但我的罪孽太深重了，神甫会把我赶出忏悔室。我再一次知道，获得救赎的唯一希望就是遭遇一场意外，只有几分钟的弥留时间。这样，我就可以做一次打开天堂之门的完美的忏悔祷告。

坐在静静做着早弥撒的大教堂里还是很令人欣慰的，我可以四处看看并说出自己看到的东西的名称：教堂长椅、苦路十四处[①]、讲坛、装有内含圣体的发光的圣体盒[②]、圣餐杯、有盖圣杯、圣坛右边盛酒和水的盛器、圣餐盘。我对珠宝和商店里的花卉一窍不通，却可以列举祭司的祭服：长方形白麻布披巾、白长袍、腰带、弥撒带、圣带、十字褡[③]。我还知道穿着紫色大斋节[④]十字褡的神甫将在基督升天的复活节换上白色的十字褡。美国人给孩子们巧克力做的兔子和黄鸡蛋。

毕竟，利默里克的礼拜日上午，作为辅祭的我可以从弥撒开始时的应答轮唱圣诗中轻易溜走，直到弥撒礼成："你们去吧！你们负着使命而去吧！"对于那三十个爱尔兰男人来说，这是一个站直身子涌向酒馆喝星期天酒的信号。酒是治疗前夜痛苦的良方。

我能说出弥撒各部分和祭司祭服的名称，还能像亨利·里德[⑤]在他诗中表现的那样说出来复枪各部分的名称。但是如果我飞黄腾达，坐在桌旁的硬椅子上，人们给我端上花哨的食物，我却无法说出羊肉和鸭肉之间的差别，这些又有什么用呢？

日光洒满第五大道，但街上没有人，只有我坐在第四十二大街图书馆那两头大狮子中间的台阶上。将近十年前，蒂姆·科斯特洛叫我到这儿来看《诗人列传》。各种体型和颜色的小鸟轻快地从一棵树飞到另一棵树，告诉我春天就要来了。可是，我还是说不上来它们的名字。我能说出鸽子和麻雀的区别，除了海鸥，我知道的仅此而已。

如果麦基职高的学生们能看进我的脑袋，就会疑惑我究竟是怎么

---

①指天主教堂中顺序排列供人膜拜的十四个十字架，各配有介绍耶稣受难经历的图画或塑像。

②天主教举行宗教仪式时用的圣器。

③神甫行弥撒或圣餐时所穿的宽大无袖长袍。

④基督教的斋戒节期，复活节前为期四十天的斋戒及忏悔期，以纪念耶稣在荒野禁食，亦称封斋节。

⑤亨利·里德（1914－1986），英国诗人。

成为老师的。他们已经知道我从来没上过高中，会说：完了，站在这儿给我上词汇课的老师甚至不知道树林里鸟的名字。

图书馆将在几小时后开放，我可以坐在主阅览室里看告诉我事物名称的大图画书。可现在还是清晨，这里离唐宁街、盘腿坐着眯眼看镜子的比尔·加里特里、《柏拉图》和《约翰福音》还有很长一段路。

他脸朝秤躺在地上，赤身裸体，还打着呼噜。一根蜡烛在他头边摇曳不定，到处都是香蕉皮。地板上很冷，我把毯子盖在他身上的时候，他坐起来，把它推到一边。关于香蕉的事，对不起，弗兰克，但是今天早上，我小小地庆祝了一番。丰盛的早餐。就在这儿。

他指了指《约翰福音》里的一篇文章。念念吧，他说，来吧，念一下。

我念了：叫人活着的乃是灵，肉体是无益的。我对你们所说的话，就是灵，就是生命。

比尔瞪着我看。那么……

什么？

你明白了吗？你懂了吗？

我不知道。我得念它几遍。快上午九点了。我一晚上没睡呢。

为了弄懂它，我禁食了三天。你得明白事情，比如性。但是我还没结束。我正在《柏拉图》中寻找平行的世界。我要到墨西哥去了。

为什么是墨西哥？

那儿有巨大的粪便。

粪便？

你知道的，各种有助于探索者的化学物质。

哦，是的。我要上床睡会儿。

希望我能给你根香蕉，但是我刚庆祝完。

这个星期天的上午，我睡了一个小时。当我醒来的时候，他已经走了。除了香蕉皮外，什么也没留下。

42

艾伯塔回来了。她给我打电话，叫我看在往日时光的分上到洛基咖啡馆见面。她穿着浅色的春装外套，围着对我说晚安而不是再见时围的那条淡紫色围巾。这次见面一定是她蓄谋已久的。

洛基咖啡馆里的所有男人都盯着她看。女伴们盯着他们看，意思是不要看其他人，看她们。

她脱下外套，肩上披着那条淡紫色围巾坐了下来。我心跳得厉害，都不会说话了。她要了杯不加冰加柠檬皮的马提尼酒，而我要了杯啤酒。她对我说，和别人一起私奔是个错误，但是他成熟并打算安顿下来，而我一直表现得像一个住在格林威治村里简陋小屋的单身汉。可是，很快她就意识到她爱的人是我。尽管我们之间有差异，但是我们可以消除这些差异，特别是我们安顿下来并结婚的话。

当她提到婚姻，我心里有一种别样的刺痛，担心自己将永远不能再拥有那种在纽约四处看看的自由生活，那种坐在巴黎咖啡馆喝酒写小说，和渴望激情的别人的妻子，以及美丽富有的美国女人睡觉的生活。

如果我和艾伯塔说这些，她就会说：哦，快点长大吧。你都二十八，快二十九了，已经不是他妈的垮掉的一代了。

当然，我们谁也不会在重修旧好的时候这么说，特别是在我不安地觉得她没有错，我可能真的像我父亲那样是一个流浪汉的时候。虽然当老师已经一年了，我还是忌妒那些能坐在咖啡馆和酒馆里参加各种聚会的人。聚会上有艺术家和模特，还有在角落里从容而低声地演奏的小型爵士乐队。

和她讲任何有关我的自由梦的事没有用。她会说：你是个老师，你下船踏上美国土地的时候，就不该再做梦了。继续吧。

有一次在罗得岛，我们为了某件事争吵。佐伊奶奶说：你们都是好人，但在一起时就不是了。

她不会来我在冷水公寓的那个简陋小屋，也不让我到她那儿去。她父亲因为和妻子斯特拉之间的裂痕得在她那儿待上一小段时间。她把手放到我的手上。我们使劲地看着对方，她流泪了，我却为她看到我的红眼睛和眼屎而羞愧。

去地铁的路上，她说几星期后学期结束，她要到罗得岛和奶奶住上一段时间，同时梳理一下自己的生活。她知道天空中传来一个问题：我会被邀请吗？答案是不。这个时候，我不受奶奶欢迎。她和我吻别，说会很快给我打电话。当她消失在地铁里后，我穿过华盛顿广场公园，徘徊在对她的渴望和自由生活的梦想之间。如果我不适应她想要的生活方式：干净、有条理、受人尊敬，我就会失去她，再也找不到像她那样的人了。在爱尔兰、德国或者美国，从来没有一个女人向我投怀送抱。我永远不能对任何人讲我在慕尼黑度过的那些周末，在那儿，我和德国最下等的妓女交往过；也不能讲自己十四岁半那年在利默里克一张绿沙发上和一个奄奄一息的女孩寻欢作乐的事。这些都是见不得人的秘密和羞耻。艾伯塔能和我发生关系，真是个奇迹。如果我还有什么信仰，就该去忏悔，可是上哪儿找一个能听完我的罪孽而不厌恶地举起双手，将我送到主教那儿或梵蒂冈某个为倒霉蛋预留的地方的神甫呢？

受益金融公司的人说：我听出口音了吗？他告诉我他父母来自爱尔兰的哪个地方，还说他计划亲自到那儿去看看，尽管带着六个孩子，会很困难。哈哈。他母亲来自一个拥有十九个孩子的家庭。你能相信吗？他说。十九个孩子。当然，死了七个，但是天哪，故国早先时候就是这样。他们拥有的孩子和兔子一样多。

那么，回到贷款申请上来。你想借三百五十美元回故国一趟，嗯？你已经，嗯，六年没有见到你的母亲了？那个人祝贺我能想到去看自己的母亲。现在，太多的人忘记自己的母亲了。但不会是爱尔兰人。不，不会是我们。我们从来没有忘记过自己的母亲。忘记母亲的爱尔兰人不是爱尔兰人，应该被开除，他妈的。对不起，迈考特先生，我说脏话了。我知道你是个老师。为此，我崇拜你。那一定糟糕得难以忍受，班级很大，收入不高。是的，我只能看看你的申请，知道你收入很低。真不知道靠那点收入你怎么生活。我很抱歉地告诉您，这就是问题所在，这就是导致这份申请出现障碍的问题所在：低收入和没有任何担保品，如果你明白我的意思。总公司那些人会对这份申请摇头，但是我会促成它，因为你有两大优势：你是一个想到故国看母亲的爱尔兰人，你是一个将全部精力都扑在职业高中工作上的老师。正如我所说，我要为你反复斟酌这份申请。

我对他说，七月我会到仓库排队等待分配工作，以替代休假的员工，但这对受益金融公司来说没有任何意义，除非有证据证明工作的稳定性。那个人建议我不要说寄钱给我母亲的事，出现任何可能威胁我每月还贷的情况，总公司的人都会摇头。

那个人祝我好运。他说，和自己的同胞交往，真开心。

贝克尔和威廉斯仓库的平台领班看上去很吃惊。上帝啊，你又回来了，我还以为你当了个老师或什么该死的。

是的。

那你到这儿来干什么？

我需要钱。老师的工资不能和贵族的俸禄相比。

你应该待在仓库或者开卡车什么的，就会赚钱，不用和那些他妈的毫不在乎的孩子较劲了。

接着，他问道：你过去没和帕迪·麦戈文那个家伙混吗？

帕迪·阿瑟？

是的。帕迪·阿瑟。太多帕迪·麦戈文了，他们得换个名。你知道他都出了什么事吗？

我不知道。

那个笨家伙在第一二五大街的A线地铁站台上，哈莱姆区，你知道的。他到底在哈莱姆区干什么呢？找一些黑鬼。所以，和其他人一样，他在站台上站烦了，决定到铁轨上去等地铁。在那该死的铁轨上，要避开第三条铁轨。站在第三条铁轨上，你就会被杀死。他点了根烟，脸上挂着那愚蠢的微笑站在那儿，直到A线地铁到来，结束了他的烦恼。我听到的就是这些。那个笨家伙到底是怎么了？

他一定喝酒了。

他当然喝酒了。该死的爱尔兰人总是在喝酒，但我以前从来没听说过爱尔兰人会在铁轨上等地铁。你的朋友帕迪总说他还要回去，他会攒够钱回到故国生活。看看发生了些什么？知道我是怎么想的吗？你想知道我是怎么想的吗？

你是怎么想的？

有些人应该待在原来的地方。这个国家会让你发疯。它让生在这儿的人发疯。你怎么没疯？也许你是疯了，嗯？

我不知道。

听我说，孩子。我是意大利人，也是希腊人。我们有我们的问题，但是我对年轻的爱尔兰人的建议就是：离酒远点。这样你就不会到铁轨上等地铁了。你明白我的话了吗?

我明白了。

吃午饭的时候,我在以前小酒馆厨房的洗碗工中见到了一个人:安迪·彼得斯。他看到了我,对我说:等会儿,尝尝肉糕和土豆泥。一会儿他就下班了,坐在我旁边的柜台高凳上,问我觉得肉汁怎么样。

不错。

耶,我做的。这是我实习时做的肉汁,其实我是这里的洗碗工,但是厨师喝醉了,让我来做肉汁和色拉,尽管这儿点色拉的人不多。码头和仓库里的人认为色拉是给奶牛吃的。到这儿洗碗,我就可以思考,完成那该死的纽约大学的课程。我需要清理一下头脑。我喜欢做一份用吸尘器打扫卫生的工作。我一家家酒店走过去,提出干用吸尘器打扫卫生的活儿,但总是要填表格,要该死地调查我的过去,泄露我曾因没有和一头绵羊交媾而不光彩地从部队退役这件事,扼杀用吸尘器打扫卫生这份工作。你在法国一条壕沟里拉屎,你的人生就毁了,直到碰到一个重回美国最底层生活的伟大方法:洗碗。看看我的速度,哥们儿,我会成为洗碗工的领袖。他们会惊讶地眨着眼睛,在还没明白怎么回事之前,我就成了色拉工。我是怎么做到的?从城外餐馆的厨房里学习来的。我被提升为色拉工,助理厨师。你还没明白是怎么回事,我就可以做调味汁了。看在上帝的分上,调味汁啊,调味汁可是法式大餐中他妈的最伟大的成分。美国人痴迷它。所以,看看我的风格,弗兰基男孩,扬起双眉惊讶地看着我的名字出现在报纸上。安德烈·皮埃尔,正确的法语发音,调味汁师傅之神,锅、盘和球型搅拌器行家,在各种电视脱口秀节目中侃侃而谈。如果我把每一头法国绵羊都操了,也没有人会在乎。特级餐馆里,人们发出"嗬"、"啊"的感叹声,恭维大厨,也就是我。我将应邀来到他们的餐桌旁,这样他们就可以神气十足地对待戴白帽子系围裙的我。当然,我会不小心说出自己离获得纽约大学博士学位只有一步之遥。住在派克大街的女人们会邀请我去做客，咨询调味汁的制作方法和意义。男人们在沙特阿拉伯购买石油，我却在和他们的妻子一起练习做调味汁。

他停了一会儿，问我在做什么。

教书。

我曾经害怕教书。我还以为你想当个作家呢。

我想当作家。

那？

我得谋生。

你掉入那圈套了。我求你，不要掉入那圈套。我自己差点掉进去。

我得谋生。

你永远无法边教学边写作。教学是个坏女人。记得伏尔泰吗？完善自我[1]。

我记得。

卡莱尔[2]呢？赚钱，忘了这世界。

我正在谋生。

你快要死了。

一个星期后，他离开了那家小酒馆。没有人知道他去了哪里。

靠着受益金融公司的贷款和仓库的工资，我能够到利默里克待上几个星期。飞机下降，沿香农河港到达机场，心情依旧和从前一样。河水泛着银光。除了太阳晒到的地方呈现翠绿色，绵延的田野一片暗绿。这时我最好坐在窗户边，以防自己流泪。

母亲在机场，还有阿非和一辆租来的车。前往利默里克的路上，

①应为法国思想家卢梭的名言。

②卡莱尔（1795－1881），苏格兰散文家和历史学家，著有《法国革命》、《论英雄、英雄崇拜和历史上的英雄业迹》等。

早晨的空气清新而湿润。她告诉我马拉奇带着妻子琳达回来过。他们开了一个多么疯狂的聚会啊！马拉奇跑到田野上骑回来一匹马，想把马牵进屋。大家对他说房子不是给马住的。那天晚上大家喝了很多啤酒，不光是啤酒，还有私酿的威士忌。那是从乡下一个人那儿拿来的。全仗好运，警察没有靠近那房子，私藏私酿威士忌酒可是严重的违法行为，可以把你投入利默里克监狱。马拉奇说她和阿非或许可以在圣诞节期间到纽约玩玩。那不是很棒吗？我们都在一起了。

他们在街道上迎接我，说我看上去不错，总是更像一个美国佬。艾丽斯·伊根辩解道：弗兰基·迈考特一点也没变，一点也没有。没错吧，弗兰基？

我不知道，艾丽斯。

你一丝美国口音都没有。

利默里克的朋友都不在了，要么去世了，要么移民了。我不知道自己该干些什么。我可以整天在母亲的房子里看书，可是为什么我要一路从纽约赶过来坐在这儿看书呢？我可以整晚坐在酒馆里喝酒，但是在纽约，我也可以这么做。

我从城市的一头走到另一头，走到父亲曾经不停走过的乡村。人们都很有礼貌，但是都在工作。他们有家庭，而我是个来访者，一个回家的美国佬。

是你吗，弗兰基·迈考特？

是的。

你什么时候回来的？

上星期。

那你什么时候回去？

下星期。

真棒。相信你可怜的母亲一定很高兴见到你回家。希望到时候天气不错。

他们说：我想你注意到利默里克的变化了吧？

哦，是的。汽车多了，流鼻涕和膝盖结痂的人少了。没有光着脚的孩子了。没有披着方形披巾的妇女了。

上帝，弗兰基·迈考特，这些都是值得注意的事。

他们会观察我，看我是不是摆架子，如果是，就会修理我。可是我没什么可显摆的。我告诉他们我是个老师时，他们似乎很失望。

只是个老师。上帝在上，弗兰基·迈考特，我们还以为你现在是个百万富翁了呢。你弟弟马拉奇不是带着他那当模特的漂亮妻子到这儿来过吗？他不是演员吗？

飞机冲着西边的太阳飞去。金黄色的阳光照亮了香农河。虽然我很高兴能回纽约，却几乎不知道自己属于哪儿。

43

马拉奇的酒吧是那么成功，他为母亲和弟弟阿非提供了“西尔维尼亚”号邮轮的船票。邮轮在一九五九年十二月二十一日到达纽约。

出海关的时候，妈妈右脚的鞋子里飘出一根破羽毛，那只一直肿胀的脚上的小脚趾就露了出来。有完没完啊？这是个穿破烂鞋子的家庭吗？我们互相拥抱。阿非咧着一口发黑的烂牙的嘴笑了。

这个穿破烂鞋子、牙齿坏掉的家庭。那些是我们的盾徽吗？

妈妈看着我身后的街道。马拉奇在哪儿？

我不知道。他应该马上就到。

她说，我看上去不错，增加点体重对我没有什么坏处，不过我应该治治眼睛，它们是那么红。这让我很窝火，如果我想到或者任何人提到我的眼睛，我都能感觉到它们正变得通红。当然，她注意到了。

看，她说，这双坏眼睛让你显得老了点。

我想怒气冲冲地告诉她，我已经二十九岁了。我不知道多大就不会得眼病了，这就是她一到纽约就想说的话吗？但是马拉奇和妻子琳达坐着出租车来了。更多的微笑和拥抱。马拉奇让出租车别走，等我们去拿小提箱。

阿非说：我们要把这些东西放到 boot[①] 里吗？

琳达笑了。哦，不，我们把它们放到 trunk[②] 里。

大旅行箱[③]？我们没有带大旅行箱。

不，不，她说，我们把你们的包放到出租车的 trunk 里。

出租车没有 boot 吗？

不，那是 trunk。

阿非挠了挠头，又笑了。一个上了美式英语第一课的年轻人。

在出租车里，妈妈说：上帝在上，看看这些汽车，路上都堆满了。我对她说，现在还不那么糟，一个小时前是高峰期，交通比这还糟。她说她看不出来还会糟到哪里去。我告诉她总是比这更糟。她说：我看不出怎么还会比这更糟。这会儿，汽车都在爬了。

我努力保持耐心，慢慢地说：我告诉你，妈妈，纽约的交通就是这样的。我住在这里。

马拉奇说：哦，那没关系。这是一个美丽的早上。可她说：我也在这儿住过，如果你忘了。

你是住过，我对她说，二十五年前，你住在布鲁克林，而不是曼哈顿。

好吧，可这还是纽约。

她不放弃，我也不放弃。看看心胸狭隘的我们俩。我不懂为什么会和她争吵，而不是庆祝母亲和小弟弟来到这个城市。这是我们所有人一生的梦想。为什么她要唠叨着指责我的眼睛？为什么我得在交通这件事上和她产生矛盾呢？

琳达试图缓和气氛。好了，就像马拉奇说的那样，这是美丽的一天。

妈妈勉强轻轻点了点头：是的。

---

①英式英语中的汽车后备厢。

②美式英语中的汽车后备厢。

③ trunk 也有大旅行箱的意思。

你离开爱尔兰的时候，天气怎么样，妈妈？

一个很勉强的词：下雨。

哦，爱尔兰总是下雨，不是吗，妈妈？

不，不是的。她抱着双臂，眼睛直直地盯着看前方的交通情况。一小时前，交通还要繁忙。

到公寓后，琳达做早饭，妈妈逗新生儿西奥伯罕，对着她低声哼唱，就像当年对着我们七个低声哼唱那样。琳达说：妈妈，你想要茶还是咖啡？

请来点茶。

早饭做好后，妈妈放下孩子，来到餐桌旁，想知道在她那杯子里漂着的是什么东西。琳达告诉她那是袋泡茶。妈妈鼻子朝天。哦，我不喝那个，当然，那根本不是茶。

马拉奇脸绷了起来，从牙缝里挤出话来：我们的茶就那样。我们就那样泡茶，没有为你准备一磅里昂茶和茶壶。

好吧，那么，我什么也不吃了，就吃我的鸡蛋。真不知道这是个什么国家，连杯像样的茶都喝不到。

马拉奇刚想要说些什么，但是孩子哭了。他走过去把她从婴儿床上抱起来，琳达则围着妈妈忙个不停。她微笑着，试图让妈妈开心。我们会买个茶壶的，妈妈，会买散装茶的，是吧，马拉奇？

但是，马拉奇正抱着趴在他肩膀上抽泣的孩子在起居室里游行。看得出，在袋泡茶这件事上，他不会退让。无论如何，今天早上不会。和所有在爱尔兰喝过像样的茶的人一样，马拉奇瞧不起袋泡茶，但他有一个除了袋泡茶外什么也不知道的美国妻子。他想着孩子和其他事情，对这个第一天到美利坚合众国就鼻子朝天瞧不起袋泡茶的母亲没有什么耐心。他不知道为什么。在花了那么多钱，克服了那么多困难后，他还得在接下来的三个星期里，在这个小公寓容忍她的挑三拣四。

妈妈从餐桌旁起来。茅房？她问琳达，茅房在哪里？

什么？

茅房。茅厕。

琳达看了看马拉奇。卫生间，他说，洗手间。

哦，琳达说，在里面。

妈妈上洗手间的时候，阿非对琳达说袋泡茶也不是那么难喝，如果不去看它在杯子里漂浮，就会认为那还行。琳达笑了，告诉他，这就是中国人不端上一大块肉的原因。他们不喜欢看自己正在吃的动物。他们炒鸡肉，会把鸡肉切成小块，和其他东西混在一起，这样你就不知道那是鸡肉了。这就是为什么你永远不会在中餐馆里见到鸡腿或鸡胸脯。

那是真的吗？阿非说。

孩子还在马拉奇的肩膀上抽泣。阿非和琳达在餐桌旁谈论着袋泡茶和中餐的美味，一切都很甜蜜。然后，妈妈从洗手间里出来，对马拉奇说：这孩子肚子胀气了。她肚子胀气了。我来带她吧。

马拉奇把西奥伯罕递了过去，拿着茶坐到餐桌旁。妈妈在地板上走来走去，一根羽毛从她那只破鞋里飘了出来。我得带她去第三大道的鞋店了。她轻轻拍了拍孩子。孩子打了个响亮的饱嗝，我们都笑了。她把孩子放回婴儿床上，俯下身子说：虫虫，虫虫，飞，虫虫，虫虫。孩子咯咯地笑了。然后，她回到餐桌旁，双手放在大腿上，对我们说：为了一杯像样的茶，我可以放弃任何东西。琳达说她今天就出去买茶壶和散装茶。对吧，马拉奇？

他说对，因为他知道在他心里，只有在茶壶里用烧得滚烫的水泡出来的才叫茶。每个杯子里放上满满一勺茶叶，倒入烧得滚烫的水，用保暖罩罩住茶壶，不让它变冷。泡上六分钟就好。

马拉奇知道妈妈就是这么泡茶的。在袋泡茶这件事上，他退让了。他还知道，在让孩子打嗝这件事上，她有更好的本领和高超的方法。这是一个公平交易。给她一杯像样的茶，让西奥伯罕宝宝舒服。

十年来，我们，妈妈和她的四个儿子第一次聚到了一起。马拉奇有了妻子琳达和宝宝西奥伯罕，新一代的第一个孩子。迈克尔有了女朋友简。阿非很快也会找到一个的。我已经与艾伯塔和好，和她一起住在布鲁克林区。

马拉奇是纽约聚会的灵魂。没了他，聚会就没法开始。如果他没有出现，就会有骚动不安的情绪和抱怨声：马拉奇在哪儿？你弟弟在哪儿？当他大喊着进来的时候，他们就开心了。他唱歌，喝酒，递过杯子再要一杯，再唱，直到冲出去赶下一个聚会。

妈妈热爱这样的生活，这种激动人心的生活。她喜欢在马拉奇的酒吧喝高脚杯酒[①]，喜欢大家介绍她为马拉奇的母亲。她眼睛发亮，双颊发红，那闪亮的假牙让世界赞叹不已。她跟着马拉奇参加聚会。令人精神愉快的聚会，她这么称呼那些聚会。母亲的聚光灯下，其乐融融，她还试图和马拉奇一块儿唱，直到第一次出现肺气肿症状喘不过气来。在利默里克的火炉旁为下一块面包从哪里来发了多年愁后，她正享受着美好的生活。这不是一个伟大的国家吗？啊，也许她可以多待一段时间。当然，回利默里克又有什么用呢？大冬天的，除了坐在火炉边烤烤她那可怜的小腿外，没什么可做的。她将在天气转暖的时候，或许是复活节回去。阿非可以在这儿找份工作，保证他们的开销。

马拉奇不得不告诉她，如果她想待在纽约，即使是很短的时间，也不能和他、琳达还有四个月大的宝宝一起住在他的小公寓里。

她往艾伯塔的公寓打电话找我，告诉我：她受到了伤害，伤得那么深。四个儿子在纽约，却没有她的容身之地。

但是，我们的公寓都很小，妈妈，没有空房间。

好吧，搞不懂你们赚的钱都拿去干什么了。你们把我从自己那舒

---

①用威士忌或白兰地等烈酒搀水或汽水加冰制成的饮料，盛在高脚玻璃杯内饮用。

适的火炉边拽走之前，应该告诉我这些。

没有人拽你。难道你没有一遍又一遍地说，想到这儿来过圣诞节吗？马拉奇没有付船票钱吗？

我来，是因为想见见我的第一个孙女。别担心，即使不得不双膝跪地擦地板，我也会还马拉奇钱的。如果知道在这儿会受到这样的待遇，我就待在利默里克不来了。我可以给自己买一只很棒的鹅，而且是在自己的屋檐下。

艾伯塔小声说，我应该邀请妈妈和阿非星期六晚上过来吃饭。电话另一端一阵沉默，然后是一阵抽噎声。

嗯，我不知道星期六晚上会干什么。马拉奇说可能会有个聚会。

好吧。我们请你吃晚饭，但如果你想和马拉奇一起去参加聚会，那就去吧。

你不要那么气鼓鼓的。到布鲁克林区有一段长得可怕的路。我知道的，我曾经在那儿住过。

用不了半个小时。

她小声对阿非说了些什么。他接过电话。弗兰西斯吗？我们来。

我打开门，她带进来一月的寒气，还有她的冷淡。她点了点头，算是认可了艾伯塔的存在，然后问我能不能为她找根火柴，她要抽烟。艾伯塔把烟递给她，但是她说，不，我自己有烟，这些美国烟一点味儿也没有。艾伯塔问她喝什么。她说要高脚杯酒。阿非要啤酒。妈妈说：哦，你们这就开始了，是吗？

我告诉她，这只是一杯啤酒。

嗯，事情就是这么开始的。一杯啤酒，接下来，你们就大喊大叫，唱歌，吵醒孩子。

这儿没有孩子。

在马拉奇家里，他们就是又叫又唱的。

艾伯塔叫我们去吃饭，金枪鱼焙盘菜配绿色拉。妈妈慢慢地向餐桌走去。她得先抽完烟。慌什么呀!

艾伯塔说，焙盘菜要趁热吃才好。

妈妈说她痛恨把嘴巴里的皮都烫掉的热饭。

我对她说：看在上帝的分上，抽完烟，到餐桌这儿来。

她带着受了冒犯的表情来到餐桌旁，把椅子拉过来，把色拉推走。她不喜欢这个国家的生菜。我努力控制住不发火，问她这个国家的生菜和爱尔兰的到底有什么不同。她说有很大的不同，这个国家的生菜没味儿。

艾伯塔说：哦，没关系，不是每个人都喜欢生菜。

妈妈盯着焙盘菜看，用叉子把面条和金枪鱼拨到一边找豌豆吃。她说她喜欢豌豆，尽管这些豌豆不如利默里克的好吃。艾伯塔问她想不想再来点豌豆。

不，谢谢你。

之后，她在面条里找金枪鱼吃。

我问她：你不喜欢吃面条吗?

什么?

面条。你不喜欢吗?

我不知道它们是什么，但是我不喜欢。

我想凑到她脸上，对她说，她表现得像一个野蛮人。艾伯塔不遗余力地想做出些可能会让她高兴的菜，可她现在却目中无人地坐在那儿，好像有人对她做了什么错事。如果她不喜欢，可以穿上他妈的外套，回到曼哈顿参加她错过的聚会。我永远不会再请她吃饭烦她了。

我想把这些话都说出来，可是阿非出来打圆场。哦，好了，也许妈妈是到了纽约，兴奋得累了。如果喝杯好茶，吃块蛋糕，我们都会放松的。

妈妈说：不，谢谢你的蛋糕。她一点也吃不下了，但是可以来杯茶，却再次见到了茶杯里的袋泡茶。她对我们说，这根本不是一杯真正的茶。

我对她说，我们只有这个，她也只能喝这个。但我忍住没说，我想把那袋泡茶扔到她的鼻梁上。

她说不吃蛋糕，可又把它送到嘴里，嚼都没嚼就咽了下去，还把盘子周围的蛋糕末也捡起来吃了。这个不想吃蛋糕的女人。

她扫了一眼茶杯。好吧，如果这是你们这儿唯一的茶，我想我还是得喝。她把袋泡茶拎起来放到勺子上，挤了一下，直到水变成棕色。她想知道为什么茶托上有片柠檬。

艾伯塔说，有人喜欢在茶里加点柠檬。

妈妈说，她从来没有听说过这样的事，很恶心。

艾伯塔拿走了柠檬。妈妈说，想要点牛奶和糖，如果你不介意。她要了根火柴抽自己的烟，只喝了半杯茶，以表示她不喜欢。

艾伯塔问她和阿非，想不想到附近看场电影，但妈妈说，不，他们得回曼哈顿去了，太晚了。

艾伯塔说，还不是很晚。可妈妈说，已经够晚的了。

我和母亲还有阿非一起沿着亨利大街向北走，来到区政厅地铁站。这是一月里一个明亮的夜晚，街道两旁还有圣诞节彩灯在窗户上闪烁。阿非说房子布置得很精美，并对晚饭表示感谢。妈妈说她不明白为什么不能把饭盛到碗里，为什么在递给你之前还要在下面加个盘子。她认为这样做事就是摆架子。

地铁来了，我和阿非握了握手，弯下腰亲了亲母亲，递给她一张二十美元的票子，但是她转过脸去，背对着我坐在地铁里。我口袋里装着那张钱离开了。

44

我坐了八年的斯塔滕岛渡船。从布鲁克林区坐地铁到曼哈顿的白厅大街，步行到渡船码头，往旋转门的投币口里投入一个五美分银币，买一杯不加糖的咖啡和一个甜甜圈，拿份刊登着昨日灾难的报纸坐在板凳上等待。

琼斯先生在麦基高中教音乐，可你在渡船上见到他的时候，也许会认为他是一个大学教授或律师事务所的主管。虽然他曾经是黑奴，后来变成黑人，几年后又变成非洲裔美国人，但你还是会这么认为。他每天穿不同的三件套西服，戴与之相配的帽子，穿有领子的衬衫，或者用金制的装饰别针固定住衬衫。他的手表和戒指也是金制的，很精美。意大利老擦鞋匠们很喜欢他，因为他每天都坐渡船，给小费也很大方。他们把他的鞋擦得铿亮。每天早上，他都看《时代周刊》，用戴着手套的手拿着。小巧的皮手套盖住手腕以下直到指节。当对我说起头天晚上欣赏的音乐会和歌剧，或者夏天到欧洲特别是米兰和萨尔斯堡旅行的时候，他笑了，把手放到我的胳膊上说，我必须在去世前到斯卡拉歌剧院听场歌剧。一天早上，另一个老师开玩笑说，麦基职高的孩子一定会对他的衣着打扮印象深刻，那么精致优雅。你知道的，琼斯先生说，我是为自己的职业穿衣打扮。那位老师摇了摇头，可琼斯先生又回过头去看《时代周刊》了。那一天在回家的渡船上，其他老师告诉我，琼斯先生根本不认为自己是黑人，会叫黑人孩子不要在大厅里打架。而黑人孩子不知道该拿那么优雅的琼斯先生怎么办，不论他们喜欢什么样的音乐，琼斯先生总是谈起莫扎特。他在留声机上播放莫扎特的音乐，要不就在钢琴边解释音乐段落。圣诞集会的时候，他总会叫男生和女生登台像天使一般地唱圣诞颂歌。

每天早上，我坐渡船经过自由女神像和埃利斯岛，都会想起来到这个国家的我的父亲和母亲。当他们坐船进入纽约港的时候，是不是很激动，就像我在十月第一个阳光明媚的早晨到达纽约港时那样激动？前往麦基高中和其他学校的老师坐在渡船上，看着自由女神像和埃利斯岛，他们一定也想到了来到这个地方的父亲和母亲，还有祖父母，可能还会想到上百个被遣送回去的人。看到埃利斯岛被人忽视、岌岌可危的样子，他们一定也像我那样伤心难过。载着移民从埃利斯岛到曼哈顿岛的渡船停靠在码头的浅水区，如果他们使劲看，就会看到那些渴望上岸的灵魂。

妈妈和阿非一起搬到西区的一个公寓。后来，阿非搬到布朗克斯区和自己人住在一起，妈妈则搬到布鲁克林区靠近军队广场的弗莱布殊大道。她住的那栋楼很破旧，但是她觉得很舒服，因为有了自己的住所，不受任何人的恩惠。她可以步行去玩宾果游戏。她心满意足。谢谢你。

在麦基职高任教的前几年，我报名学习布鲁克林大学英语专业硕士学位的课程。从暑期课程开始，接着又上下午和晚上的课程，一直持续了一个学年。我从斯塔滕岛坐渡船到曼哈顿，步行到博林格林地铁站，地铁弗莱布殊线的终点就在布鲁克林大学附近。在渡船上和地铁里，我不是看自己正在学的教材，就是批改麦基职高我的学生的作业。

我要求学生们作业干净整洁，笔记清楚，但他们交上来的却是在公交车和地铁里、购物课上趁老师不注意时，或者在自助餐厅里匆忙胡乱写出来的东西。作业上沾满了咖啡、可乐、冰激凌、番茄酱、鼻涕，还有女孩们抹口红时留下的香味。这么一堆作业让我很是恼火，结果我把它们扔出了渡船外。我心满意足地看着它们沉到水里，成为一片只字全无的马尾藻。

当他们向我要作业时，我对他们说，他们的作业糟糕透了，如果发回给他们，每份作业都会是零分。他们更愿意要零分，不愿意要什么也没有吗？

他们不能确定要哪个。我想到这事的时候，自己也不能确定。零分或什么也没有？我们为此讨论了整整一节课，最后决定成绩单上什么也没有要比零分好，因为你不能用任何数来除以什么也没有。如果用数学方法来计算，可以使用零，因为零是某个数，而什么也没有就是什么也没有。没有人会对此有异议。另外，如果你的父母看见成绩单上有零分，他们会很难过。他们关心这个。但是如果他们看见什么也没有，就不知道该想些什么了。不知道该想些什么的父母总比看到零分、冲你的脑袋一顿猛揍的父母要好。

在布鲁克林大学上完课后，我有时候在伯根大街下车，去看母亲。如果她知道我要来，就会做苏打面包。那面包既新鲜又好吃，就像她抹在上面的黄油那样入口即化。她用茶壶泡茶，情不自禁对袋泡茶嗤之以鼻。我对她说，对于生活忙碌的人来说，袋泡茶就是方便。她说，没有人会忙得没有时间来泡一杯像样的茶。如果你那么忙，为了那么忙的生活，就不应该喝一杯像样的茶吗？我们来到这个世界是为了忙碌，还是为了喝杯好茶聊聊天呢？

我的弟弟迈克尔在马拉奇位于第九十三西大街的公寓里娶了来自加州的戴安娜。妈妈为此买了一件新衣服，但是你能看出她不赞成这个结婚仪式。她可爱的儿子迈克尔要结婚了，可现场没有神甫的踪影。起居室里只有一个让人以为是杂货店老板或穿戴整齐、不当班警察的新教牧师。迈克尔租了两打折叠椅。我们各就各位的时候，我注意到妈妈不在了。她正在厨房里抽烟。我对她说婚礼就要开始了。她却说她得抽完烟。妈妈，看在上帝的分上，你儿子要结婚了。她说那是他的事，她得抽完她的烟。我对她说，她让大家都在那儿等的时候，她的脸绷了起来，鼻子上了天。她在烟灰缸里把烟掐灭，不紧不慢地向起居室走去。路上，她小声地说，她得去上厕所。我嘘了她一下，对她说，等会儿再去。她坐到椅子上，眼睛盯着那个新教牧师的头。不论他说了些什么，不论这儿充满什么样的温柔或甜蜜，她都没有参与，都没有退让。当新郎新娘亲吻拥抱的时候，妈妈径直看着前方，膝盖上放着钱包。全世界都能明白她其实什么也没看见，特别是她可爱的儿子迈克尔投入新教徒及其牧师的怀抱。

我到佛莱布殊大道看望妈妈，一起喝茶，她说这么多年后，又回到了这个地方，这个她生育了五个孩子的地方，尽管其中的三个死掉了：小女儿死在布鲁克林区，两个双胞胎儿子死在爱尔兰。难道这不是很特别吗？小女儿出生二十一天后就死在离这儿不远的地方。这对她来说太痛苦了，甚至都不能去想那个孩子。她知道如果沿着弗莱布殊大道往南，到与大西洋大道交汇的地方，依旧会看到我父亲曾经尽情享乐过的酒吧。他把工资花在那儿，忘了自己的孩子。不，她也不会谈那些事。当我问她在布鲁克林区的生活时，她只说了一点就闭口不谈了。有什么用呢？过去就过去了，回去是很危险的。

她自己一个人住在那个公寓里，一定做过噩梦。

45

斯坦利在教师自助餐厅里待的时间比别人都长。一看见我，他就坐到我身边，喝咖啡，抽烟，自言自语。

和大多数老师一样，他有五个班，而语言障碍矫正班的学生经常缺课，因为他们为口吃、为努力让别人听懂他们因腭裂而含糊不清的话而羞愧。斯坦利做了鼓舞人心的演讲，说他们和其他人一样优秀，可他们还是不相信他。有一些学生在我的正常英语班上课，在作文中写道，说话没有问题，加伯先生是个不错的家伙，但他不知道你走到女孩跟前邀请她跳舞，却说不出一个字，会是什么样子。哦，是的，加伯先生在班上通过唱歌来纠正他们的口吃，这很好，但当你去跳舞时，这又有什么用呢？

一九六一年夏，艾伯塔想在布鲁克林高地的格雷斯新教圣公会教堂举行婚礼，但是我拒绝了。我说我情愿在市政厅，而不是在某个苍白无力地模仿救世主、圣堂、古罗马基督教、天主教和使徒教会的地方结婚。新教圣公会教徒们让我很恼火。为什么他们就不能停止那些该死的胡说八道呢？他们在那儿，和雕像、十字架、圣水，甚至是忏悔在一起，为什么就不能打电话给罗马，对罗马说他们想回归呢？

艾伯塔说：好吧，好吧。我们来到曼哈顿的市政大楼。虽然没有规定要有伴郎伴娘，但我们还是邀请了布莱恩·麦克菲利普斯做伴郎，他的妻子乔伊斯做伴娘。我们的结婚仪式被推迟了，因为前面那一对吵架了。她对他说：你要胳膊上挂着那把绿伞和我结婚吗？他说那是他的伞，不想把它放在这间办公室让人偷走。她冲着我们点了点头，对他说：这些人不会偷你那该死的绿伞的。对不起，在自己结婚的这天说脏话了。他说他并没有指控什么人偷什么东西，但是他妈的，他在钱伯斯大街花了很多钱从一个偷伞的家伙那里买的这把伞，他不会为了什么人而放弃它。她对他说：好吧，那么，和你那该死的伞结婚吧。她拎起包，走了出去。他告诉她，如果她现在走，一切都完了。她转身面对着我们四个人、坐在桌子后面的那名妇女，还有从小礼拜堂里出来的官员，说：完了？你在说什么哪，伙计？我们同居了三年，你却和我说这就完了？你没和我说这就完了吧？我告诉你，我现在就告诉你，那把伞不能参加我的婚礼。如果你坚持，南加州有某个团体，某个人的前妻想知道你在哪里，我会很高兴告诉她，如果你明白我的意思。某个寻找赡养费和抚养费的团体。所以，你自己选择吧，拜伦。是不带伞和我到那间小屋里去呢，还是带着你的伞回到南加州去，站在法官面前。他会说：全部付清，拜伦，抚养你的妻子和孩子。

站在小礼拜堂门口的官员问他们是否准备好了。拜伦问我是不是今天结婚，是否介意拿着他的伞，因为他发现我和他一样，除了那间小屋之外没地方可去。路的尽头，哥们儿，路的尽头。我祝他好运，但是他摇摇头说：妈的，我们为什么都败成这样呢？

几分钟后，他们回来签文件。新娘满脸微笑，拜伦却一脸郁闷。我们再次祝他们好运，然后跟官员进了屋。他笑着说：都到齐、齐、齐了吗？

布莱恩看了看我，扬了扬眉。

官员说：你们保证彼、彼、彼此相爱，彼、彼、彼此尊重，彼、彼、彼此珍惜吗？我努力不让自己笑出声来。怎么才能从这场由这么个大舌头主持的婚礼中幸存下来呢？我得想个法子控制自己。就是它了。我手里的那把伞。哦，上帝，我要崩溃了。我被夹在大舌头和雨伞之间。可我不能笑。在我们的婚礼上大笑，艾伯塔会杀了我的。你可以喜极而泣，但绝不能笑。我被保证这个保证那个的大舌头弄得浑身无力。纽约第一个胳膊上挂着一把伞结婚的人。这是让我不笑的严肃想法。仪式结束，戒指戴到了艾伯塔的手上，新郎新娘互相亲吻，得到布莱恩和乔伊斯的祝福。这时，门开了，拜伦进来了。伙计，你拿了我的伞吗？你帮我拿伞了？拿到这儿来了？想喝一杯吗？庆祝一下？

艾伯塔轻轻摇了摇头，对我做了一个“不”的暗号。

我对拜伦说对不起。我们要去见朋友。他们要为我举行庆祝会。

你很走运，哥们儿。你有朋友。我和萨尔玛出去吃三明治，看电影。我不介意，电影让她安静，哈哈哈。谢谢你照看我的伞。

拜伦和萨尔玛走了。我笑着靠在墙上。艾伯塔努力在这种场合下保持一点尊严，但是当她看见布莱恩和乔伊斯放声大笑时，也绷不住了。我告诉他们绿伞这个东西如何挽救了我，让我没有对那个大舌头发笑。但是我说得越多，就越无助，直到我们手挽着手坐电梯下楼，来到八月的阳光下揉眼睛。

走上一小段路就到了戴蒙德·丹·奥罗克沙龙。我们和朋友们——弗兰克·施维克和他的妻子简，吉姆·柯林斯和他的新婚妻子希拉·马隆，一起喝酒、吃三明治。之后，布莱恩和乔伊斯会开着大众车带艾伯塔和我到昆斯区去，他们要在那儿为我们举办一个庆祝会。

施维克请我喝了杯酒，柯林斯和布莱恩也请了。酒保敬了我们一圈，我请他喝了杯酒，还给了很多小费，他大笑着说我应该每天结婚。然后，轮到我请施维克、柯林斯和布莱恩，他们还都想再请我一杯。

乔伊斯小声对布莱恩说了些什么，我知道她担心我们喝多了。艾伯塔叫我慢点喝，理解今天我结婚，可现在还早，我应该尊重她，尊重后面庆祝会的客人。我说我们刚结婚五分钟，她就已经在告诉我该做些什么了。我当然尊重她和客人，一直都很尊重，都厌倦尊重了。我叫她走开。气氛如此紧张，柯林斯和布莱恩过来劝解。布莱恩说这是他的活儿，伴郎就是干这个的。柯林斯说他认识我的时间比布莱恩长。但布莱恩说：不，不是，我和他一起上大学。柯林斯说他不知道这件事。迈考特，你怎么从来没告诉过我你和麦克菲利普斯一起上过大学呢？我对他说，我不觉得有必要告诉全世界我和谁一起上过大学。不知怎的，我们都笑了。酒保说看到人们在结婚那一天开心高兴是件不错的事。想起大舌头和绿伞，还有艾伯塔叫我尊重她和客人，我们笑得更开心了。当然，结婚这天我尊重她，直到我去上厕所，想起她曾经因为另一个男人而拒绝过我。我正要出去面对她，就在戴蒙德·丹·奥罗克沙龙黏糊糊的厕所地板上滑了一下，脑袋狠狠地撞到一个巨大的小便池上，疼得我忘了被艾伯塔拒绝过这件事。艾伯塔想知道我的夹克后面为什么会湿。我告诉她男厕所漏了，可她不相信我。你摔跤了，对不对？不，我没有摔跤。那儿漏水了。她不相信我，说我喝得太多了。我很恼火，甚至想出去和一个芭蕾舞女一起住到格林威治村的阁楼里。这时，布莱恩说：哦，快点吧，别傻了，今天也是艾伯塔结婚的日子。

去昆斯区之前，我们得到西第五十七大街的施拉夫糕点店拿结婚蛋糕。乔伊斯说她来开车，因为布莱恩和我在戴蒙德·丹·奥罗克沙龙太热衷敬酒了，她和艾伯塔则为晚上的庆祝会保存了体力。她在施拉夫糕点店对面停下。布莱恩要去拿蛋糕，她说不。但是他坚持要去，躲闪着汽车就去了。乔伊斯摇了摇头说他要被撞死的。艾伯塔叫我去帮帮他，乔伊斯又摇了摇头，说那只会让事情变得更糟。布莱恩从施拉夫糕点店里出来，怀里抱着一个大蛋糕盒。他再次躲闪着汽车过马路，这时，一辆出租车在路中间的分界线上从他身边轻轻擦过，蛋糕盒掉在了地上。乔伊斯把头抵在方向盘上。哦，上帝，她说。我说我去帮伴郎布莱恩。不，不，艾伯塔说，我去。我说这是男人的活儿，不想拿她的性命去冒险，去对抗第五十七大街疯狂的出租车。我去帮布莱恩。他正保护着被撞坏的蛋糕免受奔驰而过的汽车碾轧。我和他一起跪下，从盒子上撕下一块硬纸板，把蛋糕铲回到盒子里。到处都是蛋糕碎屑。新郎和新娘的小人像看上去很伤心，我们把它们擦干净，重新插回蛋糕上，可不是最上面一层的蛋糕，不知道最上面一层跑到哪儿去了，可能我们为了安全起见把它放到某个地方了。乔伊斯和艾伯塔在汽车里喊我们，叫我们最好在警察到来前离开，否则会被撞死。她们等烦了，快点。我们上车后，乔伊斯叫布莱恩把蛋糕交给艾伯塔保管，但是他很固执，说了声不。经历了那么多磨难，他要抱着蛋糕直到我们到达公寓。他做到了，即使他的腿上、西服上到处都是奶油和绿色、黄色的小花饰。

接下来的路途中，我俩的妻子在汽车里对我们都很冷淡，只是自己说话，评论爱尔兰人：不能让他们做类似拿着结婚蛋糕过马路这样简单的事；这些爱尔兰人在婚宴开始前一定要喝一两杯才心满意足。哦，不，他们得说话，得一轮接着一轮互相敬酒，直到喝到不能去杂货店买一夸脱牛奶。

看看他，乔伊斯说。看见布莱恩下巴搁在胸前打瞌睡，我也开始打盹了，妻子们继续悲叹大多数的爱尔兰人，特别是今天。艾伯塔说：大家都警告过我，爱尔兰人是约会的好对象，但绝不能嫁。我本可以为自己的种族辩护，说她的美国佬祖先对待爱尔兰人的方式没什么可骄傲的，到处悬挂“爱尔兰人不允许申请”的牌子。只是拿着拜伦的绿伞由一个大舌头主持婚礼，又作为新郎在戴蒙德·丹·奥罗克沙龙招待客人之后，我已经筋疲力尽了。如果不是这么疲倦，我会提醒她，她的祖先如何到处绞死会巫术的妇女；思想是如何肮脏；一提到性，他们就惊恐地转动眼珠，在法庭上听着歇斯底里的女清教徒声称魔鬼以各种形式出现并在树林里和她们调情，她们如何深爱着他以致丧失礼义廉耻，他们却在两条大腿间开心。我本可以告诉艾伯塔，爱尔兰人不会这样举止失常，在整个爱尔兰历史上，只有一名女巫被绞死，而她可能是英格兰人，罪有应得。作为证明，我本可以告诉她纽约第一个被绞死的女巫是爱尔兰人，因为她不停地用拉丁语祈祷。

我睡着了，没有说这些话，直到艾伯塔摇了摇我说，我们到了。乔伊斯把蛋糕从布莱恩手里拿了过去，担心他摔倒在台阶上，把蛋糕全压烂了。她还是希望把蛋糕重新摆好，起码有一个类似蛋糕的东西，人们就能唱：新娘切蛋糕。

人都到齐了，大家有吃有喝，还跳舞。可不论结婚与否，伴侣之间都有误解。弗兰克·施维克不和妻子简说话；吉姆·柯林斯和妻子希拉在角落里吵架；艾伯塔和我，布莱恩和乔伊斯之间很冷淡。另外几对也受到了影响。整个公寓里到处都是紧张的岛屿，那个晚上可以说是毁了。除了我们，谁都反对到外面跳舞。

艾伯塔的朋友，一个叫迪特里希的德国人开着大众车到外面再买些啤酒来，倒车回来的时候撞到了一辆别克车上，和车主起了冲突。有人告诉了我外面的麻烦事。因为我是新郎，就得由我去讲和。别克车主是个大块头，正要挥拳往艾伯塔朋友的脸上打去。我站在俩人中间，他一个大拳头就抡了过来，胳膊绕过我的头，一拳打在迪特里希的眼睛上。我们都倒在了地上，一个拽着一个，扭打在一起，直到施维克、柯林斯和麦克菲利普斯赶来将我们分开。别克车主威胁要把迪特里希的头拧下来，我们把德国人拖进屋子。我发现自己的膝盖破了，流血了，右手指关节也在地上擦破了，流血了。

艾伯塔在楼上哭，说我把整个晚上都毁了。我怒火中烧，说我只是想当个和事佬，即使被隔壁那个狒狒打倒在地，也不是我的错。另外，我是在帮她的德国朋友，她应该表示感谢才对。

如果乔伊斯没有进来叫大家到桌子旁切蛋糕，我们还会继续争吵下去。乔伊斯掀开罩布，布莱恩笑着亲了亲她，夸她是个艺术天才。经过她的处理，你永远都不会知道这个蛋糕是不久前从街上铲回来的。新郎和新娘小人像都固定好了，尽管新郎的头摇摇晃晃，最后掉了。我告诉乔伊斯：新郎昂着头躺着不舒服。大家都唱起来：新娘切蛋糕，新郎切蛋糕。尽管不能把蛋糕漂亮地切好，只能大块大块地放在盘子上，艾伯塔的脸色还是缓和多了。

乔伊斯说去煮咖啡，艾伯塔说那很好，但是布莱恩说我们应该再敬新婚夫妇一杯。我同意了，可是艾伯塔很生气，把戒指从手指上撸了下来，扔出窗外。但是，她突然想起来那是她祖母在这个世纪初戴过的结婚戒指。可现在，那戒指已经在窗外了，上帝才知道它在昆斯区的什么地方。她该怎么办呢？这都是我的错，嫁给我就是个大错。布莱恩说我们得找到那枚戒指。我们没有手电筒，只能用火柴和打火机照亮夜色。我们在布莱恩家窗户下面的草地上慢慢爬着找，直到迪特里希喊道，他找到了戒指。大家都原谅了由他惹起的和那个别克大块头的麻烦。艾伯塔拒绝把戒指戴回到手上，要把它放到钱包里，直到她对婚姻有了信心为止。她和我以及吉姆·柯林斯和希拉一起打了一辆出租车。他们会在布鲁克林区我们的公寓旁将我们放下，然后前往曼哈顿。希拉没有和吉姆说话，艾伯塔也没有和我说话。但是当我们拐入斯塔特大街的时候，我抓住她，对她说：我想今天晚上就洞房。

她说，哦，和我的屁股洞房吧。我说，那也行。

出租车停了下来。我从挤了三个人（我，希拉和艾伯塔）的后座上爬下来。吉姆从副驾驶的座位上下来，来到人行道上我站的地方。他打算对我说晚安，然后上车和希拉一起走。但是，艾伯塔把车门关了，出租车开走了。

万能的上帝啊，柯林斯说，这就是你他妈的新婚之夜，迈考特。

你的新娘哪儿去了？我的新娘哪儿去了？

我们爬楼梯来到我的公寓，在冰箱里找到一包六罐装的舒立滋啤酒，两个人坐在沙发上看电视：印第安人在约翰·韦恩的子弹中倒下。

46

一九六三年夏，妈妈打来电话，说收到一封我父亲写来的信。他声称自己已经改邪归正，已经三年没喝酒了，现在是一家修道院的主厨。

我对她说，如果我父亲是修道院主厨，修士们一定是在长期斋戒。

她没有笑，这说明她很苦恼。他在信上说要到美国来，三星期后，再乘“玛丽女王”号轮船回去，说盼望着我们重逢的那一天。到时候，他和她共睡一张床，合葬一个墓，因为他知道，而且她也知道，不论上帝将什么人结合在一起，都不会拆散他们。

听上去她没有把握。应该怎么办呢？马拉奇已经对她说过：为什么不呢？她想知道我怎么想。我把问题交还给她。你是怎么想的呢？毕竟，就是这个人让纽约和利默里克的生活仿佛地狱，现在，他想坐船到她身边，一个布鲁克林区的安全港湾。

我不知道该怎么办，她说。

她不知道该怎么办，因为在弗莱布殊大道那个昏暗的地方，她很孤独。现在，她在解释那个爱尔兰谚语：争吵好过孤独。要不就重新接受这个男人，要不就在五十五岁时一个人面对老年岁月。我告诉她，我想在朱尼尔餐厅和她一起喝咖啡。

她在我之前来到餐馆，抽着很冲的美国烟。不，她不想喝茶。美国人可以将人送上太空，但泡不出一杯像样的茶。她就喝咖啡，吃点不错的奶酪蛋糕。她抽了口烟，抿了口咖啡，对我说，在这世上，她真的不知道该怎么办。马拉奇和妻子琳达还有两个小孩分居，迈克尔和妻子戴安娜还有孩子去了加州，阿非消失在布朗克斯区。整个家庭都四分五裂了。她在布鲁克林区玩宾果游戏，偶尔到曼哈顿参加利默里克妇女联谊会，生活过得不错。为什么要让那个贝尔法斯特男人搅乱这生活呢？

我喝咖啡，吃果馅奶酪卷，知道她永远不会承认自己孤独，尽管可能会这么想：啊，当然，要是不喝酒，他其实不是那么不好相处，真的。

我对她说了我的想法。嗯，她说，如果他不喝酒，改邪归正，就可以成为我的伴侣。我们可以到希望公园散步，他在宾果游戏结束后来找我。

好吧。叫他来待三个星期吧。我们看看他是不是改邪归正了。

在回公寓的路上，她经常停下来拍拍胸部。这是我的心，她说，一分钟走一英里。所以，就是这儿了。

一定是香烟。

哦，我不知道。

一定是为那封信紧张。

哦，我不知道。我就是不知道。

我在她家门口亲了亲她冰冷的脸颊，看着她费劲地走上楼梯。我的父亲让她显得比实际年龄苍老。

妈妈和马拉奇在码头上迎接那个改邪归正的男人，他却喝得醉醺醺，让人搀扶着下船。轮船事务长对他们说，他发酒疯，不得不把他关起来。

那天，我出门了，回来后，我坐地铁到妈妈的公寓看他。但是，他已经和马拉奇一起去参加戒酒互助协会的集会了。我们喝着茶等待。

她再一次说，在这世上，她真的不知道该怎么办。他还是那个喝了酒就发疯的疯子，所有改邪归正的话都是撒谎。她很高兴他有一张三星期后的返程票。但是，她的眼里一片暗淡。她一定曾经希望拥有一个正常的家庭：男人在自己身边，儿子和孙子孙女们从纽约各地赶来看她。

他们在集会结束后回来。大个子马拉奇留着红胡子，因为他的麻烦而神情严肃；我的父亲要比以前老，个头儿小。马拉奇喝了茶。我父亲说：哦，不，然后枕着双手躺在沙发上。马拉奇放下茶杯，站在他身边，俯身教训他。你得承认你是个酒鬼，这是第一步。

爸爸摇了摇头。

你为什么摇头？你是个酒鬼，你得承认。

哦，不。我不像集会上那些穷人一样是个酒鬼。我不喝煤油。

马拉奇举起双手，回到桌边喝茶。当着沙发上这个作为丈夫和父亲的人的面，我们不知道该说些什么。我想起了和他一起在利默里克火炉边度过的早上，想起了他讲的故事、唱的歌，他的干净、整洁和条理性，想起了他帮我们做作业，坚持要我们听话并履行自己的宗教责任。这一切都被他在发薪日的疯狂行为毁灭殆尽。那一天，他把钱扔给酒馆，请每一个路过的人喝啤酒，而我母亲绝望地坐在火炉边，想着第二天自己得伸手要救济。

后来我知道，如果血脉相连，我一定是遗传了父亲家族的特点。母亲家族的人在利默里克经常说，我的奇怪举止像父亲，性格中还有浓烈的北爱尔兰气质。他们可能是对的，因为不论什么时候去贝尔法斯特，我都觉得像到了家。

临走前一晚，他问我们想不想出去散散步。妈妈和马拉奇说不，他们累了。他们和他待在一起的时间比我长，一定厌烦了他的鬼把戏。我说好，因为这是我的父亲，而三十三岁的我对他的记忆还停留在我九岁那年。

他戴上了帽子。我们沿着弗莱布殊大道往南走。啊，他说，这是个非常暖和的夜晚。

是的。

非常暖和，他说，在这样一个夜晚，你有渴死的危险。

前方是长岛火车站，周围都是为口渴行人开设的酒吧。我问他还记不记得这些酒吧。

啊，他说，为什么我应该记得这些地方？

因为你曾在那里喝过酒，我们到那里找过你。

啊，嗯，世道艰难，买不起面包和肉的时候，我也许在一两个酒吧里干过。他们给我面包和肉，让我带回家给你们这些孩子。

他再次提到了这个夜晚的炎热。当然，让我们到那些地方凉快一下，这对我们没什么坏处。

我还以为你不喝酒了。

不错。我戒了。

嗯，那船上又是怎么回事？你得让人搀下来。

啊，那是晕船。我们在这儿喝点，凉快一下。

喝着啤酒，他告诉我，我母亲是个好女人；我应该对她好；马拉奇是个不错的大小伙儿，尽管你不知道他的红胡子是从哪里来的。听说我娶了个新教徒，他很难过。虽然现在让她改变宗教信仰太晚了，但她还是一个不错的女孩。他很高兴听到我和他在北爱尔兰的姐妹们一样当了老师。再来一杯啤酒会有什么危害吗？

没有，不会有什么危害，啤酒不会有什么危害。我们沿着弗莱布殊大道走来走去。回到母亲的公寓后，我和他在门口分手，我不想看妈妈和马拉奇的脸色。他们一定认为我把父亲引入歧途，要不就是父亲把我引入歧途。他想往北朝军队广场一路继续喝下去，但负罪感叫我说不。他应该在第二天乘“玛丽女王”号轮船离开，尽管他希望我母亲说：啊，留下吧，我们一定有办法友好相处。

我说那很美妙。他说我们又在一起了，一切会更美妙，他已经改邪归正了。我们握了握手，我走了。

第二天早上，妈妈打来电话说：他纯粹是疯了，是的，疯了。

他做什么了？

你带着他酩酊大醉地回来。

他没有醉，只喝了几杯啤酒。

他喝得还要多。这儿只有我一个人，马拉奇到曼哈顿去了。他，你的父亲，喝了一瓶威士忌。他从船上带来的。我不得不叫了警察。他现在已经走了，带着包和行李，今天坐“玛丽女王”号轮船走的，我给冠达游轮公司打了电话，他们告诉我，哦，是的，他已经上船了。他们会仔细观察他是否有精神失常的迹象。

他做了什么？

她不告诉我，也没有必要告诉我。不难猜到。他大概想和她上床，而那并不在她的期待中。她暗示并抱怨道，如果我没有和他在酒吧里待那几个小时，他就会规矩些，现在就不会在驶向大西洋的“玛丽女王”号轮船上。我对她说，他喝酒不是我的错，但是，她对我很刻薄。昨天晚上是最后一根稻草，她说，而你是其中一部分。

47

对老师来说，星期五是快乐的一天。离开学校时，包里装满了要批改的作业和要看的书。这个周末，一定要改完所有没改没打分的作业，不能像马德小姐那样堆在柜子里，结果几十年后让一个年轻老师抓住这些作业，使班上的学生忙碌起来。把这些作业带回家，倒上一杯葡萄酒，在留声机上放上艾灵顿公爵、桑尼·罗林斯、赫克特·柏辽兹的唱片，决心努力看一百五十篇学生作文。你知道有些人不在乎老师怎么处理他们的作业，给他们一个像样的分数就行，让他们过得去，继续教室里的生活。另外一些人将自己看成作家，希望老师批改自己的作业并给个高分。罗密欧们希望你对他们的作业发表评论，并在班里大声朗读，他们就可以沉浸在女孩羡慕的目光中。那些不在乎作业怎么处理的学生有时候会对同一个女孩感兴趣。口头威胁会从一张桌子传到另一张桌子，因为他们不善于书面表达。如果一个男孩是个不错的作家，你就得小心，不要过多地表扬他，因为楼梯上会有发生事故的危险。那些不在乎作业的学生痛恨好好先生。

你打算带着包直接回家，却发现星期五是喝啤酒和教师启蒙的时间。一个临时代课老师可能说过得回家陪妻子，却发现鲍勃·伯格德站在考勤钟旁，提醒大家重要的事情要先做。穆罗特酒吧只有几步之遥，就在学校隔壁。到那儿喝一杯啤酒有什么害处呢？就一杯。鲍勃还没有结婚，可能不理解一个男人一杯啤酒下肚之后会有的危险，不得不面对妻子的愤怒。妻子在星期五晚上好好做了顿鱼，却坐在厨房里看着油脂慢慢冻结。

我们站在穆罗特酒吧，要了啤酒。接下来是一场小型教师座谈会。有人提到漂亮的女教员，甚至适合结婚的学生，我们转了转眼球。如果我们是高中生，哪还有什么不会做的？提到爱惹麻烦的孩子时，我们口气严厉。那个该死的孩子要再说一句，就得祈求转校。我们都痛恨权威，痛恨那些从办公室跑来监督我们、听课、叫我们该做什么和怎么做的人，痛恨那些待在教室的时间少得可怜、对教学一窍不通的人。

一个年轻老师可能顺便过来。他刚大学毕业，拿到教师资格证，耳边仍回响着大学教授单调乏味的讲话和自助餐厅里的闲聊声。如果他想讨论加缪和萨特，以及存在先于本质还是本质先于存在，就得对着穆罗特酒吧的镜子自言自语。

我们当中没有一个人遵循伟大的美国之路：小学、中学、大学，然后在二十二岁开始教学。鲍勃·伯格德在德国打过仗，可能还受过伤，他不会对你说那些事。克劳德·坎贝尔在海军服过役，从田纳西州大学毕业，二十七岁时出过一部小说，教英语，和第二个妻子有六个孩子，后来获得布鲁克林大学的硕士学位，毕业论文的题目是《美国小说中的概念倾向》。他自己修理屋子里的所有东西，配线，修管道，做木工活。我看着他，想到了哥尔德斯密斯关于乡村教师的几行诗：到处都是奇迹 / 那个小脑袋里存着他所有的知识。克劳德甚至还没到基督受难时的年龄：三十三岁。

斯坦利·加伯顺便过来喝杯可乐，告诉我们，他经常觉得自己犯了个错误：没有到大学教书。在大学里，你可以过着悠闲的生活，如果一星期上课超过三个小时，就会觉得自己是狗屎懦夫，认为自己在受难。他可以写一篇关于十七岁就去世了的托马斯·查特顿[1]人生中期双唇摩擦音的狗屎博士论文，那是大学里流行的垃圾。而我们这些人坚守在第一线，和那些不愿意将脑袋从双腿之间抬起来，以及那些脑袋挂在屁股上就心满意足的督导在一起。

今晚我在布鲁克林区会有麻烦。本来我应该和艾伯塔一起到一家叫“近东”的阿拉伯餐厅吃饭，自己带酒。但是现在快七点了。如果打电话给她，她会抱怨，说等了几个小时了；我像我父亲一样是个爱尔兰酒鬼。她不在乎我是不是在斯塔滕岛待一辈子。再见。

所以，我不打电话。最好。吵两次架毫无意义，一次在电话里，另一次在回家后，还不如坐在热烘烘的酒吧里讨论重要事情来得轻松。

我们都认为老师受到三条阵线的阻击：父亲，学生，督导。你要么有外交手腕，要么就叫他们亲你的屁股。老师是唯一不得不每四十五分钟就对铃声作出反应，并开始战斗的专业人员。好了，全体同学，坐下。是的，你，坐下。打开你们的笔记本，不错，笔记本。我在说外语吗，孩子？不能叫你孩子吗？好吧，我不会叫你孩子了。坐下。成绩就要下来了，我可以把你放到福利救济人员的名单里。好了，叫你父亲来，叫你母亲来，叫你他妈的整个部落来。你没有钢笔吗，皮特？好吧，这儿有支钢笔。再见，钢笔。不，菲利丝，你不能要通行证。我才不在乎你是不是来一百次月经呢，菲利丝，因为你想去见埃迪，然后消失在地下室。在那儿轻易地脱一次裤子，埃迪那急躁的哥们儿向前一冲就决定了你的未来。你就要开始一次为期九个月的小冒险，最后以哀求埃迪最好和你结婚告终。然后，机关枪就会瞄准他的下颏，他的梦想就完了。所以，我是在救你们，菲利丝，你和埃迪。不，你用不着谢我。

这就是酒吧里的谈话，这样的谈话绝不会出现在教室里，除非老

①托马斯·查特顿（1752－1770），英国诗人。

师完全失去理智。你不能不给来月经的菲利丝上厕所的通行证，否则恐怕会被抓到这个国家的最高法庭上去。在那儿，穿着黑色长袍的人，都是男人，会严厉地指责你侮辱了菲利丝和美国未来的母亲们。

酒吧里还有关于某些高效能干的老师的谈话。我们都不喜欢他们。他们的班级都是那么井井有条，让他们一节课接着一节课地哼着小调。在这些班里，每次活动，课程的每个部分都有负责的班长。班长迅速走到黑板前，写出今天上第几课和课程的题目：第三十二课，运用虚悬分词的策略。这些老师因他们的策略而出名：教育局喜欢的新词儿。

这些老师对记笔记和笔记本的结构都有规定。负责笔记本的班长在教室里走来走去，检查格式是否正确：页首写上学生姓名、班级、课程名称和日期。月份要拼写出来，不能写数字，必须拼写出来，学生可以借此练习拼写，因为我们生活的这个世界上有太多懒得不会拼写月份的人，比如商人和某些人。事先规定了页边距，而且书写不能潦草。如果笔记本不符合这些规定，班长就会在学生的成绩单上记上过失。当成绩单交给老师的时候，你就受苦了。绝不留情。

家庭作业由班长收发，考勤班长负责填写考勤本上的小卡片，收缺课和迟到的请假条。无法提交书面假条会让你更受苦。绝不留情。

有些学生因为能书写家长和医生开具的假条而出名，并以此换取自助餐厅或者遥远的地下室里的报答。

拿着黑板擦到地下室去拍打粉笔灰的班长，必须首先承诺承担这项重要工作不是为了偷着抽烟或者和心仪的男生或女生发生关系。校长已经在抱怨地下室里的活动太多了，想知道那儿都发生了什么。

有发书和收收据的班长，处理上厕所通行证和签到签出单子的班长，有把教室里所有东西按字母顺序排列的班长，有在垃圾战中沿过道拿着垃圾桶的班长，有装饰教室的班长，把教室装点得明亮活泼，校长甚至带来了日本和列支敦士登的来访者。

老师是班长的班长，并通过任命“监督班长”来减轻自己的责任，或者任命“争议班长”。这些班长得解决指责其他班长干涉自己工作之类的争端。因为在楼梯上和大街上都可能出事，争议班长是最危险的工作。

如果一个学生贿赂班长被抓到，会马上报告给校长。校长在他的档案里记上一笔，令他声名扫地，并警告其他人：这样的污点会成为从事金属板制造、管道工程、自动机械及任何职业的障碍。

斯坦利·加伯哼着鼻子说，有了这些高效的活动，就没有了讲课的时间，学生们坐在座位上，受到完全的监督，举止规矩，取悦老师、董事长、校长及其助手、主管、教育局、市长、州长、总统和上帝。这样的学生到底是什么呢？

斯坦利这么说。

如果大学教授讨论《名利场》或其他东西，班里学生都会打开笔记本，手拿着笔听。即使不喜欢这本小说，他们也会因为担心分数低而不敢抱怨。

当我把《名利场》发给麦基职高我教的三年级学生时，教室里一片呻吟声。为什么要读这本愚蠢的书？我告诉他们这是一本关于两名年轻妇女——贝基和阿米莉亚与男人的奇遇的书。但是，我的学生们说这本书用那么古老的英语写成，谁看呀？有四个女孩看过这本书，说它很美，应该改编成电影。男孩们假装打哈欠，说英语老师都一样，就想让你看那些旧东西，这些对修汽车或破空调有什么帮助？嗯？

我用不及格来威胁他们。如果他们拒绝看这本书，这门课就会不及格，就毕不了业。大家都知道，女孩们可不愿和高中没毕业的人约会。

我们花了三个星期，艰难地读完了《名利场》。每天，我都努力激发鼓励他们，拖着他们进行讨论。如果你是一名十九世纪的年轻妇女，会怎么在这世上立足？但他们不在乎。有个人在黑板上写着：贝基·夏普[1] 摔死了。

根据学校大纲的规定，我们还得看《红字》，那就容易多了。我会讲新英格兰地区的政治迫害、控告、癔症、绞刑，讲二十世纪三十年代的德国，以及整个国家是如何被洗了脑。

我的学生们不会，他们永远都不会被洗脑。不，先生，在这儿，他们永远都无法逃脱惩罚，永远不能那样愚弄我们。

我给他们念：温斯顿香烟味道好，像……他们把句子说完。

我唱：我的啤酒是莱茵金啤，干啤酒……他们在结尾处伴以叮当声。

我又念：你不知道黄色跑哪儿去了……他们把句子说完。

我问他们还知道什么。教室里爆发出一片收音机和电视里的叮当声，证明了广告的强大力量。我说他们都被洗了脑，他们很愤怒。哦，不，他们没被洗脑，可以独立思考，没人可以告诉他们该做什么。他们否认曾经被告知该抽什么烟，喝什么酒，用什么牙膏，尽管承认在超市会买一些脑子里存在的品牌。不，绝不会买一种叫萝卜的香烟。

是的，他们听说过麦卡锡参议员，但是他们太年轻了。他们的父亲和母亲说他除掉了共产主义者，是一个伟人。

日复一日，我努力把希特勒、麦卡锡和新英格兰地区的政治迫害联系在一起，试图软化他们，让他们读《红字》。家长打来愤怒的电话。这个对我们家孩子讲麦卡锡参议员的家伙是干什么的？叫他滚蛋。麦卡锡参议员是个好人，为他的国家而战，像机尾射手乔。

索罗拉先生说他不想干涉，但是我该告诉他，我是在教英语呢，还是在教历史。我对他讲了我没办法让孩子们看任何书。他说我不该听他们的，就对他们说：不管你们是否喜欢，都要读《红字》，因为这里是高中，这就是我们要做的。就这样。如果不喜欢，就会不及格。

---

①小说《名利场》中的女主人公。

发书的时候，他们抱怨起来。又得和这些旧东西打交道了。我们还以为你是个不错的家伙呢，迈考特先生，我们还以为你会不一样。

我对他们说，这本书讲一个波士顿的年轻妇女和一个不是她丈夫的男人有了孩子，惹上了麻烦，我没告诉他们这个男人是谁，以免毁了整个故事。他们说才不在乎谁是孩子的父亲。一个男孩说有人从来就不知道父亲是谁，他的一个朋友就发现父亲根本就不是自己的父亲。他的亲生父亲死在了朝鲜，而他和继父一起生活。那是个不错的家伙。所以，谁在乎这个波士顿女人?

班上大多数人都同意这个观点，尽管他们不想早上醒来时发现自己的父亲不是真父亲。有些人希望自己有其他父亲，他们的父亲太可恶了，让他们上学、看愚蠢的书。

但是，这不是《红字》里的故事，我说。

啊，迈考特先生，我们必须讨论那些旧东西吗?这个叫霍桑[1]的家伙根本不知道怎么写作，我们没法理解。你总说要写得简洁，写得简洁。为什么我们不能看《每日新闻》?他们有好作者，写得简洁。

我想起自己身无分文，这引发了《麦田里的守望者》和《莎士比亚的五部伟大剧作》的阅读行动，并改变了我的教学生涯。我身上有四十八美分，够坐渡船和地铁回家，但是没有吃午饭的钱，甚至连在渡船上喝杯咖啡的钱也没有。我对着班上的学生脱口而出，说如果他们想看一本没有大词和长句子、关于他们这种愤世嫉俗青年的好书，我可以满足他们，但是他们得掏钱买。每个人一美元二十五美分。从现在开始，可以分期付款，所以，如果有五美分、十美分或者更多，可以交上来。我会在一张纸上记下你们的名字和钱数，今天就到杨克斯的科尔曼图书公司订书。学生们绝不会知道我会用这一口袋的零钱吃午饭，可能还会到隔壁的穆罗特酒吧喝杯啤酒。当然，我不会告诉

①霍桑（1804－1864），美国小说家，长篇小说《红字》的作者。

他们，否则他们会大吃一惊。

小零钱交了上来。我用校长助理的电话给图书公司打电话，因为书屋里到处都是《赛拉斯·马纳》和《地球上的巨人》，再让学生买书是不合法的，为此我省下了十美分。

《麦田里的守望者》两天后到来。不管有没有交钱，我都把书发给了他们。有些学生没有交一分钱，而其他人交的钱也不够买书，但足够让我维持到发工资的那天。到时候，我就可以还图书公司的钱了。

发书的时候，有人在第一页里发现了“屎”这个词，教室里随即一片寂静，那是一个你绝不会在英语课教材里找到的词。女孩们用手捂住了嘴，咯咯笑着。男孩们看着令人震惊的书页，也偷偷地笑。当下课铃响起的时候，没有出现众人向门口蜂拥而去的情景。我不得不叫他们离开，另一个班的学生要进来了。

下一个班的学生对刚才那个班的学生很好奇。为什么每个人都在看这本书呢？如果那么好看，为什么他们不能看呢？我提醒他们，他们是四年级学生，而刚出去的那个班是三年级。是的，但是为什么他们不能看那本小书,而要看《远大前程》呢？我对他们说,他们可以看，但是得掏钱买。他们说只要不叫他们看《远大前程》，他们可以掏钱买任何东西，任何东西。

第二天，索罗拉先生带着助手西斯特德小姐来到了教室，一张桌子一张桌子地走过去，抓起《麦田里的守望者》，扔进两个购物袋。要是哪张桌子上没有那本书，他们就要求学生从书包里拿出来。他们数了数购物袋里的书，对比了出勤人数，威胁说四个没有交书的学生会遇到大麻烦。举起手来，那四个还没有把书交出来的人。没有人举手。走出教室的时候，索罗拉先生对我说，下课后马上到他办公室，而不是一分钟后。

迈考特先生，你遇到麻烦了？

迈考特先生，那是我唯一看过的书。现在那个人把它拿走了。

他们抱怨没了书，还对我说，如果我出了什么事，他们就罢课，给学校一个教训。他们用胳膊肘推来推去，还眨眨眼，心里明白我知道这只是一个逃避上学的借口，而不是表示对我的担心。

索罗拉先生坐在桌子后面一边吸烟一边看《麦田里的守望者》。他叫我等着，自己翻看着书，然后摇了摇头，放下书。

迈考特先生，这本书没有列在数学大纲里。

我知道，索罗拉先生。

我已经接到十七个家长打来的电话。你知道为什么吗？

他们不喜欢这本书？

对了，迈考特先生。这书里有孩子和妓女在酒店房间里的场景。

是的，但是什么也没发生呀。

家长们可不这么想。你对我说那孩子是在屋子里唱歌吗？家长不想让孩子看这种垃圾。

他警告我要小心，这会让我在年度表现考核报告中得到令人不满意的评分。我们不想那么做，对不对？他会在我的档案里放一张纸条，作为我们此次会面的记录。如果不久的将来没有出现进一步的情况，那纸条就会被拿掉。

迈考特先生，我们接下来看什么？

《红字》，书屋里还有成吨的《红字》。

他们的脸耷拉下来。啊，上帝，不，其他班的孩子对我们说那又是些旧东西。

好吧，我开玩笑地说，我们看莎士比亚。

他们的脸耷拉得更长了。教室里充满了呻吟声和唏嘘声。迈考特先生，我姐姐上了一年大学后辍学了，就因为她看不了莎士比亚。她能说意大利语什么的。

我又说了一遍：莎士比亚。教室里一片害怕的表情。我觉得自己被拉到了悬崖的边缘，脑子里有个东西在说：你怎么能从塞林格转到莎士比亚呢？

我对学生说：莎士比亚或《红字》，国王与情人或者一个有小孩的波士顿妇女，你们挑。如果看莎士比亚，我们就排演他的戏剧。如果看《红字》，我们就坐在这儿讨论更深层的含义，然后做他们留在教务办公室里的试卷。

哦，不，不要更深层的含义，英语老师总是讲更深层的含义。

好吧，那就莎士比亚。除了你们自己决定的事，没有更深层的含义，也没有考试。所以，在这张纸上写上你们的名字和要付的钱，我们就会拿到书。

他们交上来几分零散的硬币。当他们用拇指翻开那本书，《莎士比亚的五部伟大剧作》哀叫起来：天哪，我看不懂这古英语。

我希望能像其他老师那样控制自己的班级，将经典的英美文学作品强加给他们。我失败了，屈服了，采取了轻松的方法，让他们看《麦田里的守望者》。在书被收走之后，我躲闪了，跳着舞又开始让他们看莎士比亚。我们看戏剧，过得开心。为什么不呢？他难道不是最好的作家吗？

我的学生们还是抱怨，直到有个人喊了起来：靠！对不起，迈考特先生，我说脏话了，但是这个家伙说“各位朋友，各位罗马人，各位同胞，借你们的耳朵用一下”。

哪儿？哪儿？全班的学生都想知道页码。教室里的男孩们都大声朗读着马克·安东尼的演说，还伸出胳膊大笑起来。

另一个人发现了哈姆雷特那句独白：“生存还是毁灭。”很快，教室里都是发表激昂演说的哈姆雷特。

女孩们举起手。迈考特先生，男孩们有了这些伟大的语句，但是没有适合我们的。

哦，女孩们，女孩们，这儿有朱丽叶、麦克白夫人、奥菲莉娅、葛楚德。

我们花了两天从这五部剧作《罗密欧与朱丽叶》、《裘力斯·凯撒》、《麦克白》、《哈姆雷特》、《亨利八世（第一部）》中摘取了少量的语句。

学生们带头，我跟着，因为没有别的事可做。各种各样的言语传遍了楼道和学生自助餐厅。

嗨，那是什么？

一本书，哥们儿。

哦，是吗？什么书？

莎士比亚，我们在看莎士比亚。

莎士比亚？

靠，你们不看莎士比亚。

当女孩们想排演《罗密欧与朱丽叶》的时候，男孩们打着哈欠，答应了她们的请求。这是一个女里女气的浪漫故事，直到茂丘西奥在打斗中死去，告诉全世界他的伤势。

它没有一口井那么深，也没有一扇门那么宽，可是这一点伤够要命了。

“生存还是毁灭”是每个人都牢记的段落，但当他们背诵这一段的时候，我不得不提醒他们这是哈姆雷特在考虑是否要自杀，而不是煽动他们动武。

哦，是吗？

是的。

女孩们想知道为什么每个人都捉弄奥菲莉娅，特别是拉厄耳忒斯、波洛尼厄斯、哈姆雷特。为什么她不反抗呢？她们也有那样的姐妹嫁给了那些狗娘养的杂种，对不起，说脏话了。你都无法相信她们遭的是什么罪。

一只手举了起来。为什么奥菲莉娅不跑到美国来呢？

另一只手举了起来。因为那时还没有美洲。它还没有被发现。[1]

你在说什么哪？美洲一直存在。你认为印第安人生活在哪儿呀？

我对他们说，他们得去查字典。表示反对的人同意去图书馆，第二天回来汇报结果。

一只手举了起来。莎士比亚时期就有美洲，她可以去。

另一只手举了起来。莎士比亚时期有美洲，奥菲莉娅时期没有美洲。她没法去。如果她在莎士比亚时期去了，那儿除了印第安人，什么也没有。奥菲莉娅在他们称为房子的圆锥形帐篷里一定会不舒服。

我们开始看《亨利八世（第一部）》。所有的男孩子都想成为亨利、豪斯伯、福斯塔夫。女孩们再次抱怨除了朱丽叶、麦克白夫人、奥菲莉娅、格特鲁德女王外，没有适合她们的东西。看看她们的结局吧。莎士比亚不喜欢女人吗？他一定要杀死所有穿裙子的人吗？

男孩子们说事情就是这样，女孩子们反驳说她们很后悔没有看《红字》，其中一个女孩看过那本书，对其他人说海丝特·白兰是多么爱她漂亮的宝贝女儿珠儿，而孩子的父亲是个心肠古怪的人，死得很惨。海丝特对整个波士顿采取报复行为。那不是比可怜的奥菲莉娅好得多吗？她随波逐流，神经错乱，自言自语，到处留情，不是吗？

索罗拉先生带着新任教务主任波普夫人来听我的课。他们微笑着，没有抱怨这本书，尽管它并没有列在大纲里。下学期，波普夫人将接替我教这个班。我提出申诉，到教育主管那儿出席听证会。我说那是我的班，我已经开始让他们看莎士比亚了，想下学期继续教。教育主管否决了我的申诉，原因是我的考勤记录做得不规范，质量不高。

我那些看莎士比亚的学生或许有幸让教务主任当他们的老师。她一定会比我有条理，也更有可能发现更深层的含义。

①英文 America 既可表示美国，也可表示美洲。

48

帕迪·克兰西住在布鲁克林高地，和我住得不远。他打来电话，问我想不想去参加格林威治村一家新酒吧“狮头酒吧”的开业仪式。

当然想去。

我在那儿待到酒吧凌晨四点关门，还错过了第二天的课。有一段时间，酒保艾尔·柯柏林以为我是克兰西兄弟演唱组的成员，不收我酒钱，直到有一天发现我只是弗兰克·迈考特，一名老师。现在，虽然得付酒钱，但我不介意，因为狮头酒吧成了我的另外一个家，一个让我觉得舒心自在的地方。在城外的酒吧，我从来没有这种感觉。

《村声》杂志的记者从隔壁酒吧飘了过来，这里吸引了来自各地的新闻记者。

对面墙很快挂上了一些作家装在框里的书的封面，他们是酒吧的常客。

那是一面令我垂涎的墙，吸引我的墙，让我梦想有朝一日，可以抬头看看装在框里的自己书的封面。酒吧里到处都是作家、诗人、新闻记者、剧作家。他们谈论自己的作品、生活、任务、旅行。男人和女人边喝酒边等去机场的车。飞机将把他们带到越南、贝尔法斯特、尼加拉瓜。新书出来了，彼得·汉密尔[1]、乔·弗拉赫蒂[2]、乔尔·奥本海默[3]、丹尼斯·史密斯[4]，封面挂上了墙。而我才只抓住那些知道印刷魔力的成功人士世界的边角。在狮头酒吧，你得用墨水证明自己，要不就别说话，保持安静。这儿没有老师的位置。我继续看着那面墙，心怀忌妒。

妈妈搬到曼哈顿上西区马拉奇住所对面的一所小公寓里。现在，她可以见到马拉奇及其新任妻子戴安娜，他们的儿子康纳尔和科马克，我弟弟阿非及其妻子林恩和他们的女儿阿利森。

只要她喜欢，本可以经常来看我们的。我问她为什么没来看我们时，她呵斥道：我不想受制于任何人。我打电话问她在干什么时，她总说：什么也没干。这让我很恼火。如果我建议她出去，到社区中心或者老年活动中心看看，她就会说，啊哟，看在上帝的分上，你能让我一个人待会儿吗？无论艾伯塔什么时候请她吃晚饭，她总是说太晚了，抱怨从曼哈顿的公寓到我们布鲁克林区的家路途太远。我想对她说，如果到我们这儿吃饭对她来说是那么大的麻烦，她根本没必要来，而对她来说最无关紧要的东西就是一顿让她变胖的晚饭。但是我保持缄默，这样餐桌旁就不会出现紧张的气氛。和她第一次来吃饭时把面条推到一边不同，现在她把面前的东西都一扫而光。但如果你提出再给她来点什么，她就做出一本正经的样子，说"不，谢谢"，好像她的胃口只有蝴蝶那么大，然后却捡起桌子上的碎屑。如果我说没有必要捡碎屑，厨房里还有吃的，她就叫我别理她。而我感觉像在遭受残忍的折磨。要是我对她说，她如果待在爱尔兰，会生活得更好，她就

①彼得·汉密尔（1935－ ），美国著名新闻记者、专栏作家、小说家。
②乔·弗拉赫蒂（1941－ ），美国喜剧演员。
③乔尔·奥本海默（1930－1988），美国诗人。
④丹尼斯·史密斯（1948－ ），美国作家。

会发怒：我会生活得更好？你这是什么意思？

嗯，你不用整整半天躺在床上，耳朵贴着收音机听每一个愚笨至极的节目。

我用收音机听马拉奇的节目，这有什么错吗？

你听所有节目，什么也不做。

她的脸色变得苍白，鼻子立起来，试图捡起那已经不存在的碎屑。她的眼泪就要流出来，让我有一种被刺痛的负罪感，于是邀请她留下过夜，这样她就不用坐那么长时间的地铁回曼哈顿。

不，谢谢你。如果你不介意，我还是愿意躺在自己的床上。

哦，我想你是害怕那床单，害怕自助洗衣店里外国人带来的那些疾病？

她说：我现在认为那是你喝下的酒在说话。我的外套在哪儿呢？

艾伯塔再次邀请她留下，以缓解气氛。我们有新床单，妈妈不用紧张。

根本就不是床单的原因，我就是想回家。她看见我穿上外套，说：我不需要任何人陪我走到地铁站。我自己能找到路。

你不能一个人走过那些街道。

我一直自己走路。

沿着考特大街向北前往区政厅地铁站，是一段漫长而沉默的路程。我想和她说点什么，想让自己不再烦恼，不再生气，只问她那个简单的问题吧：你好吗，妈妈？

我做不到。

到地铁站后，她说我不用买票过旋转门，站台上不会有事的，那儿还有人，很安全。她已经习惯了。

我和她一起走进地铁站，想着我们可能会和对方说点什么，但是当地铁到来的时候，我甚至没想到要亲吻她一下就让她走了，看着她在列车启动时步履蹒跚地走向座位。

往南临近考特大街和大西洋大道的地方，我想起几个月前我们坐着等感恩节晚餐时她对我说过的话。她说：人生中发生的事难道不是很惊人吗？

你什么意思？

嗯，我坐在自己的公寓里，觉得孤单，就出了门，在百老汇大道中间绿色交通岛的长椅上坐下。有个女人走过来，拿着购物袋，是个无家可归的人。她衣衫褴褛，浑身油污，在垃圾桶里翻找，直到找到一张报纸。然后，她坐到我身边看报纸，后来问我能不能借我的眼镜用用，因为凭她的视力只能看见标题。她说话的时候，我注意到她有爱尔兰口音,因此我问她从哪儿来。她告诉我她很久以前从多内加尔[1]来。坐在百老汇大道中部的长椅上，人们看着周围的事物，问你从哪儿来，这难道不令人愉快吗？她问我可不可以给她几分钱买汤喝。我没有给她钱，而是说，她可以跟我一起到联合超市去。我们买些东西，好好地吃顿肉。哦，不能那么做，她说。但是，我对她说，我就是要这么做。她不能走进商店，她说，他们不会让她这样的人进去的。我买了面包、黄油、熏肉片和鸡蛋。到家后，我叫她进来好好洗个澡。她很高兴，但是我对她的衣服和她带来的包无能为力。我们吃饭看电视，直到她靠在我身上要睡着了。我叫她到床上去睡，但是她不去。上帝知道，那张床大得足够四个人睡，但她头枕着购物袋躺在地板上。早上我醒来的时候，她已经走了。我很想念她。

我知道不是因为晚饭喝了酒而让我懊悔得想一头撞到墙上，而是我想到母亲是那么孤独，甚至不得不坐在街道长椅上。她是那么孤独，所以会怀念那个携带购物袋、无家可归的女人的陪伴。她一直都慷慨大方，敞开大门助人，甚至是在利默里克那些艰难的日子里。为什么我就不能那样对待她呢？

---

①爱尔兰西北部偏远山区。

49

在布鲁克林区纽约社区学院一星期上九小时的课，要比在麦基职高一星期上二十五小时的课容易得多。班级规模小，学生年龄大。没了那些高中老师不得不处理的问题，例如上厕所通行证、学生对作业的抱怨、批改大量作业。这些作业都是除了创造新形式的作业就无所事事的官僚们创造出来的。我可以到华盛顿·欧文高中夜校教课或者到苏厄德公园高中和斯特伊弗桑特高中当代课老师，以此来弥补工资的损失。

这所社区学院的英语系主任问我是否愿意教一个教学辅助人员组成的班。我说愿意，尽管我不知道什么是教学辅助人员。

我发现第一个班里有三十六名妇女，大多是非洲裔美国人，还有少量西班牙裔美国人，年龄在二十出头到五十多快六十之间不等。她们是小学的助理教师，在政府的帮助下，现在上了大学，将获得专科的准学士学位，或许还会继续接受教育。这样，有朝一日，她们也许会成为合格的老师。

那个晚上几乎没有什么教课的时间。在我让妇女们为下节课写一篇自传式小短文后，她们就收起自己的书，鱼贯而出了。她们心里惴惴不安，对自己、对彼此、对我都没有信心。我是教室里皮肤最白的一个人。

我们再次见面的时候，她们的情绪还是一样，除了一名趴在桌子上抽泣的妇女。我问她怎么了。她抬起头，脸上还挂着泪珠。

我把书弄丢了。

哦，嗯，我说，你会再得到一套书的，只要到英语系，告诉他们发生了什么就行了。

你是说我不会被扔出学校?

不，你不会被扔出学校。

我想拍拍她的头，但是不知道如何去拍一名丢了书的中年妇女的头。她笑了，我们都笑了。现在，我们可以开始了。我向她们要作文，说我会大声朗读几篇，但不会用她们的真名。

她们的作文都很呆板。朗读作文的同时，我在黑板上写下一些常见的拼写错误的单词，建议她们改变文章结构，并指出语法错误。她们的文章都干巴巴的，而且冗长乏味。我建议女士们写作要简洁明了。下一次作业，可以写任何自己喜欢的事。她们看上去很惊讶。任何事情？但是我们没有什么可写的，我们没有任何奇遇。

除了紧张的生活，发生在她们周围的夏日骚乱、刺杀，经常消失的丈夫，被毒品毁掉的孩子，自己日常的苦差事——家务活、工作、学校、抚养孩子——之外，她们没有什么可写的。

她们喜欢用奇怪的单词。在一次关于青少年犯罪的讨论中，威廉斯夫人大声讲道：我的孩子不会成为那种“年经人”。

“年经人”？

是的，你知道的。她举起一张醒目地印着“年轻人弑母”标题的报纸。

哦，我说。威廉斯夫人继续讲道：这些年经人，你们知道的，四处游荡，杀人，也自相残杀。我的孩子要是像那样回家，我会叫他滚出去。

班里最年轻的妇女尼科尔将局面扭转了过来。她坐在教室后面的一个角落里，一言不发，直到我问她们是否愿意写写自己的母亲。这时，她举起了手。你的母亲呢，迈考特先生？

问题像连珠炮似的扔了过来。她还活着吗？她有几个孩子？你父亲在哪里？她是和同一个男人生的这些孩子吗？她住在哪里？和谁住在一起？她一个人住吗？你的母亲一个人住，可是她有四个儿子，怎么会这样呢？

她们皱着眉头，表示不赞成。有四个孩子的可怜母亲不应该自己住。人们应该照顾自己的母亲，但是男人们又知道些什么呢？你永远无法告诉男人做母亲是什么感受。如果不是因为母亲，美国早就分裂了。

四月，马丁·路德·金遇刺。班级停课一星期。当我们再次见面的时候，我原想请求她们原谅我的种族，但是我没有这么做，而是要她们交我布置的作文。威廉斯夫人愤怒了。看吧，迈考特先生，当他们试图烧毁你的家园的时候，你就不会坐着写什么作文了。

六月，罗伯特·肯尼迪遇刺。我班上的三十六名女士搞不懂这世界到底怎么了，但是她们一致认为得坚持下去。教育是通向心智健全的唯一道路。谈起自己的孩子，她们喜形于色，而我就和她们的谈话无关了。我坐在讲台旁，她们说得热火朝天。现在她们上了大学，就有权检查孩子是不是做作业了。

六月最后一次夜校上课进行了期末考试。我看着那些俯在试卷上的黑脑袋，那二百一十二个孩子的母亲。不论她们在卷子上写了什么或者是什么也没写，没有人会不及格。

她们做完了。最后一份卷子收上来，但是没有人离开。我问她们是不是还有课。威廉斯夫人站起来，咳嗽着说：啊，迈考特先生，我必须说，我是说我们必须说，上大学，学了那么多关于英语和各方面的知识是一件美妙的事。我们送给你这个小东西，希望你能喜欢。

她坐下来，哭了。我想：这个班以眼泪开始，以眼泪结束。

礼物被传了上来，一瓶装在红黑两色盒子里的须后润肤乳。我闻了闻，差点被熏倒，但还是兴致勃勃地再次闻了一下，并对这些女士说，为了纪念她们，纪念这个班，纪念她们的“年经人”，我会永远留着这个瓶子。

下课后，我没有回家，而是坐地铁来到了曼哈顿区西第九十六大街，在街头电话亭里给母亲打了个电话。

你想吃点心吗？

我不知道。你在哪里？

离你那儿几个街区。

为什么？

我碰巧到了这儿。

来看马拉奇？

不，看你。

我？为什么来看我？

看在上帝的分上，你是我母亲。我就是想请你到外面吃点心。你想吃点什么？

她听上去很是怀疑。嗯，我喜欢中餐馆里的大虾。

好吧，我们就吃大虾。

但是我不知道这个时候还能不能吃到大虾。还是到希腊餐馆吃色拉吧。

好吧。我们那儿见。

她气喘吁吁地来到了餐馆。当我亲吻她的脸颊时，尝到了汗的咸味。她说她得坐上几分钟，然后才能想要吃什么。要是还没有戒烟，现在她就死了。

她点了羊奶酪色拉。我问她是不是喜欢，她说喜欢，她可以靠这个过活。

你喜欢那种奶酪吗？

什么奶酪？

山羊奶酪。

什么山羊奶酪？

这种白色的东西，羊奶酪，这是山羊奶酪。

不是。

是的。

嗯，如果知道这是山羊奶酪，我就不会碰它了，因为我以前在利默里克的乡下被一头山羊追过。我永远都不会吃任何追过我的东西。

这是件好事，我对她说，你从来不会被大虾追。

50

一九七一年，我的女儿玛吉出生在布鲁克林区贝德福德－斯图弗逊社区的联合医院。她似乎是保育室里唯一的白人，所以将正确的婴儿抱回家不成问题。

艾伯塔想要采取拉玛泽自然分娩法，但是联合医院的医生和护士对中产阶级妇女及其怪癖没有耐心。他们没那么多时间给这名妇女还有她的呼吸练习，而给她打了麻醉剂加快分娩，但反而减慢了宫缩的频率，于是急躁的医生用产钳夹住玛吉的头，把她从母亲的子宫里用力拉了出来。我真想给他一拳头，他把玛吉的脑袋夹扁了。

护士把孩子拿到一个角落里，把她洗干净，擦干净。弄好之后，她向我招招手。现在，我可以看我的女儿了。她有一张令人惊讶的红脸和一双黑脚。

她的脚后跟是黑色的。

上帝啊，你把什么样的胎记强加给了我的孩子！我不能对护士说什么，因为她是黑人，如果说我觉得女儿的黑脚不好看，可能冒犯她。我想到了孩子长大后懒洋洋地躺在海滩上，穿着泳衣的样子很可爱，却被迫穿着袜子掩盖她的缺陷。

护士问孩子是不是要母乳喂养。不，艾伯塔曾经说过，她重新工作后没有时间喂孩子。医生采取了回奶措施，想知道孩子的名字。虽然艾伯塔曾开玩笑说用米歇尔这个名字，但她还处在麻醉剂的作用之下，浑身无力。我告诉护士：玛格丽特·安。这是为了纪念我的祖母和外祖母，还有我那出生二十一天就夭折在布鲁克林区的妹妹。

艾伯塔被推回病房。我给马拉奇打电话，告诉他这个好消息。孩子已经生了，但是她有一双黑脚。他在我的耳边大笑起来，说我是个笨蛋，护士或许采了孩子的脚印，而不是手印。他说他会在狮头酒吧见我。在那儿，每个人都向我敬酒。我喝得烂醉，马拉奇只好用出租车把我拖回去。坐车让我觉得很恶心，沿着百老汇大街，一路吐了过去。司机叫我出二十五美元来清洗出租车。这是个不合理的要求，我们决定不给他小费。司机威胁说要叫警察。你打算怎么对他们说？马拉奇说，你跟他们说，你是个走之字形的司机，从百老汇的一头开到另一头，让每个人都感到恶心。你就这么对他们说吗？司机气得要下车和马拉奇理论，但是当我那身材魁梧的红胡子弟弟扶着我站在人行道上，很有礼貌地问司机，在他见上帝之前还有没有别的话要说时，他改变了主意，说了些猥亵的话骂我们和爱尔兰人。他闯过红灯，冲着窗户挥了挥左臂，中指冲天。

马拉奇给我拿来了阿司匹林和维生素，对我说，第二天早上，我的身体就会恢复如初，好得就像雨一样。我搞不懂那是什么意思，好得就像雨一样，但是这个问题很快就被搁置一边了，我满脑子都是玛吉和她那被产钳夹扁了的脑袋。我真想从床上跳下来一路穷追，抓获那个该死的不让我女儿在自己的好时辰出生的医生，但是双腿不答应我的请求。我睡着了。

马拉奇说得没错。没有宿醉，只有高兴。布鲁克林区有个小孩姓我的姓。我将用一生的时间看着她长大。当我给艾伯塔打电话的时候，哽咽得几乎说不出话来。她笑了，引用了我母亲的话：你的眼睛快赶上尿泡了。

同一年，艾伯塔和我买下了那栋我们曾经租过起居室的赤褐色砂石房，因为朋友鲍比和玛丽·安·巴伦借给我们钱，而且维吉尔·弗兰克去世了，留给我们八千美元。

我们居住在布鲁克林高地克林顿大街三十号的时候，维吉尔住在比我们低两层的公寓里。他七十多岁，瘦骨嶙峋，满头银发向后梳拢，鼻子坚挺，牙齿完好。我经常去看他，因为和他一起待上一个小时比看电影、电视和绝大多数的书要好。

他的公寓是一居室，带一间小厨房和一间浴室。床就是一张靠墙摆放的行军床。床那边是桌子和装了个空调的窗户。床对面的书架上摆满了关于花鸟树木的书。他说等他买了老花镜后，总有一天会看完这些书。买老花镜可要小心，你走进一家商店问：你们怎么检测呀？商店里的售货员说：哦，没问题，它们很结实。但是你怎么能区分呢？他们不让你戴着眼镜去富尔顿大街四处看看，以防你戴着跑了。那想法真愚蠢，我都七十岁了，怎么能戴着老花镜就跑了呢？他还希望能在他家的窗外看到鸟。但是从这个公寓往外看，只能看到在他空调上私通、叫他滚蛋的鸽子。

他看着它们。哦，是的，他看着它们，用苍蝇拍重重地拍打窗户，对它们说：滚开，该死的鸽子，到别人家的空调上私通去。他对我说，它们就是长着翅膀的老鼠，只会吃东西和私通，私通完了，就一个接一个地在空调上下蛋，就像鸟拉屎似的。鸟，我是说鸟，妈的。我又在说布鲁克林区了。在你卖冷水机的时候，那可不是件好事。就像南美洲山上到处都是的那种鸟屎。那是什么来着？海鸟粪。是的。那东西对作物生长很有好处，但对空调没好处。

除了户外生活的书籍外，他还有一套三册的《圣托马斯·阿奎那神学大全》。我翻开其中一册，他说：我不知道你喜欢那东西。你不是更喜欢鸟吗？我对他说，弄到关于鸟的书很容易，但是他的《神学大全》

就很少见。他说我可以拿去，只是要等到他死后。但是，别担心，弗兰克，我会把它写在遗嘱里的。

他还承诺把他收集的领带留给我。每次他打开衣橱门的时候，那些领带都让我眼花缭乱。那是我见过的最鲜艳、颜色最丰富的领带。

你喜欢它们，嗯？有些领带要追溯到二十年代、三十年代和四十年代。男人们知道如何打领带。他们不像那些穿灰色法兰绒西服、害怕颜色的人那样踮着脚尖走路。我总是说，不要舍不得花钱买领带和帽子，因为在你卖冷水机的时候，得穿得不错才行。我卖了四十五年的冷水机。我走进一间办公室，说：什么？什么？你还在用那些旧茶杯和玻璃杯喝自来水吗？你知道那对身体造成的危害吗？

然后，维吉尔站在床和书架之间，像牧师一样摇晃着身子，发表了关于冷水机的推销演讲。

是的，先生。我卖冷水机。我想告诉你，你可以对水做五件事情。你可以清洁它；你可以污染它；你可以把它加热；你可以将它冷却；哈哈，你可以卖它。你知道的，而我也没必要告诉你，办公室经理先生，你可以喝它，可以在水里面游泳，尽管在普通的美国办公室里，没有太多人需要游泳的水。我想对你说，我们公司对喝我们水的办公室和不喝我们水的办公室作了一项研究。你说得没错，你说得没错，办公室经理先生，喝我们水的人要更健康，更多产。我们的水驱逐流感，促进消化。我们不是说，不，办公室经理先生，我们不是说，我们的水只为巨大的生产力和美国的繁荣负责，而是说我们的研究表明，没有喝我们的水的办公室几乎坚持不下去了。他们绝望了，但又搞不懂是为什么。签署年度合同后，你就可以得到一份我们的研究报告。不用额外收费。我们将调查你们的员工，估计一下你们的水消耗量。我很高兴地看到你们没有空调，那意味着你需要为你的好员工们提供更多的水。我们知道，办公室经理先生，我们的冷水机将人们集中在一起。一纸杯水就解决问题了。四目相触，浪漫故事开始。每个人都开心，每个人每天都急于工作，生产力提高。我们没有接到投诉，一切顺利。一份给你，一份给我，我们在做买卖。

敲门声打断了他。

谁呀?

一个虚弱而苍老的声音：维吉尔，我是哈里。

现在不能和你说话，哈里。我这儿来了个医生。我没穿衣服，正检查身体呢。

好吧，维吉尔。我待会儿再来。

明天，哈里，明天。

好吧，维吉尔。

他对我说，那是哈里·鲍尔，八十五岁了，年纪大得隔着晒衣绳都听不到他的声音。维吉尔的停车问题把他逼疯了。他有一辆大车，一辆已经不再生产的赫德森牌汽车。我没说错吧，不再还是再？你是英语老师。我不懂，七年级之后就没再上过学。从圣约瑟夫孤儿院的嬷嬷那儿逃走，我在遗嘱里给她们留钱了。无论如何，哈里有了这辆车。但是有了车，他还是哪儿也去不了，因为那辆车太旧了，没法通过布鲁克林大桥。那辆该死的赫德森牌汽车就是他的命根子。他把它从街的一边搬到另一边，来来回回，反反复复。有时候，他拿来一把铝制的小沙滩椅，坐在车子旁边，寻找第二天空出来的停车位。要不然，他就在周围走来走去，寻找停车位。如果他找到了，就会很兴奋，以心脏病突发般的速度冲向自己的汽车，开到新的停车位。可是等他开到的时候，车位已经被人占了。他的下场就是这样：没有车位，开着车四处转，嘴里骂着政府。我有一次和他一起坐车，他几乎撞倒一个拉比和两个老妇人。我说：上帝啊，哈里，让我下去。可是他不让，我在第一个红灯时从车里跳了出去。他在我身后大喊，说我就是那个打开手电筒让日本佬找到珍珠港的家伙。我说他是个愚蠢的杂种，竟然不知道珍珠港是在大白天被轰炸的。他坐在车里反驳我。这时红灯变成了绿灯，人们按着汽车喇叭喊：谁在乎什么珍珠港啊，伙计，把你那该死的赫德森挪走。他可以每月付八十五美元将车停到车库里，但那比他租车的钱还要多，而那样的话，哈里·鲍尔就要浪费一分钱了。我很节约，我承认这一点，但是他能让吝啬鬼看上去像挥金如土的人。那个词没错吧，挥金如土？我在七年级时就从孤儿院里逃了出来。

他问我愿不愿意跟他一起去考特大街的一家五金商店，给刚安装的电话机买一个煮蛋计时器。

煮蛋计时器？

是的，那是一种沙漏，里面的沙子在三分钟内漏完。我喜欢煮鸡蛋时用这个计时。打电话的时候，我也会知道三分钟有多长，电话公司那帮杂种就是这样收你钱的。我要在桌子上放个煮蛋计时器，坚持到最后一粒沙子漏下。

在考特大街上，我问他愿不愿意到巧言玫瑰酒吧喝杯啤酒，吃块三明治。他从来没去过酒吧，看到啤酒和威士忌的价钱后吓了一跳。一小杯威士忌就九十美分，不会这么贵吧？

我跟他一起来到一家卖酒的商店，他要了几箱爱尔兰威士忌，还对售货员说他的朋友弗兰克喜欢威士忌。他还要了几箱葡萄酒、伏特加和波旁威士忌，因为他自己喜欢。他对售货员说他不会付那讨厌的消费税。我给你一个大订单，你却让我支持那该死的政府？不，先生，你自己付吧。

售货员同意了，说他会把这二十五箱酒送过去的。

第二天，维吉尔给我打电话，虽然声音很虚弱，可还是告诉我：我有煮蛋计时器了，所以说话得快点。你能下来吗？我需要点帮助。门没关。

他穿着浴衣坐在扶手椅上：昨天晚上，我一晚没睡，上不了床。

维吉尔上不了床，因为送酒的那个人将二十五箱酒堆在床边，堆得太高了，他爬不过去，不得不尝了点爱尔兰威士忌和葡萄酒，但也没有多大帮助。他说需要喝点汤，肚子里得有点东西，才不会生病。我打开一罐汤，倒进锅里，加入等量的水。这时，他问我是不是看过罐头上的使用说明。

没有。

嗯，你怎么知道该怎么做？

这是常识，维吉尔。

常识，狗屁。

他因宿醉而脾气暴躁。听我说，弗兰克，你知道为什么你永远都不能成功吗？

为什么？

你从来不遵照包装上的使用说明。这就是我有钱存在银行里，而你却连一个撒尿的罐子都没有的原因。我总是遵照包装上的使用说明。

又有人敲门。什么？什么？维吉尔说。

佛吉尔，是我，彼得。

哪个彼得？哪个彼得？我从门里看不见。

彼得·布格里奥索。我给你带了点东西，佛吉尔。

不要跟我讲布鲁克林区的事，彼得。我叫维吉尔，不是佛吉尔。他是个诗人，彼得，你应该知道的，你是个意大利人。

我对那个什么也不知道，佛吉尔。我给你带了点东西，佛吉尔。

我不想要什么东西，彼得。明年再来。

但是，佛吉尔。你会喜欢我给你的东西的，只花你几个钱。

那是什么？

不能隔着门和你说，佛吉尔。

维吉尔费力地从扶手椅上站起来，踉踉跄跄地走到桌上的煮蛋计时器旁。好吧，彼得，好吧，你可以进来三分钟，我正在用煮蛋计时器计时。

他叫我去开门，并告诉彼得煮蛋计时器开始计时了。虽然沙子已经漏下，但是彼得仍然有三分钟。开始说话呀，彼得，开始讲吧，快点。

好吧，佛吉尔，好吧，但是你在说话，我怎么能说话呢？你说的话比谁说的都要多。

你在浪费你的时间，彼得，你是在自缢。看看这煮蛋计时器，看看这沙子，计时的沙子，彼得，计时的沙子。

你弄这么些箱子干什么，佛吉尔？抢卡车了吗？

煮蛋计时器，彼得，煮蛋计时器。

好吧，佛吉尔。我手里拿的是……你能不看那该死的煮蛋计时器吗，佛吉尔？听我说。我手里拿的是克林顿大街一家诊所开的医用棉垫。

医用棉垫。你又从医生那儿抢这东西了，彼得？

我没有抢。我认识一名接待员，她喜欢我。

她一定又聋又哑又瞎。我不需要医用棉垫。

好了，佛吉尔。世事难料。你可能会生病或者宿醉，会需要这些东西。

放屁，彼得。你的时间到了。我很忙。

但是，佛吉尔……

出去，彼得，出去。那煮蛋计时器一旦开始计时，我就没法控制它了。我不想要医用棉垫。

维吉尔把彼得推出门外，冲着他喊道：你会把我送到监狱去，你会因为卖偷来的医用棉垫落到蹲监狱的下场。

他跌回扶手椅上，说虽然我没有遵照罐头包装上的说明做汤，他还是想尝一点。他需要点汤来解决胃的问题。如果他不喜欢这汤，就来点葡萄酒，让他舒服点。他尝了尝汤，说：嗯，还不错。他要喝汤，也要喝葡萄酒。我砰的一声打开瓶塞的时候，他叫骂着，说我不能现在就倒酒，得让它歇口气。我连这个都不知道吗？这样的话，怎么能教书呢？他抿了口葡萄酒，想起还得打电话给空调公司，讲讲鸽子的问题。我叫他坐在椅子上别动，递给他电话机和空调公司的电话号码。可是，他还要煮蛋计时器，这样就可以对他们说，他们只有三分钟说出他需要的信息。

你好，你们听得见我说话吗？我的煮蛋计时器已经开始计时了，你只有三分钟告诉我怎么阻止这些该死的鸽子。对不起，小姐，我说脏话了。我怎么不让这些鸽子在我空调的室外机上做爱。它们整天咕咕的，在窗户上随地大小便，都要把我逼疯了。你现在没法告诉我？你得查一查？你有什么好查的？鸽子在我的空调上私通，你却说要查一查。对不起，煮蛋计时器到时间了，三分钟到了。再见。

他把电话机交还给我说，我和你说点别的事。那个该死的哈里·鲍尔应该为这些在我空调上拉屎的鸽子负责。寻找停车位的时候，他坐在该死的铝沙滩椅上，喂区政厅前的鸽子。有一次，我叫他别喂了，它们只是长着翅膀的老鼠。他很生气，一个星期都不和我说话。可那正合我意。这些老家伙喂鸽子,因为他们不再有妻子了。不再,对不对？我不知道。我从孤儿院里跑出来，但是我不喂鸽子。

一天晚上，他敲了敲我们家的门。我开了门，发现他穿着破破烂烂的浴衣，手里拿着一札文件，喝得醉醺醺的。那是他的遗嘱。他想给我读其中的一部分。不，不喝咖啡，那会要他的命，但是可以喝杯啤酒。

你帮了我，艾伯塔请我上来吃饭。没人请老家伙上来吃过饭，所以我留给你四千美元，留给艾伯塔四千美元。我把我的《圣托马斯·阿奎那神学大全》和领带留给你。遗嘱上就是这么说的。我把我的领带留给弗兰克·迈考特。他喜欢这些颜色一点也不暗淡的领带。

搬到沃伦大街后，我们暂时和维吉尔失去了联系，虽然我希望他能在玛吉的洗礼仪式上成为她的教父。我们没有等到这一天，却接到了律师打来的电话，告诉我们维吉尔·弗兰克去世的消息和他遗嘱里的条款，因为那和我们有关。但是，律师说，关于《圣托马斯·阿奎那神学大全》和领带，维吉尔改变了主意。因此，你们只能得到钱。你们接受吗？

当然，我们接受，但是他为什么要改变主意呢？

他听说你去了趟爱尔兰。他很难过，因为你对黄金流量作出了贡献。

这是什么意思？

根据弗兰克先生的遗嘱，约翰逊总统几年前说过，出国旅游的美国人耗尽了这个国家的黄金，削弱了经济。这就是你不能得到那些颜色一点也不暗淡的领带和三册《圣托马斯·阿奎那神学大全》的原因。明白吗？

哦，当然明白。

既然有了首付款，我们就在附近找房子。女房东霍腾西亚·奥唐纳斯听说了。有一天，她爬到房子后面的防火梯上，我在厨房窗户旁看见她那戴着大波浪假鬈发的脑袋时，大吃一惊。

弗兰基，弗兰基，开开窗，外面很冷，让我进来。

我伸出手拉她进来，可她喊道：小心我的头发，小心我的头发。她牢牢抓着假发，我不得不用力拽着趴在厨房窗户上的她。

唔，她说，唔，弗兰基，你有朗姆酒吗？

没有，霍腾西亚，只有葡萄酒和爱尔兰威士忌。

给我杯威士忌，弗兰基。我的屁股都冻僵了。

给你，霍腾西亚。你为什么不从楼梯上来？

因为那儿很黑，我没有钱让灯整天整夜地亮着。不论白天还是晚上，我都能看见消防梯。

哦。

我听到什么啦？你和艾伯塔在找房子？为什么你们不买这房

子呢?

多少钱?

一万五。

一万五?

没错。太多了?

哦,不是。好吧。

签订协议那天,她和我们一起喝朗姆酒,说她要离开这房子了,感到很伤心。她和男朋友路易斯·韦伯,而不是和丈夫奥唐纳斯在这儿生活了这么多年。路易斯在附近地区因为玩数字游戏[①]而出名。虽然是波多黎各人,但是他谁也不怕,甚至不怕那些想接管这个地区的哥斯达黎加人。路易斯走进卡罗尔花园南面的唐氏酒馆,说:这是什么狗屎?对不起,说脏话了。唐很欣赏他的勇气,叫同伙们别过来,不要去麻烦路易斯。你知道的,弗兰基,在卡罗尔花园,没有人和意大利人混在一起,在那儿见不到什么有色人种或波多黎各人。没有,先生。如果你看见,他们都是过路的。

或许黑手党从路易斯身边走开了,但是霍腾西亚说你不能相信他们。她和路易斯无论什么时候出去兜风,都在两人中间放两把枪,她的和他的。他告诉她,如果有人捣乱,让他没法开车,就由她来打方向盘,猛地冲向人行道,他们就会撞上行人,而不是汽车。保险公司会料理后事。如果保险公司不处理,而找霍腾西亚的麻烦,他就给她一些波多黎各人的电话号码。该死的黑手党不是城里唯一的组织。这些家伙会对付保险公司那些贪得无厌的杂种。对不起,艾伯塔,我说脏话了。还有朗姆酒吗,弗兰基?

可怜的路易斯,她说。基福弗委员会[②]找他的麻烦,但是他死在了自己的床上。我再也没有乘车外出过,但是他在楼下给我留了把枪。

---

①一种把赌注押在任何三位数字上的彩票赌博。

②美国于 20 世纪 50 年代成立的调查贪污腐败的联邦机构。

你想看我的枪吗，弗兰基？不？好吧，我留下它了。任何未经邀请进入我公寓的人都会明白，弗兰基。就在两眼之间，砰，轰隆，他就完了。

邻居们微笑着点点头，说我们买了个金矿。大家都知道路易斯在我们新房子（霍腾西亚还住在这儿）的地下室或者头顶上起居室的天花板吊顶夹层里藏了很多钱。我们只需要把那天花板拆下来，一百美元一张的钱就会一直堆到胳肢窝下。

霍腾西亚搬走后，我们挖开地下室，安装了新的管线。没有被埋的钱。我们拆下假天花板吊顶，砖和梁露了出来。我们敲了敲墙壁。有人建议我们去看心理医生。

我们找到一个只有几缕头发，没有眼睛、胳膊和腿的旧玩偶，把它留给了两岁的女儿玛吉。玛吉叫它“野兽”。在所有的玩具中，她最喜欢它。

霍腾西亚搬到考特大街一个位于地下室的小公寓里，要不就在那儿住到死，要不就回到波多黎各去。我经常希望有更多的时间和她一起喝瓶朗姆酒，或者把她介绍给维吉尔·弗兰克。这样，我们就可以喝着朗姆酒和爱尔兰威士忌，谈论路易斯·韦伯、黄金流量，还有如何用煮蛋计时器来减少电话费。

51

那是一九六九年，我当了名代课老师，代替因喝酒需要休息几个星期的乔·柯伦。他的学生问我懂不懂希腊语。我说不懂，他们似乎很失望。毕竟，柯伦先生会坐在讲台上，朗诵或背诵《奥德赛》里大段的篇章。是的，用希腊语。他会每天提醒学生，他是波士顿拉丁语学校和波士顿学院的毕业生，不懂希腊语或拉丁语的人不能自认为是有教养的，也不能自称为绅士。是的，是的，这是斯特伊弗桑特高中，柯伦先生说，你们可能是全美国最聪明的孩子，脑子装满了科学和数学，但是人生中有些时候，你们需要你们的荷马、你们的索福克勒斯、你们的柏拉图、你们的亚里士多德、你们的阿里斯托芬[①]来放松。身处黑暗时，你们需要你们的维吉尔[②]、你们的贺拉斯[③]以躲避尘世。当冲着全世界生气发怒时，你们需要你们的尤维纳利斯[④]。庄严伟大，男孩们，庄严伟大，那是希腊。辉煌灿烂，那是罗马。

①阿里斯托芬（约前446－前385），古希腊诗人、喜剧作家，有“喜剧之父”之称。

②维吉尔（前70－前19），古罗马诗人，作品有《牧歌》10首、《农事诗》4卷，代表作为史诗《埃涅阿斯纪》，其诗作对欧洲文艺复兴和古典主义文学产生巨大影响。

③贺拉斯（前65－前8），古罗马诗人，批评家，作品有《讽刺诗集》、《歌集》、《书札》等，《书札》中的《诗艺》成为欧洲古典文艺理论名篇。

④尤维纳利斯（约60－约140），古罗马讽刺诗人。

他的学生们喜欢的不是希腊人或罗马人，而是在乔侃侃而谈或慷慨陈词的四十分钟里，他们可以做白日梦，补做其他课程的家庭作业，信手涂鸦，轻轻咬一口从家里带来的三明治，在桌子上刻下自己姓名的首字母，那张桌子可能已经被詹姆斯·贾克内、塞罗尼厄斯·蒙克[1]或某个诺贝尔桂冠诗人占领。或者梦见学校历史上首次录取的那九个女孩。九个维斯塔贞女[2]，乔·柯伦这么称呼她们。有家长抱怨他的语言中有些不适宜的暗示。

哦，不适宜个屁，乔说。为什么他们就不能说简单的英语呢？为什么不能用一个简单的词，例如错误呢？

他的学生说：是的，在楼道里看见女孩难道就没意义吗？九个女孩出现在将近三千个男孩面前。学校里的男孩都怎么了？看在上帝的分上，百分之五十的男孩不想要女孩，这怎么样？他们腰以下的部位都死了，不是吗？

后来，你就会怀疑柯伦先生本人。他转而用英语开始谈论《伊利亚特》、阿喀琉斯和帕特洛克罗斯的友谊，滔滔不绝地谈论那两个希腊人。阿喀琉斯如何因赫克托耳杀死了帕特洛克洛斯而火冒三丈，杀死赫克托耳，并把尸体挂在战车后面拖，以表明自己对死去的朋友的爱。那是一份说不出口的爱。

但是，男孩们，哦，男孩们，在所有的文学作品中，有比赫克托耳摘下头盔来平息自己孩子的恐惧更加美好的时刻吗？哦，要是我们的父亲能摘下头盔就好了。当乔对着灰色手帕哭泣，说些诸如“尿”这样的词，你就知道，他要在午饭时间离开学校，到拐角的加斯豪斯酒吧里小酌几杯。有那么几天，他因为在酒吧凳上坐着时突然冒出来的想法而兴奋不已，想感谢上帝让他教书。这样，他可以暂时忘掉希腊人，来歌颂那个伟大的亚历山大·蒲柏和他的《孤独颂》。

---

①塞罗尼厄斯·蒙克（1917－1982），美国爵士钢琴家、作曲家。

②在罗马灶神殿中守护神火的年轻未婚女子。

他是那样欢乐欣喜
只求数公顷祖传土地
在自己拥有的田园里
心满意足地呼吸故乡的空气

记住，男孩和女孩们，这儿有女孩吗？如果你是女孩，请举手。没有女孩吗？记住，男孩们，蒲柏感激贺拉斯，贺拉斯感激荷马，荷马感激万能的上帝。你们能发誓记住这句话吗？如果你们记住蒲柏对荷马的感激，就会知道没有人是从他父亲的脑袋里蹦出来的。你们能记住吗？

我们能，柯伦先生。

对乔那些抱怨不得不看《奥德赛》和旧东西的学生，我该说些什么呢？谁在乎男人们因为那个愚蠢的海伦而四处阵亡的古希腊或者特洛伊城里发生过什么事呢？谁在乎呢？班上的男孩们说他们才不会为了某个不想要他们的女孩而战死。是的，他们能理解《罗密欧与朱丽叶》，因为很多家庭对你和信仰另一种宗教的人约会都保持沉默。他们能理解《西区故事》和帮派，但从不相信成年人会离开家，像俄底修斯离开珀涅罗珀和忒勒玛科斯，为那个不知道投入男人怀抱的愚蠢女人而战。他们不得不承认，俄底修斯装疯逃避征兵的方法很酷，喜欢阿喀琉斯捉弄俄底修斯的样子，因为阿喀琉斯处处都不如俄底修斯聪明。但他们同样不相信俄底修斯会离家二十年，四处征战和游荡，期待着珀涅罗珀坐在那儿纺纱织布，叫追求者滚开。班上的女孩们说她们相信，真的相信女人可以永远忠实，因为女人就是这样。一个女孩向全班同学讲了她在拜伦的一首诗中读到的诗句：爱情是男人生命中的一部分，却是女人生命的全部。男孩们发出轻蔑的叫声，女孩们却鼓起掌来，对他们说，心理学书上就是这么说的。这个年龄段的男孩在心理发育上要比她们晚三年，但是这个班上有些人至少晚了六年，他们应该闭嘴。男孩们试图挖苦，扬了扬眉，互相说着：哦，天哪，不得了。闻闻我，我已经发育成熟了。但是女孩们互相看了看，耸了耸肩，甩了甩头发，用高傲的语调问我，能不能回到课文上来？

课文？她们在说什么哪？什么课文？我只记得高中生们经常因为不得不看课文而哭诉。为什么我们得看这个呢？我的愤怒和无言的答复就是：你们就得看这个，妈的，因为这是课程的一部分，因为是我叫你们看这个的。我是老师。如果你们不停止哀叫和抱怨，成绩单上的英语分数就会是一个上帝礼物般的零分，因为我站在这儿听你们说话，看着你们。你们这些享受特权、娇生惯养的幸运儿，除了上学、外出闲逛、学习、上大学、赚钱过放荡生活、步入肥胖的四十岁、依旧哭诉抱怨之外，什么也不用做。而世界上还有上百万人愿意不惜一切代价来换取你们的位置：穿着漂亮精美的服装，营养充足，摆布一切。

我真想这么说，但是永远都不会，因为有可能会被指控使用不适宜的语言，让我成为乔·柯伦那样的人。不，我不会那样说话，我得在这个远离麦基职高的地方找到出路。

一九七二年春，英语部主任罗杰·古德曼给了我一个斯特伊弗桑特高中的永久职位。我有了自己的五个班和指定负责区。我将再一次维护学生自助餐厅的秩序，确保没有人往地上扔冰激凌包装纸或热狗屑。这里的男孩和女孩可以坐在一起，但浪漫故事让人没了吃饭的胃口。

我有一间小的学生集合室。第一批招进来的九个女孩子，现在已经上四年级，就要毕业了。这些女孩们很善良，会带东西给我：咖啡、百吉卷和报纸。她们很挑剔，说我应该收拾一下头发，鬓角应该留起来。现在是一九七二年，我应该赶上潮流，要酷，要收拾一下自己的衣服。她们说我穿得像个老头，虽然我有些灰头发，但是没必要打扮得那么老。她们说我看上去非常紧张。其中的一个女孩捏了捏我的脖子和肩膀。放松，她说，放松，我们不会害你的。当她们分享秘密的时候，会像女人那样大笑。而你会认为那是关于你的秘密。

每星期五天，每天我都有五个班的课。我得记住一百七十五个学生的名字，还有下一年级整整一个学生集合室的另外三十五个学生。我得特别小心地对待中国学生和韩国学生的讽刺挖苦：如果你不知道我们的名字，那没有关系，迈考特先生，我们长得都一样。或者，他们会笑着说：是的，你们白人长得都一样。

当代课老师时，我就知道这一切，但现在，一九七二年二月一日，圣布里奇特节这一天，我看着学生涌进我的教室。我向你祈祷：布里奇特，这些是接下来的五个月里每星期五天我都要见到的孩子，可我不知道自己能否胜任，他们处在不断变化的时代。你能看出斯特伊弗桑特高中的这些孩子和我在麦基职高第一次遇到的孩子有着天壤之别。我们经历了战争和暗杀：两个肯尼迪家族的成员，马丁·路德·金，美德加·艾维斯[①]。麦基职高的男孩们留短发或者梳大背头——将抹了油脂的头发向后梳起。女孩们穿衬衫和裙子，电烫的头发像钢盔一样硬。斯特伊弗桑特高中男孩的头发长得让街上的人们嘲笑：你都分不出他们是男孩还是女孩，哈哈。他们穿扎染的衬衫、牛仔裤和拖鞋。这样一来，没有人能猜得出他们来自纽约各地的富裕家庭。女孩们披散着头发，不戴文胸，让男孩们想得发狂。她们把牛仔裤在膝盖处剪开，故意要那种又穷又酷的味道，正如你所知，她们浑身上下都是那些中产阶级的垃圾。

哦，是的，他们比麦基职高的孩子们酷，因为他们天生如此。八个月后，他们就要到全国各地的大学学习：耶鲁、斯坦福、麻省理工、威廉斯、哈佛，成为地球上的贵族和淑女。现在，在我的教室里，他

①美德加·艾维斯，美国民权领袖，1963 年在自家门口被暗杀。

们坐在喜欢的地方聊天，不理我，背对着我这个妨碍他们毕业并走向社会的老师。一些人盯着我看，好像在说：这家伙是谁？他们垂头哈腰，没精打采，呆呆地望着窗外或者我的头顶。现在，我得吸引他们的注意力。我这么说了：对不起，请大家注意。有几个人不说话了，看着我。其他人因为被我打断而生气，又转过脸去。

我那三个班的四年级学生因为每天要带《美国文学选集》这本教材而呻吟叹息，三年级学生抱怨它太重。这本书很豪华，插图华美，是为了达到挑战、激发、启蒙和娱乐的目的，但是这书很贵。我告诉学生：带这本书会增加他们上肢的力量，希望书的内容能渗透到他们的头脑里。

他们瞪着我看。这家伙是谁？

教学辅导材料很详细，很全面，我从来不需要动脑子，里面有足够多的测验和考试，可以让学生一直保持神经紧张的状态。有上百道多项选择题、判断题、填空题、配对题，还有些命令式的问题，比如命令学生解释为什么哈姆雷特对他的母亲那么刻薄，济慈[①]的消极能力说是什么意思，梅尔维尔在介绍鲸鱼之白的那一章节里暗示了什么。

男孩和女孩们，我准备从霍桑一直讲到海明威，从《贝奥武甫》一直讲到弗吉尼亚·伍尔夫[②]。今天晚上，你们要看完规定的章节。我们明天讨论。可能还会有测验，也可能没有。不要为此打赌，只有老师知道考还是不考。星期二有个考试。三个星期后有个大考。是的，那很重要。你们的整个成绩单就取决于那次考试。你们还要考物理和微积分吗？我为你们的苦恼而难过。但这是英语课，是课程女王。

你们还不知道吧，男孩和女孩们，我有英美文学的教学辅导材料。

---

①济慈（1795－1821），英国诗人，浪漫主义运动代表人物之一，代表作有《夜莺》、《希腊古瓮颂》、《秋颂》等。

②弗吉尼亚·伍尔夫（1882－1941），英国女作家，20世纪现代主义和女性主义先锋之一。代表作有《达洛维夫人》、《到灯塔去》、《海浪》等。

那些让你们抓耳挠腮、咬铅笔、害怕发成绩单那一天的考题都被我稳妥地放在包里了。你们一定恨我，因为我是唯一能让你们上常春藤联盟这个远大抱负破灭的人。我就是那个偷偷躲在巴尔的摩酒店大堂替你们的父母打扫卫生的家伙。

这是斯特伊弗桑特高中，不是纽约最好的高中吗？有些人还说这是全国最好的高中。你自讨苦吃，本可以上附近的高中。在那儿，你能称王称霸，成为头号人物、班级最高领袖。在这里，你只是众多分数竞争者中的一个。有了那些分数，就有了宝贵的积点，它们就能把你塞进常春藤联盟。积点是你伟大的神，不是吗？在斯特伊弗桑特高中的地下室，你们应该建一个带祭坛的内殿，安装一个霓虹灯管做的闪闪发亮的红色大字："9"。这个你们每一门功课最渴望得到的神圣的首位数字闪啊闪啊闪。你们应该到那儿祈祷礼拜。哦，上帝，给我A，给我九十多分吧。

迈考特先生，为什么你在我的成绩单上只给了一个九十三？

我很善良。

但是我做了所有的作业，你布置的作文也全交了。

你有两篇作文交迟了。每篇扣两分。

但是，迈考特先生，为什么要扣两分呢？

那就对了。那是你的分数。

啊，迈考特先生，你为什么那么刻薄？

我只剩刻薄了。

我遵循教学辅导材料，向班上的学生投掷预先设计好的问题，用出其不意的测验和考试击打他们，用冗长而详细的考试摧毁他们。这些考试都是由收集高中教材的大学教授们炮制出来的。

学生们抵制考试，作弊，不喜欢我。因此我也不喜欢他们。我学会了作弊的游戏。哦，随意看一下你周围同学的试卷。哦，小心地为你女朋友发出摩尔斯电码般的低声咳嗽，捕获多项选择题的答案后，她就会露出甜美的微笑。如果她坐在你后面，那么在脑袋后面张开你的手掌。五个手指中张开三个表示第十五个问题，食指挠右边的太阳穴表示答案是A，其他手指代表其他答案。教室里充满着咳嗽声和身体活动的声音。我一抓到作弊者，就冲着他们的耳朵嘘道：最好就此打住，要不然你们的试卷就会被撕碎了扔进垃圾桶，你们的人生会被毁掉。我是教室的主人，一个永远不会作弊的人。哦，不，即使他们在圆月明亮的表面挥动用绿色字母写成的答案，我也不会作弊。

每天，我小心翼翼地教课，埋伏在教室前面的讲台后，用粉笔、黑板擦、红笔、教学辅导材料、考试测验的威力、威胁和控制的武器玩着当老师的游戏。我要给你父亲打电话，给你母亲打电话，向主管揭发你，要狠狠地破坏你的积点，这样的话，孩子，你就有幸去密西西比州的一所社区学院了。

一名四年级学生乔纳森用前额撞击课桌，还哀号着：为什么？为什么？为什么我们得遭这鸟罪呢？从幼儿园开始，我们一直在上学，都十三年了。为什么我们得知道达洛维夫人在该死的聚会上穿什么颜色的鞋？应该从莎士比亚那毫无意义的喊叫搅乱聋人天堂中学到些什么呢？究竟什么是毫无意义的喊叫？天堂什么时候变聋了？

教室里一片反抗的噪声，我却瘫痪了。他们冲着乔纳森喊：是的，是的。而乔纳森不再撞脑袋了，他问道：迈考特先生，你上高中时有这些玩意儿吗？又一声合唱：是的，是的。我不知道该说些什么，告诉他们事实，说到高中教课之前自己从来没有踏足过高中呢，还是用一个谎言满足他们，说我在利默里克的天主教平信徒社团接受过严格的中等教育？

我被另一个学生拯救了，亦或被他害了。他喊道：迈考特先生，我表姐在斯塔滕岛区的麦基职高上学。她说你告诉过他们，你从来没上过高中。他们说你是个不错的老师，讲故事，聊天，从来不用这些考试折磨他们。

教室里一片笑声。摘去假面具的老师。老师从来没上过高中。看看他对我们的所作所为，用这些测验和考试把我们逼疯。我被永远贴上了这个标签：从来没上过高中的老师。

那么，迈考特先生，我想你得拿到在城里任教的执照。

你得拿到。

你不用拿到大学学位吗？

你得拿到。

你不用毕业高中吗？

你是说从高中毕业，从高中，从从从……

是的，是的。好啦。你不用从高中毕业，然后上大学吗？

我想你得这样。

菜鸟律师们严加盘问老师，持续了一天。消息传到了其他班级。哇呀，迈考特先生，你从来没上过高中，却在斯特伊弗桑特高中教书？很酷啊，哥们儿。

我把教学辅导材料、测验题、考试题，还有我那无所不知的老师面具扔进了垃圾桶。

我赤身裸体，重新开始，却不知道该从哪里开始。

二十世纪六十年代和七十年代早期，学生们戴着圆形小徽章和头巾，要求妇女、黑人、土著人和所有受压迫的少数民族获得平等权利，要求停止越南战争，拯救热带雨林和地球。黑人和鬈发的白人留着爆炸头，颜色花哨的短袖套衫和扎染衬衫成为那个时代的装束。大学生抵制上课，召开宣讲会，到处闹事，逃避征兵，飞到加拿大或者斯堪的纳维亚。高中生来到学校，满脑子还是电视新闻里的战争画面：稻田里被打成碎片的人、盘旋的直升机、被炸出坑道的迟疑不决的越南士兵。他们双手放在脑后，庆幸自己没有被再次炸回坑道去。高中生们想着美国本土人们表达愤怒的画面：游行，示威。不，我们不去。静坐，召开宣讲会，学生们倒在国民警卫队的枪下，黑人在公牛康纳的警犬前退缩。[①]烧吧，宝贝，烧吧；黑色很美；不要相信三十岁以上的人；我有一个梦想；归根结底，你们的总统不是一个无赖。

在街上，在地铁里，我会遇到以前在麦基职高教过的学生。他们向我提到那些去了越南的男孩。去的时候，他们是英雄，可现在却被装在婴儿包里回家了。鲍勃·伯格德打电话给我，告诉我要为一个曾在我们俩的班上过课的学生举行葬礼。我没有去，因为我知道在斯塔滕岛区，这种血的牺牲会引发自豪感，会有更多来自斯塔滕岛区的男孩被装在婴儿包里，要比斯特伊弗桑特高中的人想象的多。技工和水管工得去战斗，而大学生们挥挥愤怒的拳头，在伍德斯托克的田野里私通，静坐。

在我的教室里，我没有戴圆形小徽章，保持中立。周围的吵闹声已经够多了，对于我来说，选好路、上完五个班的课就已经过了雷区。

迈考特先生，为什么我们的课就不能有点关系呢？

和什么有关？

嗯，你知道的，看看世界形势，看看正在发生的事。

总是有事情在发生。我们可以在这个教室里坐上四年，对着标题咯咯笑，变得神志不清。

迈考特先生，你就不关心那些在越南被燃烧弹烧死的婴儿吗？

我关心。我关心韩国和中国的婴儿，关心奥斯维辛和亚美尼亚的婴儿，关心爱尔兰那些被钉在克伦威尔士兵长矛上的婴儿。我对他们讲了自己在布鲁克林区纽约社区学院当兼职老师时，从班上那二十三名大部分来自加勒比海岛屿的妇女和五名男士那儿学到的东西。有一个五十五岁攻读大学学位的人，拿到学位后，就可以回到波多黎各，

① 1963年5月，阿拉巴马州伯明翰市警察局长、外号“公牛”的尤金·康纳用警犬和高压消防水龙头对付和平示威群众，其中很多是中小学生。

用余生帮助孩子。有一个学英语的希腊年轻人，希望攻读文艺复兴时期英格兰文学方向的博士学位。班上有三个年轻的非洲裔美国人，其中一个叫雷的青年抱怨自己是个黑人，所以在地铁站台上被警察刁难时，那些来自加勒比海岛屿的妇女就无法忍受了。她们对他说，如果他待在家里学习，就不会遇到麻烦了。她们的孩子是不会带着这么个故事回家的，她们要打烂他的头。雷一声不吭。你不能和来自加勒比海岛屿的女人顶嘴。

快三十岁的丹尼斯经常上课迟到。我威胁说要给她不及格，直到她写了一篇自传式的文章。我叫她把文章念给全班同学听。

哦，不，她不能那么做。让大家知道她有两个孩子，而孩子的父亲抛下她回到了蒙特塞拉特，从来没给她寄过一分钱，会让她很羞愧。如果我把这篇文章念给全班同学听，而不告诉他们是谁写的，她就不会介意了。

她描写了自己一天的生活。很早起床，跟着简·芳达的录像带锻炼身体，同时感谢上帝赐给她新的一天。她洗个澡，叫孩子们——一个八岁，一个六岁——起床，送他们上学。然后，她跑去上大学的课程。下午，她直接到布鲁克林中心区的一家银行上班，再从那儿去她母亲家。她母亲已经把孩子们从学校接回来了。没有了母亲，丹尼斯不知道自己该怎么办，特别是她母亲得了那种手指在关节处弯曲的可怕疾病。丹尼斯不知道如何拼写这种疾病。她把孩子们带回家，将他们弄上床，帮他们准备好第二天要穿的衣服。做完这些后，她跪在自己的床边祈祷，抬头看着十字架，再次感谢上帝给她美好的一天。她睡着了，睡梦里想着基督受难的画面。

来自加勒比海岛屿的妇女们认为这个故事好极了。她们互相看了看，想知道是谁写的。当雷说他不相信基督的时候，她们叫他闭嘴，在地铁站台上闲逛的他知道些啥呀？她们工作、照看家庭、上学。这个国家好极了，在这儿，即使你的皮肤像黑夜那样黑，也可以做你想做的事。如果他不喜欢，可以回到非洲去，要是没有警察，他能找到的话。

我对那些妇女说，她们是英雄；对波多黎各人说，他是英雄；对雷说，如果他长大，也会是英雄。他们都很迷惑地看着我，不相信我。能猜出他们脑子里都在想些什么，他们只不过做了自己应该做的事，接受教育，为什么这个老师称他们为英雄呢？

我那些斯特伊弗桑特高中的学生感到不满意。在全世界都要下地狱的时候，为什么我要对他们讲来自加勒比海岛屿的妇女、波多黎各人和希腊人的故事呢？

因为这些来自加勒比海岛屿的妇女相信教育。你们可以示威，挥舞拳头，烧毁征兵证，用你们的身体堵塞交通，但是你们最后明白了什么呢？对于来自加勒比海岛屿的女士们来说，只有一件事具有相关性，那就是教育，那就是她们所知道的。那就是我所知道的，那就是我需要知道的。

但是，我的脑海里还是存有疑惑和盲点。我得明白自己在这教室里是在干什么，否则，就得离开。如果我不得不站在那五个班的学生面前，就不能让日子这样在惯例中一点一滴地流逝：高中语法、拼写、词汇，挖掘诗歌的更深层次含义，为接下来的多项选择题提供一点琐碎的文学知识，以便向大学提供最棒和最聪明的学生。我得喜欢教学，只能从头开始，教自己喜爱的东西，让课程见鬼去吧。

玛吉出生的那一年，我对艾伯塔说了母亲曾经说过的一些话：孩子六个星期就能看见东西了。如果那是真的，我们应该带她去爱尔兰。这样，她对世界的第一印象就是忧郁的爱尔兰天空。阵雨过后，阳光穿透云层。

帕迪和玛丽·克兰西邀请我们住在他们位于舒尔河流域的卡里克农场，但报上说贝尔法斯特一片火海，是一座噩梦般的城市。我急着想见父亲，就和帕迪·克兰西、凯文·沙利文一起前往北爱尔兰。抵达当晚，我们在贝尔法斯特天主教控制下的街道散步。女人们在外面用垃圾桶的盖子砰砰砰地敲击人行道，警告男人军队巡逻兵来了。她们怀疑我们，后来认出著名的克兰西兄弟演唱组合中的帕迪。我们顺利地通过了那个地区。

第二天，帕迪和凯文待在酒店里，我去了杰拉德叔叔家。他带我到安德森镇见我父亲。父亲打开门，冲杰拉德叔叔点点头，审视着我。叔叔说：这是你的儿子。

父亲说：你是小马拉奇？

不。我是你的儿子弗兰克。

杰拉德叔叔说：你的亲生父亲都不认识你，这真令人伤心。

我的亲生父亲说：进来。坐下。你要喝杯茶吗？

他提出喝茶，却没有到小厨房泡茶的意思，直到隔壁的一名妇女过来泡了茶。杰拉德叔叔小声说：看，他连个手指头都不抬。有安德森镇的女士们伺候他，他当然不用动手了。她们每天都用汤和美味诱惑着他。

父亲抽着烟斗，但是没碰大茶杯。他忙着询问我母亲和三个弟弟的情况。啊，你的弟弟阿非来看过我。很安静的小伙子，你的弟弟阿非。啊，是的，很安静的小伙子。你在美国还好吧？履行宗教职责吗？啊，你得对你母亲好，得履行宗教职责。

我想放声大笑。上帝，这个人是在布道吗？我想说：爸爸，你没钱了吗？

不，那有什么用呢？我还不如离开，把父亲留给他的恶魔，尽管从他和烟斗、大茶杯相伴的那平静安宁的样子中，看不出恶魔会走进他的家。杰拉德叔叔说我们应该在黑夜降临贝尔法斯特之前离开。我不知道该怎么和父亲说再见。和他握手吗？拥抱他吗？

我握了握他的手，因为我们之间一直这样，除了那次我因伤寒住院，他亲了我的前额之外。现在，他松开我的手，再次提醒我要做个好男孩，要听我母亲的话，要记得每日念玫瑰经。

回到叔叔家，我对叔叔说我想步行穿过新教徒控制的地区，尚吉尔路。他摇了摇头。他是个很安静的人。我说：为什么？

因为他们会知道的。

他们会知道什么？

他们会知道你是个天主教徒。

他们怎么会知道？

啊，他们会知道的。

他的妻子洛蒂也这么认为。他们有办法。

你们是说，如果一个新教徒从这条街上走过，你们就能发现他？

我们能发现。

怎么发现呢？

我叔叔笑了。啊，多年的锻炼。

我们又喝了一杯茶，里森大街上传来一阵枪声。一个女人尖声叫喊。我走到窗前，杰拉德叔叔说：啊，你的脑袋不要靠近窗户。一个小小的动作，士兵就会紧张得四处扫射。

那女人再次尖声叫喊起来。我不得不打开门，看到她怀里抱着一个孩子，另一个孩子紧紧抓着她的裙子。她正在被一名斜端着来复枪的士兵逼着向后退。她恳求他让她穿过里森大街，到她那些孩子的身边。我想帮她抱起那个紧抓着她裙子的孩子，但是当我走过去抱起孩子时，那女人从士兵身边冲了过去，冲过了大街。那名士兵揍了我一拳，用来复枪枪膛对着我的前额。进去，爱尔兰人，要不然，我把你那该死的脑袋打飞。

我叔叔和他妻子告诉我，我做了件愚蠢的事，那帮不了任何人。不管你是天主教徒还是新教徒，贝尔法斯特有一套外人永远都无法理解的处事之道。

乘坐一辆天主教徒开的出租车回酒店的路上，我还是梦想带一把复仇的火焰喷射器，轻松自在地漫步于贝尔法斯特街头。我要用它瞄准那个戴红色贝雷帽[①]的杂种，把他烧成灰烬。我要报复英国佬八百年的暴政。哦，上帝，我会用点五〇口径的机关枪尽自己的一份力量。我的确会。可刚高唱起“罗迪·麦克考雷今天要在图姆桥上赴死”时，我想起那是我父亲的歌。于是，我决定和帕迪、凯文一起到我们住的贝尔法斯特酒店的酒吧里安静地喝上一杯啤酒。那晚睡觉前，我给艾伯塔打了电话，她将话筒交给玛吉，我在女儿的咯咯声中进入了梦乡。

妈妈飞了过来，在都柏林公寓里和我们一起待了一段时间。艾伯塔到格雷夫顿大街买东西，妈妈和我一起带着坐在婴儿车里的玛吉逛到了圣史蒂芬绿色公园。我们坐在湖边，扔面包屑喂鸭子和麻雀。妈妈说八月末来到都柏林真是令人愉快。各种各样的树叶在面前飘落，阳光在湖面上变幻着颜色，可以感受到秋天的到来。我们看着在草地上摔跤的孩子。妈妈说在这儿待上几年，看着玛吉长大，带一口爱尔兰口音，那是件令人愉快的事。她不是反感美国口音，但是听这些孩子说话，难道不是一种单纯的享受吗？她可以看着玛吉长大，在这片草地上玩耍。

我说，那一定是一件令人愉快的事，这时，我心里一颤。她说，有人正走在我的墓地上。我们看孩子们玩耍，再看看湖面上的阳光。她说：你不想回去，是吗？

回哪儿？

纽约。

你怎么知道的？

我不用打开盖子，就知道罐子里装了什么。

①这里指英国士兵。

谢尔波恩酒店的行李搬运工说，帮我们照看靠在外面栏杆上的玛吉的婴儿车根本就不是什么麻烦事。而我们坐在大堂里，妈妈一杯雪利酒，我一杯啤酒。妈妈的腿上还有一瓶玛吉喝的奶。旁边那张桌子上的两名妇女说玛吉很讨人喜爱，真的很讨人喜爱。哦，真漂亮。她长得不是和妈妈几乎一模一样吗？啊，不，妈妈说，我是她的奶奶。

那两名妇女和妈妈一样喝雪利酒，但三个男人喝的是啤酒。从他们的花呢帽、红色脸庞和深红色的手，可以看出他们是农民。一个戴着暗绿色帽子的男人冲着我母亲喊道：这小孩是个可爱的孩子，夫人，你本人也不是那么糟糕。

妈妈笑了，冲着他回了句话：啊，那当然了。你也不是那么糟糕。

天哪，夫人，如果你再老一点，我就跟你私奔了。

大堂里的人都笑了。妈妈将头往后一仰，也笑了。从她那闪闪发亮的眼睛中，可以看出她正在享受自己的生活。她笑着，直到玛吉哭了起来。妈妈说得给孩子换尿布了，我们得走了。那个戴着暗绿色帽子的男人摆出一副恳求的样子。啊，别走，夫人。你的未来是要和我一起过的。我是个有钱的鳏夫，我有一个农场。

金钱不是万能的，妈妈说。

但是，我有一辆拖拉机，夫人。我们可以一起开。那适合你吗？

那让我心动，妈妈说，但是我还是个已婚妇女。等我穿上寡妇的丧服时，你会是第一个知道消息的人。

很公平，夫人。你到爱尔兰西南海岸，一个叫凯里的壮观的地方，我就住在左边第三座房子里。

我听说过那个地方，妈妈说，因为绵羊而出名。

还有强健的公羊，夫人，强健。

你的话总是很多，对不对？

和我一起去凯里吧，夫人，我们可以一言不发地在山里散步。

艾伯塔已经在公寓里做炖羊肉了。当凯文·沙利文和作家本·凯利到来的时候，炖羊肉正好够大家吃。我们喝着葡萄酒唱着歌，世界上没有一首歌是本不知道的。妈妈讲了我们在谢尔波恩酒店遇到的事。上帝在上，她说，那个男人很有交际手腕。要不是玛吉要换尿布、擦屁股，我已经在前往凯里的路上了。

二十世纪七十年代，妈妈已经六十多岁了。因为常年抽烟而患上的肺气肿使她喘不上气来，因此她害怕离开自己的公寓，可在屋子里待的时间越长，就越严重。她暂时周末到布鲁克林区来照看玛吉，但当她不能再爬地铁台阶的时候，就再也没来过了。我说她不想见自己的孙女。

我想去看她，可是我再也走不动了。

你为什么不减肥呢？

一个老年妇女减肥是很难的。话又说回来，为什么我应该减肥？

你难道就不想过一种不用整天坐在公寓里看着窗外的生活吗？

我有自己的生活，不是吗？那有什么用呢？我只是想一个人待着。

病情有时候突然发作，让她喘不过气来。有一次她到旧金山看迈克尔，他不得不马上将她送到医院。我们说她总是在放假期间——圣诞节、新年前夜、复活节生病，这是在毁我们的生活。她耸耸肩，大笑着说：你们真可怜。

不论身体状况如何，不论如何气喘吁吁，她总要爬上山到百老汇宾果游戏厅去，直到一天晚上摔了一跤，把髋关节摔碎了。手术后，她被送到北部的康复疗养院，然后和我一起待在洛克威半岛顶端微风岬的一栋夏日别墅里。每天早上，她都很晚起床，醒来后，弯腰驼背地坐在床边，凝视着窗户外面的那堵墙。过了一会儿，她拖着脚慢吞吞地走到厨房吃早饭。我斥责她吃了太多的面包和黄油才会变得像房子那么胖时，她冲着我吼道：看在上帝的分上，让我一个人待会儿吧。面包和黄油是我仅有的安慰了。

52

亨利·沃兹涅克教创造性写作和英美文学，他每天穿衬衫，打领带，外套运动夹克。他是斯特伊弗桑特高中文学杂志《厚度》和学生社团“领袖组织”的教师顾问，还是教师联合会的活跃分子。

他变了。一九七三年九月开学的第一天，他骑着哈雷－戴维森摩托车沿第十五街呼啸而来，停在学校外面。学生们说“嗨，沃兹涅克先生”，尽管他们几乎没认出他来。他剃了头，戴着耳环；穿着黑色皮夹克，黑色无领衬衫；牛仔裤紧绷绷的，根本不需要系那条带大搭扣的宽皮带；皮带上挂着一串钥匙；脚蹬一双带跟的黑皮靴。

他对学生回了声“嗨”，但并没有逗留，也没有像以往那样微笑。以前，他并不介意学生叫他“那个沃兹”；现在，他在打考勤卡时对学生对老师都很矜持。他对英语部主任罗杰·古德曼说，他想教普通的英语班，甚至可以教一二年级的学生，教他们语法、拼写和词汇。他对校长说，他要退出所有非教学活动。

因为亨利，我成了创造性写作课的老师。你行的，罗杰·古德曼说。他在加斯豪斯酒吧替我买了一杯啤酒和一个汉堡包，为我打气。你能应付的，他说。难道我没有为《村声》杂志和其他报纸写过稿吗？我不正计划着写更多的东西吗？

好吧，罗杰，但是创造性写作到底是什么？你是怎么教的？

去问亨利吧，罗杰说，他在你之前教这门课。

我在图书馆找到亨利，问他：你是怎么教创造性写作的？

迪斯尼乐园，他说。

什么？

去趟迪斯尼乐园吧。每个老师都应该去的。

为什么？

那是一次开阔眼界的经历。同时，记住一首儿歌，把它当作你的符咒。

> 小鲍·皮普的绵羊丢了
> 不知道到哪儿才能找到它们
> 不要管它们，它们会回家
> 摇着尾巴回家

这就是我从亨利那儿得到的。除了偶尔在过道上道声“嗨”，我们再也没有说过话。

我在黑板上写下自己的名字，想起了索罗拉先生的话：教学的百分之五十就是程序。如果是这样，接下来我应该做什么呢？这是一门选修课，那就意味着他们到这儿来是因为要学这门课。如果我叫他们写点东西，应该不会有人抱怨。

我得给自己呼吸的空间。我在黑板上写着：葬礼的柴堆，两百字，现在开始写。

什么？葬礼的柴堆？那是个什么话题呀？什么是葬礼的柴堆？

你们知道什么是葬礼的柴堆，不是吗？你们知道什么是葬礼的柴堆。你们见过印度妇女爬上丈夫葬礼柴堆的照片，不是吗？那叫殉夫自焚，一个新词。

一个女孩喊了起来：那很恶心，真的太恶心了。

什么？

女人们仅仅因为丈夫死了就自杀。那真的很恶心。

那是她们的信仰，也许表示了她们的爱。

男人都已经死了，又怎么能表示她们的爱？这些女人就没有自尊吗？

她们当然有。她们通过殉夫自焚来展示自尊。

沃兹涅克先生从来不会叫我们写这样的东西。

沃兹涅克先生不在这儿，所以写两百字。

他们写了，交上来字迹潦草的文章。我知道自己从一开始就迈错步了，但是我也知道，如果想让课堂讨论活跃起来，殉夫自焚总是会有的。

星期六早上，我女儿玛吉和她的朋友——来自街南边的克莱尔·费卡拉一起看电视上的卡通片。她们咯咯地笑着，尖声叫着，互相抓着对方，跳上跳下，而我在厨房一边嘲笑她们一边看报纸。在她们喋喋不休的闲聊和电视噪音中，我抓到了些许星期六上午全美国神话故事的片段。每星期都重复着这样的节目名称：《走鹃》、《啄木鸟伍迪》、《唐老鸭》、《鹧鸪家庭合唱团》、《兔八哥》、《脱线家族》、《黑克尔和杰克尔》。神话故事这个想法使我不再嘲笑玛吉她们。我拿着咖啡，加入电视机前的女孩中。

哦，爸爸，你要和我们一起看吗？

是的。

哇呀，玛吉，克莱尔说，你爸爸真酷。

我和她们坐在一起，因为她们帮着我把两个完全不同的人物，兔八哥和俄底修斯，结合在一起。

玛吉说过：兔八哥，对艾默·法得那么刻薄。克莱尔说过：是的，兔八哥不错，风趣而又聪明，但是他为什么对艾默那么刻薄呢？

星期一上午回到班里后，我宣布了自己的伟大发现：兔八哥和俄底修斯的相似之处。他们都很狡猾、浪漫、老谋深算、富有魅力。俄底修斯是第一个逃避征兵的人，而没有证据证明兔八哥为自己的国家服过役，也没有证据证明他为任何人做过任何事，除了给人带来不幸。他俩的不同之处在于兔八哥只是从一个不幸漂到另一个不幸，而俄底修斯拥有使命。他要回家，回到珀涅罗珀和忒勒玛科斯身边。

到底是什么促使我问了下面这个让全班都炸了锅的简单问题呢？你小时候在星期六上午看什么节目？

《米老鼠》、《流浪贫民》、《猫和老鼠》、《强力鼠》、《十字军兔子》，狗、猫、老鼠、猴子、鸟、蚂蚁、巨人。

停，停。

我扔出几根粉笔。过来，你，你，还有你，到黑板这儿来。写下这些卡通片和节目的名称，把它们分类。这些都是一千年后的学者将要钻研的东西。这就是你们的神话故事，兔八哥，唐老鸭。

节目名称写满了整个黑板，可还有些节目没写下来，黑板上没地方了。他们本可以写在地板上，天花板上，接着写在楼道里。每个班的三十五名学生挖掘出无数个星期六上午的电视节目。我的喊声冲破了那片嘈杂：这些节目有主题曲和音乐吗？

教室里又一次炸了锅。歌曲、哼唱、情调音乐、最喜欢的场景和情节。他们本可以唱歌、聊天、排演一直到下课铃响，一直到天黑。他们把黑板上的节目名称抄到笔记本上，没有问为什么，没有抱怨。他们互相说，还对我说，他们无法相信自己这辈子看过这么多的电视节目，几小时几小时地看。哇呀。我问他们：多少小时啊？他们说几天、几个月，也许几年。他们再次哇呀。如果你有十六岁，也许你已经在电视机前待了三年了。

53

玛吉出生前，我梦想着成为一名“柯达爸爸”，摆弄着照相机，组装了一本记录重大事件的相册：玛吉出生后的瞬间；玛吉第一天上幼儿园；玛吉从幼儿园、小学、高中乃至大学毕业。

玛吉不会上一个懒散的都市大学，例如纽约大学、福德姆大学、哥伦比亚大学。不，我可爱的女儿会在新英格兰地区一所优美的大学度过四年。那学校是那么高雅，常春藤联盟与之相比都显得低俗。她一头金发，皮肤被太阳晒得黝黑，和一名信仰新教圣公会教义的长柄曲棍球明星兼波士顿婆罗门家族后裔一起在草坪上散步。他叫道格，拥有一双明亮的蓝眼睛、宽大有力的肩膀和真诚直率的目光。他会叫我先生，用他那诚实而富有男子汉气概的方式用力握我的手。他和玛吉会在校园里的新教圣公会教堂举行婚礼，在飞扬的五彩碎纸中走过由长柄曲棍球球棒搭成的拱形门。长柄曲棍球是较高阶层的人们的运动项目。

我这个骄傲的柯达爸爸会到场，等待着我的第一个外孙或外孙女诞生。那孩子具有一半爱尔兰天主教徒血统，一半波士顿婆罗门新教圣公会教徒血统。将会举办一个洗礼仪式和一个花园招待会。我会举着柯达相机快速地拍照：白色的帐篷、戴帽子的妇女、神情柔和的来宾，还有怀抱孩子，拥有舒适生活、社会地位和安全感的玛吉。

当我拿着玛吉的奶瓶，给她换尿布，在厨房的水池里为她洗澡，录下她咯咯的笑声时，就是这么想的。她出生后的头三年，我把她固定在一个小篮子里，骑着自行车沿布鲁克林高地四处游玩。她开始蹒跚学步后，我带着她去操场。她发现沙子和其他孩子后，我就偷听周围母亲们的谈话。她们谈论孩子、丈夫，还有如何迫切地想重返真实世界的工作岗位。她们会压低声音，小声地说些事。我不知道该不该换个地方。不，她们已经怀疑我了。这个在真正的男人都上班的夏日早晨和母亲们坐在一起的家伙是谁？

她们不知道我出生在较低的阶层中，利用女儿和妻子让自己轻松进入她们的世界。她们担心幼儿园、学前班之前会发生的事。我学会了让孩子忙起来。在沙坑里疯玩几分钟是可以的，但应该安排和监督她的游戏。你不可能光有足够的安排。如果孩子具有攻击性，就要担心了。安静呢？同样担心。这些都是反社会的行为。孩子们必须学会适应，否则……

我想送玛吉上公立小学，要不就上街南面的天主教学校。但艾伯塔坚持送孩子去一座曾经是新教圣公会女子学校、爬满常青藤的楼。我没有心情争吵。在那儿只会更加受人尊重，我们还会见到些较高阶层的人。

哦，我们真的见到了。有股票经纪人、投资银行家、工程师、古老财产的继承人、教授和产科医生。在聚会上，他们说：你是做什么的？当我说我是个老师时，他们就转过脸去了。我们在科布尔山的赤褐色砂石楼房有按揭；我们展示我们的好心肠与笑容，还有我们自己，以跟上已经中产阶级化的人们的脚步。但是这些都不重要。

我受不了了，不知道如何当一个丈夫、父亲、两个房客的房主和中产阶级的合格成员；不知道如何做事，如何穿着，如何在聚会上聊股市，如何打壁球和高尔夫球，如何给人一个让人产生性冲动的握手并看着对方的双眼说：很高兴见到您，先生。

艾伯塔说她想要一些不错的东西，可我从来不知道那是什么意思，也许是我不在乎。她想沿着大西洋大道看古董，而我想到萨姆·科尔顿位于蒙塔古街的书店和他聊天，或者是到巧言玫瑰酒吧和扬克·克林喝杯啤酒。艾伯塔谈论安妮女王时期的桌子、摄政时期的餐具柜、维多利亚时期的大口水罐，可我一点也不在意。她的朋友们谈论着品位。当我说品位就是想象力消亡时突然冒出来的东西时，她们突然冲着我发起火来。空气里密布着品位，我感觉快要窒息了。

婚姻变成了一场持续不断的争吵，玛吉陷在中间。每天放学后，她不得不遵循罗得岛北方佬外曾祖母传下来的生活惯例：换衣服、喝牛奶、吃饼干、做作业。做完这些后，才能出门，你就应该这么做。你母亲小时候就是这么做的。晚饭前，你可以和克莱尔玩；吃晚饭时，你得和父母坐在一起。只是因为你，他们才有礼貌。

清晨解救了夜晚。玛吉从蹒跚学步到学会走路再到学会说话后，她会做梦似的来到厨房，像做梦似的说，她要和克莱尔一起飞过四邻，降落到外面的街道上。四月，她透过厨房的窗户看着远处盛开的木兰花，想知道为什么我们不能永远拥有那种颜色。为什么绿色的树叶要赶走可爱的粉色？我告诉她所有的颜色在世界上都有自己的节日，那似乎让她满意了。

和玛吉一起度过的清晨就像我和父亲在利默里克度过的那样，是金色的、粉色的或者是绿色的。我独自拥有他，直到他离去。我拥有玛吉，直到一切都土崩瓦解。

平日里，我步行送玛吉上学，然后坐地铁去斯特伊弗桑特高中上课。我那些十来岁的学生与荷尔蒙作斗争，或者与家庭问题、离婚、监护权大战、金钱、毒品、信仰的毁灭作斗争。我为他们和他们的父母感到难过。我有一个完美的小女儿，永远不会有他们的问题。

但是我有同样的问题，玛吉也有。婚姻破裂了。贫民窟里长大的爱尔兰天主教徒和新英格兰地区的好女孩没有共同之处。她们在卧室窗户上挂小窗帘，戴齐肘的白手套，和好男孩们去参加舞会，跟法国嬷嬷们学习礼节。她们被告知：女孩们，你们的节操就像是一个跌落的花瓶，你可以修复裂痕，但是裂痕会永远存在。贫民窟里长大的爱尔兰天主教徒可能会回想起他父亲说过的话：填饱肚子后，一切才会有诗意。

那个爱尔兰老人曾经对我说过，我母亲也曾经警告过我：和自己人待在一起。和自己人结婚。熟悉的魔鬼比不熟悉的魔鬼好。

玛吉五岁的时候，我搬了出去，和朋友住在一起。但那没有持续太长时间，我想要和女儿一起度过清晨，想坐在火炉前的地板上，给她讲故事，听“佩伯军士的孤心俱乐部乐队”。当然，经历了这么多年，我可以维持这个婚姻，可以打领带，陪玛吉到布鲁克林高地四处参加生日聚会，取悦女人们，打壁球，假装对古董感兴趣。

我步行送玛吉上学，拎着她的书包。她背着她的芭比午餐盒。快八岁时，她宣布：爸爸，我想和朋友们一起上学。当然，她正在离我而去，开始有主见，开始自救。她一定知道自己的家庭已经分裂，她的父亲很快就会永远离开，就像他的父亲很久以前那样。在她八岁生日到来的前一个星期，我永远地离开了。

54

在狮头酒吧的墙上看到那些装在框里的封面，我就会因忌妒而痛苦。我能出现在那上面吗？作家们周游全国，签名售书，在脱口秀节目中亮相。到处都有聚会、女人和浪漫故事。人们都在听着，但是没有人听老师讲话。他们因可怜的工资而受到大家的怜悯。

但是，在斯特伊弗桑特高中二〇五教室的很多日子里，一首诗的讨论打开了通向炫目白光的大门，每个人都明白了这首诗的意思，明白了，理解了。当光芒退去时，我们冲彼此微笑，就像是回家的行者。

学生们不知道教室就是我的避难所，有时候是我力量的源泉，是我迟来的童年。我们浏览《带注释的鹅妈妈》和《带注释的爱丽丝梦游仙境》。当学生们带来他们小时候看过的书时，教室里一片欢喜。你也看过那本书？哇呀。

任何一间教室里的一声哇呀，都意味着有事情要发生。

没有人谈论测验或考试。如果不得不给官僚们一个分数，学生就进行自我评估。我们知道《小红帽》里发生了什么事：如果你不按照母亲指给你的那条路走，就会遇到那只坏蛋大灰狼，就会遇到麻烦，哥们儿，麻烦。可是，为什么大家都抱怨电视上的暴力镜头，却没有人对《奇幻森林历险记》里邪恶的父亲和继母说一句话呢？为什么？

教室后面传来一个男孩愤怒的喊声：父亲都是浑蛋。

整整一节课大家都在激烈地讨论着《矮胖子》这首童谣。

> 矮胖子坐在墙上头
> 矮胖子跌了个大跟斗
> 国王所有的马
> 国王所有的人
> 都不能再把矮胖子来拼凑

我问：这首童谣讲的是什么？手举了起来。嗯，这个是鸡蛋从墙头上掉下来。如果你学过生物或物理，就会知道永远不可能再把一个鸡蛋拼回去。我是说，嗯，这是常识。

谁说这是个鸡蛋了？我问。

这当然是个鸡蛋，大家都知道的。

哪里说这是个鸡蛋了？

他们开始思考，在课文里找鸡蛋。课文里没有提到，没有任何鸡蛋的暗示，可是他们不让步。

更多的手举了起来。愤愤不平地断言那就是鸡蛋。他们从小就知道这首童谣，从来都相信矮胖子就是个鸡蛋。他们对鸡蛋这个观点感到很欣慰。为什么老师要用这种分析将一切都毁灭呢？

我不是在毁灭，只是想知道你们从哪儿得来的“矮胖子就是个鸡蛋”的想法。

因为，迈考特先生，画上就是这样画的。那个第一个画画的人，不管他是谁，一定认识写这首诗的人，要不然不会把它画成一个鸡蛋。

好吧。如果你们满足于鸡蛋这个观点，我们就随它去吧，但是我知道这个班里未来的律师们不会在没有证据的情况下接受鸡蛋这个观点。

只要没有分数的威胁，他们对童年的事都很欣慰。当我建议他们写自己的儿童书时，他们没有抱怨，没有抵抗。

哦，耶，耶，多棒的主意啊。

他们要写书，给书配画，还要把书装订成册。那是原创作品。大功告成之后，我把这些书拿到第一大道南面街道上的一所小学，让真正的评论家们——那些会看这些书的三四年级学生来阅读评论。

哦，耶，耶，小孩子哎，一定很可爱。

一月一个寒冷的日子里，小孩子们由老师带着来到了斯特伊弗桑特高中。啊，哎呀，快看他们，太可爱了。快看他们那小外套、耳套、连指手套，还有那彩色小靴子，还有他们那冻僵了的小脸。啊，真可爱。

形状不一、大小各异的书摆放在一张长桌子上，五颜六色地照亮了整个屋子。我的学生们有的坐，有的站，把座位让给坐在桌子上晃着双腿的小评论家们。他们一个接一个走到桌子旁，挑选要看要评论的书。我已经警告过学生，这些小孩子不善于撒谎。他们的评论就是真实。他们从老师帮他们准备的书单上挑选了书看。

我看的是《皮特和太空蜘蛛》。这书还行，除了开头、中间和结尾。

书的作者，一个斯特伊弗桑特高中三年级的大个子，无力地笑了笑，看了看天花板。他的女朋友拥抱着他。

另一个评论家。我看的书叫《在那边》。我不喜欢它，因为人们不应该描写战争、人们因为害怕而面对面互相射杀、穿着内裤上卫生间。可以描写花和烙饼这些好东西，人们不应该描写那种事。

小评论家的同学给了她热情的掌声，而斯特伊弗桑特高中的作家们给了她面无表情的沉默。《在那边》的作者对着那位评论家的脑袋怒目而视。

他们的老师问了一个问题：你们会给自己或别人买这本书吗？

不，我不会给自己或别人买这本书的。我已经有了这本书，它是苏斯博士写的。

评论家的同学们放声大笑了。他们的老师叫他们安静，但是他们停不下来。坐在窗台上的抄袭者脸红了，眼睛不知道该往哪儿看。他是个坏男孩，做了错事，给了小家伙们嘲笑自己的弹药。但是我想去安慰他，因为我知道他为什么这么做。他的父母在圣诞节放假期间分居了。他陷入痛苦的监护权大战中，在父母朝相反方向拉他的时候不知道该怎么办。他想跑到以色列祖父那里去。这样的他几乎没有心情创作儿童书籍，只能钉了几页从苏斯博士那本书里抄来的内容，配上简笔人物画，以完成英语作业。这一定是他人生的最低点。被这个站在聚光灯下大笑、自以为是的小学三年级学生当场抓住，你该怎么应对让人如此蒙羞的事呢？他从教室那边看着我。我摇了摇头，希望他能明白我理解他。我觉得自己应该走到他跟前，抱住他，安慰他。但是我退缩了，不想让小学三年级的学生或者高中三年级的学生认为我容忍抄袭。在这个时候，我得坚守高尚的道德阵地，让他自己受苦去吧。

小家伙们穿上冬天的外衣离开了。我的教室里一片安静。一名得到否定评语的斯特伊弗桑特高中作家说，他希望这些该死的孩子在雪地里迷路。另一个高个子三年级学生亚历克斯·纽曼说，他觉得还行，因为他的书受到了表扬，但是那些孩子对一些作家的所作所为真是让人讨厌。他说有些孩子是杀手。教室里一片赞同。

但是，三年级的美国文学课让他们心情好起来。他们已经作好准备，要大声讨论《落在愤怒之神手中的罪人》。我们颂扬维切尔·林赛[①]、罗伯特·塞维斯[②]和可以归属大西洋两岸的T.S.艾略特[③]。我们讲笑话，因为每一个笑话都是装有引线、可以引爆的小故事。我们踏上回到童

①维切尔·林赛（1879－1931），美国诗人。

②罗伯特·塞维斯（1874－1958），加拿大诗人、小说家，以描写加拿大北方生活的诗歌著称。

③ T.S. 艾略特（1888－1965），英国著名现代派诗人和文艺评论家，代表作有长诗《荒原》，1948 年因诗集《四个四重奏》获诺贝尔文学奖。

年的旅程，寻找游戏和街头歌谣。露西小姐和来访的教育家们搞不懂这个教室里发生了些什么。

告诉我，迈考特先生，那能让我们的孩子作好上大学和应对社会需求的准备吗？

55

在母亲的公寓里，床边的桌子上放着各种装有药丸、药片、胶囊和药水的瓶子。吃这药治这病，吃那药治那病。每天不是吃三次就是吃四次，但是开车或操作重型机械时不能吃。在饭前、饭中和饭后吃。不能喝酒，不能吃其他刺激性食物。保证不将各种药搞混。妈妈做到了这一点，却弄混了治疗肺气肿和减轻新髋关节疼痛的药，弄混了让她睡觉和让她清醒的药。可的松使她浑身肿胀，下巴长出胡子，弄得她害怕在不带蓝色塑料小剃刀的情况下出门，因为外出一会儿，也许就会有各种毛发乱长的危险。这样，她会为自己的生活羞耻。她会的，会为自己的生活羞耻。

纽约政府派了一名女看护来照看她，给她洗澡做饭；如果她能散步，就带她去散步。不能散步的时候，她就看电视。那名女看护和她一起看，后来她说，妈妈在多数时间里都是盯着墙上的一个污渍看，或者在孙子康纳尔打电话时，愉快地边盯着窗外边聊天，好像他就在窗外的铁栏杆上。

政府派来的那名女看护将药瓶排列成行，警告妈妈白天要按顺序吃药。但是妈妈忘了，弄混了药，结果没有人知道她对自己干了些什么。救护车将她送到伦诺克斯·希尔医院。现在，她在那儿很出名。

她最后一次住院的时候，我从学校打电话问她怎么样了。

啊，我不知道。

你说什么呀，你不知道?

我烦了。他们往我身上扎东西，又从我身上拔走。

然后，她小声说道：如果你来看我，能帮我个忙吗?

我会的。什么忙?

你不能对任何人说这件事。

我不会的。什么事?

你能给我带一把蓝色塑料剃刀吗?

蓝色塑料剃刀?做什么用?

别管了。你就不能把它带来而不问问题吗?

她语不成声。电话里传来呜咽声。

好吧，我带。你还在吗?

她呜咽得几乎不能说话。你来的时候，把剃刀交给护士。在她叫你之前不要进来。

护士把剃刀拿进病房，关上门，将妈妈与世界隔开，而我在外面等着。护士出来后，小声说道：她在刮胡子。是可的松。她觉得很难堪。

好吧，妈妈说，现在你可以进来了。如果你没有做我让你做的事，就不要问我任何问题。

你什么意思?

我叫你带一把蓝色塑料剃刀。你却带给我一把白色的。

有什么区别吗?

区别大了，但是你不会明白的。我不会再说什么了。

你气色很好。

我不好。我烦了，我跟你说过的，我就想死。

哦，打住。圣诞节你就可以出院了，还能跳舞。

我不跳。看，有些女人跑遍这个国家到处堕胎，而我却死不了。

以上帝的名义，你和那些堕胎的女人之间有什么关系？

眼泪涌上她的眼睛。我现在躺在床上，要死不死的，你却用神学来折磨我。

我弟弟迈克尔走进病房。他是从旧金山一路赶过来的。他绕着病床走过来，亲吻她，按摩她的肩膀和脚。这会让你放松，他说。

我很放松，她说，如果我再放松点，我就死了。难道那不是解脱吗？

迈克尔看了看她，又看了看我，再看了看病房。他的眼睛湿润了。妈妈对他说，他应该和妻儿一起回旧金山去。

我明天就回去。

好吧。不值得你来这么一趟，对吧？

我得见见你。

她迷迷糊糊地睡着了。我们和阿非还有马拉奇的儿子——小马拉奇，一起到莱克星顿大道的一家酒吧喝了几杯。我们没有谈妈妈的事，而是听小马拉奇说话。他已经二十岁了，却不知道自己该干什么。我对他说，既然他的母亲是犹太人，他可以到以色列去当兵。他说自己不是犹太人，但我坚持说他是，他有恢复身份的权利。我对他说，如果他到以色列领事馆去宣布自己想加入以色列军队，那就是他们宣传工作的成功。想象一下，小马拉奇·迈考特，这么个名字加入以色列军队，他会出现在纽约各家报纸头版的。

他说不，他不想让那些疯狂的阿拉伯人把自己的屁股打掉。迈克尔说他不会上前线，而会到后方，被当作宣传工具用。那些颇具异国风情的以色列姑娘都会朝他扑去的。

他还是说不。我对他说，他不肯做类似加入以色列军队而让自己发迹这么简单的事，我们却请他喝酒，真是浪费时间。如果我有一个以色列母亲，我马上到耶路撒冷去。

那天晚上，我回到妈妈的病房。一个男人站在她的床头，秃顶，灰色胡子，穿着灰色三件套西服。他把裤子口袋里的零钱弄得叮当响，对我母亲说：你知道的，迈考特夫人，你在生病的时候有权生气，你的确有表达怒气的权利。

他转过身对我说：我是她的精神病医生。

我没有生气，妈妈说，我就是想死，你却不让。

她转过身面对我。你能叫他走开吗？

走开，医生。

对不起，我是她的医生。

走开。

他走了。妈妈抱怨道，他们用神甫和精神病医生来折磨她。即使她是个罪人，也已经忏悔一百次了。她生来就是做忏悔的。我想喝点东西，她说，像柠檬水那样性感的东西。

我给她拿了一只装满浓缩果汁的人造柠檬，把果汁倒入一小杯水中。她尝了尝。我跟你要柠檬水，你给我的只是水。

不，那是柠檬水。

她再次泪流满面。我跟你要一件小东西，就一件小东西，你都不能替我办到。叫你帮我挪挪脚就那么难吗，嗯？它们一整天都放在一个地方。

我想问她为什么不自己挪脚，但那只会让她流更多的泪，所以我挪了挪她的脚。

怎么样？

什么怎么样？

你的脚。

我的脚怎么啦？

我把它们挪了挪。

你挪了吗？嗯，我没有感觉到。你不给我柠檬水，不帮我挪脚，不给我带合适的蓝色塑料剃刀。哦，上帝，如果你不能让四个儿子给你挪脚，要他们又有什么用呢？

好了。看，我正在给你挪脚。

看？我怎么看？我不能从枕头上抬起头来看我自己的脚。你能不折磨我吗？

还有别的事吗？

太热了。你能开开窗吗？

但是外面冷死了。

又是眼泪。不给我柠檬水，不……

好吧，好吧。我打开窗户。第七十七大街上的一股冷空气吹进来，冻结了她脸上的汗珠。她闭着眼睛。当我亲吻她的时候，她的脸上没有盐的味道。

我是应该待一会儿呢，还是一个晚上？护士们似乎不介意。我可以把这张椅子往后推推，把脑袋靠在墙上打盹。不，我还是回家的好。玛吉明天要参加普利茅斯弟兄会唱诗班的演唱。我不想让她看到我眼睛发红、没精打采的。

在回布鲁克林区的路上，我觉得还是应该回医院去，但是一个朋友正在他的酒吧“克拉克大街车站”举办开业聚会。那里有音乐和开心的聊天。我站在外面。我不能进去。

马拉奇凌晨三点打来电话的时候，都用不着说那些话。我能做的就是像妈妈在情况不对劲儿时做的那样泡杯茶，在黑暗中坐在床上。我知道他们现在已经把她，那个曾经将我们七个孩子带到这世上的灰色的血肉之躯，搬到一个更冷的地方去了。我的心情比黑暗还要暗淡。我抿了一口热茶来安慰自己，因为有一些自己没有预料到的情感。我还以为自己知道这种场合下成年人的悲伤、完美隆重的哀悼、忧伤的心情是什么样。我真不知道，我会觉得自己像个受骗上当的孩子。

我蜷着双腿坐在床上，眼里没有泪，只有像小海浪一样的心跳声。

就这一次，妈妈，我的眼睛没赶上尿泡。为什么呢？

我看着可爱的十岁女儿玛吉穿着白色礼服和普利茅斯弟兄会唱诗班一起唱着新教圣歌。此时，我其实应该去参加弥撒，为我的母亲安琪拉·迈考特——七个孩子的母亲、忠实信徒、罪人的灵魂安息而祈祷。一想到她在世上这样活了七十三年，我就无法相信万能的上帝竟然会想到让她受火刑。这样的上帝不值得我们向他问好。她的一生就是炼狱。现在，她一定和她的三个孩子玛格丽特、奥利弗和尤金一起待在更美好的地方。

仪式结束后，我对玛吉说奶奶去世了。她不明白我为什么不哭。你要知道，爸爸，如果你哭，那不要紧的。

我弟弟迈克尔已经回到旧金山。我在沃尔特·B·库克殡仪馆附近的西第七十二大街和马拉奇、阿非一起吃早饭。马拉奇点了一顿丰盛的饭菜，阿非说：我不明白你怎么能在母亲去世的时候吃那么多东西。马拉奇告诉他：我得忍受悲痛，对不对？

吃完饭，我们在殡仪馆里见到了马拉奇和阿非的妻子，戴安娜和琳达。我们在葬礼顾问的桌子旁围成半圆坐下。他戴着一枚金戒指、一块金表、一个金领带夹、一副金边眼镜，挥舞着一支金笔，闪现出一个令人安慰的金色微笑。他把一本巨大的书放到桌子上，告诉我们第一口棺材是非常精美的一款，还不到一万美元，真的很不错。我们没有停留，叫他继续翻书，直到他指到最后一款，一口不到三千美元的棺材。马拉奇问：最低价格是什么？

嗯，先生，是土葬，还是火葬？

火葬。

在他答话之前，我对他和我的家人讲了一星期前我和妈妈之间的对话，试图活跃气氛。

你去世后，想让我们拿你怎么办？

哦，我想让你们送我回去，葬在利默里克我的家人身边。

妈妈，你知道运送像你这样块头的人要花多少钱吗？

好吧，她说，把我缩小。

葬礼顾问没有被逗乐。他说八百美元，含防腐处理、整容和火化。马拉奇问，既然无论如何都要火化，为什么我们还要付棺材钱呢？那人说这是法律规定。

然后，马拉奇说，为什么我们不把她放到一个大的赫夫蒂垃圾袋里，拿到外面让人收走呢？

我们都笑了，而那人不得不离开一会儿。

阿非注意到：一个油特别多的生命离开了。当那人回来的时候，他对我们的大笑很是困惑。

一切都安排好了。我母亲的遗体将在棺材里放一天，这样孩子们就可以看看去世了的奶奶，和她说声再见。那个人问我们愿不愿意雇一辆中型客车去火葬场，但是没有人愿意，除了打算去新泽西州北伯根的阿非外。但是，他甚至也改变了主意。

妈妈在利默里克有一个朋友叫玛丽·彼得森。她曾经说过：你知道吗，安琪拉？

不知道，什么呀，玛丽？

我经常对自己死后是什么样子很好奇。你知道我都干了些什么吗，安琪拉？

我不知道，玛丽。

我根据圣弗朗西斯第三修道会的习惯，穿上灰色礼服。你知道我接下来又干了什么吗，安琪拉？

我不知道，玛丽。

我躺倒在床上，床头放了面镜子，然后在手上缠上玫瑰经念珠，两手交叉，闭上眼睛。你知道我接下来又干了什么吗，安琪拉？

我不知道，玛丽。

我睁开眼睛，看了看镜中的自己。你知道我看到了什么吗，安琪拉？

我不知道，玛丽。

我看上去很安详。

没有人能说我母亲在棺材里神情安详。她一生的苦难都写在那张因药物而浮肿的脸上，那儿甚至还有零星几缕从塑料剃刀下逃生的胡子。

玛吉跪在我身边，看着奶奶，她十年来见到的第一具尸体，不知道该说什么。没有宗教，没有祈祷，那是另一种悲伤。她只能看着奶奶说：她现在在哪里，爸爸？

如果有天堂，玛吉，她就在那儿。她是天堂的女王。

有天堂吗，爸爸？

如果没有，玛吉，我就不能理解上帝的行为了。

她不理解我的胡言乱语，我自己也不能理解，因为眼泪涌了出来。她又一次对我说：哭吧，没关系的，爸爸。

我的母亲去世了，我不能悲伤地坐着回忆她的美德并接受朋友和邻居的吊唁。我得和我的弟弟们，马拉奇和阿非，还有马拉奇的儿子——小马拉奇、康纳尔、科马克一起站在棺木前。我们得手挽手，唱母亲喜爱的歌和痛恨的歌，因为那是唯一可以确定她已经去世的方法。我们唱道：

> 母爱是一种赐福，
> 无论你浪迹何方，
> 趁她健在好好珍惜，
> 不然将是思念的惆怅。

我们还唱：

再见，亲爱的约翰尼，你在远方的时候
不要忘记你亲爱的老母亲
远在大洋彼岸
偶尔写封信
把能寄的东西都寄给她
无论你浪迹何方，不要忘记
你是个爱尔兰人

客人们互相看了看，我知道他们都在想些什么。儿子和孙子们在可怜母亲的棺材前唱歌跳舞，这是什么哀悼仪式呀？他们难道不尊敬自己的母亲吗？

我们亲吻她。我在她胸前放上很久以前从她那儿借来的一先令硬币。当我们沿着长廊走向电梯时，我回头看了看棺材里的她，灰色廉价棺材里我那灰色的母亲。那是乞丐的颜色。

56

一九八五年一月，我弟弟阿非打来电话，说贝尔法斯特表弟那儿传来了一个令人伤心的消息。我们的父亲马拉奇·迈考特那日凌晨在维多利亚皇家医院去世了。

我不知道为什么阿非用了令人伤心这个词，这无法描述我的心情。我想到了艾米莉·狄更生[1]的诗句：巨痛后的肃穆。

我肃穆，但是没有巨痛。

我的父亲和母亲都去世了，我成了孤儿。

长大后的阿非曾出于好奇、爱，或者其他什么原因去看过我们的父亲。他想见见那个在我十岁、他还不到一岁时就将我们抛弃的父亲。现在，阿非说，他要乘当天晚上的飞机去参加第二天的葬礼。他在电话里暗示：你不来吗？

那比“你来吗”要温柔，少了点命令的语气，阿非明白自己和三个哥哥——弗兰克、马拉奇、迈克尔那纠缠不清的情感。

来吗？为什么我要飞到贝尔法斯特去参加一个到英格兰工作却将每一分钱都用来喝酒的人的葬礼呢？如果我母亲还在世，她

①艾米莉·狄更生（1830－1886），美国女诗人，现代诗先驱之一。

会去参加一个让她贫困潦倒的人的葬礼吗？

不，她或许不会亲自去参加，但是她会叫我去。她会说不论他对我们做过什么，他的缺点是种族的诅咒，而父亲只死一次，只葬一回。她会说他不是世界上最糟糕的父亲。我们怎么能去评判呢？那是上帝的事。出于善心，她会点根蜡烛，为他祈祷。

我飞到贝尔法斯特去参加父亲的葬礼，希望自己能明白为什么要去。

我们开车从机场经过贝尔法斯特混乱的街道：装甲车，军事巡逻车，被拦住推到墙边搜身的年轻人。表弟说现在平静了，但随便什么地方都会有新教徒或天主教徒扔的炸弹，你会以为自己身处世界大战。没有人还能记得正常情况下上街是什么样了。如果出去买磅黄油，你可能就会少条腿回来，也可能回不来。有一次，他们说最好不要再谈这个了，有朝一日会结束的，他们都可以悠闲地出去买黄油，或者只是散散步。

我表弟弗朗西斯·迈克罗里带我们去看我们的父亲。他躺在维多利亚皇家医院的棺材里。我们驱车来到殡仪馆，我意识到自己是长子，是主悼者，所有的表弟表妹都在看我。有些人我几乎记不得了，有些人从来都不认识，这些姓迈考特、迈克罗里、福克斯的人。父亲还健在的三个姐妹，玛吉、伊娃和科莫格尔嬷嬷——她成为修女之前名叫莫亚——也在场。另一个姑姑维拉生病了，无法从牛津赶过来。

阿非和我，躺在棺材里的那个人的幼子和长子，跪在祈祷椅上。姑姑和表弟表妹们看着这两个远道而来参加葬礼的人，当然想弄明白我们是不是伤心。

父亲蜷缩在棺材里，牙齿没了，脸耷拉着，身上穿着一件他生前不屑穿的黑色高级西服，系着一个生前不屑系的白色丝质蝶形小领结，这怎么能让人伤心？这些让我突然觉得在看一只海鸥，不禁暗自发笑，身子开始摇晃。我晃得那么厉害，在场的所有人(包括阿非）一定认为我伤心得无法自控。

一个表弟碰了碰我的肩膀。我想说谢谢，但是我知道如果把手从脸上移开，就会放声大笑，而且笑得很厉害，所有人都会震惊，把我永远逐出这个家族。阿非在胸前画了个十字，站了起来。我忍住笑，擦干笑出来的眼泪，在胸前画了个十字，站起来面对这间死人的小房子周围那些伤心的表情。

殡仪馆外面，贝尔法斯特的夜晚，我抱着上了年纪、身体虚弱的姑姑们，流泪了。哦，弗朗西斯，弗朗西斯，阿非，阿非。他爱你们，他真的爱你们。哦，真的。他一直念叨你们的事。

哦，他真的爱我们，伊娃姑姑，玛吉姑姑，科莫格尔嬷嬷姑姑，他在三个国家多次为我们举杯。不是我们想在这个时候哭哭啼啼，抽抽搭搭，毕竟，这是他的葬礼。如果我能当着父亲，那只棺材里的海鸥的面忍住不笑，就一定能在三个可爱的姑姑和众多表弟表妹们面前保持点尊严。

我们四处转悠了一下，准备驱车离开，但是我得回到父亲那儿，为了让自己高兴，也是为了告诉他，如果我不冲着海鸥暗自发笑，堆积成山的往事就会让我的心脏爆裂。他离开家，让我们满怀希望地相信钱很快就会从英格兰寄来的那一天的情景；母亲守在火炉边等着那永远不会寄来的钱，不得不向圣文森特保罗协会乞讨的往事；弟弟们问可不可以再来一片烤面包的记忆，所有这些都是你干的，爸爸。虽然我们，你的儿子们，摆脱了困境，但是你让我们的母亲遭受了一生的不幸。

我只能再次跪在他的棺木前，回忆利默里克那些炉火燃烧的清晨。他轻柔地说着话，担心吵醒我的母亲和弟弟们，对我讲爱尔兰的苦难，以及在美国的爱尔兰人的伟大事迹。那些清晨时光都是无价之宝，现在变成了棺木前的三声“万福马利亚”。

第二天，我们将他葬在一座俯瞰贝尔法斯特的小山上，神甫做祈祷。当他把圣水洒在棺木上的时候，城里的某个地方传来了枪声。他们又打起来了，有人说。

我们的表妹特里萨·福克斯和丈夫菲尔在家里举行了聚会。大家谈到了白天发生的事。电台报道说三个试图穿过英军路障的爱尔兰共和军军人被士兵开枪打死了。在另一个世界，我父亲艳羡不已的人，三个爱尔兰共和军军人为他保驾护航。他会忌妒他们离开人间的方式。

我们喝茶，吃三明治。菲尔拿出一瓶威士忌，开始讲故事唱歌，因为在埋葬逝去亲人的那一天，没有别的事可做。

我父亲去世那一年，一九八五年的八月，我们把母亲的骨灰送到她最后的安息地，利默里克市郊芒戈雷特大教堂的墓地。我弟弟马拉奇和妻子戴安娜，以及他们的儿子科马克在场。我十四岁的女儿玛吉也在场，还有利默里克的老邻居以及纽约的朋友们。我们轮流把手伸进从新泽西火葬场带来的锡质骨灰瓮，将安琪拉的骨灰撒在希恩、吉尔福伊尔和格里芬家族的墓地上，看着微风将她那白色的骨灰吹散，在祖先灰色的坟墓周围扬起旋涡，穿过黑暗的大地。

我们说了声“万福马利亚”，但是这还不够。我们已经脱离了教会，但知道对于她和我们自己来说，在神甫的祈祷下葬在这个古老的大教堂是种安慰和尊严，是对一个七个孩子的母亲恰当的追思。

我们在通往巴里那库拉的一家路边小酒馆吃午饭。看着我们吃饭、喝酒和大笑的样子，你绝不会知道我们刚把母亲的骨灰撒了。她曾经是温布里剧院一名伟大的舞蹈家，因为唱了一首好歌而一举成名。哦，要是她能喘过气来就好了。

图书在版编目(CIP)数据

纽约，我来了！/〔美〕迈考特著；张敏译.－2版
－海口：南海出版公司，2016.7
ISBN 978-7-5442-8222-2

Ⅰ.①纽… Ⅱ.①迈…②张… Ⅲ.①长篇小说－美
国－现代 Ⅳ.①I712.45

中国版本图书馆CIP数据核字(2016)第035120号

著作权合同登记号 图字：30－2009－175

纽约，我来了！
〔美〕弗兰克·迈考特 著
张敏 译

出　　版　南海出版公司　(0898)66568511
　　　　　海口市海秀中路51号星华大厦五楼　邮编 570206
发　　行　新经典发行有限公司
　　　　　电话(010)68423599　邮箱 editor@readinglife.com
经　　销　新华书店

责任编辑　马秀琴　翟明明
特邀编辑　沈　悦
装帧设计　朱　琳
内文制作　王春雪

印　　刷　三河市三佳印刷装订有限公司
开　　本　880毫米×1230毫米　1/32
印　　张　13
字　　数　280千
版　　次　2010年9月第1版　2016年7月第2版
印　　次　2016年7月第2次印刷
书　　号　ISBN 978-7-5442-8222-2
定　　价　39.50元